COLLECTION FOLIO

Hervé Jaouen

Merci de fermer la porte

Denoël

Hervé Jaouen est né à Quimper en 1946 et commence à publier à la fin des années 70, dans la mouvance « néopolar ». Très vite reconnu comme l'un des maîtres du roman noir français, il s'aventure jusqu'aux limites du genre et, sans le renier, en saute les frontières pour donner à lire aujourd'hui une œuvre variée, riche d'une vingtaine de romans, de notes de voyage et de livres pour la jeunesse.

Il me semble comprendre que le suicide est la seule preuve de la liberté de l'homme.

Stig Dagerman,
Le Serpent (Denoël).

Le jeune homme qui souriait tout le temps

Ceux qui le rencontraient pour la première fois ne manquaient jamais d'être surpris. Ils lui disaient bonjour, et les frappait d'emblée la fermeté de sa poignée de main, car il était fluet, très grand avec un air un peu efféminé, si bien qu'on ne s'attendait pas à avoir les doigts non pas broyés, quand même, mais franchement pressés et tenus par une petite main, presque une menotte d'enfant. Le menton relevé, il vous regardait droit dans les yeux — à cause de leur couleur, un bleu faïence très pur, les siens paraissaient un peu globuleux, comme des yeux de poupée —, et vous receviez en plein cœur ce sourire inattendu qui amenait sur vos lèvres des mots que vous n'aviez pas prévu de dire, sur la pluie et le beau temps, sur son travail, sur la température de son bureau surchauffé, sur le week-end proche, des mots aimables en guise de sourire, parce que vous saviez que le vôtre ne serait pas à la hauteur du sien. Il ôtait son casque, vous écoutait, hochait la tête et se remettait au travail en sifflotant. Ensuite, plus loin dans les étages, vous cherchiez des épithètes pour qualifier ce sourire surprenant. « Franc », le plus convenu, venait d'emblée à l'esprit, suivi de « honnête », « sympathique », « cordial », « ouvert », « loyal », qui n'étaient pas tout à fait satisfaisants. Il fallait chercher plus loin, du côté de l'amitié et de la tendresse. Un sourire amical et tendre ? Mais il ne vous connaissait pas ! Et pourtant, c'était bien cela : ce garçon semblait vous aimer, semblait aimer tous ses collègues, semblait incapable de la moindre méchanceté à l'égard de quiconque. Incapable de la moindre révolte ? Le chef du personnel avait dû le penser, qui l'avait affecté au poste le plus ingrat, le tri des chèques. Qu'on ne se méprenne pas : il ne s'agissait pas d'un travail manuel, où les mains au moins auraient été occupées ; où les bras auraient pu remuer un tant soit peu ; où le corps aurait pu se déplacer ; où l'esprit aurait été occupé à une vraie tâche. Non, il n'y avait rien de tout cela dans le travail du jeune homme. La machine à trier les chèques était longue d'environ cinq mètres. Le jeune homme l'alimentait à un bout de dizaines de milliers de chèques en piles, appuyait sur un interrupteur et regardait avec placidité les chèques, au rythme de trois par seconde, filer le long d'un rail, passer devant des lecteurs optiques, être aiguillés vers des cases, banque par banque, une quinzaine en tout, généralement. Le bruit n'était pas assourdissant comme celui d'une presse ou d'un marteau-pilon, mais plutôt soûlant, un bruit à vous vriller la tête et à vous faire chanceler, à la longue. C'étaient comme les piaulements répétés, trois à la seconde, d'un vent têtu à travers les fentes de volets. Assis sur un tabouret, un casque sur les oreilles, le jeune homme regardait la grosse pile se répartir en différentes piles. Il consacrait les neuf dixièmes de son temps à surveiller la machine, assis la tête basse, les mains entre les genoux, et le dernier dixième à mettre des bracelets élastiques autour des tas de chèques triés, à relever le compteur, à rapprocher le chiffre de celui des bordereaux, à prendre une nouvelle pile de chèques dans un carton pour alimenter la machine de nouveau, et ainsi de suite. Un autre à sa place aurait souhaité (peut-être était-ce son cas, mais nul n'aurait pu le dire puisqu'il ne parlait pas) que les incidents fussent plus fréquents, de façon à avoir un peu de distraction. À cause d'une agrafe, d'une pliure ou d'une ligne de lecture endommagée, parfois un chèque restait coincé. Une sonnerie retentissait, le tri s'arrêtait. Le jeune homme dégageait du rail le chèque en cause et relançait le tri. Dans le meilleur des cas — meilleur si l'on considère que les incidents étaient bénéfiques, parce que rompant l'ennui —, il fallait ôter le chèque, trop endommagé, de la ligne, le déduire du bordereau et ouvrir une case intitulée « valeurs mutilées ». Cela présentait l'avantage, toujours du même point de vue, qui n'était pas forcément le sien, de l'obliger à se lever, à prendre un stylo et à écrire, bref à rompre le lien avec la machine et, casque sur la nuque, de lui clouer le bec pendant une minute ou deux. Le jeune homme accordait aux incidents et à la surveillance de la trieuse la même indifférence benoîte. Et si un employé de banque connu ou inconnu de lui passait par son secteur — son « bureau » n'en était pas vraiment un, mais plutôt une espèce de hernie vitrée dans un couloir qui reliait deux parties de l'immeuble —, il était gratifié du même sourire tendre et amical, sorte d'invite à s'arrêter un instant pour regarder la machine, dont la vitesse de tri était fascinante. On sentait que le jeune homme était fier de sa « bécane », ainsi qu'il l'appelait, et on supposait qu'il était satisfait de son sort. On lui trouvait des raisons de l'être : il percevait deux primes, dites de « mécanographie » et d'« isolement » ; il ne travaillait que sept heures par jour au lieu de huit. Qu'il embauchât plus tard s'expliquait par le fait qu'il ne lui aurait servi à rien et qu'il n'aurait servi à rien à la banque qu'il se présentât plus tôt à son poste. Il commençait à l'heure où les sacs de chèques avaient été ouverts et déposés dans son local. Avantage aux yeux des autres, cette arrivée retardée privait en réalité le jeune homme de ces quelques minutes de battement pendant lesquelles on ouvre ses tiroirs, on feuillette la presse financière, on va chercher au coffre les dossiers qu'on y a rangés la veille au soir, on se rend au local du comité d'entreprise acheter des tickets-restaurant, au sous-sol boire un café, histoire de prendre contact en douceur avec une nouvelle journée de travail. Le jeune homme, lui, sitôt entré tombait la veste, alimentait la machine et branchait le courant. Il ne s'en plaignait pas, ne se plaignait pas non plus de partir une demi-heure avant ses collègues. Pourtant, cela l'empêchait de s'attarder avec eux, d'aller boire une bière au café du coin, de rire des défauts de tel ou tel chef, de parler boulot, syndicat, bagnoles ou politique, en un mot de fréquenter ses semblables. Il aurait pu les attendre, il faut croire qu'il ne le souhaitait pas. La plupart de ses collègues ne le voyaient pas arriver, la plupart ne le voyaient pas partir, il était inconnu de ceux qui n'avaient rien à faire dans les étages. Il n'existait que pour le service du personnel. Là au moins savait-on ses nom et adresse, sa date de naissance, ses diplômes et son nombre de « points », qui déterminait son salaire. Quoi d'autre ? Rien. Si : qu'il n'était pas syndiqué, qu'il était ponctuel et consciencieux. Le jeune homme était un employé parfait et quand la banque le titularisa, ce qui signifiait à cette époque, pas si lointaine, antérieure aux plans sociaux, avoir l'assurance d'un emploi à vie, ses parents et lui-même furent au comble du bonheur. Voilà pourquoi, sans doute, il aurait considéré comme malvenu de se plaindre de la monotonie d'un poste où personne avant lui n'avait tenu plus de trois mois. Sa famille avait ses racines dans l'Ouest, mais il était né dans la région parisienne. Son père avait débuté sa carrière à la préfecture de police, comme agent d'entretien, et avait obtenu sur le tard une mutation en province, au sein de l'administration territoriale. Fils unique, le jeune homme avait une douzaine d'années lorsque ses parents revinrent habiter en Bretagne. Ils achetèrent une maison à bas prix, dans un vieux quartier de la ville, populaire mais non dénué de charme. Après 1945, les grands vergers de propriétés bourgeoises avaient été divisés et vendus en terrains à bâtir. Aussi les « maisons neuves », en majorité de simples cubes en parpaings, construites par des cheminots, par des ouvriers des forges ou des conserveries, par des petits employés de commerce, côtoyaient-elles, comme la valetaille des troupiers se tient plus au moins avachie au garde-à-vous autour des lanciers arrogants, des villas à colombage et toits à quatre ou six pentes des années vingt et trente. L'appauvrissement des rentiers et les trente glorieuses avaient estompé les différences. Les riches n'étaient plus que des gens aisés et les pauvres des adeptes du camping ou de villages de vacances familiales. La présence de haies vives et d'arbres fruitiers, de plantes et de buissons d'ornement bouturés d'un jardin à l'autre au fil des décennies, donnait au quartier son unité et un aspect sinon cossu, du moins pimpant et hospitalier. La maison qu'achetèrent au fond d'une impasse les parents du jeune homme était la plus mal fichue de toutes. La négligence dans l'octroi des permis de construire au cours des années d'après-guerre, quand n'importe quel dessinateur de l'Équipement s'autorisait à bricoler des plans au noir, expliquait ce genre d'errements architecturaux. Bâtie toute en longueur et sans recul par rapport au caniveau qui la bordait, elle comprenait un unique niveau habitable au-dessus d'une cave aveugle à laquelle on accédait de l'intérieur par une trappe située dans un couloir. Côté rue, elle n'était éclairée que par une seule et étroite fenêtre, celle de la cuisine. Les autres ouvertures donnaient sur le jardin, ce qui en soi était une bonne idée et procurait de l'agrément aux propriétaires de la maison, mais le savoir ne suffisait pas à ôter de l'esprit des voisins l'impression que la bâtisse, à cause de cette longue façade borgne, était une maison morte, une espèce de fortin abandonné par la garde. Derrière le rideau de l'unique fenêtre on apercevait de temps en temps la silhouette de la mère du jeune homme. Le jour de leur emménagement, des hommes, probablement des collègues de travail du mari, l'avaient portée sur une chaise à l'intérieur. Ce fut la seule fois que le voisinage la vit vraiment. De ce jour au jour où le corbillard emporta son corps au cimetière, elle ne fut qu'une ombre à la fenêtre. Elle souffrait, disait-on, d'une maladie très rare. On mesura l'avancement du mal et la proximité de plus en plus certaine de l'échéance fatale à la fréquence des visites du médecin qui, faute d'endroit où se garer, laissait sa voiture devant la maison, au milieu de l'impasse. Le jeune homme faisait les courses et préparait les repas. On murmurait que les parents et le fils ne mangeaient pas gras. Une bonne partie du budget passait dans l'achat d'illustrés et de revues que la malade dévorait. Le jeune homme lisait les illustrés, alors qu'il n'ouvrait pas les revues, *Bonne soirée, Nous Deux, Intimité.* Il eut un parcours scolaire hésitant, non qu'il manquât d'intelligence, mais la culture générale lui faisait défaut. Il était bon en maths et en sciences, mauvais en français, en histoire et en langues. On l'orienta vers un B.E.P., il l'obtint, fut admis en première d'adaptation, puis en terminale. Il fut reçu au bac G, l'occasion pour son père de déboucher une bouteille de champagne. Son fils bachelier, c'était inespéré. Il regretta que sa femme ne fût plus de ce monde. Un tel événement aurait peut-être prolongé sa vie de quelques mois. Que le jeune homme puisse poursuivre des études supérieures ne fut pas envisagé. Le père venait d'être mis à la retraite, il n'aurait pas les moyens de payer le loyer d'un studio et tout le reste, et c'était d'une évidence telle qu'ils ne se renseignèrent pas sur les possibilités d'obtenir une bourse. Le jeune homme adressa des demandes d'emploi à plusieurs banques et, comme par miracle, dans les quinze jours qui suivirent reçut une réponse positive. Son profil correspondait précisément à ce que recherchaient les banques au début des années quatre-vingt : des bacs G destinés à des tâches subalternes qu'ils seraient ravis d'effectuer, et dans toute la mesure du possible d'origine modeste, gage d'obéissance et de sagesse. Le père et le fils eurent l'impression d'être devenus riches. Le jeune homme remettait l'essentiel de son salaire à son père. Ils purent renouveler leur garde-robe, se nourrir de viande et de poisson de qualité, acheter un poste de télévision, une chaîne hi-fi, des radiateurs à bain d'huile, blanchir la maison, aller ensemble une fois par mois à la pizzeria. Pas plus que du vivant de sa femme le père ne fréquentait les voisins. Oh, il était bien aimable, disait bonjour et bonsoir, mais jamais plus. Il inspirait le respect qu'on accorde aux hommes sérieux. Il entretenait son jardin, ne buvait pas, fumait modérément du tabac gris, et par-dessus tout on lui reconnaissait le mérite de s'être dévoué pendant de longues années au service d'une épouse incurable. Son fils était donc à son image, physiquement et moralement. Tous deux étaient de grands types minces à la figure étroite, un peu voûtés, aux membres grêles, et l'un et l'autre faisaient montre d'une discrétion inusitée. Le jeune homme fut appelé sous les drapeaux. Pendant son service militaire la banque lui versa la moitié de son salaire. Il revint, égal à lui-même, serein en apparence, heureux de travailler et nanti d'économies. Au régiment il aurait dû s'épanouir, s'ouvrir au monde, apprendre à fréquenter les bars et à draguer les filles, or il n'en fut rien. Père et fils continuèrent de vivre comme deux frères célibataires. Faute de contacts avec les voisins, ils étaient les seuls dans le quartier à ignorer le passé de leur maison et sa mauvaise réputation. Elle avait abrité une famille peu respectable : une veuve pensionnée de la Sécurité sociale suite à un accident de travail, sa fille et son gendre. Alcooliques, tous les soirs ils se battaient et l'impasse résonnait de leurs cris. Le jeune couple se réconciliait sur l'oreiller. Il fabriqua un gosse. La grand-mère mourut de cirrhose et avec elle disparut le semblant d'ordre qu'elle faisait régner entre deux cuites. En quelques mois la fille et le gendre burent l'héritage. Au cours d'une crise d'éthylisme, le mari tua sa femme d'un coup de pistolet et fut interné. La police découvrit un petit garçon, âgé de dix-huit mois, dans un lit de bébé duquel on ne l'avait jamais sorti. Il baignait dans ses excréments. Sous-alimenté, n'ayant pas appris à marcher, il avait les jambes atrophiées. Il fut recueilli par la DDASS. Les héritiers, une sœur et un frère de la veuve, firent laver à grande eau et désinfecter la maison, débarrassèrent le jardin d'un monceau d'ordures — matelas et sommiers défoncés, boîtes de conserve, couches de bébé, bouteilles, vaisselle cassée. Ils donnèrent eux-mêmes un coup de peinture sur les murs et les boiseries de façon à maquiller les lieux du drame dont seuls des étrangers à la ville pouvaient se porter acquéreurs. Le père du jeune homme se présenta à point nommé. La maison était propre et discrète au fond de son impasse, il signa sans hésiter le compromis de vente. Après son service militaire, le jeune homme continua de mettre de l'argent de côté dans le but précis d'acheter une voiture, mais pas n'importe quel modèle : une Golf GTI noire, la voiture de ses rêves, dont la possession l'installerait de plain-pied dans le monde des gens aisés, à égalité avec ces jeunes snobs de bonne famille qui buvaient des cocktails coûteux, affalés sur les chaises en rotin de la brasserie chic du centre-ville ; avec les clients de la banque, ces professions libérales qui affichaient leur réussite et leur prétendue éternelle jeunesse en roulant dans des berlines à tempérament sportif; avec ses supérieurs, enfin, ces cadres de banque cuirassés de morgue et de prétention. Lorsqu'il estima son apport personnel suffisant, il sollicita un crédit d'un montant fort raisonnable, qu'on lui accorda sans rechigner, si l'on excepte une réflexion un peu aigre du chef du personnel : avait-il réellement besoin d'une « voiture pareille » ? N'était-ce pas « un coup de folie » ? Ne ferait-il pas mieux de s'acheter un appartement ? Il répondit d'un sourire désarmant. Le chef du personnel haussa les épaules, marmonna quelque chose comme : « C'est beau, l'insouciance ! » et ajouta : « Pas de conneries avec ce bolide, hein ! » Il était hors de question qu'une voiture de ce prix, et qui plus est d'un modèle que les voleurs appréciaient, couchât à la belle étoile. Le jeune hommc paya de sa poche les travaux : on perça dans la façade une ouverture étayée par des poutrelles et un linteau métalliques, on installa une porte basculante, et la cave se transforma en garage. En raison de l'étroitesse de l'impasse, l'accès du garage obligeait à de nombreuses manœuvres, mais l'important était que la Golf GTI fût à l'abri. Son propriétaire dormait au-dessus d'elle. Il l'équipa de phares supplémentaires, de jantes en alliage léger, de rétroviseurs extérieurs grand sport, d'enceintes haute fidélité et de tout un tas de gadgets destinés à personnaliser la voiture. Dire qu'il en prenait soin serait bien faible. Il la lavait, la séchait et la lustrait à la peau de chamois après chaque sortie, achetait les meilleurs produits d'entretien, l'habitacle était en permanence impeccable, passé à l'aspirateur, désodorisé (il n'avait pas osé interdire à son père de fumer ses cigarettes roulées à l'intérieur), des cartons isolaient les pneus de la terre battue de la cave. Le jeune homme ne parla à personne de son acquisition. Il continuait de se rendre au travail à pied. Le samedi après-midi, il emmenait son père faire un tour, visiter les sites les plus connus du département, Pont-Aven, la ville close de Concarneau, Sainte-Anne-la-Palud, la presqu'île de Crozon, le Menez Hom, le chaos de Huelgoat, le port de Brest, la pointe Saint-Mathieu, les abers. Le dimanche, il partait seul de bon matin et roulait toute la journée, parcourant des distances considérables sur des voies express et des autoroutes, à vive allure. Entre Nantes et Angers, il fut arrêté pour excès de vitesse et condamné à trois mois de retrait de permis. Nul ne le sut, à la banque : il ne se départit pas de son sourire tendre et amical, il ne cessa pas de chantonner devant sa machine à trier les chèques. Après le travail, il s'asseyait dans sa Golf à l'intérieur du garage, faisait tourner le moteur pendant quelques minutes, essuyait la poussière et cochait un jour de plus sur un calendrier. Son père commença à souffrir des dents, non pas d'une dent en particulier mais de névralgies qui lui prenaient toute la bouche. Il ne s'était jamais fait soigner les dents, aussi mit-il cette douleur sur le compte de chicots qu'on allait devoir lui arracher. Il retardait ce moment, plus par crainte de s'embarquer dans des soins qui n'en finiraient plus que par souci d'économie car son fils l'avait fait adhérer à la mutuelle de la banque qui le couvrait à cent pour cent. Le dentiste, d'un seul coup d'œil, et à part lui, fit son diagnostic : cancer de la sphère buccale — de la langue à coup sûr et de la mandibule très probablement. Il conseilla de consulter un spécialiste. Les examens prescrits par le stomatologue confirmèrent le diagnostic. Il fallait opérer d'urgence. L'ablation de la langue fut suivie d'une première intervention sur la mandibule. De multiples séances de rayons épuisèrent les forces de l'opéré. C'est un grand malade, définitivement muet, qui revint vivre à la maison, où la fatigue le clouait. Le jeune homme reprit auprès de son père le rôle que ce dernier avait joué auprès de son épouse grabataire. Il préparait les repas, lavait le linge, faisait le ménage et achetait des revues, en moins grand nombre cependant qu'il n'avait acheté d'illustrés pour sa mère. La télévision remplissait la plupart des heures que passait le malade, hébété, dans un fauteuil ou sur son lit. Le jeune homme récupéra son permis de conduire. Le samedi matin il entretenait sa voiture, l'après-midi la sortait, seul désormais, et le dimanche, renouant bientôt avec ses habitudes, il effectuait sur les voies rapides des centaines de kilomètres, mais à la vitesse autorisée. L'état de son père empira brutalement. Il fut hospitalisé à Brest. On lui ôta la mandibule et comme le cancer menaçait de se généraliser, il subit une chimiothérapie. C'est une ombre qui revint s'asseoir dans le fauteuil, au coin de la fenêtre de la cuisine, dos tourné à l'impasse. Une ombre défigurée, dont la bouche n'était plus qu'une fente dans un masque de peau rapiécé, un vieillard mutilé que le jeune homme nourrissait à la pipette. Privée de soins, la maison se dégrada. Le verdissement monta du sol en longues traînées eczémateuses, la mousse recouvrit les pierres plates de la cour et dans le jardin les ronces se mirent à serpenter entre les orties et le chiendent. Les tempêtes d'automne déchaussèrent des ardoises, des tuiles faîtières perdirent leurs joints, l'eau se mit à tomber goutte à goutte dans le grenier perdu et à noircir le plafond de la chambre du père. L'horreur d'une lente agonie dans un service de soins palliatifs lui fut épargnée. Son corps était encore tiède quand le jeune homme entra dans la chambre avant de partir au travail. Il appela le médecin puis se rendit à la banque pour lancer sa machine et donner ses instructions à son remplaçant. La banque accordait trois jours de congé pour le décès d'un ascendant. Avec l'aide de l'assistante sociale du comité d'entreprise, il organisa les obsèques et régla les questions d'assurances, de caisse de retraite et de succession. Après l'enterrement, auquel assistèrent un représentant de l'état-major de la banque, une poignée de collègues et des cousins éloignés, ainsi qu'une coterie de vieilles dames du voisinage, selon la coutume le jeune homme offrit café et gâteaux secs dans un bistrot proche du cimetière. La semaine suivante, le chef du personnel lui proposa une mutation dans un service central parisien. Il verrait du monde, beaucoup de monde, sa vie serait plus animée, avec tous ces théâtres, tous ces cinémas, tous ces musées à sa disposition. Il ne serait plus rivé à sa machine, il suivrait des formations variées et ses espoirs de promotion seraient bien plus grands. Qu'en pensait-il ? Il sourit, de ce sourire tendre, amical et désarmant. Le chef du personnel lui dit de réfléchir, qu'ils se reverraient dans trois mois. Ponctuel, consciencieux, souriant, le jeune homme continua de remplir sa tâche. Du lundi au vendredi, son existence ne changea pas d'un iota, sauf qu'il déjeunait à présent au restaurant administratif en compagnie de collègues avec lesquels il ne se lia pas pour autant, bien qu'il acceptât de prononcer quelques mots sur le film ou le match de football de la veille, à la télévision. Il accepta de revêtir le manteau, la perruque et la barbe du père Noël à la fête de fin d'année du comité d'entreprise. On arrivait maintenant à lui tirer quelques mots sur des sujets qui lui étaient extérieurs, mais dès qu'on abordait des considérations personnelles il ne manquait pas de se fermer d'un sourire, comme auparavant. Il y eut des catherinettes, des secrétaires et des chargées de clientèle, pour s'intéresser à lui. Il avait l'air tellement doux, et si gentil, et si timide. Et n'était-il pas déjà propriétaire d'une maison et d'une voiture de prix? Pas coureur, à moins qu'il ne cachât son jeu, et cela aurait bien étonné tout le monde, il ferait un mari idéal. À leurs avances discrètes — évocation d'un concert, d'un film à voir, d'un nouveau restaurant « à tester » — il répondait d'un sourire, toujours ce même sourire, charmant en premier, à la longue déconcertant, et puis à la fin franchement décourageant. On murmura chez les filles qu'il devait être homosexuel; encore que, relevait une de ses défenderesses nourrie d'espérances, on ne lui connaissait pas « d'ami », ni de « tendance » manifeste. C'était sans doute à cause de la mort de son père qu'il se « renfermait ». Tss ! Tss ! Tss ! répliquait une secrétaire, il l'était déjà avant, « renfermé ». Alors ? Bah ! eh bien tant pis ! Qu'il reste dans son coin, qu'il continue de cultiver en paix son jardin secret, s'il en avait un, et quel qu'il soit. Aucune employée, et pourtant il y en avait de très malignes, ne songea à examiner les relevés de paiements par carte, accessibles à tout un chacun par les terminaux informatiques. Qu'aurait-on découvert ? D'impressionnantes dépenses en carburant et péages d'autoroutes. Le jeune homme s'offrait de longs week-ends de défonce. Dès le vendredi soir il parcourait les quelque deux cents kilomètres qui séparent le Finistère de Rennes et de Nantes et à partir de l'une ou l'autre de ces deux portes ouvertes sur des autoroutes, filait droit devant lui, en quête de ses semblables les chauffeurs de bolides, à la poursuite de la griserie de la vitesse, un gibier sans cesse fuyant, facile à dégîter mais impossible à cerner. Il avait l'impression de communier avec les autres conducteurs de voitures rapides. Il échangeait avec eux des politesses. Un geste de la main, un signe de tête et on comprenait : je vais me rabattre, doublez je vous en prie ; et s'ensuivaient des appels de phares en guise de remerciements. Des bouffées d'adrénaline lui fouettaient les sangs : il appartenait à une caste au sein de laquelle on se vouait une admiration réciproque. Sur les aires de repos, les chevaliers brisaient la règle du mutisme pour agonir un peigne-cul de conducteur du dimanche qui avait débouché d'une bretelle sans regarder à gauche, trop occupé à bavasser avec sa bobonne et ses lardons — « Non mais, vous l'avez vu comme je l'ai vu, ce con ? Il a failli nous envoyer tous dans le décor ! » De temps en temps, aux pompes à essence, lorsque le hasard mettait en présence deux modèles identiques, d'un hochement de tête les heureux propriétaires se félicitaient mutuellement de leur choix. Le jeune homme dormait très peu. Le premier week-end, il « fit » Bruxelles, le deuxième la côte d'Azur jusqu'à Nice et le troisième, par l'autoroute de l'Est presque déserte, il atteignit Strasbourg et traversa la frontière afin de jouir de l'absence de limitation de vitesse sur les autoroutes allemandes. Il descendit jusqu'à Mulhouse, prit la direction de Besançon et Dijon, remonta sur Paris par l'autoroute du Sud. Ivre de fatigue, il fut intercepté par les motards de la gendarmerie d'Auxerre après que leurs collègues affectés au chronographe eurent constaté que la Golf GTI roulait à la vitesse de 187 km/h. Son permis de conduire lui fut retiré sur-le-champ. Il dut rentrer en train et organiser le rapatriement de sa voiture. Elle regagna l'impasse sur le plateau d'une dépanneuse. Le jeune homme s'autorisa à effectuer lui-même les manœuvres délicates. Il enferma la Golf GTI dans sa cellule. Quelques semaines plus tard le tribunal correctionnel le condamna à dix-huit mois de suspension de permis. Il accepta la sanction avec le sourire. Le juge se sentit offensé : « Et cela vous fait rire, en plus ? » Impuissant à effacer ce sourire de son visage, le jeune homme battit des paupières comme s'il allait pleurer. Il ne dit rien de la condamnation à ses collègues. Au mois de mai, chaque année, le comité des œuvres sportives et culturelles de la banque organisait un rallye-promenade. Une fille dont la voiture était en panne demanda au jeune homme de faire équipe avec lui. Il dit qu'il n'avait plus de voiture, qu'il avait vendu la Golf GTI. Pourquoi ? s'étonna-t-on. Parce qu'elle était « morte », répondit-il. Il veillait le corps. Chaque soir, il passait de longues heures à l'intérieur de la Golf, dans la cave, à écouter des cassettes. Un samedi, il se rendit en bus à *Bricorama*, où il acheta trois mètres de tuyau flexible, une chignole et un jeu de mèches. Vers dix-neuf heures, il sortit la Golf du garage. Une voisine se mit à sa fenêtre. « Alors, elle marche ? Je croyais qu'elle ne marchait plus, ta voiture. » Il sourit et, laissant la maison ouverte, effectua une marche arrière jusqu'au croisement de l'impasse avec la rue principale du quartier. Puis, sourire aux lèvres, il prit la direction de la côte, à vitesse réduite. Il arriva à la pointe du Van à vingt heures passées. Les touristes, encore peu nombreux en juin, avaient déserté le site. Seule une vieille 4L, immatriculée dans le département, était garée sur le terre-plein. Il regarda à l'intérieur et vit du matériel de pêche. En se rendant au bord de la falaise, il aperçut les pêcheurs assis sur une étroite terrasse naturelle, une vingtaine de mètres en contrebas. Leurs lignes étaient à l'eau. Ils fixaient un endroit entre deux rochers battus par le ressac. Certain de n'être pas dérangé, le jeune homme revint à sa voiture, ôta le tapis de sol du coffre et au moyen de la chignole perça un trou dans le fond. Puis il attendit. Les pêcheurs remontèrent à la nuit tombée, rangèrent leur attirail en jetant des regards de côté sur la voiture noire garée trente mètres plus loin, et s'en allèrent. Le jeune homme mit le moteur en route et conduisit la Golf GTI jusqu'au bord de la falaise, face à l'océan. Il coupa le moteur, enfonça une extrémité du tuyau flexible dans le pot d'échappement, passa l'autre extrémité à travers le trou dans le plancher du coffre, remonta en voiture, s'enferma, mit une cassette à tourner en boucle et fit démarrer le moteur. Ce qui surprit le plus ses collègues, ce fut cette cassette. Les *Concertos brandebourgeois*, de Jean-Sébastien Bach. « C'est marrant, dit une guichetière, jamais j'aurais pensé qu'il aimait la musique classique. »

Y a pas trente-six façons...

Mon père m'a dit

oh mais pourquoi il faut toujours qu'il dise des saloperies pareilles merde à la fin ? et toujours, c'est un bien grand mot parce que depuis un certain temps, c'est ça, un certain temps, y a qu'à dire tout de suite une bonne dizaine d'années et on sera débarrassé, on se voit tout juste une fois par an pour la bonne année, toute la famille se réunit comme on dit, les frangines avec leurs maris et leurs gosses, les frangins avec leurs bobonnes et leurs gosses, et vas-y que je te débouche le mousseux et que je te découpe la bûche, et l'année dernière, enfin cette année, la dernière fois, quoi, le coup où j'avais les deux yeux au beurre noir, y a un de ces cons de beaux-frères qui a sorti, ben Maryse, qu'est-ce qui t'arrive, t'as trébuché sur la bûche, ah ouais, t'en as pris une sacrée de bûche, et les autres se sont marrés comme des baleines, sauf Sabrina, ah ma petite sœur, elle sait bien, elle, combien j'en ai gros sur la patate, mais la pauvre qu'est-ce qu'elle peut faire, elle est au lycée tech, faut qu'elle file doux devant les vieux tant qu'elle sera obligée de bouffer à la maison, elle a pas un rond, elle peut pas m'aider, les autres pourraient mais compte là-dessus et bois de l'eau fraîche, ils lèveraient pas le petit doigt, j'ai qu'à me démerder, je leur en ai fait assez voir, qu'ils disent, mais qu'est-ce que je leur ai fait, on se le demande, juste réclamé un coup de main quand ça allait mal, une famille, ça? m'en parlez pas

d'un père qui vous dit

non mais des fois, vous trouvez ça normal, vous, un père qui dit des trucs pareils à sa fille, même si c'est vrai que j'ai pas réussi à trouver l'homme de ma vie, trente ans et rien que des amants, pas un à me proposer de passer devant monsieur le maire, le curé j'aurais jamais exigé, chacun a ses idées, moi pour ce que j'en ai à foutre de la robe blanche et de tout le tralala, même si les copines elles m'auraient aidée à la faire, ça m'aurait coûté trois fois rien, juste le tissu, et encore, ils m'auraient fait le tarif au personnel, j'ai au moins appris un métier, non? par les temps qui courent c'est pas si mal que ça et j'ai jamais été au chômage, jamais pointé aux asdiques, moi, ah les indemnités journalières de la Sécu ça c'est pas pareil, on y peut rien quand on retombe dans la débine comme je suis retombée à cause de l'autre pochetron, la Sécu c'est normal qu'elle vous paye puisqu'ils vous enlèvent les cotises de votre bulletin de paie, alors c'est pas parce que j'ai tendance à ramasser des drôles de numéros dans les trocsons qu'il fallait me jeter la pierre, me dire

oh me dire, quand même, c'est pas des choses à dire à sa fille

quand j'ai arrêté de payer le loyer et que le proprio m'a envoyé l'huissier et que finalement il m'a fait cadeau de trois mois de loyer si je déménageais, l'assistante sociale m'a dit, pas tous les jours que ça arrive des propriétaires sympa comme ça, déménagez, vous trouverez bien quelqu'un pour vous loger en attendant que je vous obtienne un studio H.L.M., et comme personne de la famille a voulu venir avec sa bagnole, c'est l'assistante sociale elle-même qui m'a déménagée, pour ça que si on me le demandait je dirais que j'ai rien, vraiment rien à lui reprocher, à reprocher à qui que ce soit, sauf à l'autre pochetron et à la famille, là c'est une autre histoire, alors quand je me suis pointée à la maison en bus, et l'assistante sociale qui allait venir dans sa voiture dans la soirée avec mes affaires, et que j'ai dit aux parents, voilà, je suis à la rue, il me faudrait une piaule pendant trois ou quatre semaines, y a au minimum trois chambres de libres à la maison, mon père m'a dit, ah c'est dur à avaler, le psychiatre a beau dire que c'est des paroles en l'air, qu'il pensait pas ce qu'il disait, entendre ça dans la bouche de son père,

tu te feras ramoner le cul où tu veux mais pas sous mon toit

j'ai gueulé T'ES CON OU QUOI ? il a rigolé et a dit j'aurais trop peur de choper le sida en allant aux chiottes après toi

j'ai gueulé T'ES CON OU QUOI ? T'ES CON OU QUOI ? il m'a foutu une baffe et j'ai chialé, j'aurais voulu crever sur place, qu'ils soient obligés d'appeler le SAMU et de m'allonger sur mon lit dans ma chambre, enfin le lit et la chambre que j'ai eus chez eux avant qu'ils me foutent dehors, et je me serais vidée par les deux bouts, nettoyez maintenant, nettoyez, je suis votre fille non ? alors faut me laver le derrière avant de m'envoyer au cimetière, penses-tu je suis restée là le regard fixe tellement j'étais assommée et ma mère m'a proposé un bol de café et elle m'a glissé un billet de cent balles dans la poche pendant que je téléphonais JE PEUX PASSER UN COUP DE FIL OUI ? téléphonais à Agnès, à l'atelier c'est un ange, Agnès, copine avec tout le monde, un peu bonne sœur ou quoi le stade avant qu'elles prennent le voile, m'est avis qu'elle a jamais baisé, à lire deux Harlequin par jour, et je lui ai demandé de m'héberger quelque temps, oh j'ai bien senti que je l'emmerdais, mais j'ai tout fait jusqu'à hier soir pour pas l'emmerder, petite souris et tout, cuisine, vaisselle, ménage je lui faisais tout, même qu'elle était un peu gênée à la fin, Maryse, t'es pas ma bonne, tout de même, laisse, Agnès, ça me fait plaisir, et si ça m'embête pour quelqu'un ce que je vais faire c'est bien pour elle, Agnès elle a été une mère pour moi, plutôt une grande sœur, on a le même âge, et en attendant l'assistante sociale, puisque mes parents me foutaient dehors de chez moi pour la trente-sixième fois, je me suis assise dehors, sur l'escalier devant la porte, fumé clope sur clope, j'entendais les bruits de casserole, la voix de mon père, les actualités régionales à la télé, et ça faut le voir pour le croire, de temps en temps le rideau bougeait, les parents me zieutaient en se disant quand est-ce qu'elle va se barrer, sûr qu'ils avaient les jetons que je prenne racine, de quoi se marrer si y avait pas plutôt de quoi chialer

eh ben marre-toi ma vieille

ma petite sœur est rentrée de l'école, elle a chialé en me voyant, elle a gueulé au père qu'il était un salaud et à la mère qu'elle était une salope, elle a dû prendre une paire de mandales, et après ils ont dû la consigner dans sa chambre, ont fermé tous les volets, de quoi se marrer, comme si j'allais défoncer la porte et les fenêtres, marrant, vraiment marrant

et d'ailleurs oui c'est marrant, l'atelier, la nuit, il a l'air beaucoup plus grand, et surtout le plus drôle c'est le silence, silence à la coupe là-bas, et elles ont la chique coupée, les machines à coudre, et tous les coupons étalés, les fringues surpiquées sur les portemanteaux, on dirait des fantômes, on est entre nous quoi, j'ai peut-être jamais été autre chose qu'un fantôme sur cette terre, ça empêche pas que j'entende des bruits qu'on entend pas pendant le boulot, les voitures sur le boulevard extérieur, le train au loin, et le ronronnement de trucs électriques dans le local technique avec une tête de mort sur la porte, vont l'avoir, et pour de bon, leur tête de mort

de morte j'aurai

vont en faire une tête

d'enterrement, c'est le cas de le dire, marre-toi, marre-toi, marre-toi ma vieille, le psychiatre avait raison, les pilules qu'il me donne ça vous rend pas abruti, vous allez voir, vous allez devenir lucide, capable de comprendre vos problèmes, ben oui, je comprends, je vois bien, mais ça empêche pas que j'ai envie de crever, alors les pilules ça doit pas marcher sur tout le monde pareil

l'enterrement, ça va leur faire des frais, bien fait pour leur gueule,

ET MES PARENTS je gueulais dans le cabinet du psychiatre VOUS TROUVEZ ÇA NORMAL QU'ILS ME FOUTENT DEHORS ?

calmez-vous, calmez-vous

ET QUE MON PÈRE ME DISE VA TE FAIRE RAMONER LE CUL AILLEURS

calmez-vous, calmez-vous, ou laissez-vous aller si ça vous fait du bien, nous allons faire en sorte que vous puissiez gérer votre indépendance, votre personnalité est pas en cause, c'est dirons-nous la fatalité, un enchaînement, vous avez rien à vous reprocher, tout ça c'est pas de votre faute, quand je vous aurai remise d'aplomb vous aurez de nouveau confiance en vous, n'ayez crainte, je suis là pour vous aider, ah il est bien bon çui-là, je reconnais qu'il a fait tout son possible, mais y a une chose contre laquelle il peut rien, que je suis la seule tarée de la portée, les autres ils ont tous des maisons à eux dans des cités, des bagnoles, des caravanes, des gosses mignons bien habillés et tout, et habillés par qui, je vous le demande, par leur tata Maryse qui leur cousait des petits manteaux quand elle était en forme, dans le temps et l'assistante sociale m'a trouvée assise sur les marches en ciment, je vais parler à vos parents qu'elle a dit, laissez tomber j'ai dit je me suis arrangée avec une copine, si vous pouviez m'amener chez elle, et comme j'ai donné l'adresse et que c'était un port de pêche à vingt kilomètres d'ici, elle a dit un port c'est peut-être pas ce qui vous convient le mieux avec tous les bistrots, j'y touche plus vous savez bien, j'ai dit, et votre copine elle est sérieuse ? elle a dit, une vraie bonne sœur, j'ai répondu, vous vous en rendrez compte vous-même

chez Agnès tout était propre et net comme dans mon studio quand j'ai eu mon premier chez-moi, l'assistante sociale l'a remerciée, si tous les gens étaient comme vous ce serait formidable elle a dit, et vous inquiétez pas Maryse aura son H.L.M. bientôt, c'est une question de trois ou quatre semaines, du coup Agnès a été rassurée, et je la comprends, une alcoolo dépressive à dormir dans son canapé c'est pas la joie quand vous avez un petit appartement sympa comme un petit nid douillet, et du coup entre nous y a jamais eu le moindre problème, et y en aurait pas eu si l'autre pochetron avait pas pointé sa sale gueule hier après-midi, à cette heure-ci les flics doivent me chercher partout mais ça m'étonnerait qu'ils aient l'idée de fourrer leur nez à l'atelier, y a plus de deux ans que j'y ai pas mis les pieds, remerciée pour cause d'absence prolongée,

ah pour être prolongée elle va être prolongée celle-là,

marre-toi, marre-toi, marre-toi ma vieille,

m'a suffi de casser un carreau pour entrer, encore quelques mois et la Sécu m'aurait collée en invalidité définitive, mise au rancart comme un vieux pull bouffé aux mites, merci bien, pendant presque vingt ans meilleure apprentie, meilleure ouvrière, meilleure coupeuse, et puis voilà, plus rien, plus bonne à rien,

oh vous inquiétez pas je vais pas faire de dégâts, je pourrais couper un tas de tissus en lanières, pour quoi ? pour me venger ? de qui ? de quoi ? le patron a été réglo, quand j'ai repris entre deux crises il m'a même affectée à l'emballage parce que je tremblais tellement que je pouvais plus couper, ah ça aurait donné des sacrées robes et des sacrés manteaux, ah ça de l'originalité, c'est sûr, me suis contentée de ce que j'ai trouvé dans les poubelles, un restant de coton soie mélangée, la soie c'est lisse, ça glisse et puis comme on dit autant péter dans la soie, pas la peine de s'abîmer le cou avec une corde, d'ailleurs où je serais allée en chercher une ? les magasins étaient fermés, et je sais pas pourquoi je reste là à déconner, ça doit être les médicaments, lucide ça vous rend lucide, a dit le psychiatre, putain le pauvre, il risque d'en avoir gros sur la patate que sa malade elle se taille voir s'il fait meilleur autre part, mais c'est son métier, hein, faut assumer, et d'ailleurs c'est quoi lucide, hein ? il m'a expliqué c'est quand on voit clair à l'intérieur de sa tête, cause toujours, cause toujours mon lapin

parle à mon cul ma tête est malade ha ha ha,

et y a pas que la tête, y a tout le reste, vous avez un foie énorme, mademoiselle, énorme, a dit le toubib le coup où j'ai atterri aux urgences quand ils m'ont ramassée parmi les poubelles après que l'autre enculé m'a tabassée, faut dire qu'on en tenait une bonne tous les deux, une sacrée pichtarée, marrant le foie qui enfle et tout le reste qui part en couille, allez expliquer ça vous, les guiboles en baguettes de tambour et les fesses j'en ai plus, ah y en a qui seraient heureuses toujours à se plaindre de leur gros cul, n'ont qu'à boire, radical une bonne cuite deux fois par jour et pas besoin de régime amaigrissant, les trucs qu'ils vendent en pharmacie ça vous file la filante un point c'est tout alors forcément à force de vous vider vous gardez plus rien et la graisse fond, eh ben moi j'en suis loin, je vous prie de le croire, quarante-cinq kilos toute habillée, la taille mannequin, et d'ailleurs j'ai fait le mannequin, avant que je recommence à déconner, à l'usine ils prennent les plus belles filles, les mieux foutues, pour les photos, ce cirque pour les collections d'été, poser en maillot de bain parlez d'une aventure se voir sur le catalogue oh pas à poil hein on fabrique pas des strings, des une-pièce bien couvrants et même les deux-pièces très pudiques, la clientèle de la boîte c'est plutôt la ménagère pas la pin-up, ils nous payaient l'esthéticienne, cette rigolade la première fois qu'on s'est fait faire un tour de maillot, et les autres grosses dans les vestiaires qui voulaient qu'on leur montre, on s'est bien poilées c'est le cas de le dire, avec nos moustaches rasées, Betty, Audrey et moi quand on changeait de maillot entre deux poses derrière le rideau et devant l'appareil du photographe un beau mec que s'il avait dit oui j'aurais pas dit non on avait l'impression d'être toutes nues, et Bruno le gars avec qui j'étais à ce moment-là m'a dit tu sais ce que ça veut dire descendre au barbu eh ben maintenant y a plus moyen, t'as plus de barbu, juste une motte comme une tête d'Iroquois, il avait de ces expressions çui-là, tellement câlin qu'il a fini par me coller un polichinelle dans le tiroir et ça a été ma première I.V.G. et c'est après que j'ai commencé à prendre la pilule et loué une chambre meublée en ville, madame se prend pour une star maintenant qu'elle pose dans les catalogues a dit mon père, elle veut baiser tranquille et d'ici qu'on la retrouve dans les films porno y a pas loin

non mais qu'est-ce que je leur ai fait, qu'est-ce qu'ils avaient à me reprocher, c'était pas normal de vivre sa vie, évidemment mes frangines, vu qu'elles ont entre cinq et dix ans de plus que moi, elles ont vécu à une autre époque, quitté la maison pour se marier, c'était comme ça en ce temps-là, mais moi j'ai rien fait de pire que les copines en prenant ma liberté à dix-huit ans, pas une raison pour qu'on vous traite de pute,

bon, d'accord, Bruno il m'a baisée en large et en travers, comme qui dirait par-devant et par-derrière, le coup classique, pas demain la veille qu'on me le refera, soi-disant divorcé, tiens t'as qu'à croire, et quand il m'a plaquée parce que je commençais à l'emmerder là je l'ai eue vraiment mauvaise et ça a été le début de la liche, pas étonnant,

non mais moi aussi j'en aurais des trucs à leur reprocher, qui c'est qui m'a appris à boire si c'est pas eux, hein, le dimanche à douze ans un verre de Saint-Raphaël, bois, bois ma mignonne, ça donne des forces, la vache ce que je trouvais ça dégueulasse et ils me forçaient à le boire, les cons, ma mère elle était conne ou quoi, on apprend pas aux gosses à boire l'apéro, et si je m'en suis sortie après le coup de Bruno c'est pas grâce à eux, je vous prie de le croire, tout simplement parce que j'ai tiré une croix dessus de moi-même, plus une goutte, régime sec, jus de fruits et diabolo menthe et je suis redevenue toute belle, pomme teint frais, adios valoches sous les yeux, décoré ma piaule, acheté une télé, cueillais des fleurs le dimanche, des marguerites dans les fossés, attention aux vipères, petites robes légères, chouette époque que je sais même plus combien de temps ça a duré, attendais le prince charmant, tirais un coup de temps en temps à la sortie des boîtes, avant qu'il y ait l'histoire du sida, après avec les capotes ça perdait de son charme mais enfin ça empêche pas de se dégoter un homme pour la vie, y a des copines qui se sont mariées avec des mecs qu'elles ont baisé avec avant dans des bagnoles en mettant une capote, pourquoi pas moi, on voit pas le temps passer, même si y a des neveux et des nièces qui vous arrivent, mariages communions enterrements, y a comme des portes qu'on vous claque au nez, vous êtes plus que tata Maryse, la tata un peu tarte qui arrive pas à retenir un gars par le paletot

hi hi hi même pas par la braguette, même pas par les petits plats dans les grands, comme ça qu'on dit

pourtant qu'est-ce qu'ils veulent de plus, je

sais pas moi, je sais plus, j'ai jamais su, pourquoi ils restent pas avec moi, à l'époque où je lichetronnais ça se comprend, mais après, qu'est-ce que j'ai de moins que les autres, j'ai la peste ou quoi

verront bien demain matin, parlez d'une guirlande de Noël, je sais pas qui va entrer en premier, la contremaîtresse probablement, dira c'est quoi ça qui a collé un mannequin au plafond

hi hi hi hiiiiiiiiiiii va crier Agnès, c'est Maryse, MARYSE, ah va y avoir de l'ambiance, le temps que les flics arrivent, une matinée de foutue, merci, Maryse, seront payées quand même, peuvent pas faire autrement, et s'il faut qu'elles fassent des heures sup tant mieux pour elles à la fin de l'année ça améliore

diront c'était pas une raison pour se tuer ah ça j'entends ça d'ici pas une raison pour se tuer qu'est-ce qu'ils en savent

diront faut prévenir Loulou ah non surtout pas lui dira Agnès c'est lui qui l'a rendue complètement bourrique

mais non elle dira pas ça parce qu'à cette heure-ci elle a découvert le cadavre et ils me cherchent partout

ELLE A TUÉ LOULOU gueulera Agnès

ah bon comme ça on comprend mieux ce sera pas une grande perte pour l'humanité

DITES PAS ÇA DITES PAS ÇA DITES PAS ÇA

Loulou il était pas comme ça au début, on s'est connus au centre de réadaptation, dératisation qu'il disait, le centre c'était chouette, il aurait fallu pouvoir y rester seulement voilà, au bout d'un moment ils vous foutent dehors parce que ça coûte cher à la Sécu et ça se comprend qu'un jour ou l'autre on soit considérés comme guéris, quand vous y avez pas touché pendant six mois en principe c'est que c'est bon, moi j'aimais bien l'hôpital psy, pas seulement à cause de Loulou, pour tout le reste, les occupations, les recettes de cuisine qu'on apprenait, Loulou apprenait la plomberie et il était vraiment divorcé il m'a montré ses papiers parce que d'abord je lui ai dit une fois ça suffit, divorcé et deux gosses à Paris avec son ex remariée à un Chinois qu'il m'a dit mais ça allez savoir si c'est vrai, mystère, et finalement le médecin-chef voyait ça d'un bon œil qu'on pourrait refaire notre vie ensemble, deux pochetrons dégoûtés pour toujours de la bouteille et pas trop marqués on avait bonne mine

et si depuis deux ans qu'ils m'ont donné mon sac y avait un gardien de nuit m'en fous l'aura pas idée de regarder en l'air tout de même

enlever ma culotte dans la nature ça m'excitait drôlement, c'était vite fait bien fait mais avant Loulou j'avais jamais vraiment écarté les doigts de pied, je roucoulais de partout à l'intérieur tellement que j'en lâchais trois gouttes de pipi

d'ailleurs j'aurais peut-être dû faire pipi avant de monter sur cette chaise et si je me vidais sous moi tant pis ça tombera sur la table de coupe et le molleton fera buvard

je sais pas pourquoi ça me faisait ça aucune copine m'a raconté un truc pareil remarque des choses intimes du genre ça se raconte pas y a que moi qui est assez tarte pour aller raconter ma vie à n'importe qui, et Loulou il adorait ça, putain ce que tu reluis, c'est dingue, les gars ils adorent ça qu'on soit pas comme un établi, Loulou ça le rendait fier, avec toi je me sens un homme qu'il disait, un vrai, et moi avec lui je me sentais toute femme, alors pourquoi on se serait pas mis ensemble, y a que les cons pour penser le contraire, le grand amour c'est pas que Roméo et Juliette, on est des gens normaux merde à la fin

si on m'avait dit qu'un jour je retomberais dedans j'aurais pas cru, logée, nourrie, blanchie, avec mes indemnités journalières j'avais jamais été aussi riche et on fumait comme des pompiers tous les deux, ah ça on se privait pas, faut bien une compensation, Loulou touchait un peu d'asdiques mais je lui payais les trois quarts de ses clopes et il me restait de quoi économiser, toujours fait des économies sauf pendant mes crises, n'empêche de seize à trente-cinq ans, dix-neuf ans de boulot, encore un peu et j'aurais eu la médaille du travail, rions, à mettre des sous de côté à l'Écureuil ça finit par faire des petits, et là les vieux, ça leur aurait bouché un coin de savoir que j'avais huit briques sur mon livret, Loulou en revenait pas, huit briques, putain, Maryse, c'est dingue, on va pouvoir s'installer, vivre pépère, tu reprends à l'usine moi je bosse dans la plomberie, à nous la grande vie, on efface l'ardoise de la galère qu'il a dit, on pourra se payer des vacances aux Baléares, moi j'en avais les larmes aux yeux, c'était comme dans *Nous Deux*, la famille allait plus me regarder de travers, Loulou était du genre à plaire à mon père, grande gueule comme lui, et du cul comme lui pire qu'une guêpe sauf qu'il était un peu tard pour qu'il me fasse cinq ou six gosses mais un ce serait déjà pas mal, en prévision j'ai loué un T3 dans un quartier bien fréquenté, acheté tout ce qu'il fallait, un lit à deux places, un lave-linge, un frigo plus grand et tout, repris ma place à l'usine, plus un poil de gigite, à part quand je buvais trop de café mais ça c'est pas pareil

et l'autre con qui me disait qu'il cherchait

du boulot, tiens, un rêve, passait son temps devant la télé, je voyais bien, suffisait de compter les mégots dans la poubelle, cet enculé pensait même pas à les planquer, pas comme les canettes de bière, il les descendait au fur et à mesure dans le container dans la cour, remarque il abusait pas parce que je me doutais de rien, son haleine sentait que la gauloise et il était gentil, toujours aussi amoureux, même que des fois c'était un peu pénible, crevée pas crevée fallait y passer, forcément lui comme il pionçait toute la journée la nuit il était en pleine forme,

et je sais pas comment il a pensé à mon anniversaire, me souviens pas lui avoir dit, il a dû fouiller dans mes papiers et moi je sais même pas quel âge il avait trente-sept ou trente-huit peut-être, toujours est-il qu'il a acheté une bouteille de champagne et j'ai dit t'es dingue on va pas repiquer au truc, oh il a dit une coupe de champagne on donne ça à boire aux grands malades ça va pas nous empoisonner et là je me suis doutée qu'il avait dû retoucher parce qu'il a pas hésité il a sifflé une coupe et m'a dit t'es pas sympa une bouteille que j'ai achetée exprès pour tes trente-trois ans tu peux pas me refuser ça et c'est vrai que c'était difficile, c'était comme refuser un cadeau, alors ce qui devait arriver est arrivé, la vache avec deux coupes j'étais complètement paf et quand il a dit je descends chez l'Arabe en chercher une autre j'ai pas dit non et quand il est remonté avec une bouteille de bordeaux blanc on a même pas attendu qu'elle refroidisse au frigo et la vache ça a été une sacrée bonne cuite dans la joie mais je vous parle pas du lendemain, Agnès m'a dit qu'est-ce qui t'arrive t'es malade je pouvais pas lui dire que j'avais repiqué au truc n'empêche qu'à midi je suis sortie boire un Ricard au bistrot d'à côté et ça s'est su tout de suite pensez bien et voilà c'était reparti pour la gloire, pichetarée tous les soirs

hérédité qu'ils disent, mon cul, peau de balle et variétés, mes parents sont pas alcoolos, mes frangins et mes frangines non plus, ils biberonnent pas plus que ça et si y avait pas eu l'autre taré avec sa bouteille de mousseux

j'ai pas mis longtemps à comprendre pourquoi sa femme l'avait largué, le Loulou de mon cœur, espèce de fumier, un cogneur, oh des baffes pour commencer, rien de catastrophique, mais quand il a voulu du fric et de plus en plus parce que monsieur se pétait pas à la maison, monsieur voulait de la compagnie et dans les bistrots ça a vite fait de vous ruiner, il me traînait à l'Écureuil pour que je retire des sous et ça a pas suffi, voulait une procuration, ah manquerait plus que ça j'ai dit, tout miel il était, avec mille balles j'avais la paix, deux mille c'était Roméo

drôle de numéro Roméo je vous dis, quand j'avais mes ourses j'avais pas intérêt à aller sous la douche, ce con-là il m'écartait les cuisses de force et tirait sur la ficelle, ding-ding-ding je suis le bedeau je sonne la cloche c'est l'heure de mettre le petit Jésus dans la crèche, arrête mais arrête donc t'es dégueulasse

un gros dégueulasse qui me faisait des choses par autre part on est pas des bêtes quand même le gosse j'ai fait une croix dessus Maryse avait encore gagné le gros lot

il a commencé à ramener des pouffiasses à la maison voulait qu'on fasse des partouzes merci bien t'as qu'à te cuire des nouilles et ton macaroni avec hein quoi qu'est-ce que t'as dit c'est comme ça que tu me traites devant mes copines viens un peu par ici

m'a cogné la tête sur le lavabo a démoli la cuvette des vécés l'était fou raide défoncé alors là ma vieille je me suis dit il est temps d'aviser me suis arrangée avec un serrurier un après-midi suis sortie de l'usine dit que j'étais patraque et l'autre con pendant qu'il était dans les bistrots j'ai fait changer la serrure et le verrou

aaaaaahhhhh non mais des fois Maryse

Maryse ouvre je sais que t'es là tu parles que j'étais là en robe de chambre une bouteille bien au chaud entre les cuisses à la tienne Étienne quelqu'un a appelé les flics et ils l'ont embarqué

le fumier il me guettait à la sortie de l'usine beau porter plainte les flics m'ont dit y a que s'il vous esquinte qu'on pourra l'arrêter un certificat d'arrêt de travail de plus de huit jours quinze ce serait encore mieux pour la correctionnelle eh ben quoi j'avais plus qu'à me laisser démolir

ben ouais démolir

y avait qu'à demander et y a pas eu besoin le jour où il a forcé la porte et tout foutu en l'air dans l'appartement contente il m'a dit t'amuse pas à recommencer ce petit jeu avec moi qu'est-ce que je pouvais faire j'avais plus de sous à la caisse d'Épargne il avait qu'à se démerder avec l'appartement et moi la nuit dehors avec les cloches ramassée plus souvent qu'à mon tour et internée pour finir six autres mois à l'asile la paix la paix la paix la paix LA PAIX

sortir j'en tremblais l'assistante sociale est venue avec moi à l'appartement on a fait changer les serrures une autre fois je rentrais je m'enfermais mais l'autre taré avait disparu de la circulation en tôle peut-être et moi des cachets en veux-tu en voilà de toutes les sortes de toutes les couleurs en longue maladie

et avant-hier il s'est repointé de quoi se foutre par la fenêtre je t'aurais je t'aurais j'aurais ta peau qu'il disait et des dessins cochons plein ma boîte aux lettres et des rayures sur ma porte comme des têtes de mort et l'huissier évidemment et l'assistante sociale s'est arrangée avec mais moi j'en pouvais plus

et je suis restée assise sur l'escalier en pierre et pendant ce temps-là les rideaux bougeaient ils auraient bien pu me prendre avec eux je suis leur fille quand même non

et comment il a fait pour me retrouver chez Agnès, probable qu'il est allé boire un coup au bistrot à côté de l'usine et il a écouté les filles parler

alors quand cet après-midi il a frappé chez Agnès qu'il a cogné à la porte d'abord et puis tout tendre après pardon Maryse je t'aime Maryse ouvre-moi Maryse je veux un enfant de toi Maryse moi j'en avais la tremblote il allait me tuer c'est sûr je répondais rien t'es là Maryse je sais que t'es là je t'aime tu me crois pas MAIS PUISQUE JE TE DIS QUE JE T'AIME

tiens t'as qu'à croire

qu'est-ce que je pouvais faire moi j'en peux plus

pendant tout le temps où je suis restée toute

seule chez Agnès j'avais eu le temps de trembler oh la tremblote il frappait à la porte comme dans ce film où y a des morts vivants qui veulent entrer alors moi j'étais en train de repasser j'ai débranché le fer j'ai tourné la clé dans la porte et ce con-là a ouvert doucement tout doucement Maryse Maryse t'es là mon petit cœur il a passé la tête et moi je lui ai planté le fer dedans le bout pointu à deux mains c'est entré comme dans du beurre il a même pas dit ouf il est tombé et tout de suite après y avait une vraie mare de sang j'ai posé une serpillière dessus

à l'usine ils me chercheront pas à l'usine c'est bien y a pas meilleur endroit puisque j'en ai marre mais vraiment marre de tout ça c'est le moment j'ai qu'à donner un coup de pied dans la chaise

c'est peut-être con mais c'est comme ça

n'importe comment y a pas trente-six façons d'en finir avec tout ça

Martial Noisant

C'est à l'occasion du remplacement d'un confrère notaire empêché pour maladie que je fis la connaissance de Martial Noisant, client important de l'unique étude de B***, un gros bourg de quelque cinq mille âmes situé au fond d'un aber, qu'on appelle la rivière de B***, où remontaient autrefois avec le flux les lougres noirs et les petits pinardiers, ces derniers chargés de vins d'Algérie, du Maroc et de Tunisie, à haut degré d'alcool, que les Bretons se mirent à boire après la Première Guerre mondiale, délaissant la bière traditionnellement brassée sur place et le cidre qu'on pressait alors dans toutes les fermes. Des négociants avaient bâti d'immenses fortunes sur le négoce de vin du Maghreb. Le père de Martial Noisant était de ceux-là.

Consistant essentiellement en obligations et rentes, perpétuelles ou non, les placements financiers de l'époque n'inspiraient guère confiance à ces nouveaux riches qui avaient entendu parler des emprunts russes et des épargnants français ruinés à la suite de la dénonciation unilatérale par les Soviets de la signature de ceux qu'ils avaient chassés du pouvoir ; en outre, dans cette province réfractaire au jacobinisme, on ne confiait pas volontiers son argent à l'État en échange de ces bouts de papier appelés bons du Trésor. La terre représentait donc le meilleur placement qui soit. Au fur et à mesure qu'il engrangea des bénéfices, le père de Martial Noisant acheta des fermes, le plus souvent à des aristocrates alliés de fraîche date, par le mariage de leurs fils ou de leurs filles, à des grands bourgeois entreprenants, et de ce fait tout d'un coup moins soucieux de gérer des fermages que de rendre leurs avoirs liquides afin de se reconvertir dans l'industrie et le commerce international, ou tout simplement de jouer en Bourse. D'immenses domaines furent ainsi morcelés. Le père de Martial Noisant acheta en bloc des trente, cinquante, quatre-vingts hectares et à son décès sa veuve et son fils unique se retrouvèrent à la tête d'une surface immobilière proche du millier d'hectares. Le négociant n'avait certainement pas prévu que la valeur de ses terres, placement sûr mais de rendement médiocre et aux plus-values latentes à l'origine inexistantes, flamberait dans cette zone côtière propice à l'expansion économique et au développement du tourisme. Martial Noisant aurait été bien incapable de chiffrer la valeur de cet ensemble foncier, et si on me l'avait demandé je n'aurais pu moi-même que me livrer à une estimation très lâche, dans une fourchette de deux à quatre milliards de centimes. En consultant son dossier juste avant le rendez-vous qu'il avait sollicité, je me rendis compte que Martial Noisant était le plus gros client de l'étude. Bien m'en prit d'avoir respecté cette règle que je m'impose avant tout premier contact et qui est de découvrir au préalable mon interlocuteur, via son dossier, sinon, comment l'aurais-je reçu ? M'aurait-il joué un tour pendable, comme celui qu'il avait joué à un de ses banquiers récemment débarqué de Paris et qu'il me raconterait plus tard ? Une écharpe tricotée autour du cou, il avait l'air d'un cul-terreux, en charentaises dans des socques, vêtu d'un vieux pantalon en drap et d'un veston râpé trop petit pour être porté sur un gros pull avachi par les lavages. Enrhumé, et il m'apparaîtrait qu'il l'était tout le temps, il se mouchait dans un mouchoir de la taille d'une serviette de table, à carreaux blancs et mauves, constellé de brisures de tabac et de cendres, à cause de sa pipe et de sa blague qu'il gardait dans la même poche. Il était plutôt petit et venait d'avoir cinquante-huit ans. On ne les lui donnait pas. Son visage couperosé, mais sans la moindre ride, avait quelque chose d'ecclésiastique. Réalité ou idée préconçue qui vous laisse accroire que le vœu de chasteté va de pair avec une sorte d'impuissance, sinon de castration ? J'avoue que j'ai toujours trouvé que les prêtres ont la peau du visage anormalement glabre et lisse. C'était le cas de Martial Noisant. Le bonhomme était gai, enjoué, disert — et je ne le verrais jamais autrement — et dans son œil il y avait, pour clore la comparaison avec un recteur breton, cette complicité narquoise et bonhomme du curé faussement crédule à l'égard du paroissien qui prétend n'avoir rien à confesser. Ma perspicacité, ou mon intuition, ou encore mes divagations, appelons cela comme l'on voudra, furent en quelque sorte confirmées peu de temps après lorsqu'il m'apprit qu'il avait fait ses études secondaires au petit séminaire de Pont-Croix et qu'il serait entré au grand séminaire de Quimper, n'eût été l'obligation pour lui, fils unique, de reprendre la suite de son père et d'aider sa mère à gérer leur fortune.

À ses yeux l'objet du rendez-vous était des

plus récréatifs. Il me tendit un document administratif et me dit : « Regardez, ça vaut le coup d'œil. Je vous dérange pour peu de chose, mais quand on a l'occasion de se distraire il ne faut pas s'en priver. » On l'expropriait d'un bout de terrain situé sur une commune voisine. « Mon père ne m'a jamais parlé de ce terrain, voilà pourquoi je préfère vérifier. Si je signe et que j'encaisse les sous, et qu'on vienne me dire plus tard qu'il n'était pas à moi, quelle mine je devrai faire ? Remarquez, s'ils disent qu'il est à moi, sûrement qu'il est à moi. Ils savent mieux que nous. Mais vaut autant vérifier. Si ce champ est constructible, on pourra discuter le prix. On va tout de même pas le leur donner pour rien. Ils n'auront qu'à faire passer leur route par ailleurs. » Je l'interrogeai : Était-il allé se rendre compte sur place ? Non. Il n'avait qu'une très vague idée de l'endroit, et à quoi bon ? Son père avait acheté tellement de terres à droite et à gauche qu'il y avait de quoi s'y perdre ; remembrements, cessions partielles, regroupements de parcelles, bornages enterrés par les bulldozers, une vache n'y retrouverait pas son veau. Nous avons plaisanté là-dessus et j'ai fini par comprendre que Martial Noisant se fichait comme d'une guigne de ce bout de terrain et des quelques milliers de francs de l'expropriation. Ce qui l'amusait était de vérifier qu'il était bien propriétaire de terres dont il n'avait rien su jusque-là, et quant à s'assurer de leur valeur, c'était dans un seul but : ennuyer l'administration, sa bête noire. Je rangeai le document dans un tiroir et fus ensuite soumis à un véritable interrogatoire sous le camouflage d'un dialogue urbain. Et où étais-je né ? et où avais-je fait mes études ? et où avais-je travaillé auparavant ? En outre, mine de rien, Martial Noisant s'assura, en amenant la conversation sur les quirats (il possédait des parts dans des chalutiers hauturiers), sur la fiscalité des terres reboisées, sur les placements hypothécaires et bien d'autres questions fiscales ou patrimoniales, que je n'ignorais pas qui il était. Je fus brillamment reçu à cet examen de passage, comme en témoigne l'histoire qu'il me raconta sur le seuil de mon bureau, façon élégante de me délivrer mon diplôme, puisqu'il s'agissait de rire ensemble d'un banquier recalé audit examen après qu'il fut tombé dans le piège tendu par son client. Un nouveau directeur venait d'arriver là où Martial Noisant avait son compte commercial et l'essentiel de ses avoirs. Il attendit six mois : l'homme ne vint pas se présenter et, comble du mépris, quand Martial effectuait ses dépôts au guichet, le banquier, par la porte ouverte de son bureau, lui jetait des regards indifférents. Un beau jour, Martial demanda un rendez-vous, qu'on lui accorda. Il prétexta des ennuis de trésorerie — ce qui est risible quand on connaît sa fortune — et prévint qu'en fin de mois il serait probablement débiteur de cinquante mille francs. Y avait-il un problème ? Ah que oui, répondit le banquier, il fallait « monter un dossier », produire les trois derniers bilans, faire l'inventaire des actifs. Martial Noisant joua les étonnés. Tout ça pour si peu ?

« Ah que voulez-vous, ce n'est pas l'argent de la banque qu'on prête, c'est celui de nos clients, dit l'autre, il faut qu'on s'entoure de garanties.

— Justement, rétorqua Martial, c'est mon argent que vous me prêterez.

— Comment ça ? s'étonna le banquier.

— Les deux millions de bons de caisse que j'ai chez vous, ça ne compte pas ? Et le portefeuille d'actions ? Et le livret d'épargne ? Et celui de ma mère ? »

Le banquier blêmit et bredouilla :

« Ah, écoutez, j'ignorais que..., je suis vraiment..., bon, bien, je vais voir, je vous rappelle... »

Martial sortit de sa banque principale, marcha une centaine de mètres, entra dans une autre banque dont il n'était pas client. Il raconta de nouveau son histoire et s'interrogea sur la possibilité d'obtenir un découvert de cinquante mille francs pour une semaine ou deux. Pas de problème ? Pas de problème, cent mille francs s'il le voulait. Un dossier ? Mais il plaisantait ! Un dossier ? Voyons, monsieur Noisant... Martial transféra illico tous ses avoirs dans cet établissement où « on se renseignait sur les gens ».

« La famille était cliente de cette banque depuis plus de soixante ans et le directeur ne savait même pas qui j'étais ! Eh bien, maintenant il sait ! »

Martial en riait encore. Nous prîmes congé. Tandis que je regagnais mon bureau, le caissier de l'étude me dit : « Alors, ça s'est bien passé avec Martial ? Un personnage, n'est-ce pas ? Vous aimez le vin ? Un conseil, maître, achetez votre vin chez lui, ça vaut la peine à tous points de vue. »

Je procédai aux vérifications concernant l'expropriation — un délaissé sans aucune valeur — et le samedi suivant me rendis chez Martial sous le prétexte de lui rendre compte de mes recherches et dans le but réel de lui acheter quelques bonnes bouteilles.

La comparaison qui vient immédiatement à l'esprit pour décrire la propriété des Noisant est celle du navire. La proue, dirigée face au flot de la circulation de la rue principale, coupait cette voie en deux courants qui, suivant les hauts murs en moellons bruts de chaque côté, sur une longueur d'environ trois cents mètres, se rejoignaient de nouveau à la poupe, plus large, à l'endroit d'un giratoire qui figurait, je ne peux m'empêcher d'y songer, le bouillonnement des hélices brassant l'eau. Là, il y avait un quai, sinon un port où le paquebot était amarré : une cour, des citernes, des hangars et dans leur sous-sol des caves, des garages. Un escalier d'une trentaine de marches permettait d'accéder au vaisseau, surélevé par rapport à la rue et dont le pont, d'une surface voisine d'un hectare, était en légère déclivité. On entrait par le fond du jardin — la poupe, donc — lui-même divisé en grandes terrasses planes coupées par une allée centrale et reliées les unes aux autres par des escaliers en pierre de taille.

J'entrai par la cour. Le sol en terre battue était taché comme un buvard, et des relents de vin répandu à l'époque du négoce florissant, lors des transvasements des camions aux citernes, flottaient entre les hangars, qui faisaient penser à l'odeur d'épices éventées ou bien encore à celle de feuilles de laurier desséchées qui n'exhalent leur parfum qu'à condition qu'on les émiette entre les doigts. Sous le toit en tôle d'une remise, je vis une

Hotchkiss noire, aux chromes intacts, ainsi qu'une Juvaquatre d'après-guerre, en parfait état également. C'étaient les deux voitures de Martial, qu'il chérissait et sortait parfois tour à tour le dimanche, pour aller sur la côte, comme on va faire courir son chien dans les dunes. Un peu plus loin était garé un antique camion de livraison Citroën au plateau en deux parties légèrement relevées latéralement de façon que les caisses tiennent sans ridelles. Martial n'avait plus qu'une demi-douzaine de clients, vieux tenanciers de bistrots qui, comme lui, ne maintenaient leur commerce en vie que pour le plaisir. Les livraisons étaient assurées par Louis *Coz* — « Vieux Louis » —, un personnage âgé de près de soixante-dix ans, espèce de butler en bottes de caoutchouc et tablier bleu marine, plus jardinier que caviste ou livreur.

Justement, ce samedi-là, Louis Coz travaillait au jardin. Il ôta sa casquette de marin pour me saluer. Il s'appuya sur le manche de son râteau et je décelai dans son regard comme une invitation à considérer ce qu'il faut bien appeler son œuvre. Jamais je n'avais vu chez un particulier un potager d'une telle surface, aussi varié et aussi bien entretenu. Je le dis et complimentai Louis Coz.

« Ah ça donne du travail, mais on a sa

récompense de la terre quand on se courbe dessus », dit-il dans un français étrange, sous l'influence du breton, langue qu'il parlait avec Martial et sa mère.

À l'exception de haies de fusain qui délimitaient les parcelles, il y avait peu de buissons décoratifs, et encore moins de fleurs. Les deux terrasses médianes étaient des vergers en miniature, plantés de pommiers, de pêchers et de pruniers, taillés à la perfection et soignés dans les règles de l'art, pour ce que j'en sais : tailles cicatrisées au goudron, troncs badigeonnés à la bouillie bordelaise, branches mortes brûlées à l'écart. Des poiriers en espaliers étendaient leurs figures géométriques de chandeliers le long du mur exposé au sud. Martial apparut entre les deux palmiers qui encadraient les marches du perron coiffé d'une marquise en verre cathédrale.

« Alors, vous avez vu le jardin ? Je crois bien que Louis Coz préfère gratter la terre que livrer le vin ! plaisanta-t-il. Remarquez, les gens vont dans les grandes surfaces acheter leur vin, maintenant. Tant pis pour eux s'ils boivent de la piquette, et tant mieux pour Louis s'il n'a rien à livrer. »

Louis Coz m'avait suivi.

« Monsieur aurait préféré des fleurs dans le jardin, dit-il.

— Ah, dit Martial, ma mère trouve que les fleurs c'est pas fournable. »

Pas fournable : qui ne produit, qui ne rapporte pas grand-chose.

« Je crois qu'elle a raison, ajouta-t-il, c'est pas avec les fleurs qu'on fait un bon pot-au-feu. »

Béotien, je considérai la parcelle la plus proche de la maison, où s'alignaient de hautes levées de terre parallèles, comme des rangs de pommes de terre qu'on venait de semer. Qu'y avait-il là-dessous ?

« Ah ça, c'est nos asperges ! » dit Martial avec fierté.

Louis Coz hocha la tête et répéta sur un ton de respect gourmand : « Les asperges ! Ah ! les asperges ! »

Mme Noisant sortit de la maison. Je savais qu'elle allait sur ses quatre-vingt-sept ans. Plus grande que son fils, elle était vêtue d'une sorte de compromis entre l'habit breton de sa jeunesse et une tenue de ville ordinaire : jupe en velours noir brodé et châle mauve au crochet, corsage parme et paletot bleu foncé. Ses cheveux gris étaient roulés en chignon pour recevoir la coiffe, qu'elle ne portait plus qu'à l'occasion des pardons. Ses petits yeux sombres, plissés en permanence, semblaient redouter la lumière ; son front était creusé de rides horizontales. Je songeai à un tempérament migraineux. Son teint d'une blancheur extrême et son souffle court me firent supposer, à tort ou à raison, qu'elle souffrait d'angine de poitrine. Avait-elle entendu prononcer le mot « asperges » ? Toujours est-il qu'elle dit :

« Monsieur a vu notre aspergeraie ? C'est la seule de tout le canton, et peut-être du département. M. Noisant l'a créée il y a plus de quarante ans. »

Martial et Louis Coz se turent. Je compris qu'en présence de la mère on ne prenait la parole qu'à condition qu'elle vous la donnât. C'était à elle qu'incombait la charge de me renseigner sur l'aspergeraie, la fierté de leur jardin. De sa bouche, j'appris tout sur les asperges ; sur l'enfouissement des griffes ; sur le buttage ; sur les soins des premières années ; sur les premières récoltes, trois, quatre, voire cinq ans après la plantation ; sur les qualités gustatives des turions, selon leur stade de développement et la couleur des pointes : blanche en premier, rose deux ou trois jours plus tard, violette ensuite et verte lorsqu'ils atteignent une quinzaine de centimètres. Martial préférait les blancs — « C'est un peu gâcher la marchandise, mais comme il y en a tellement... » —, Louis Coz les roses et elle-même les violettes. Pendant les deux mois que les plants donnaient, le rendement pouvait atteindre une livre par pied. Alors ils s'en gavaient, et sûrement que c'était pour cela qu'ils étaient tous les trois en bonne santé.

« Puisque Monsieur remplace Maître F***, il viendra quand elles commenceront à sortir de terre et il verra celles qu'il aime le mieux, suggéra Martial, les yeux baissés.

— Certainement qu'il faudra qu'il vienne », acquiesça Mme Noisant sur un ton péremptoire. Elle tourna les talons en ajoutant qu'elle allait faire du café. Martial et Louis Coz me sourirent : j'avais été adopté.

« Eh bien voilà, vous avez plu à ma mère et vous aurez votre part d'asperges, ce qui n'est pas donné à tout le monde ! » dit Martial avec entrain.

La maison n'était pas chauffée. Il n'y avait aucun radiateur et la cheminée de la grande salle, qu'on pouvait apercevoir du couloir, paraissait condamnée. Martial devina mes pensées.

« Mon père était contre le chauffage central. Il disait que c'est le chauffage qui rend les gens fragiles et, ma foi, je crois qu'il avait raison. »

Il m'introduisit dans la pièce de travail, demeurée telle quelle depuis que son père l'avait meublée, dans les années trente. Le bureau proprement dit était une immense table équipée de nombreux tiroirs, adossée à un facturier dont les cases multiples étaient remplies de papiers divers. Martial s'asseyait dans un fauteuil tournant en acajou dont le fond et les accoudoirs étaient garnis de cuir griffé et craquelé. Dans un coin, la petite table et la chaise en paille de Mme Noisant. C'est là qu'elle faisait ses comptes à la plume sergent-major. Une calculatrice Burroughs reposait sur une desserte, sans siège à proximité ; on devait si peu la solliciter qu'on pouvait bien rester debout pour s'en servir. Enfin, sur une petite estrade, un coffre-fort noir et or trônait au fond de la pièce, exposé comme le symbole de l'esprit d'entreprise, de la réussite et de la richesse de la famille. Je demandai à Martial de me conseiller du vin.

« Du vin de tous les jours ou du vin fin ?

— Les deux », répondis-je.

Ah, il venait de *toucher* un beaujolais de l'année précédente, et si ce n'était pas le meilleur, il n'en était sûrement pas loin, ainsi qu'un saint-émilion de château, un petit producteur avec qui son père travaillait déjà, à ses débuts, c'était dire si on était sûr de ce qu'on vendait. J'achetai une caisse de chacun, que nous irions prendre dans la cour quand je partirais. Mais avant toute chose il fallait m'établir une facture, que je ne réclamai pourtant pas.

Preuve que la vente ne lui était plus familière, Martial dut fouiller les cases de son facturier à la recherche du prix d'achat. À ce prix il ajouta les taxes, puis sa marge, un franc par bouteille.

« Le vin est déjà assez cher comme ça, avec les taxes qu'ils nous mettent dessus, mais je ne peux pas prendre moins d'un franc par bouteille, tout de même. Enfin, soyez tranquille, si vous ne le trouvez pas bon, ce vin, vous le ramènerez et je vous ferai un avoir. »

Il vérifia ses calculs sur la calculatrice et fut satisfait de constater que la machine ne s'était pas trompée.

« Des fois elle déraille, c'est pour ça qu'il vaut mieux compter à la main d'abord. »

Le total de la facture était une somme brisée, avec des centimes. Je tendis un billet. Par bonheur, je ne dis pas d'arrondir ; Martial eût été vexé. Car en effet il prit dans un tiroir une boîte en fer — une boîte de galettes de Pont-Aven — et l'ouvrit. Elle était pleine de pièces de un et de deux centimes, qui avaient encore cours légal mais que personne n'utilisait plus.

« Ah ! ah ! ah ! Comme on ne peut plus en avoir, j'ai fait mes provisions ! J'en ai pour un sacré bout de temps.

— Bah, ce n'était pas la peine de vous déranger, dis-je du bout des lèvres.

— Ah ! les comptes sont les comptes ! »

J'aurais eu tort d'affirmer le contraire et de refuser d'empocher les centimes. La conversation roula ensuite, je ne sais plus comment, sur les placements. Martial ouvrit son coffre et me montra des diamants qu'il venait d'acheter.

« Il paraît que ça monte de 50 % par an, peut-être que c'est vrai, peut-être que ce n'est pas vrai ! N'importe comment, j'en ai pris juste un peu, pour le plaisir, quoi ! Par contre, l'or, ça c'est autre chose ! »

L'or, valeur refuge, était revenu à la mode en ces années d'inflation à deux chiffres. Martial Noisant n'en avait pas acheté, il en avait assez comme ça.

« Je ne saurais pas dire si c'est quatre mille ou huit mille napoléons que mon père a enterrés dans la cave, dans des bouteilles. À quoi ça me servirait d'y aller voir ? Je sais qu'ils sont là, ça me suffit. Si un jour j'en ai besoin, je creuserai. Mais je crois bien que ce jour-là n'est pas près d'arriver ! Mon père les avait payés dans les trente francs, d'après ma mère. »

Le napoléon flirtait avec les mille francs... Quatre mille ou huit mille, cela faisait quatre ou huit millions de francs sous la terre battue de la cave. Et dans le coffre — Martial s'amusa à me les faire soupeser — il y avait des lingots et une barre. Je songeai, déformation professionnelle oblige, que les Noisant n'avaient qu'un seul et très éventuel héritier : un vieil oncle de Martial, un frère de sa mère, plus âgé qu'elle. Comme il y avait de très fortes chances que Martial leur survécût, à son décès toute cette fortune reviendrait à l'État. Je songeai au futur règlement de la succession, un dossier inouï, qu'une étude ne traite qu'une fois par siècle, et qui produirait à Maître F***, ou à son successeur, des honoraires colossaux. Nous allâmes à la cuisine où Mme Noisant avait servi le café dans des bols. Nous mangeâmes des tartines de pain beurré. Nous évoquâmes la santé fragile de Maître F*** et parlâmes des variétés de pommes du verger. Des ingénieurs de l'Institut national de recherche agronomique étaient venus prendre des greffons. Ces pommiers étaient les derniers représentants de variétés uniques et quelque part en France, Martial avait oublié où, l'INRA tentait de les reproduire dans le but de conserver la mémoire du sol. Je saluai Mme Noisant et, en compagnie de Martial, redescendis les marches du jardin et chargeai les caisses de vin dans le coffre de ma voiture.

« Voyez, me dit Martial en me désignant un hangar, c'est là-bas que les napoléons sont enterrés.

— Vous n'avez pas peur des voleurs ?

— Il faudrait encore qu'ils sachent où creuser ! Et avant qu'ils aient creusé partout, je les aurai entendus, et ils auront pris de la chevrotine dans les fesses ! »

Ainsi était Martial Noisant, joyeux Harpagon qui se fichait comme d'une guigne de sa fortune. Nul n'aurait pu nier qu'il en était fier — encore n'en parlait-il qu'aux « hommes d'affaires », c'est-à-dire aux notaires et aux banquiers, et pas à n'importe lesquels —, mais ce qui lui procurait le plus de plaisir c'étaient ses asperges, son potager, son verger, sa Hotchkiss et sa Juvaquatre, sa maison de maître glaciale, ces vins qu'il choisissait pour quelques rares clients, sa cave où gisaient des rhums centenaires, des bordeaux des années d'avant sa naissance et des bourgognes des plus prestigieuses années. Plus que ses napoléons, que ses diamants et ses terres, il appréciait l'harmonie de son existence : se lever aux aurores, lire le journal déposé dans la boîte aux lettres par le porteur à vélo, accueillir Louis Coz et établir avec lui la liste des tâches du jour, bourrer sa pipe, manger, dormir et recommencer le lendemain. Le dimanche, la grand-messe mettait une touche de fantaisie dans sa vie. Après l'office, il se rendait à la sacristie où il bavardait un moment avec le recteur. Les mauvaises langues murmuraient qu'il avait ses entrées au presbytère parce qu'il donnait généreusement au denier du culte. Peut-être. Le prêtre était comme lui un ancien pensionnaire du petit séminaire de Pont-Croix. Bon vivant, il aimait la chasse — il possédait un teckel à poil dur pour le lapin et un setter anglais pour la bécasse et la bécassine —, le jardinage, les asperges et le vin de Martial. Une fois par mois la mère et le fils l'invitaient à déjeuner. Dieu ne figurait pas au menu de leurs conversations.

Martial et moi prîmes nos habitudes. Un samedi sur deux, vers onze heures et demie, j'allais chez lui acheter quelques bouteilles de vin et nous n'ignorions ni l'un ni l'autre que ce n'était qu'un prétexte à des rencontres très cordiales, mais nous n'échangions aucune de ces confidences personnelles, sinon intimes, qui créent les liens amicaux. Martial n'abordait jamais le chapitre des sentiments. Il parlait des choses, plus rarement des êtres, exprimait sa satisfaction ou sa déception à sa manière. Le petit ou grand nombre d'une certaine *chose* graduait l'échelle de satisfaction, de même que la forme impersonnelle — « ce gars-là est bien » ou « il faut se méfier de cet homme-là » — suffisait à exprimer son opinion sur tel ou tel habitant de la ville. On pourrait dire, au choix : qu'il pratiquait une forme très particulière d'euphémisme ; ou qu'il était incapable d'exprimer le moindre sentiment ; ou bien encore que la retenue était dans sa nature, qu'il tenait de sa mère et de ses aïeux bretons, de ces familles où une mère n'embrasse jamais son fils, non qu'elle ne l'aime pas mais parce qu'on réserve ses baisers pour les défunts, sur leur lit de mort.

Aussi, quelle ne fut pas ma surprise lorsque, lui annonçant un samedi la naissance d'un deuxième enfant dans notre foyer, je vis Martial éclater de joie.

« Une fille ? Et vous aviez déjà un garçon ? Ah c'est formidable, vraiment formidable. C'est bien d'avoir des enfants. Et votre femme doit être si gentille. Quelqu'un comme vous ne peut pas avoir une mauvaise femme. Ah je suis content, vraiment content ! »

Il en était tourneboulé, cherchait des clés et une pile électrique qu'il ne trouvait pas.

« Ah ! il faut que je vous offre quelque chose ! Venez, suivez-moi ! Allons à la cave ! Ça fait des mois que je n'y ai pas mis les pieds, mais on verra bien ! »

Nous traversâmes la cour et pénétrâmes dans le hangar à voitures. Au fond, Martial ouvrit une porte faite de simples voliges et appuya sur un interrupteur qui pendait, libre, au bout d'un fil torsadé. Une odeur de terre moisie monta jusqu'à nous. L'escalier n'était qu'une échelle de meunier, à pente douce et aux marches larges. J'y posai un pied prudent et descendis à la suite de Martial. Une ampoule de faible puissance éclairait le centre d'un vaste sous-sol. Dans les recoins obscurs, je devinais des centaines et des centaines de bouteilles, sans doute des milliers, posées sur des étagères, derrière de véritables rideaux de toiles d'araignée qu'éclairait comme des écrans le pinceau de la lampe de poche de Martial, sans pouvoir les traverser. Je n'y distinguais pas grand-chose mais Martial, lui, semblait s'y retrouver.

« Voyons, voyons... En principe de ce côté-ci on doit mettre la main sur les bourgognes... Et normalement de ce côté-là c'est les bordeaux. »

Il écarta des toiles d'araignée, prit une bouteille dont l'étiquette était en lambeaux. « Ah ! Allons bon !... » Il en prit une autre : celle-là n'avait plus d'étiquette du tout. « De mieux en mieux... » Il approcha sa lampe de poche.

« On dirait bien qu'il n'y en a plus une avec une étiquette en bon état... Bon, ça ne fait rien. Je ne crois pas me tromper. Ici c'est l'étagère des pauillac et des margaux. Par contre, je ne saurais plus dire de quelles années ils sont. 1934, probablement. Ou bien alors des 47 ou 49. En tout cas, pas plus jeunes. Mon père a arrêté d'en stocker après 1949. Une chose est sûre, c'est du bon ! Combien il vaut maintenant ? Un million ? deux millions la bouteille ? Plus ? On s'en fiche, hein ? Il y a dans cette cave des bouteilles qui valent sûrement dix millions chaque. Mais allez savoir lesquelles ! Tenez, prenez celle-ci, elle est pour vous, vous la boirez avec votre femme à la santé de votre fille. Et si elle n'est pas bonne, vous me le direz. Remarquez, je ne pense pas, ce vin-là n'a pas bougé d'ici depuis, mais enfin, on ne sait jamais ! Vous me le direz et je vous en donnerai une autre. »

Je rentrai à la maison déjeuner, ouvris la précieuse bouteille et versai le vin dans une carafe. Nous le bûmes au dîner. Mes connaissances œnologiques sont nulles et je n'ai pas envie de chercher d'autres mots que ceux-ci, bien qu'ils soient d'une platitude extrême, pour qualifier ce vin : jamais nous n'en avions bu de meilleur et jamais depuis nous n'en avons bu de meilleur. Il faut voir là, bien entendu, les effets d'une espèce de cristallisation due aux circonstances. Ma femme, un peu gaie, me suggéra : « Dis-lui qu'il était piqué, et il t'en donnera une autre. » Martial m'aurait cru, certainement, mais c'eût été trahir sa confiance et l'idée seule m'en répugnait. Je mesurais à sa juste valeur — celle de l'exception des exceptions — le cadeau qu'il m'avait fait. Je lui dis que le vin était excellent et n'eus plus l'honneur de descendre à la cave.

Quelques mois plus tard, Mme Noisant mourut d'un arrêt cardiaque. Martial fut très digne et n'éclaboussa pas le bourg d'obsèques fastueuses que sa fortune aurait justifiées. Le seul luxe de la messe d'enterrement fut la présence de nombreux prêtres dans le chœur — une façon, sans doute, de remercier une famille pour ses largesses à l'égard de la paroisse.

Maître F*** reprit son travail, mon remplacement s'achevait, j'allais très bientôt m'associer à Nantes avec deux confrères. Je fis mes adieux à Martial. Comment cela allait-il? Comme ci, comme ça... Son écharpe crasseuse nouée autour du cou, il toussotait et se raclait la gorge. Il accusait les miasmes que rejetait, selon lui, une usine d'incinération d'ordures ménagères construite depuis peu entre l'océan et le bourg. « En plein dans les vents dominants. Comme si ces andouilles n'auraient pas pu la coller ailleurs! Il y a assez de place à la campagne! Mais ça ne fait rien, je me soigne. Vous voulez savoir comment? » Bien sûr, que je le voulais. Il avait commencé de consommer le rhum vieux de soixante-dix ans. « Les bouchons sont loin d'être pourris, il a gardé un bon degré d'alcool. Oh il ne fait plus ses 45°, mais un bon 35, je dirais. Il suffit d'en mettre plus dans le grog, c'est tout ! » Et puis le dimanche, après la messe... « Je descends à la cave, celle où on était allés chercher une bouteille pour la naissance de votre fille, vous vous rappelez ? J'y vais sans ma pile électrique, je tape au hasard et je prends une bouteille à un million, à deux millions, à cinq peut-être ! Et je la bois tout seul, à midi, en revenant de la messe ! Pourquoi je me priverais, même si je bois des bouteilles à dix millions ! Après moi, qui les boira ? Tout ça partira à l'État ! »

Une dizaine d'années plus tard, le hasard me fit revenir à B***. Je me rendis aussitôt au croisement des rues où se trouvait la propriété des Noisant. Je crus m'être trompé : le mur du jardin de curé, la cour, les hangars, le jardin, la maison, tout avait disparu. Tout avait été nivelé et à la place de la propriété s'élevaient les bâtiments à l'architecture tape-à-l'œil de ce que je supposai être une maison de retraite. Des lettres en fer forgé au-dessus du portail de l'entrée confirmèrent mon impression : *Les Hortensias, Maison d'accueil pour personnes âgées.* J'avoue qu'avant toute chose j'ai pensé aux rangs d'asperges saccagés par les bulldozers et recouverts de gravats.

Curieux de savoir ce qu'était devenu Martial — était-il parmi ces vieux que je voyais déambuler dans les allées goudronnées de la maison de retraite ? —, j'allai à l'étude de Maître F***. Je n'ignorais pas qu'il avait pris sa retraite, mais j'espérais que le caissier, plus jeune que lui, n'avait pas pris la sienne.

Il s'en fallait de deux années, me dit-il. Je lui confiai mon désarroi devant la destruction de la propriété des Noisant. Martial était sûrement mort pour qu'un tel saccage ait été permis. Oui, il était décédé moins d'un an après mon départ. Cependant, comment avait-on pu commettre un tel crime ? La mairie n'aurait-elle pas pu acheter l'ensemble et transformer la maison en bibliothèque et le jardin en jardin public, tout en préservant l'âme des lieux ? « Ah, me dit le caissier de l'étude, au jour d'aujourd'hui tout va tellement vite ! Le maire ne s'embarrasse pas de scrupules, c'est un fonceur ! L'endroit était idéal pour une maison de retraite, les élections approchaient, maison et terrain ont été achetés au prix fixé par les Domaines, une bouchée de pain.

— Et les bouteilles ? dis-je.

— Dispersées en vente publique.

— Et l'or dont il parlait ?

— Ah, l'or ! Les terrassiers espéraient à chaque pelletée tomber sur un trésor. Ils en ont été pour leurs frais. Aucun trésor n'a été inventé.

— Il en aurait fait don à quelqu'un avant de mourir ?

– Allez savoir ! Il n'a prévenu personne de son départ ! »

Que voulait dire le caissier ? Je lui demandai de s'expliquer.

« Comment, vous ne savez pas ? Martial s'est suicidé. Le médecin légiste a mis un certain temps à reconstituer les morceaux et à comprendre comment il s'y était pris. Qu'est-ce qui lui est passé par la tête ? Ils ne notent pas leurs pensées à cet instant-là, n'est-ce pas ? Toujours est-il qu'il a rempli une lessiveuse d'eau, a dégoupillé une grenade — il avait été dans la Résistance, il ne vous l'avait sans doute pas dit ? non, il était très discret là-dessus, refusait toutes les médailles — bref, il a dégoupillé une grenade, a plongé sa tête dans l'eau et boum ! Pourquoi à la grenade, pourquoi une lessiveuse pleine d'eau ? Bien malin qui pourrait le dire ! »

La montre

Pour le distinguer de son grand-père paternel, Gweltaz appelait le père de sa mère Pépé-train, un nom qu'il méritait bien. Retraité de la gare, il adorait les trains et répétait souvent que s'il avait su qu'un jour la S.N.C.F. supprimerait et vendrait les *péhennes* il en aurait acheté un, histoire d'avoir le plaisir d'entendre les trains passer sous ses fenêtres. Lui aurait particulièrement plu un de ceux de la ligne qui coupe les méandres de la rivière sur une vingtaine de kilomètres ; ainsi d'un côté il aurait eu les rails et de l'autre les truites. Vers l'âge de huit ans, Gweltaz comprit que les « péhennes » c'étaient les passages à niveau (P.N.). Quand Pépé-train plaisantait sur cet achat qu'il n'avait pas pu réaliser, Mémé lui répondait qu'il n'avait tout de même pas à se plaindre : ils habitaient sur une colline, à portée de voix de la ligne, et entendaient les trains au départ ou à l'arrivée siffler à un bout ou à l'autre du tunnel de Saint-Corentin. Pépé-train tirait sa montre oignon de sa poche et s'assurait que le 8722, le 4360, le 3701 ou le 8715, plus tout un tas de numéros impossibles à se rappeler, étaient ou n'étaient pas à l'heure. Ils étaient à l'heure quatre-vingt-dix-neuf fois sur cent. À quoi cela lui servait-il d'avoir une montre puisque les trains lui indiquaient l'heure ? le houspillait gentiment Mémé. Ah ! qu'elle s'occupe donc de son tricot et de ses réunions Tupperware et laisse les gens tranquilles ! C'était comme ça et pas autrement ! Vingt-trois ans chef de train, à siffler les départs, montre en main, ça vous dresse un homme ! L'heure du goûter était celle du départ du train de Lyon : 16 h 42. Pépé-train ne consentait à s'asseoir à table devant son bol de café et ses deux tartines de pain de campagne grillées qu'une fois entendu le coup de sifflet d'avant l'entrée du tunnel. Il tolérait cinq minutes de retard. Ensuite, il goûtait malgré tout, mais en s'asseyant disait : « Le Lyon a plus de cinq minutes de retard. » Ce que savait Mémé puisqu'il avait lui-même plus de cinq minutes de retard. Elle ne manquait jamais de répondre alors : « Comme toi ! — Encore un problème de loco », affirmait Pépé. On se demandait s'il n'inventait pas. À chaque fois que le Lyon ne partait pas à l'heure, Pépé-train prenait ses jumelles et prétendait apercevoir des mouvements significatifs du côté de la gare de triage. Une machine haut le pied manœuvrait, ce qui voulait bien dire que celle qu'on avait attelée était en panne. À force d'entendre cela, Gweltaz avait fini par croire qu'une malédiction pesait sur le train de Lyon ou qu'un individu sabotait les locomotives de ce train-là. Il avait onze ans et depuis ses six ans et le cours préparatoire prenait tous ses goûters chez ses grands-parents maternels, où sa mère venait ensuite le chercher, après son travail. Gweltaz aurait pu aller à l'école primaire près de chez lui, à proximité du lotissement résidentiel où ses parents avaient fait construire un pavillon, mais la carte scolaire l'aurait obligé à s'inscrire dans une école fréquentée par les enfants d'une ZUP. Aussi ses parents avaient-ils choisi une école privée des quartiers anciens, à l'autre bout de la ville. Dans cet établissement, autrefois dirigé par les Frères, toujours propriétaires des murs, on enseignait encore la morale et la discipline. Les élèves du primaire poursuivaient logiquement leur scolarité dans le collège et le lycée attenants. Le lycée figurait régulièrement parmi les dix premiers en France pour les résultats au baccalauréat.

Gweltaz venait d'entrer en sixième au collège. Il côtoyait chaque jour trois univers très différents : une école élitiste dont les professeurs avaient des exigences de précepteurs ; le monde de ses grands-parents, tournés vers le passé et attachés aux valeurs de leur jeunesse, école de l'économie, du bon sens et du goût (des confitures de rhubarbe, de mûres et de framboises, du café à la chicorée, des brioches au beurre et des madeleines chaudes que sa grand-mère mettait au four juste avant qu'il n'arrive) ; et enfin, chez lui, le monde moderne des magnétoscopes, des lecteurs de C.D. et des jeux vidéo.

Vers la fin de l'année, Pépé-train dut admettre que sa montre commençait à « fatiguer ». Son mécanisme ne tournait plus très rond, comme le cœur de son propriétaire. Certains jours elle retardait d'une minute, d'autres de trois minutes, si bien qu'il lui devenait impossible de vérifier si les trains étaient à l'heure. La faire réparer ? Qui en serait capable ? L'époque était aux montres à quartz de trois sous, qu'on jetait quand la pile était usée. Il y avait bien un horloger dans le quartier, un artisan plus ou moins retiré des affaires qui travaillait toujours, sans autre publicité que le bouche à oreille, dans le sous-sol de sa maison. Il réparait les grosses pendules. Saurait-il réparer un oignon aussi précieux, âgé de plus de soixante ans ? Pépé-train alla le lui montrer. L'artisan voulut bien lui faire un devis, mais très honnêtement lui dit qu'un « nettoyage complet », seul travail envisageable car changer des pièces était impensable pour la simple et bonne raison qu'il n'en trouverait nulle part, équivaudrait à un emplâtre sur une jambe de bois. La montre arrivait au terme de sa vie d'exactitude. L'artisan, qui avait une âme d'artiste et comprenait ô combien le peu d'amour que peuvent inspirer les montres modernes, voyant Pépé-train déconcerté lui proposa de commander en Suisse un oignon neuf, fabriqué à l'ancienne par une très vieille maison avec laquelle il avait gardé des relations. Le prix en était fort raisonnable. Pépé-train accepta la proposition et deux semaines plus tard, à l'heure du goûter, l'œil malicieux, posa devant Gweltaz un écrin carré qu'il lui demanda d'ouvrir. L'oignon suisse était bien plus gros que l'autre, moins joli aussi bien qu'il fût en acier poli, mais sur son cadran il y avait des chiffres de grande taille que Pépé-train pourrait lire sans ses lunettes, et, surtout, son exactitude était garantie : pas plus d'une demi-minute en plus ou en moins par an. À condition de ne pas oublier de la remonter, bien sûr. « Et avec ça tu seras plus avancé ? » se moqua Mémé. Pépé-train fit mine de n'avoir pas entendu. Solennel, avec ces gestes lents et mesurés qui étaient les siens, il détacha de sa ceinture la chaînette du vieil oignon, attacha la montre neuve à une chaînette neuve, la glissa dans sa poche, posa la vieille montre dans l'écrin et poussa l'écrin vers Gweltaz. Le garçon écarquilla les yeux.

« Voilà, je te la donne, dit Pépé-train. Toi tu t'en fiches qu'elle retarde de quelques minutes par jour. Il ne faudra pas oublier de la remonter tous les soirs. Attention, pas trop fort ! Quand tu sens que le ressort est à fond, arrête-toi, ne force pas ! Sinon, tu risquerais de la casser et elle serait foutue pour de bon. Remarque bien, il te resterait toujours la valeur de l'argent. Elle est en argent massif.

— En argent massif ?

— Eh oui, en ce temps-là on ne faisait pas les choses à moitié ! »

Pépé-train s'était acheté cet oignon en 1926, à l'âge de seize ans, avec ses premiers sous de manœuvre du bâtiment — il n'était devenu cheminot qu'en 1936. La montre représentait trois mois de travail à jouer les funambules sur les échelles et les échafaudages, le dos courbé sous de lourdes augées de ciment gras.

« Trois mois ? Tu charries, pépé !

— Qu'est-ce que tu crois ? Mon premier vélo, c'est six mois de travail qu'il m'a coûté ! »

Gweltaz avait au poignet une montre à quartz achetée au bureau de tabac. Combien ? L'équivalent de quoi ? De dix litres d'essence ? De deux places de cinéma ? De trois ou quatre paquets de cigarettes ? Il prit dans le creux de sa main la précieuse montre de Pépé-train. L'oignon était lisse, plat et rond comme un coquillage. De l'argent massif ! C'était donc cela, ce joli mat, cette patine incomparable, de l'argent ? Un couvercle protégeait le cadran. Il le souleva. À l'intérieur — il le savait, mais maintenant que la montre lui appartenait l'inscription prenait une autre valeur — étaient gravés le nom et le prénom de son grand-père, ainsi que la date d'achat. Le cadran était blanc et tout autour les heures étaient en chiffres romains. Les aiguilles étaient d'une finesse extraordinaire, ouvragées, avec comme des pleins et des déliés, un peu à la façon des majuscules apprises à la petite école. Au centre, en lettres rondes minuscules, le fabricant avait peint son nom au pinceau à miniature.

« Quelle heure dit-elle ? demanda Pépé-train.

— Six heures moins vingt-cinq.

— Ah ! Tu vois, deux minutes trente de retard ! »

Les joues en feu, Gweltaz referma le couvercle du cadran.

« Tu es content ? demanda Mémé.

— Ben oui ! Tu parles ! »

Ses grands-parents le regardaient, aussi émus que lui.

« Ne l'emmène pas à l'école, c'est trop fragile pour ça.

— Il la gardera dans sa chambre, dit Mémé.

— Tu penses bien ! dit Gweltaz.

— Et alors, ma brioche n'est pas bonne, aujourd'hui ? C'est pas en dévorant cette montre des yeux que tu vas te remplir le ventre ! » le gronda Mémé en secouant les miettes de son tablier.

Ils rirent tous les trois. Gweltaz trempa sa brioche tartinée de beurre et de confiture de framboises dans son bol de café.

« À la bonne heure ! s'exclama Mémé.

— C'est le cas de le dire ! » plaisanta Pépé-train.

À la maison, le cadeau fut reçu comme un sacrement. Les parents de Gweltaz redoublèrent de recommandations — que la montre ne quitte pas sa chambre, qu'il la remonte avec soin, qu'il ne « joue pas avec » (traduire : qu'il ne s'amuse pas à la démonter). Le garçon se renfrogna. Pour qui le prenait-on ? Il serait digne de la confiance qu'on lui avait accordée, ce n'était pas la peine d'en remettre des couches.

Plusieurs semaines s'écoulèrent au cours desquelles l'objet fut apprivoisé. D'abord posée sur le dessus d'une commode, puis tour à tour couverte de cahiers et découverte à l'occasion de rangements, égarée dans un tiroir parmi les crayons de couleur et les feutres secs, un jour presse-papiers de circonstance sur une étagère, un autre amulette au cou d'un Sioux en poster grandeur nature punaisé sur la porte de sa chambre, la montre devint une chose ordinaire.

Au collège, il n'y avait pas de vrais voyous mais tous les élèves n'étaient pas des anges non plus. Tête de classe jalousé, peu apte à la bagarre, dès la rentrée le garçon avait été en butte aux vexations ordinaires que font subir les mauvais sujets aux forts en thème. Il lui fut proposé de payer sa tranquillité et il accepta. Le dimanche, il achetait des cigarettes qu'il distribuait le lundi matin à trois durs à cuire, moyennant quoi ils changeaient leur casquette, et d'agresseurs se muaient en garde personnelle rapprochée. Au tout début des vacances de Pâques, Gweltaz commit la bêtise de cacher dans sa chambre un paquet acheté d'avance, que sa mère trouva. Protester que ces cigarettes n'étaient pas pour lui ? Avouer le racket dont il était victime ? Impossible. Il imagina le scandale, au collège : les trois lascars convoqués par le principal, exclus pour trois jours ou peut-être renvoyés, et l'attendant à la sortie pour lui régler son compte. Il préféra mentir. Oui, des copains lui avaient appris à fumer, le mercredi, dans les champs autour du lotissement.

« Bon, dit sa mère, je n'en parlerai pas à ton père, il serait tellement déçu. » Elle soupira en le regardant d'un drôle d'air, comme s'il était devenu un monstre, tout à coup. « Il faut bien que jeunesse se passe, je suppose... Cette histoire restera entre nous, mais tu comprendras que je dois te punir, sinon... » Sinon quoi ? Elle n'alla pas plus loin, et la sanction qu'il attendait tomba, dont elle ne pouvait pas connaître les conséquences, puisqu'elle ignorait ce qu'il vivait à l'école : il serait privé d'argent de poche jusqu'aux grandes vacances.

Le jour de la rentrée du troisième trimestre, les fumeurs le bousculèrent pendant la récréation. Comment, on lui avait sucré son argent de poche ? Mon œil ! Il se défendit. Ce n'était pas de sa faute, tout de même ! Justement si ! Il n'avait qu'à mieux les planquer, les clopes, et sa mère n'aurait pas mis la main dessus. Les éclats de voix attirèrent l'attention du conseiller d'éducation. Menton levé, sourcils froncés, il s'approcha du groupe. Les costauds assenèrent des claques dans le dos de Gweltaz et chuchotèrent que bon, on le croyait, mais qu'il fasse gaffe la prochaine fois, et qu'il essaye de la jouer rusé avec sa mère parce que ce serait étonnant qu'elle ne se laisse pas attendrir et qu'elle ne lui refile pas du fric avant les grandes vacances. Le garçon ravala ses larmes, attendri par l'indulgence de ses bourreaux. Ils n'étaient pas si méchants que ça, dans le fond. Cela le décida à tirer de sa poche la montre qu'il avait apportée à l'école avec dans la tête la vague idée que le regard des envieux lui redonnerait de son caractère d'objet sacré qu'elle avait un peu perdu depuis Noël, il fallait bien l'avouer. La chaînette était fixée à un passant de son pantalon, autant pour décourager les voleurs que pour imiter les gestes de Pépé-train. Il raconta l'histoire de la montre et la manie de son grand-père de vérifier que les trains étaient à l'heure. Les autres ne furent sensibles qu'à une chose, que traduisit l'un des grands par ces mots, juste au moment où se déclenchait la sonnerie de reprise des cours :

« En argent massif? Putain, ça doit valoir un max ! »

Il soupesa la montre.

« Putain ouais, un sacré pacson ! »

Située dans une rue obscure que surplombaient les remparts de la vieille ville, encadrée de marbre anthracite dans lequel était gravé en lettres d'or le nom du commerçant, la boutique de l'horloger-bijoutier ressemblait à une tombe. Dans la vitrine en verre fumé, des rampes lumineuses invisibles éclairaient de reflets verdâtres le velours noir sur lequel crucifix, livres de messe, montres, gourmettes, chaînettes, médailles pieuses et cadres vides annonçaient mieux que le muguet le mois des communions solennelles.

L'ouverture de la porte déclencha non pas un aimable grelot ni les quelques notes d'une musique allègre, mais une alarme stridente qui ne s'arrêta qu'au moment où Gweltaz referma derrière lui. Des lumières se reflétaient dans les vitres des hauts et sombres présentoirs en acajou sur le dessus desquels s'alignaient des coupes et des calices fixés sur des socles massifs. Troublé par la sonnerie, en proie à une espèce de vertige, le garçon se sentit prisonnier d'une toile d'araignée de reflets, isolé au centre d'une pièce plongée dans une nuit phosphorescente et imprégnée d'une odeur entêtante, semblable à celle des gros missels, qui lui rappelait aussi les vapeurs âcres, à vous faire pâlir, d'un détachant qu'utilisait sa mère.

Au fond de la boutique un grand miroir s'ouvrit en silence et le bijoutier fut devant lui, mains posées sur le comptoir, le buste légèrement penché en avant. Il portait une chemise blanche et une vieille cravate au nœud luisant d'usure, qu'il ne devait jamais défaire, et par-dessus un pull-over tricoté, d'un bleu layette ridicule.

« Oui ? Qu'est-ce que tu désires ?

— Je voudrais vendre cette montre. On m'a dit qu'elle était en argent massif. »

Le bijoutier prit la montre.

« C'est de l'argent, en effet. Elle ne marche plus ? Tu veux la vendre, hein ? »

Gweltaz hocha la tête.

« Pas de problème, mon gars. »

Le bijoutier étala un rectangle de feutrine sur le comptoir et posa dessus une minuscule balance, une boîte de poids et une trousse à outils dans laquelle il choisit un tournevis. Il fit sauter le couvercle de la montre en cassant la charnière ; extirpa le mécanisme de sa couronne d'argent, comme on fait sauter l'œil d'un lapin pour le saigner ; jeta le bloc de fragiles rouages mis à nu, le cadran peint, les précieuses aiguilles ouvragées, le ventre, le cœur, l'âme de la montre dans une poubelle à ses pieds ; posa le couvercle et la couronne sur la balance, multiplia le poids par le prix du gramme, dit une somme, ouvrit son tiroir-caisse et paya.

« Voilà, mon gars ! Tu as de la chance, le

cours de l'argent est à la hausse, depuis deux ans. »

Le garçon demeura un instant médusé, le regard fixé sur l'argent.

« Quelque chose qui ne va pas ? Je me suis trompé ?

— Et... le reste ? C'est pas de l'argent ?

— Ah ! Ah ! Ah ! Non ! De la ferraille. Mais tu le voulais peut-être, le mécanisme, pour t'amuser à le démonter ? »

Gweltaz fit non de la tête, empocha l'argent et s'enfuit. Dans sa poche tintaient les pièces. De l'argent ? Mais il avait cru que toute la montre était en argent ! Pas simplement le couvercle et l'entourage, qui pesaient trois fois rien. Le vilain bonhomme avait détruit la montre, mais le véritable assassin c'était lui, l'instigateur du crime prémédité, qui avait donné au bijoutier l'ordre de dépecer la montre, de la vider de ses entrailles, de jeter ses boyaux dans le seau. *Mais je ne pouvais pas savoir !* hurla-t-il à l'intérieur de lui-même. Il entendait un brouhaha de voix, celles de ses parents et de ses grands-parents, et ces voix l'accusaient, lui disaient qu'il n'était qu'un monstre. Un monstre ? Cela se voyait-il sur sa figure ? Il traversa Monoprix et se regarda furtivement dans le miroir d'une cabine d'essayage. Il baissa les yeux. La vue de son propre visage lui était insoutenable. Il entra dans un bureau de tabac où il n'avait jamais été, considéra les prix des cigarettes et acheta les plus chères, trois paquets plats, rouge et or, beaux comme des étuis. Le lendemain, il en donna un à chacun des trois costauds. Ils en restèrent muets de surprise. Il leur dit tout net, d'une voix haletante, que c'étaient les dernières, qu'ils n'en auraient plus jamais, et qu'ils pouvaient bien lui faire ce qu'ils voulaient, il s'en fichait. Il les impressionna. Ils eurent l'intuition que sa détermination et son indifférence envers de futurs tourments, qu'ils ne renonçaient pas à lui infliger, d'ailleurs, s'appuyaient sur quelque chose qu'ils ne pouvaient comprendre et qu'il était inutile de chercher à comprendre, puisque aussi bien chacun d'entre eux avait en poche un de ces paquets de cigarettes que les pères ou les oncles achètent pour fumer richement lors des grandes fêtes de famille, mariages, baptêmes et communions. Ils s'écartèrent de lui comme les chiens s'écartent d'instinct des chiens fous et le garçon, ayant effacé par la dépense les traces de sa faute, crut être désormais quitte de tout remords. À son âge on ignore que la conscience s'éveille au crépuscule et vient vous torturer à la minute précise où vous tombez de sommeil. Le soir il se tournait et se retournait dans son lit. Il revivait la scène, en écrivait et en récrivait deux versions opposées. Dans l'une il se révoltait contre le bijoutier, le traitait de voleur et d'assassin, lui intimait l'ordre de remonter la montre et de la lui rendre, et le bougre, penaud, obéissait en s'excusant d'avoir cédé à l'appât du lucre. Dans l'autre, c'était le bijoutier, aimable et paternel, qui le convainquait de garder la montre — « Qu'est-ce qu'un peu d'argent contre la perte d'un souvenir inestimable ? Pense à ton grand-père, au chagrin qu'il éprouverait ! Cette montre fonctionnera encore dans un siècle ! Et tant pis si elle retarde ! Le temps ne devient-il pas plus lent au fur et à mesure qu'il passe, quoi qu'en disent les vieux, pour qui le temps a passé si vite ? » Le garçon demandait pardon au bijoutier, l'homme lui pinçait la joue, appelait son épouse, une jolie femme en tablier de dentelle comme dans les romans américains, et on l'invitait à goûter dans une salle à manger où tictaquaient des dizaines de pendules. Il se retournait dans son lit : rien de cela n'avait eu lieu ! Furieux contre lui-même, il l'était encore plus contre l'horloger-bijoutier. Cet imbécile n'avait donc pas d'enfants ? Ignorait-il toutes les idées saugrenues qui leur passent par la tête ? Fallait-il donc qu'il soit un Harpagon de la pire espèce pour avoir consenti à acheter quelques grammes d'argent ? Pour quel maigre profit ? Qu'il soit maudit ! Le garçon rêvait qu'il mettait le feu à sa boutique et que ruisselaient sur le trottoir, fondus par la chaleur du brasier, l'or et l'argent des bijoux, des chaînettes, des gourmettes, des médailles, des calices et des crucifix. La vision de l'incendie le réconfortait : il s'endormait enfin. Mais au réveil l'idée de revoir ses grands-parents le faisait frémir de honte. Que leur dirait-il lorsqu'ils prendraient des nouvelles de leur vieille amie la montre ? Il inventerait, il leur dirait qu'elle allait bien, qu'elle retardait un peu plus chaque jour. Et s'ils s'inquiétaient auprès de sa mère de l'endroit où elle se trouvait ? Elle ne pourrait que répondre : « Ah oui, tiens, ça fait un moment que je ne l'ai pas vue ! » Il annonça à sa mère qu'il n'irait plus goûter chez ses grands-parents, qu'il préférait rester à l'étude du soir, où il pouvait travailler bien mieux. « Pépé et Mémé parlent tout le temps, je ne peux pas faire mes devoirs », dit-il. L'argument était de nature à convaincre parents et grands-parents. Ils y consentirent, retournés par tant de sérieux et d'ardeur au travail. Sa mère cependant s'inquiéta : depuis une quinzaine de jours son fils avait changé. Il s'enfermait dans sa chambre, oh sans bouder vraiment, mais il était devenu secret et refusait de répondre à ses questions inquiètes. Elle mit cela sur le compte de la punition, qu'elle leva partiellement en lui accordant la moitié de l'argent de poche qu'elle lui donnait avant l'affaire des cigarettes. Et puis, avec soulagement, elle pensa trouver la bonne explication : la puberté. Le garçon arrivait dans « le mauvais âge ». Elle s'y était préparée. Cela durerait sans doute deux ou trois ans, jusqu'à ce que le petit garçon s'épanouisse en un bel adolescent qui se lancerait à la conquête des filles — et là, au moins, ses airs de conspirateur auraient la plus belle des raisons, le premier amour et ses tortures.

La date de sa communion approchait. Il se confessa. Comme il eut affaire à un vieux chanoine rappelé au service pour la circonstance — quelque deux cents garçons et filles à absoudre de leurs menus péchés —, il lui confia l'histoire de la montre, ce qu'il n'aurait pas fait au curé du catéchisme. Le prêtre le gratifia d'une leçon de morale, minimisa sa faute et lui donna l'absolution en contrepartie de trois *Ave* et de trois *Pater*. Le garçon n'en fut pas apaisé pour autant. Il restait en ville un témoin de son forfait : l'horloger-bijoutier. Quel âge pouvait-il avoir ? N'était-il pas en âge de prendre sa retraite et de vendre sa boutique ? Le garçon aurait voulu qu'il mourût et que son rideau métallique restât à tout jamais baissé.

Un lundi sa mère le prévint qu'il devrait aller déjeuner chez ses grands-parents le mercredi suivant. Sa grand-mère et marraine avait l'intention de lui offrir une montre-bracelet et l'après-midi ils iraient en ville tous les trois ensemble pour la choisir. Pépé et Mémé ne regarderaient pas à la dépense, ce serait une belle montre, lui promit-on.

Le mercredi, il prit le bus en compagnie de ses grands-parents. Ils se dirigèrent à pas lents vers la vieille ville. Où allait-on ? osa-t-il demander. Dans une horlogerie-bijouterie où la famille avait l'habitude de se rendre depuis des lustres. Là où on lui avait acheté son missel de communion privée.

Lorsqu'ils tournèrent au coin de la rue des Remparts, il ne douta plus qu'il s'agissait de la boutique où le crime avait été perpétré. Il essaya d'entraîner ses grands-parents vers un autre commerce où l'on vendait des montres « plus à la mode ».

« À la mode, peut-être, dit Pépé-train, mais certainement pas des montres suisses. À propos, et la tienne, comment va-t-elle ? »

Le garçon éclata en sanglots.

« Je veux rien ! murmura-t-il.

— Qu'est-ce que tu dis, mon mignon ? demanda Mémé, qui était un peu dure d'oreille. Qu'est-ce qu'il a dit ?

— Je veux rien, répéta-t-il.

— Mais regarde, Pépé, ton petit-fils pleure ! Mais pourquoi ? Dis à ta mémé pourquoi tu pleures, mon mignon. »

Elle sortit un mouchoir de son sac à main. Il sentait l'eau de Cologne à la lavande. Pépé-train entoura ses épaules de son bras.

« Allons, je te promets que si tu ne trouves rien à ton goût dans cette boutique on ira ailleurs. D'accord ? »

Le garçon se dégagea brutalement.

« Mais puisque je vous dis que je veux rien ! JE VEUX RIEN ! JE VEUX RIEN ! RIEN DU TOUT ! cria-t-il en détalant à toutes jambes.

— Gweltaz !... »

Il courut en direction du boulevard. La circulation était dense. Le feu était au vert. Un camion arrivait.

On entendit un long coup de klaxon, semblable au coup de trompe de la micheline de 15 h 44. Par réflexe, Pépé-train tira sa montre de sa poche.

Café du Viaduc

C'est la ria profonde d'un fleuve côtier qui se jette dans la Manche, face au noroît. Dans sa bouche, les dents de lait des récifs sont baignés d'écume quand soufflent les vents dominants. Au milieu de l'estuaire, un fort Vauban épouse très précisément la forme ovale d'un îlot. Il défendait la ville, d'abord port de commerce et de guerre, à l'époque des corsaires et de la vente de leurs prises aux enchères. Des quais et des entrepôts ont été bâtis sur les deux rives, comme pour servir de contreforts aux collines de schiste qui longtemps sont restées boisées de chênes, de hêtres et de pins maritimes où nichaient les corbeaux et les buses, seuls êtres vivants à pouvoir franchir sans effort, d'un coup d'aile, le profond fossé de l'aber. Les hommes — marins, négociants, paysans, dockers et gens des petits métiers portuaires de cette époque — devaient emprunter une passerelle en bois, au ras de l'eau. Quant aux voitures à cheval, il leur fallait effectuer un détour de plusieurs dizaines de kilomètres pour trouver en amont le premier pont reliant le nord et le sud de la région. La politique des grands travaux du second Empire poussa le chemin de fer jusqu'au bout de la péninsule et un viaduc fut construit, tout en granit du pays, à soixante-dix mètres au-dessus du port, un tablier étroit posé sur deux flèches colossales enracinées dans les quais des deux rives. Aux yeux des marins qui empruntaient le chenal dans l'alignement du fort Vauban et d'un amer pyramidal, l'ensemble évoquait un arc de triomphe à la gloire de quelque dieu celte, ou bien encore la porte monumentale d'un cénotaphe à la mémoire des péris en mer. Bientôt, des panaches de fumée des locomotives à vapeur surgit le développement économique attendu de l'ouvrage. Conserveries et manufactures s'élevèrent le long de la voie ferrée sur les hauteurs déboisées, tandis que les coteaux se couvraient de maisonnettes, au petit bonheur la chance, coudant à leur gré des ruelles tortueuses et des escaliers de butte aux marches de guingois.

Un siècle plus tard, le viaduc ne chevauche plus qu'un port de plaisance, les maisons de poupée des ouvriers transformées en résidences secondaires et une usine improprement nommée, par habitude, « manufacture ». Le train emprunte un autre itinéraire, sur le viaduc circulent les automobiles. Dépouillé de ses rails, c'est aujourd'hui une voie urbaine qui relie le quartier de l'usine, au nord, à un bloc de H.L.M., au sud. Situé du côté de la manufacture, le Café du Viaduc, vieux de plus d'un siècle, a gardé son nom mais a plusieurs fois changé de mine. À l'origine, ce n'était qu'un antre au sol de terre battue, une éponge à crachats. Un comptoir, une étagère, trois tables et douze chaises avaient longtemps fait l'affaire. On servait le cidre, le vin rouge et le rhum dans des verres épais que rechercheraient de nos jours les antiquaires, des verres d'importation, en provenance d'Amsterdam, au temps du commerce maritime avec cet entrepôt du monde où se négociaient porcelaines de Chine, métaux précieux de l'Amérique hispanique, vaisselle d'Angleterre, épices d'Insulinde. À présent, le Café du Viaduc est un établissement moderne : il y a de la tomette au sol, sur les murs des lambris en plastique et des posters dans des cadres en aluminium, au plafond des dizaines de spots et au-dessus du bar en chêne, sombre, massif et surchargé de personnages sculptés comme un buffet

Henri II, des suspensions western en faïence décorées de motifs bucoliques. Il y a plusieurs tireuses de bières en cuivre et bois verni, un percolateur géant et des jeux vidéo qui au repos font des bruits de fontaine. Le matin des ouvriers s'arrêtent prendre un café arrosé ; dans la journée viennent consommer des voyageurs de commerce qu'attire la serveuse plutôt sexy ; en début de soirée ce sont les ouvriers de nouveau, pour l'apéro ; et du matin au soir des chômeurs et des marginaux juchés sur les tabourets tuent les heures et l'ennui au coin du bar, certains en silence, d'autres en racontant leur vie à la fille qui fait semblant de compatir, hoche la tête ou la secoue, incrédule, lorsque la confidence est excessive — alors, elle signifie qu'elle en a assez entendu d'un geste sec : elle écrase sa cigarette dans le cendrier, une grosse grenouille marron, et s'en va le vider sur les bûches qui se consument dans la cheminée tant que durent les frimas et le crachin, c'est-à-dire du mois d'octobre au mois d'avril, les années noires. Et pendant ce temps les voitures défilent sur le viaduc et coule sous le pont l'eau du fleuve canalisé entre les quais pavés à neuf du port de plaisance.

Il est neuf heures du soir, nous sommes en mars, il pleut depuis novembre et la fille du bar entend chaque jour des réflexions poilantes du genre : « Si cette flotte n'arrête pas de tomber, tous les gens vont se faire sauter le caisson. » Ce à quoi elle répond, en haussant les épaules : « T'as envie de te flinguer, toi ? » Le plaisantin dit que oh que non ! aucune envie de faire faire des économies à l'État, son R.M.I. il y a droit, il leur en fera pas cadeau, manquerait plus que ça. Il ne parlait pas pour lui, mais pour les autres. La serveuse allume une cigarette et dit : « Qu'est-ce que t'en sais, toi, des autres ? Tes lunettes, c'est un scanner ? Et puis d'ailleurs, les autres, qu'ils se démerdent. Excuse, faut que j'aille servir... »

Deux jeunes femmes viennent d'entrer et ont pris place à la table la plus proche de la cheminée. L'une est rousse — des cheveux presque rouges, et mouillés, car elle a marché jusqu'ici sans relever sa capuche. Elle a pleuré. Au coin de ses yeux cernés le mouchoir a laissé des traces de mascara. L'autre est plus soignée, ses cheveux ont leur teinte naturelle, ce châtain foncé des filles du pays, des Bretonnes aux yeux gris-bleu. La rousse s'appelle Francine et sa copine Irène. Elles ont dans la trentaine et portent toutes deux des vestes à capuche et col de fourrure synthétique que la serveuse reconnaît. Ils en ont eu tout un lot à *Stopaffairs*, dans la zone commerciale. Elle a hésité à en acheter une, elle a pensé que toutes les filles de la ZUP en auraient sur le dos, et visiblement c'est bien le cas, moralité elle a eu raison de s'en passer.

« Qu'est-ce que je vous sers ?

— Un whisky, dit Francine.

— Avec des glaçons ?

— Ben j'en sais rien. Ben ouais, des glaçons, malgré que ce soit pas mon genre de sucer de la glace.

— Je vous en mets à part, vous verrez bien. Et vous ?

— Un café, dit Irène.

— Prends donc quelque chose de fort, c'est pas tous les jours fête.

— Oh arrête, dis pas de trucs comme ça.

— Prends un cognac avec ton café, ça te donnera du cœur à l'ouvrage.

— Un grand ou un petit cognac ?

— Mettez un grand. Si elle le boit pas, je le finirai. »

Elles allument une cigarette blonde. Irène fixe la table, hébétée. Francine cligne des yeux, se remplit les poumons de fumée et l'expire en tournant la tête de côté. La serveuse apporte les consommations, Francine tient à payer tout de suite.

« Gardez la monnaie, c'est mon jour de bonté. »

La serveuse est interloquée. Quarante et quelques balles, on ne s'y attend pas dans ce bastringue à fauchés.

« Ah bon, ben merci. Ça ira, les glaçons ?

— C'est parfait.

— Vous fermez à quelle heure ? demande Irène.

— Onze heures, pourquoi ?

— Pour rien.

— Ma copine veut papoter, dit Francine.

— Vous avez le temps.

— L'éternité », dit Francine.

Irène se mord les ongles. La serveuse s'en retourne derrière son bar. Drôles de filles, se dit-elle. Qu'est-ce qu'elles arrosent ? Un mec largué ? Quelque chose de gai et de triste à la fois, ouais, t'es bien contente de t'être débarrassée du connard qui te faisait cocue mais en même temps y a tous les bons moments qui refont surface, y en a toujours eu des bons moments dans les histoires d'amour qui finissent mal, ça, personne pourra jamais dire le contraire. C'est laquelle la pousse au crime ? La rousse ? Ouais, c'est ça, elle a poussé sa copine à larguer un loquedu et maintenant faut qu'elle lui remonte le moral. Eh ben, ça va être duraille, parce qu'elle a pas l'air jouasse devant son cognac.

Elle est distraite de ses réflexions par un

pilier de bar, un divorcé, habitué du soir, un optimiste béat qui croit avoir ses chances avec elle, l'enfoiré, peut toujours courir, n'a qu'à se foutre au pieu avec la veuve poignet. Il s'assied, secoue sa casquette trempée et dit :

« T'as vu le temps ? Les paysans commencent à avoir des ennuis. La laiterie les accuse de couper leur lait alors que c'est les vaches. À force de bouffer de l'herbe mouillée, elles ont les pis pleins de flotte.

— Ce que tu peux être con ! Celle-là, tu me l'as déjà sortie la semaine dernière.

— Ah bon ? Ça doit être l'amour. Je suis fou de toi, je perds la boule.

— Y a un billard à l'étage, montes-y voir si tu la trouves pas. »

Elle regarde par-dessus l'épaule du type. Les deux femmes trinquent.

« C'est qui ces gonzesses ? dit le type.

— Chais pas. Première fois que je les vois.

— Des gouines ?

— Ça m'étonnerait.

— Tu t'y connais ? Peut-être que t'en es une, finalement, de brouteuse de gazon.

— D'herbe mouillée, tant que tu y es.

— Je t'ai toujours dit que t'étais vache. Pourquoi t'es si vache avec moi ? On serait tellement heureux ensemble, tous les deux sous la couette, par ce sale temps ! »

La serveuse lève les yeux au ciel, écrase sa cigarette et s'en va vider le cendrier dans la cheminée. Au passage, elle entend la rousse dire :

« Tu vas pas te dégonfler ? Pas maintenant ! Promets-moi que tu vas pas te dégonfler ! »

La serveuse s'attarde un instant, juste à la limite de l'indiscrétion, mais l'autre ne répond pas, elle aurait pourtant bien aimé savoir, veut retourner auprès de son homme, la mignonne ? Irène attend que la fille se soit éloignée pour répondre :

« Tu peux pas réfléchir encore un peu ?

— Écoute, Irène, on en a assez parlé. Je suis décidée. Ce soir. Tu vois bien que je suis heureuse, alors t'as pas à te sentir coupable !

— T'en as de bonnes, toi ! Je me sentirai coupable toute ma vie.

— Tu vas pas me faire ce coup-là ! On avait dit ce soir, ce sera ce soir !

— J'arrive pas à comprendre.

— Y a rien à comprendre, c'est comme ça.

— J'en ai autant bavé que toi, et pourtant, moi j'en ai aucune envie.

— Cherche pas, chacun son truc. Tu pourras jamais comprendre. Personne peut comprendre.

— Après, tout sera fini.

— Justement !

— Le pire c'est que t'as vraiment l'air contente.

— Arrête, Irène, arrête je t'en supplie. On a déjà répété ça cent fois, ça sert à rien de me le répéter. Faut que tu m'aides, c'est tout.

— T'aider, tu parles ! J'arrêterai pas d'y penser, après.

— T'auras qu'à penser que tu m'as fait le plus beau cadeau que quelqu'un puisse me faire. Le plus beau cadeau de ma vie. Tu bois pas ton cognac ? »

Irène fait signe que non.

« Tu as bu cet après-midi ? demande-t-elle.

— Ni plus ni moins que d'habitude. Quoi, j'ai l'air bourré ? »

Francine ouvre son sac à main, se regarde dans le miroir de son poudrier.

« Oh la la, quelle gueule ! Faut que je sois présentable, tout de même. »

Elle se fait un raccord de rouge, s'essuie le coin des yeux, arrange une mèche, grimace et rit d'un rire de gorge, rauque.

« Ah, au fait, voilà la lettre, dit-elle en tendant une enveloppe à Irène, t'auras qu'à la montrer si t'as des emmerdes avec les flics. Mon corps ira à la médecine. Y a tout un tas d'étudiants qui vont me tripoter, t'imagines ? Quel pied ! »

Irène prend l'enveloppe et la met dans la

poche de sa parka. Elle réprime un sanglot, comme un gros hoquet que la fille du bar a entendu. Elle pense que ça va pas très fort, là-bas, près de la cheminée, et que putain, les mecs, ça vous rend maboule, faudrait pouvoir s'en passer, de tous ces tarés.

« Et fais pas cette gueule d'enterrement, dit Francine, y en aura pas, d'obsèques. Y aura personne à trottiner derrière le corbillard.

— Comment tu peux dire des trucs pareils ? Si tes gosses t'entendaient.

— Halte-là ! Pas de ça ! Là, t'es plus une copine !

— Ta fille, à son âge, comment elle va prendre ça ? murmure Irène.

— Cause toujours, je t'écoute plus ! »

Francine allume une cigarette et tourne la tête vers la cheminée.

« Tu veux un autre whisky ? chuchote Irène.

— Non, je termine ma clope et on y va. »

Irène se voûte d'un coup, menton sur la poitrine, cheveux dans les yeux et laisse couler ses larmes. Francine lui caresse les cheveux. Au bar, la fille et le client échangent une mimique dubitative.

« M'est avis que la brune vient de se faire larguer, ou de larguer son mec, dit la fille.

— Un de perdu dix de retrouvés, dit le client.

— Larguer un mec, c'est comme accoucher d'un mort-né, dit la fille.

— Je vois pas le rapport, dit le client.

— Cherche pas. »

Francine jette sa cigarette dans l'âtre, finit son verre et le verre de cognac, étend les coudes, s'aplatit sur la table et tente d'accrocher le regard d'Irène par en dessous. Elle écarte ses cheveux et lui redresse le menton.

« Coucou ! » dit-elle gaiement.

Les sanglots d'Irène redoublent.

« Arrête, tu me déprimes ! plaisante Francine.

— Je te comprends pas, dit Irène.

— Viens, maintenant, on y va. Quand faut y aller, faut y aller ! »

Francine aide Irène à se lever, lui ferme sa parka et lui met la capuche sur la tête. Puis elle remonte la fermeture Éclair de sa veste et s'encapuchonne aussi. Soutenant Irène, elle ouvre la porte, adresse un signe de la main à la serveuse et elles sortent dans la nuit.

Portée par les bourrasques qu'aspire la bouche du fleuve, la pluie balaie le viaduc et alimente les pommes de douche des lampadaires orange. Des mares se sont formées, entre lesquelles serpentent des ruisseaux. Une voiture passe lentement en traçant dans l'eau comme deux lignes d'étrave. Elle se dirige vers la rive gauche, vers le damier des tours de la ZUP, aux cases éteintes et aux lumières diverses — bleu des postes de télévision allumés, blanc des halogènes, jaune pâle des lampes de chevet. Rive droite, dans le dos de Francine et d'Irène, se découpent sur le ciel plus clair les hauts murs de la manufacture. À cause d'un étrange effet de perspective faussée, on pourrait prendre le Café du Viaduc pour le corps de garde d'une forteresse où ne dort que d'un œil un dragon étalé de tout son long, une machine-outil caparaçonnée de métal brillant que veille un homme en blouse blanche.

Les feux arrière de la voiture rougeoient et s'éloignent dans les volutes d'une vapeur glacée qui se tordent et se détordent sous les rafales. Courbées, tête baissée, les deux femmes dépassent un long grillage rigide, en acier solide, qu'un riverain du quai, en bas, a fait installer par la mairie. Il en avait assez de récolter des suicidés dans son jardin. Pourquoi n'allaient-ils pas se jeter plus loin, au milieu du viaduc ? Parce qu'ils craignaient, certainement, qu'à faire cent pas de plus ils ne perdent le courage de se jeter par-dessus le parapet. Alors, au plus près ! À l'endroit où le viaduc quitte l'adossement de la colline, au tout début du vide, ils enjambaient le garde-fou, pressés d'en finir, la peur au ventre — qui pourrait l'affirmer ou l'infirmer ? — peur qu'une voix intérieure ne leur intimât de renoncer s'ils attendaient une minute de plus. Aurait-on dû protéger le viaduc d'un bout à l'autre et des deux côtés ? À quoi bon ! Les suicidaires auraient trouvé un autre pont, une falaise, un clocher, une fenêtre ouverte en haut d'une tour. Il y a partout des endroits d'où se jeter.

Les deux femmes marchent bras dessus, bras dessous. L'eau ruisselle sur le trottoir, coule dans le caniveau et de là vers des gargouilles agrippées tête en bas par les pattes de derrière tout au long du viaduc. Par intermittence, les rideaux de pluie accrochés là-haut à des cintres obscurs faseyent et laissent voir à l'ouest l'éclat blanc d'un sémaphore sur un promontoire.

« Tu parles d'une vase, dit Francine. Heureusement qu'on voit le phare sinon j'aurais été paumée. »

Le parapet en pierre est large d'un demi-mètre et leur arrive à hauteur de poitrine. Il ne permet pas de se pencher pour voir en bas. Francine garde la tête tournée vers l'estuaire. La pluie fouette son visage, elle bat des paupières, elle ralentit le pas, elle attend que la cheminée de la manufacture se trouve dans l'alignement du feu du sémaphore. Elle a appris ça, les alignements, d'un de ses mecs, un parmi tant d'autres, avec qui elle allait pêcher le lieu jaune le long de la côte des abers, preuve que tout peut vous servir un jour dans la vie, et même dans la mort.

« C'est ici », dit-elle.

« Ici » : à la verticale du quai de la rive droite. Un peu plus loin, on serait au-dessus du fleuve. Francine a étudié son coup. Se jeter dans l'eau, ce ne serait pas l'idéal. Plus doux à l'idée, elle n'en disconviendrait pas, sûr que ça doit faire moins mal quand on arrive, mais dans elle ne sait plus quel pays en Amérique du Sud il y a des gars qui font le saut de l'ange d'une hauteur épouvantable et qui n'en crèvent pas. Alors, il y a quelques jours elle a dit à Irène : « Imagine que je m'en sorte, par manque de bol, de la flotte ? » Sur le quai, pas de problème. Personne ne peut réchapper d'une chute de soixante-dix mètres. D'ailleurs, avant qu'on pose le grillage, aucun suicidé n'est ressorti vivant du jardin du riverain. Et pourtant, ce jardin, c'est de la terre meuble, pas du pavé en granit rose, la pierre de ce pays gris.

« Allez, fais-moi la bise », dit Francine.

Irène a un mouvement de recul.

« Allez, sois pas triste, t'es la meilleure copine que j'aie jamais eue. »

Irène est tétanisée dans les bras de Francine.

« Avec nos capuches à fourrure, on a l'air de deux esquimaudes », dit Francine.

Irène garde le menton collé à la poitrine. Francine lui embrasse les cheveux, le front, le bout du nez.

« T'as le bout du nez tout froid ! »

Irène relève la tête. Francine appuie sa joue contre la sienne et lui murmure à l'oreille.

« Allez, p'tite pomme... Tu penseras à moi bien fort, jamais personne m'aura rendue aussi heureuse que tu vas me rendre. Y a pas de voitures à l'horizon, profitons-en. Adieu, p'tite pomme... »

Doucement, Francine relâche son étreinte, s'adosse au parapet, les mains en appui, et d'un coup de reins s'assied. Irène s'agrippe à ses jambes.

« Je pourrai jamais si tu me regardes. Pas comme ça, pas en face. »

Francine lui caresse les cheveux.

« Ça se comprend, p'tite pomme... »

Francine libère une jambe, puis l'autre, pivote sur son séant et se retrouve assise dans l'autre sens, les jambes dans le vide, face à l'estuaire. Derrière elle, Irène sanglote, la poitrine écrasée contre la pierre. Francine ôte sa capuche et lève la tête, comme pour se laver le visage avec toute l'eau du ciel.

Les phares d'une voiture apparaissent dans le virage au bout du viaduc, du côté de la manufacture.

« Irène ! crie Francine, Irène, une voiture !

— Non ! Francine, non ! Je veux pas !

— Irène, je t'en prie !... Irène, par pitié... »

La voiture s'engage sur le pont.

« Irène, par pitié ! »

Irène est hypnotisée par les yeux jaunes. Elle détourne la tête.

« Irène ! Mais vas-y, quoi, bon Dieu ! »

Irène pose ses deux mains dans le dos de Francine et obéit. Fait ce qu'elle avait promis-juré de faire. D'une poussée qu'elle voudrait douce et tendre comme une caresse — oh tous ces sentiments qui grésillent au bout de ses doigts, oh ce chagrin, oh cette douleur, oh mon Dieu mon Dieu mon Dieu mon Dieu qu'est-ce que je fais —, elle précipite Francine dans le vide.

Le silence l'étonne.

Ses oreilles bourdonnent. Se mettent à siffler.

Les yeux jaunes l'éclairent, s'arrêtent.

Des portières claquent, qu'elle n'entend pas.

Elle s'est évanouie.

La prairie

Maï-yann et Youenn étaient nés tous les deux peu avant 1910, au bord de l'Odet, à trois vallons, deux pâtures et un bois de distance, mais en ces temps où on circulait à pied ou en char à bancs par les garennes creuses, quelques kilomètres c'était déjà un grand bout de chemin. Ils étaient tous les deux des *bugale al lanneier*, des enfants des landes, de ces coteaux incultes que les grands fermiers, propriétaires des plateaux fertiles qui dominaient les friches encaissées où coulaient les ruisseaux, abandonnaient aux journaliers contre la promesse tacite qu'ils leur seraient fidèles et ne loueraient pas leurs bras à d'autre fermier qu'à celui qui leur accordait le droit de bâtir une masure sur les trous à vipères.

En ce temps-là, le breton était la langue maternelle, qu'ils ne savaient ni lire ni écrire, de tous les pauvres, et c'était à l'école qu'on apprenait le français, si on avait la chance d'y aller. Pour les enfants du bourg et les gosses de fermiers, à l'école qu'ils fréquentèrent pendant deux années, de leurs neuf ans à leurs onze ans, Maï-yann et Youenn, ainsi que leurs nombreux frères et sœurs respectifs, répondaient au sobriquet méprisant de *bugale al lochou*, « enfants des cabanes ». À l'image des baraques en bois et torchis de glaise, couvertes de fougères et de genêts où ils avaient vu le jour, ils allaient vêtus de hardes et chaussés de sabots ou de galoches que distribuaient aux nécessiteux les bonnes sœurs de l'école, manière d'obtenir par ces dons sinon le pardon du moins l'amnésie des gueux pour la ségrégation qu'elles entretenaient en classe. Au crépuscule de leurs jours, Maï-yann et Youenn ne se lasseraient pas d'évoquer avec amertume et rancœur le souvenir du réfectoire divisé en deux par une ligne imaginaire : d'un côté les gosses des cabanes, de l'autre les enfants de riches. D'un côté, tous les jours et à tous les repas du pain de seigle trempé dans une soupe au lard rance ; de l'autre des rôtis, des pommes de terre rissolées, du pain blanc et au goûter des brioches et des bols de chocolat au lait brûlant.

Chez eux les enfants des cabanes ne faisaient pas plus bombance qu'à l'école. Le père de Youenn, un fainéant, buvait le maigre argent qu'il gagnait. Les jours de paye, sa femme envoyait les grands à sa rencontre, mais il déjouait leur surveillance, coupait à travers des ronciers en empruntant à quatre pattes des passages de renards, et dépensait ses sous en achetant du rhum Négrita au café-alimentation du carrefour de Croasloc'h. Il cachait les bouteilles dans les meules de foin, sous les tas de betteraves, au fond des terriers à lapins le long des talus. Partout il avait des cachettes qu'il lui arrivait d'oublier. Il vendait les œufs et les poulets et ne laissait à la mère que les vieilles poules pour la soupe, dont elle gardait le bouillon gras, saturé de sel afin qu'il se conserve mieux, jusqu'à ce qu'il fût aigre et juste bon à tremper les patates du cochon. Youenn mangea son premier bifteck et but son premier verre de vin au service militaire.

Maï-yann fut mieux lotie : son père était sérieux, mais de faible constitution. Sa mère était courageuse. Elle louait ses bras sans rechigner, apte à toutes les tâches, même les plus dures, réservées aux hommes, telles que le défrichage et le dessouchage des landes, à la serpe et à la houe. Elle se flattait à juste titre que ses enfants se couchent tous les jours le ventre plein de bouillie d'avoine. Les seules choses qu'elle les autorisait à mendier dans les fermes alentour, c'était un peu de beurre pour les crêpes et de pétrole pour les lampes.

Maï-yann et Youenn se connurent à l'école. Ils travaillent bien, ils iront jusqu'au certificat d'études, disaient les Sœurs. À la rentrée de ce qui aurait dû être leur troisième année de scolarité, une école publique ouvrit ses portes au bord de la route départementale, à mi-chemin de Quimper et du bourg. L'école des Sœurs était payante, soit en argent, soit en nature (en livres de lard, seule monnaie qui avait cours chez les gens des landes) ; l'école de la République était gratuite et à vingt minutes de marche des cabanes, ce qui permettrait aux enfants de venir manger leur midi à la maison. Il n'y avait pas à hésiter, Maï-yann et Youenn iraient à l'école laïque, ainsi que leurs frères et sœurs en âge d'apprendre à lire et à écrire. Le recteur de la paroisse déclara la guerre au péril rouge. Sur le seuil des masures, il proféra cette menace : les parents dont les enfants iraient à l'école laïque ne seraient plus reçus en confession et par conséquent les Pâques leur seraient refusées, et tant pis pour eux si cela les conduisait tout droit en enfer. Sentant leurs cheveux roussir rien qu'à la vision des braises qui luisaient dans les yeux du curé, les mères reculèrent d'effroi et supplièrent les maris de ne pas faire d'elles des damnées. Aux champs, les pères se concertèrent et tranchèrent : Maï-yann et Youenn seraient retirés de chez les Sœurs et placés dans des fermes, et nom de Dieu comme ça tout le monde serait content, les femmes de continuer à se confesser et les gosses de bouffer le lard qu'on n'aurait plus à donner aux bonnes sœurs. Et au sujet des cadets, on aviserait en temps utile et selon le sexe. Peut-être les filles iraient-elles chez les Sœurs et les gars chez l'instituteur. Ou personne nulle part. On verrait bien. D'ici là de l'eau avait le temps de couler sous les ponts.

Vainqueur des Rouges, le recteur comblé soulagea plusieurs familles de filles à peine pubères et les dispersa dans de lointaines régions de l'Hexagone, aux bons soins de congrégations dont elles recevraient une éducation suffisante pour leur donner envie de prononcer leurs vœux. Des garçons furent admis au petit séminaire de Pont-Croix et certains devinrent prêtres.

Au voile ou à la prêtrise, Maï-yann et Youenn préféraient encore mieux l'esclavage, car cela ne durerait qu'un temps et un jour ils seraient libres. Ils furent placés dans la même ferme et c'est là qu'ils apprirent à s'entraider. Qu'on ne croie pas, oh non, oh que non, que c'était toujours le garçon qui aidait la fille. Maï-yann était aussi trapue, aussi solide, aussi dure au mal que Youenn. Simplement, chacun avait ses faiblesses : Youenn était détesté de la jument, Maï-yann de la truie qui, sitôt qu'elle la voyait, fonçait sur elle pour la mordre. Youenn chassait la truie à coups de trique, Maï-yann allait mener ou chercher la jument aux champs. Ils étaient de force égale pour tirer l'eau du puits et avaient découvert ensemble qu'il était préférable de porter deux seaux à moitié pleins plutôt qu'un seul d'un côté, au risque de vous casser le dos et les reins. À quatorze ans, leur réputation de bêtes de somme infatigables était établie dans la commune. À quinze, ils furent débauchés par un fermier qui mit sur la table un supplément de gages. À dix-sept, ils n'ignoraient plus rien des travaux de la terre et des soins à donner aux bêtes. À la Saint-Michel, ils firent courir le bruit que les enchères étaient ouvertes. Allons, allons, qui voulait de leurs forces et de leur expérience ? Le dimanche, au café d'après la messe, de vieux journaliers matois mandatés par leurs patrons les abordaient et tout en roulant une cigarette les interrogeaient à mots couverts sur leurs prétentions. Ils prirent leur temps, se permirent de choisir non pas le mieux disant mais le patron chez qui le vivre et le couvert étaient les meilleurs. Celui-là ne comptait ni le pain, ni le beurre, ni la viande, ni le saumon que les braconniers lui échangeaient contre du porc. Ils dormirent dans un vrai lit, avec des draps et des couvertures, chacun de leur côté, bien sûr. L'année de leurs vingt et un ans ils se marièrent, ce qui en étonna plus d'un car personne n'aurait pu rapporter les avoir vus fricoter ensemble. On les prenait plutôt pour frère et sœur. Ce fut un mariage très simple. Comme la coutume voulait que chacun payât son repas, s'invitèrent à la noce tous ceux qui le souhaitèrent. La mariée, en coiffe de Quimper, portait une robe de velours noir et par-dessus un tablier blanc brodé de perles. Youenn avait acheté chez le tailleur du bourg un costume de confection destiné à lui faire de l'usage. Avant de passer à l'église ils avaient posé chez le photographe. Depuis, leur photo de mariés dans son cadre ovale en loupe d'orme n'avait connu que deux endroits. Pendant très longtemps elle avait été accrochée dans leur chambre, à gauche de leur lit, entre l'armoire et la table de chevet. Et puis, dans leur « maison neuve », celle où ils vivaient leur vieillesse et mourraient, lorsqu'il avait fallu faire chambre à part pour ne pas se déranger, on l'avait accrochée dans la salle à manger, au-dessus du buffet, avec les photos des petits et arrière-petits-enfants, symbole de quelque soixante années de bonheur, et bien plus si on faisait remonter la naissance de leur amour à leur placement à onze ans dans la même ferme. Oh ça n'avait pas été tous les jours facile, ils s'étaient aussi disputés comme les autres, par exemple au sujet de la semaine ou de la quinzaine qu'on avait ou n'avait pas devant soi pour semer les pommes de terre, mais ces égratignures se cicatrisaient d'elles-mêmes au moment où les plants levaient, celui qui n'avait pas eu raison reconnaissait ses torts, tous deux convenaient que le temps avait été de la partie, on se persuadait finalement que la décision de semer avait été prise en commun et il n'y avait plus une minute à perdre, il fallait en vitesse traiter contre les doryphores, là-dessus on était bien d'accord.

Maï-yann leva les yeux de son tricot : comme tous les soirs, Youenn regardait « Des chiffres et des lettres », et après il regarderait « Questions pour un champion », et après il fermerait les volets, et après il dînerait et irait se coucher, sans un mot.

« Quand est-ce qu'on va faucher la prairie ? » dit-elle.

Youenn haussa les épaules et allongea le cou vers le poste de télévision, comme pour montrer qu'il préférait la compagnie du poste à celle de sa femme. Maï-yann soupira.

« On peut tout de même pas laisser perdre ce foin. »

Youenn ne réagit ni plus ni moins que la semaine précédente, que la veille, et ne réagirait pas plus le lendemain. Il était devenu indifférent à la couleur du ciel, à l'état du jardin, à la hauteur de l'herbe dans la prairie. Seules le distrayaient la télévision et la chaudière du chauffage central, dont il allait tripoter le thermostat quatre fois par jour. Oh chacun sait que le bonheur n'est pas éternel, mais ce qui surprenait Maï-yann et la peinait, c'était le tour que prenaient leurs vieux jours. Elle aurait admis que Youenn mourût d'un accident, ou d'une attaque, ou d'un cancer. D'ailleurs, ils étaient prêts : l'année de leurs soixante-dix ans, de peur que leurs enfants ne les envoient au crématorium de Carhaix, ils avaient signé pour une concession perpétuelle dans le cimetière du bourg de leur enfance et payé le marbrier. La dalle et la croix étaient posées. Il ne restait plus que les noms et les dates à graver dessus. Mais jamais Maï-yann n'aurait pu imaginer que son Youenn se laissât aller, qu'il cessât « de lutter », comme elle disait.

Dans le mois qui suivit leur mariage, ils prirent en location un penty et son courtil d'un journal dont ils firent un grand potager. Du lundi au samedi ils travaillaient dans des fermes et le dimanche s'occupaient de leur jardin, de leurs poules et de leurs lapins. Au lit ils se montraient prudents car ils ne désiraient pas d'enfants tout de suite. Maï-yann s'était fait expliquer par le médecin du bourg les jours où elle ne risquait pas de tomber enceinte. Et qu'on se permît de douter de la virilité de son homme ou de chuchoter à propos de sa stérilité à elle ne lui faisait ni chaud ni froid. À malin, malin et demi : elle clouait le bec d'une boutade aux journalières fières de leur gros ventre. Qu'elles lui demandent donc comment s'y prendre pour avoir le plaisir sans récolter le fruit, elle le leur expliquerait. Eux, ils auraient des enfants quand ils pourraient ne les priver de rien.

Ils se rendirent compte très vite que le métier de journalier ne les mènerait pas à grand-chose. Il y aurait toujours les « gros » d'un côté et les « petits » de l'autre. Sans aller jusqu'à vouloir bousculer l'ordre établi, ils prirent conscience qu'ils étaient exploités et qu'il leur fallait se libérer du servage et acquérir leur indépendance. *La Dépêche de Brest* et *Ouest-Éclair* parlaient de socialisme, des messieurs tenaient des discours révolutionnaires dans les bistrots du bourg, les ouvriers des grandes villes se mettaient en grève. Ce fut le Front populaire. L'État embauchait. Contre l'avis de ses frères (« Méfie-toi de crever de faim en ville ! À la campagne nous au moins on aura toujours à manger ! »), Youenn se présenta au bureau de l'Équipement et fut embauché comme cantonnier aux Ponts et Chaussées. Ils louèrent un appartement de deux pièces à la périphérie de Quimper. Maï-yann alla travailler dans une conserverie. Et voilà, c'était fait, ils avaient quitté la terre et ne dépendaient plus d'un seigneur. Youenn était « sous l'État », ils marchaient sur du parquet ciré, disposaient de l'eau courante, d'un W.-C. et d'une cuisinière à bois, tous les signes d'une grande réussite, déjà, par rapport à leur enfance de gueux. Nantis de deux salaires, ils fabriquèrent deux enfants, deux filles, âgées respectivement de dix-huit et six mois lorsque Youenn fut mobilisé, en 1939. Maï-yann ne le revit pas avant le mois de juin 1945. Fait prisonnier dans la Somme dès le début de la guerre, Youenn, pressentant d'instinct qu'un homme de la campagne serait mieux traité qu'un fonctionnaire sans qualification, déclara aux Allemands qu'il était agriculteur. Il fut envoyé en Prusse-Orientale. Du printemps à l'automne il était au service de fermiers, en hiver de commando de forêt, employé à abattre des arbres immenses, au tronc si gros que les deux hommes de part et d'autre du passe-partout ne se voyaient pas.

Son expérience de la terre et des outils fit merveille. Il remplaçait auprès des fermières les bras manquants du mari au front. À l'époque des moissons, ses patronnes invitaient le voisinage au spectacle : son tour de main, à la faux, lui valait des hochements de tête admiratifs et du tabac, et parfois une gourde de schnaps qu'il partageait avec « son bonhomme », le vieux gendarme chargé de le reconduire au cantonnement, le soir. Partout il fut respecté, pour ne pas dire aimé. Quand les enfants furent grands, lors des repas de famille, Maïyann s'amusait à répéter qu'ils avaient très certainement des demi-frères et des demi-sœurs, là-bas, en Prusse, et il y avait derrière la jalousie qu'elle affectait d'éprouver comme une pointe de fierté à l'idée que son Youenn avait pu fabriquer des petits aux Allemandes, une façon de tirer dans le dos des boches occupés pendant ce temps-là à fusiller les résistants. « Six ans sans une femme dans son lit, on ne me fera pas croire ça ! » Ce à quoi Youenn répondait en évoquant, les yeux plissés, une Gerlinde avec qui il s'était très bien entendu. Il partageait ses repas de midi, elle raccommodait ses vêtements et reprisait ses chaussettes, mais il ne l'avait jamais touchée, jurait-il, bien que cela eût pu se faire, ajoutaient ses yeux pleins de malice. Mais il avait connu des gars qui s'étaient retrouvés en commando d'usine, sous les bombes du matin au soir, pour avoir tiré un coup, alors merci bien, ça ne l'avait pas démangé à ce point-là. À sa manière, il contribua à semer dans les esprits la graine de la réconciliation franco-allemande. Dire qu'il avait souffert en Prusse serait mentir. Le travail était une distraction, et les femmes et les vieillards étaient bien trop contents de sa présence pour le tarabuster ou se plaindre qu'il ne travaillait pas à cent pour cent de ses capacités. Le jour de son départ des larmes furent versées. Un ami, ou presque, s'en allait. C'était la débâcle. Des déserteurs se cachaient dans les granges en attendant la fin de la guerre. Ils sympathisaient avec les Français. Ils rapportaient des histoires de prisonniers de guerre ramassés par les Russes et envoyés dans des centres d'identification, en Sibérie. Ils mirent en garde les Français contre les S.S. Devenus fous furieux, ils fusillaient tout ce qui bougeait, chiens, vaches, chevaux, et pendaient les hommes. Avec une demi-douzaine de copains, Youenn décida de marcher vers le sud-ouest, au-devant des Américains. Armés de pistolets que leur avaient donnés les déserteurs, ils passèrent deux semaines sur les routes, réquisitionnèrent des bicyclettes, exigèrent l'arme au poing qu'on les nourrisse, et furent en danger à quelques reprises, en croisant des troupes qui refluaient devant les lignes américaines, qu'ils rejoignirent enfin. L'affaire fut réglée en cinq sec : un train pour Paris et à Paris un train pour Quimper. Sur le quai de la gare, Maï-yann s'étonna de serrer dans ses bras un Youenn en parfaite santé, qui avait grossi, encore plus costaud qu'au départ. Dans les années soixante-dix, Youenn, par l'intermédiaire d'un comité de jumelage, recevrait une lettre de Gerlinde. Elle avait perdu son mari sur le front russe, s'était remariée avec un Bavarois (« Ils sont plus gais que les Prussiens ! » écrivait-elle), vivait du côté de Baden-Baden et les invitait, lui et sa femme, à leur rendre visite. Ils acceptèrent. Ce fut le voyage de leur vie au souvenir entaché, du côté de Maï-yann, du désagrément de n'avoir pas pu pendant cette semaine-là prononcer un seul mot et d'avoir dû se contenter des traductions de Youenn. « Mais sûrement que ce cochon-là me disait ce qu'il voulait bien ! » maugréait-elle. Ses filles lui demandèrent si elle avait vu les enfants de Gerlinde. « Oui, mais aucun ne ressemble à votre père ! Sauf les yeux bleus. Mais ils ont tous les yeux bleus, comme nous. »

En 1946 un troisième enfant, un garçon, vit le jour. Le logement devint trop petit, il fallut se décider à construire. L'État accordait des primes, le Crédit foncier débloquait des crédits, il ne manquait que l'apport personnel. Youenn buta là-dessus. Il ne tendrait pas la main à qui que ce soit. Maï-yann enfourcha son vélo et partit en prospection. Elle emprunta des petites sommes à droite et à gauche dans la campagne où ils avaient démontré leur ardeur au travail. Sur son carnet de comptes s'alignèrent bientôt dix-sept noms, c'est dire que le risque des prêteurs était minime et très divisé lorsque la totalité de la somme fut réunie. Ils se mirent en quête d'un terrain. Ils auraient pu céder à la facilité — construire une maison plan type dans un lotissement loi Loucheur —, ils choisirent les difficultés de l'isolement. Ils n'aimaient pas la ville et ses trottoirs en ciment. Leur désir d'espace les poussa vers le nord et les paysages de leur enfance. Au début des années cinquante, il n'y avait pas de zones industrielles ni de zones commerciales. La frontière était nette entre la ville et la campagne. On parvenait au bout d'une rue et tout à coup derrière le jardin de la dernière maison c'étaient les pâtures, les champs de blé, d'orge, de seigle et d'avoine, le trèfle et la luzerne, les choux à vaches et les betteraves, les talus aux têtards ébranchés tous les neuf ans, les bosquets de châtaigniers, de chênes et de hêtres, les garennes entre deux rangs de noisetiers. Ils visitèrent les fermes limitrophes. Parlant breton et n'ayant rien oublié du travail de la terre, ils étaient accueillis cordialement, quand ce n'était pas à table ouverte. Souvent la fermière faisait du café frais, débouchait une boîte de pâté, sortait le lard rôti du garde-manger, et après un verre de banyuls ou de Saint-Raphaël, suivi d'un verre de rouge en bouteille trois-quarts, on faisait tout en goûtant l'inventaire des parcelles constructibles et on supputait, par comparaison avec des terrains qui avaient été vendus récemment dans le voisinage, le prix auquel on pourrait traiter. Maï-yann et Youenn rangeaient dans un coin de leur mémoire ces terrains arpentés d'un long regard et, le soir venu, en pesaient les avantages et les inconvénients. Un samedi, ils sympathisèrent de façon inattendue avec un propriétaire à l'allure hautaine devant lequel ils se fermèrent de prime abord, et ce d'autant plus vivement qu'ils avaient hésité à franchir le porche impressionnant de la vaste cour du manoir de Penvily, close de murs et de bâtiments latéraux, granges, écuries et étables. Âgé d'une soixantaine d'années, Loeiz Kerhoas, surnommé moins par ironie que par respect le Grand Loeiz de Penvily, avait la haute stature, le dos droit, le menton relevé et le sourire condescendant des maîtres rompus à évaluer la besogne des journaliers, à jeter leur argent à la figure des fainéants et à récompenser les courageux d'un billet supplémentaire, avec sur les lèvres comme une moue navrée, un air de regretter que tous ne fussent pas de la même trempe que ceux-là, savant mélange d'admiration et de mépris à l'égard des gens capables de prouesses physiques mais privés de cervelle au point de demeurer esclaves des puissants au lieu de prendre le risque de louer des terres à leur compte. Le bruit courait dans les environs qu'un couple cherchait un terrain à bâtir, aussi le maître de Penvily s'attendait-il à leur visite. N'étaient-ils pas ce Youenn et cette Maï-yann qui avaient travaillé chez Untel et Untel, avant-guerre ? Ils acquiescèrent, il les pria d'entrer en leur disant que c'était peut-être ici qu'ils feraient affaire.

Maï-yann se rappelait la scène comme si c'était hier. Voulut-elle esquiver ce souvenir? Elle s'en détacha pour reprocher à Youenn, qui venait d'ouvrir la fenêtre après « Questions pour un champion » : « Pourquoi tu fermes les volets alors qu'il fait encore jour ? » Il n'entendit pas, ou fit semblant de n'avoir pas entendu. Il n'y aurait donc pas de conversation ce soir. Maï-yann remonta à bord de la barque de sa mémoire. Bien que lourdement chargée des moindres détails de leur existence, de dizaines et de dizaines de dates — et la plupart de peu d'importance, par exemple les anniversaires de femmes avec lesquelles elle avait travaillé à la conserverie cinquante années plus tôt —, chargée encore de paroles, surtout blessantes, prononcées par la famille dans telle ou telle circonstance, elle remontait la rivière sans retour de leur vie, insensible au courant, infatigable comme un cheval de trait attelé à une charrette vide.

Veuf, Loeiz Penvily était riche de terres et de pierres de taille, mais pauvre de meubles et de lumière dans son manoir aux fenêtres garnies de barreaux. Sur le sol en ciment de la grande salle étaient posés une longue table et deux bancs. Au plafond, sous son abat-jour en forme d'assiette plate, une ampoule laissait dans l'ombre les coins et la cheminée monumentale. Ils s'assirent sur les bancs. Furtive, presque un fantôme, une bonne servit le goûter. Loeiz Penvily tira un couteau de sa poche, trancha le pain et leur dit : « Alors comme ça vous voulez revenir à la campagne ? » Oui, ils souhaitaient construire là où ils auraient de l'espace, pas trop loin de la ville à cause des enfants et des horaires de travail, mais en tout cas ailleurs que dans ces lotissements où les gens étaient les uns sur les autres. Ils avaient frappé à la bonne porte, leur dit Loeiz Penvily. La solitude lui pesait, il aimerait avoir des gens courageux comme eux pour voisins, il avait ce qu'il leur fallait. Après goûter il enfila ses bottes et les invita à le suivre. « Il faut battre le fer tant qu'il est chaud, non ? — Sûr que oui », répondit Maï-yann. À partir du chemin vicinal, ils prirent une garenne en pente qui les mena jusqu'à un plateau constructible d'environ un hectare. La vue était magnifique : en bas cascadait sur les cailloux un affluent de l'Odet et en face s'étendait un bois de feuillus. Le reste du terrain, cinq hectares en tout, était étrangement accidenté, avec des plis perpendiculaires à la rivière. À l'ouest du plateau, on descendait vers une faille où naissait une source et coulait le filet d'eau d'un ruisseau par endroits recouvert de cresson. Ce ruisseau traversé, on accédait à un coteau pierreux planté de pommiers à cidre. Et puis on descendait encore, par paliers, à travers une friche envahie de fougères qui faisait comme une boucle et on se trouvait dans la prairie, au bord de la rivière, exactement sous le plateau. Maï-yann et Youenn en eurent le souffle coupé.

« Alors, qu'est-ce vous en pensez ? Ah il ne faut pas avoir peur du travail !

— C'est un beau terrain », dit Maï-yann

Ils éprouvèrent cette tristesse qu'ils ne connaissaient que trop bien, celle des enfants pauvres devant les vitrines de Noël.

« Dans deux mois l'eau de la ville arrivera à Penvily par le chemin vicinal, là-haut. Il n'y aura plus qu'à se brancher dessus. Et pour le courant électrique, vous avez vu le fil. Vous n'aurez qu'un poteau à payer !

— À condition d'avoir les sous qu'il faut, dit Youenn.

— Tu les auras, car ce terrain je te le vendrai au prix de l'hectare de lande. Et ce n'est pas à toi que j'apprendrai ce que vaut l'hectare de lande. Trois fois rien ! »

Cinq hectares pour le prix de cinq ares dans un lotissement. À l'instant même, Maï-yann et Youenn surent que c'était là qu'ils passeraient leur vie et finiraient leurs jours. Ah, certes, ce ne fut pas une partie de plaisir que de bâtir une maison sur ce plateau. Le sentier était étroit, les camions devaient décharger les matériaux au bord de la route. Afin d'économiser sur la main-d'œuvre, Youenn transporta moellons, briques, sacs de ciment, poutres, voliges, ardoises, portes et fenêtres de la route au chantier. Il empruntait le cheval de Penvily et rendait deux journées d'homme pour une journée de cheval. Il creusa les fondations lui-même. Deux ans, le temps de la construction et trois années de plus, le temps d'aménager le terrain, de bâtir des clapiers, un poulailler et des abris à bois, de défricher la lande et de creuser la terre de bruyère pour la débarrasser des rhizomes de fougères, de semer du blé noir pour la volaille, de constituer un stock de bois pour alimenter le fourneau de la cuisine et les salamandres des chambres : pendant cinq ans il ne s'accorda aucun jour de repos, aucun dimanche. Une fois tout cela achevé, il décida d'essayer de monter en grade dans les Ponts et Chaussées. Il fallait préparer un concours interne. Maï-yann lui fit faire des dictées et des problèmes de calcul — autrement dit, elle vérifiait que ce qu'il avait écrit était conforme aux livres d'école de l'aînée. Reçu, Youenn fut élevé au grade de chef d'équipe. Enfin, ils virent clair dans leurs affaires et s'ensuivirent quelque quarante belles années. Peu de nuages noirs avaient obscurci le ciel au-dessus du coteau de Penvily. Usés par les privations, leurs parents étaient morts assez jeunes, les quatre en l'espace de huit ans, mais contre cela que pouvait-on ? Au moment des partages, Maï-yann et Youenn ne participèrent pas aux curées au cours desquelles, d'un côté comme de l'autre, les frères et sœurs restés journaliers ou métayers se disputèrent des assiettes ébréchées et des couverts en aluminium. Au prix d'un coup de poing qu'un beau-frère lui donna et qu'il ne rendit pas, Youenn récupéra un objet qui lui tenait à cœur : la pierre à meuler de son père. Il fut traité de voleur, de fonctionnaire et de parasite. Suite à ces coups de gueule pour de misérables héritages, la tradition des grands repas de famille fut abandonnée et on ne se rencontra plus qu'aux enterrements. À part cela, leur vie s'était déroulée dans l'harmonie. Les enfants ne leur avaient procuré que des satisfactions. Grâce aux bourses, ils étaient allés au collège. Les filles s'étaient arrêtées au brevet, un niveau suffisant pour faire entrer l'aînée aux P.T.T., où elle était devenue inspectrice, et la cadette à la préfecture, où elle avait trouvé son mari. Quant au garçon, après le collège il avait été admis au lycée, avait eu son bac, et cela l'avait mené à l'université, jusqu'à la licence et le professorat d'anglais.

L'inflation rogna les échéances semestrielles du Crédit foncier, ils eurent de l'argent devant eux. À la fin des années soixante, Maïyann, qui tenait les cordons de la bourse, décida de travaux et de dépenses destinés à transformer la maison de Penvily en petit Versailles, comparée aux cabanes de leur enfance. Ce fut l'installation du chauffage central et de l'eau chaude avec une chaudière fonctionnant au bois et au fioul, l'aménagement du grenier perdu en chambres avec une douche pour les enfants, l'achat d'une 4L après que Youenn eut passé le permis de conduire, la construction d'un garage et d'appentis supplémentaires ; ce fut l'acquisition d'une machine à coudre, d'une machine à laver, d'un motoculteur, d'un congélateur et, couronnant le tout, d'un poste de télévision. Le salaire de Youenn n'aurait pas suffi à se payer tout cela. Jusqu'à ce qu'ils quittent le foyer, les enfants travaillèrent dans les fermes alentour pendant les vacances, firent les foins et les moissons, ramassèrent les petits pois et les haricots verts. Ils donnaient leurs gains à Maï-yann. Et puis, surtout, il y eut la volonté de Maï-yann et de Youenn de s'en sortir, un travail sans répit, un travail de tous les jours de la semaine qui leur permit de se nourrir sans aller chez le boucher. Ils élevaient lapins, poulets, pintades, canards et pigeons. Pendant un temps, ils eurent même une vache et un cochon. Ils cultivaient le plateau, récoltaient des pommes de terre et des légumes, vendaient ce qu'ils avaient en trop à des collègues de Youenn et à des gens de la ville.

Maï-yann regarda son mari par-dessus ses lunettes et opina plusieurs fois de la tête.

Sûr que oui, Youenn n'avait jamais connu

une minute de repos. Youenn ne s'était plu qu'avec un outil à la main. Youenn n'avait jamais été fatigué. Youenn n'avait jamais été malade.

Maï-yann compta les points sur son aiguillée et soupira.

Oui, c'était cet homme-là qui se traînait maintenant du poste de télévision à la table de la cuisine, et de sa chaise au lit, sans dire un mot, oh sans se plaindre vraiment non plus, mais voilà, il avait rendu son tablier. Le docteur ne lui trouvait aucune maladie en particulier et pourtant il affirmait qu'il avait du mal à plier le dos et les genoux et à mettre un pas devant l'autre, si bien qu'il semblait se mouvoir au ralenti et marcher sur des œufs. C'était pitié de penser que cet homme-là, qui avait abattu et fendu des milliers d'arbres, récolté des tonnes et des tonnes de pommes de terre, mis en bottes puis en meules des montagnes de foin, était le même que celui qui à présent s'asseyait trop loin de la table, émiettait son pain sur le plancher, ne s'essuyait plus la bouche quand sa cuiller à soupe heurtait son menton. Heureusement Maï-yann veillait. Elle lui fournissait de la distraction ; enfin, autant que possible. Elle disait un soir, en préparant le pot-au-feu : « Il n'y a plus un couteau qui coupe, dans cette maison ! » Et le lendemain, sans qu'un mot de plus soit prononcé, Youenn remplissait d'eau une bouteille en plastique, se rendait dans l'appentis, versait l'eau dans le fond du bac de la meule, revenait prendre tous les couteaux que Maï-yann avait réunis dans un saladier et passait sa journée à affûter les lames qu'il avait l'art de transformer en rasoirs. Un autre jour elle se plaignait que les portes grinçaient. Youenn allait chercher le pot de graisse rose dans son armoire à outils. Un autre jour encore, à la saison où l'on met en terre les tubercules de dahlias, elle feignait d'avoir mal au dos et Youenn prenait la bêche. Ou bien elle faisait exprès de casser le manche du sarcloir, et Youenn n'avait plus qu'à aller dénicher dans la remise, parmi les beaux rejets de houx coupés, écorcés et rangés vingt ans auparavant, un nouveau manche qu'il lui faudrait polir au papier de verre, tailler et fixer. Cela suffisait à l'occuper toute une journée, oh une courte journée, car à quatre heures sonnées il venait goûter et ne bougeait plus de devant la télé.

Maï-yann n'aurait pas pu situer précisément l'année où il avait commencé à baisser les bras. Il lui semblait que tout s'était mis à aller de travers en même temps. La ville, maison après maison le long de la route, les avait rejoints. Le dimanche, des gens casqués, accroupis sur de drôles de vélos comme des chiens en train de chier, descendaient les collines et s'amusaient à rouler dans la boue des garennes. Parfois c'étaient des jeunes sur des motos pétaradantes. Maï-yann leur criait dessus. Les terres de Penvily avaient été louées à un jeune producteur de porcs et le maïs avait envahi la plaine des champs aux talus arasés. Le manoir avait été vendu à un chirurgien qui en avait fait une véritable forteresse défendue par des portails automatiques. Le monde était devenu fou. À l'entrée de la ville, des carrefours giratoires avaient remplacé les feux. Dans ces arènes infernales desquelles on vous chassait comme un renard à coups de klaxon, Youenn eut trois accrochages. Il vendit la vieille 4L le mois où la ligne de bus fut prolongée jusqu'à Penvily. C'était l'année de ses soixante-quinze ans, du divorce de leur fille, l'année aussi où un de leurs petits-fils fut condamné à six mois de prison pour une histoire de drogue. Maï-yann n'en avait pas dormi pendant des nuits et des nuits, et puis elle s'y était habituée, à ce monde déboussolé. Leurs petits-enfants, alors que leurs parents avaient les moyens et qu'ils avaient tout pour réussir, n'avaient rien fait de bon. Et leurs arrière-petits-enfants, au nombre de trois, étaient de véritables démons. Au bout d'une heure à Penvily, ils s'ennuyaient, branchaient sur la télé des appareils qu'ils transportaient dans leur sac à dos et, muets comme des carpes et l'air de se morfondre tout autant, déclenchaient sur l'écran des tirs, des explosions et des destructions en tout genre. Pas plus que leurs parents ils ne savaient distinguer un chêne d'un châtaignier, ou un bouleau d'un frêne. Ils ne possédaient pas de couteau de poche et il ne leur serait pas venu à l'idée de confectionner un arc et des flèches. C'étaient de petits robots programmés pour boire des boissons gazeuses et prononcer des gros mots. Maï-yann ne comprenait plus rien à rien à cet univers, mais au contraire de Youenn, qui s'était enfermé dans sa bulle d'indifférence, elle s'accrochait aux charmes des saisons et continuait d'en retirer tous les bienfaits sous forme de conserves — haricots verts, flageolets, betteraves rouges — et de confitures de toutes sortes qu'elle faisait en quantités phénoménales. La gelée de mûre lui procurait le plus de plaisir. En cueillant les baies des ronces, elle avait vraiment l'impression de recevoir un cadeau de la nature. Et puis ramasser les mûres était un excellent exercice, vous en reveniez courbatue et égratignée de partout.

Les visites des enfants et des petits-enfants s'étaient espacées. Maï-yann ne s'en formalisait pas, au contraire. Cela la fatiguait beaucoup de recevoir ces jeunes avec qui on ne pouvait avoir aucune conversation. Les enfants téléphonaient. Les filles appelaient tous les dimanches soir, vers dix-neuf heures. Le garçon était moins régulier. Elle devait souvent l'appeler, mais au bout de cinq minutes abrégeait son monologue, car elle sentait bien qu'elle le lassait, à parler de Youenn qui déclinait et des arbres fruitiers qui étaient, ou n'étaient pas, en avance sur le printemps, et s'ils l'étaient, du risque de gelées tardives.

Au fil des ans, le potager s'était réduit comme peau de chagrin, remplacé par le chiendent. L'an dernier, Youenn avait consenti à bêcher un coin, juste de quoi mettre deux rangs de patates, des poireaux et des échalotes, plus quelques plants de salade. Les pommiers à cidre sur la pente avaient crevé les uns après les autres. La nature avait repris ses droits sur le coteau. Tant qu'ils avaient eu des bêtes, la prairie avait été un véritable capital. Youenn la fauchait et on avait du foin pour mettre sous les lapins, garnir les pondoirs, l'étaler dans les poulaillers de façon qu'il se mélange aux fientes et fournisse un fumier riche et lent à mûrir qu'on épandait sur la terre du potager. L'année où ils s'étaient débarrassé des bêtes, Youenn avait fauché la prairie malgré tout. On avait offert le foin au paysan voisin, il l'avait laissé pourrir contre un talus. Youenn n'avait plus battu sa faux, bien décidé à ne plus descendre dans la prairie. Maï-yann avait téléphoné à un entrepreneur de travaux agricoles, un tracteur était venu équipé d'une barre de coupe, était revenu râteler, retourner et aligner l'herbe sèche et quinze jours plus tard, en moins de temps qu'il n'en faut pour passer un litre de café, au derrière d'un énorme tracteur une botteleuse avait craché des cubes tout ficelés. « Pour que faire ? avait demandé Youenn. — On ne sait jamais, ça pourra servir à quelqu'un », avait répondu Maï-yann. Le foin était toujours à la même place au fond du hangar. Alors qu'elle avait été d'accord avec Youenn pour combler le trou de fumier et jeter à la poubelle avec le verre et le plastique les épluchures de légumes et les déchets de table, Maï-yann ne se résolvait pas à laisser la prairie à l'abandon. Pourtant, cette année, elle n'aurait pas « le dessus ». Youenn était sorti de sa léthargie pour lui interdire d'appeler l'entrepreneur de travaux agricoles. Il avait été méchant, lui avait dit qu'elle avait des idées de vieille folle et qu'il en avait assez qu'elle soit toujours sur son dos.

Maï-yann posa son tricot. Les actualités régionales allaient se terminer, il était temps de mettre à réchauffer le restant du rôti de porc de dimanche. On était en juillet, le soleil n'allait pas tarder à disparaître derrière la maison, du côté de la route. Sous la fenêtre où était assise Maï-yann, là-bas, en bas de la pente, la lumière dorée éclairait la prairie. L'herbe était en graines et au bord de la rivière la ciguë géante atteignait la hauteur d'un homme. Pour la première fois depuis plus de cinquante ans la prairie n'avait pas été fauchée. Les couteaux ne coupaient plus et Youenn s'en fichait.

Début septembre, il n'aida pas Maï-yann à ramasser des mûres. Elle prit seule le bus et alla acheter du sucre cristallisé au Leclerc. À son retour, Youenn n'avait pas lavé les pots comme il avait pourtant promis. Elle se dit que cette fois c'était bien la fin.

Le médecin n'était pas venu depuis un moment, elle lui téléphona. Il ausculta longuement Youenn. « Vous savez, dit-il à Maï-yann dans la cuisine, votre mari, ce n'est pas que le travail ne l'intéresse plus, c'est qu'il n'en a vraiment plus la force. Son cœur est très fatigué. Attendez-vous à ce qu'il s'arrête un jour ou l'autre. — Quand ? demanda Maï-yann. — Oh, ce n'est pas pour demain ! Il peut encore tenir deux, trois ans. Heureusement que vous, vous êtes valide ! Sinon, il aurait fallu le mettre en long séjour. Voyez avec lui s'il serait d'accord d'aller à l'hôpital faire des examens. »

Youenn refusa tout net. À son âge, dit-il, quand on entre à l'hôpital c'est pour en sortir les pieds devant. Il maugréa qu'il avait épuisé sa chandelle et qu'elle s'éteindrait quand le moment serait venu. Il mourrait dans son lit.

Depuis plusieurs années ils faisaient chambre à part. Youenn ronflait et se levait quatre ou cinq fois par nuit pour uriner, Maï-yann avait le sommeil léger. À partir de cette conversation avec le médecin, Maï-yann cessa d'en vouloir à Youenn de se lever la nuit. À l'inverse, dans son sommeil elle se tenait à l'affût des bruits, s'inquiétait qu'il ne se soit pas rendu aux toilettes, l'entendait enfin et se rendormait, rassurée. Le matin, première debout, elle entrebâillait la porte de la chambre de Youenn et tendait l'oreille. Il respirait. Elle descendait à la cuisine mettre le café en route et décidait que ce jour-là elle ferait des crêpes, ou des galettes aux pommes, ou de la marmelade, ou pourquoi pas les deux tant qu'à éplucher des pommes. Ou bien elle se rendrait au Leclerc acheter de quoi remplir le congélateur. Dans la boîte aux lettres le facteur avait déposé des réclames. L'agneau était en promotion. Youenn aimait les côtelettes. Elle lui couperait les noix en petits morceaux, comme à un bébé, puisque son dentier lui meurtrissait les gencives. Il l'avait rangé dans un tiroir et refusait d'aller chez le dentiste s'en faire poser un neuf.

Les tempêtes d'automne couchèrent l'herbe dans la prairie. Les crues d'hiver accrochèrent aux branches de ciguë des brindilles de foin, des pochons en plastique, des morceaux de carton. Plusieurs fois inondée, au printemps suivant la prairie ressemblait à un vieux paillasson usé. L'herbe se mit à repousser sur cette espèce de limon. Des graines enfouies se réveillèrent. Sur la partie non inondable de la prairie poussèrent des digitales, des reines-des-prés et ce que Maï-yann appelait des marguerites jaunes. Les ronces du coteau allongèrent leurs tiges tendres en direction de la terre humide. Recouvertes l'hiver suivant, elles marcottèrent. Perdus en vol ou semés ou gré de leur fantaisie par les geais, des glands germèrent. Deux automnes de plus et Maï-yann vit roussir dans la prairie des feuilles de chênes parmi de jeunes saules. Le cycle était en marche : les arbres grandiraient, dans dix ou vingt ans étoufferaient l'herbe et les ronces, et la prairie deviendrait un taillis humide qu'envahirait la sauvagine et où viendraient véroter les bécasses sous les aulnes.

Le cœur de Youenn battait toujours. Cela

faisait trois ans qu'ils n'avaient plus parlé de faucher. Maï-yann regardait la lèpre envahir la prairie et ne pouvait s'empêcher de penser à une tombe qu'on aurait cessé d'entretenir. Leur passé gisait là, et plus personne ne nettoyait la sépulture. En compensation, elle s'échinait à entretenir la maison, lavait, récurait, grattait. Presque chaque jour claquaient au vent les draps que Youenn souillait d'urine quand il tardait à se lever, comme des oriflammes à la gloire de la propreté victorieuse de la mort. En soignant la maison elle avait le sentiment qu'elle maintenait Youenn en vie. À sa propre mort elle ne pensait guère, et ses proches non plus. Maï-yann semblait indestructible. Ils approchaient de leurs quatre-vingt-dix ans.

Ainsi que le médecin l'avait prévu, la chandelle de Youenn s'éteignit une nuit, en plein sommeil. Cet homme calme, qui jamais n'avait montré de colère, toujours avait économisé ses gestes, que ce fût un coup de hache ou des pas vespéraux autour d'un carré de choux plantés du matin, était mort comme meurt la fleur sauvage que personne ne voit jamais fanée, ou la grive dont personne ne découvre jamais la dépouille, dans la plus grande discrétion, entouré des odeurs et des bruits de sa maison. « Il est mort de mort naturelle », annonça

Maï-yann à ses enfants. Tout était prêt : dans le tiroir de la commode, sous le téléphone, la liste des numéros à appeler ; dans l'armoire, la chemise blanche, la cravate et le costume, ainsi qu'une parure de lit neuve ; dans le buffet de la cuisine, les bougies et les bougeoirs et, en guise d'aspersoir, un rameau de buis et un pot en grès ; dans le tiroir de l'armoire de sa chambre, le seul qui fermât à clé, les papiers afin que son fils professeur s'en occupe. Maï-yann briqua son intérieur en prévision des visites. Elles furent nombreuses. Chacun put se restaurer : sur la table de la cuisine, Maï-yann avait dressé un buffet avec jambon, pâté, cornichons, crêpes, pain blanc et pain noir, vin rouge en bouteilles trois-quarts et bergerac, café à volonté dans des Thermos de trois litres. À la messe d'enterrement, l'église ne put contenir tout le monde. La chorale du bourg et les religieuses sollicitées par la dernière sœur de Youenn encore en vie — elle ne put faire le voyage des Alpes où elle finissait ses jours dans une maison de retraite de la congrégation, trop fatiguée pour cela — chantèrent en breton le cantique des morts, *Jezuz pegen braz ve'plijadur an ene.* Au cimetière, tandis qu'on descendait le cercueil dans la fosse, les drapeaux des anciens combattants s'inclinèrent, mais au fond de son cœur Maï-yann savait bien que c'était elle qui rendait les honneurs à Youenn, de toute la force de son amour, elle qui n'avait jamais dit « je t'aime » à son mari, à quoi bon, face à l'évidence qu'ils étaient déjà faits l'un pour l'autre, à onze ans, quand ils avaient été placés, et de plus ces simagrées-là n'avaient pas cours chez les gens des landes. Son cœur était gonflé de chagrin et d'amour, mais ses larmes et son voile dissimulaient sa fierté d'avoir organisé des obsèques magnifiques, une apothéose digne du meilleur des hommes. En sa compagnie, grâce à lui et lui grâce à elle probablement, elle avait fait mentir le destin de miséreux auquel leur naissance chez les *paourkaezh treued* les avait promis.

D'un mot elle coupa court aux suggestions de ses enfants, à ses yeux stupides et vexantes, de faire venir Emmaüs pour débarrasser la maison de « toutes ses saletés et vieilleries », de vendre Penvily et d'aller en maison de retraite. Enfermée avec les gâteux et les impotents ? L'avait-on bien regardée ? N'était-elle pas valide ? Ne se lavait-elle pas tous les jours ? La maison était-elle sale ? N'avait-elle pas toute sa tête ? N'était-elle pas capable de réciter sur le bout des doigts les dates, jours de la semaine et heures de naissance de ses petits et arrière-petits-enfants ? Rien ne bougerait de Penvily.

Et rien ne bougea à Penvily. Ni les outils de Youenn, ni ses chaussures, ni ses bottes, ni ses bleus de chauffe, ni son lit sur lequel il s'était éteint, ni ses rejets de houx, ni les bouts de grillage mis de côté, ni ses bidons d'huile, ni ses pointes rouillées récupérées et redressées au marteau sur l'établi, ni son sécateur, ni sa boîte à rouler, rien. « Pas ça ! » disait Maï-yann à son reflet dans la glace de la cuisine, en se mordant l'ongle du pouce, « *netra*, rien, *netra toud*, rien du tout, rien de rien, rien ne changera de place ici ! » Non mais ! et puis quoi encore ? Voulait-on effacer toute trace du passage de Youenn sur cette terre ? Il faudrait être chien soi-même pour brûler la niche du chien une fois qu'il est dans son trou, et tant que la niche est là on peut croire que le chien dort dedans, n'est-ce pas ?

Petit à petit, elle prit les habitudes du Youenn de ses dernières années. Elle se levait tard, traînait une bonne heure à lire le journal tout en buvant son bol de café au lait, mangeait des restants deux jours sur trois, somnolait sur le canapé devant la télé, goûtait, regardait « Des chiffres et des lettres » et « Questions pour un champion », dînait pendant les actualités régionales et se couchait dans sa chambre où elle avait fait installer un deuxième téléviseur. Mais il y avait de plus en plus de bêtises à la télévision, des couples qui venaient pour vider leur sac, des jeux idiots où des hommes avec un bandeau sur les yeux devaient reconnaître leur femme parmi dix autres en palpant tous les derrières, des animateurs qui se déshabillaient, et tous ces imbéciles, sur les gradins, qui riaient. Enfin, les deux postes, ça lui faisait une présence. Les enterrements étaient sa vraie distraction. Le matin, avant de mettre son café en route, elle allait en robe de chambre prendre au bord du chemin le journal roulé à l'intérieur du bout de tube en plastique par le livreur qui passait vers six heures et demie. Elle épluchait les avis d'obsèques. Le plus souvent c'était clair et net : il s'agissait d'un parent, éloigné ou non, et il était inutile de chercher plus loin une occasion de sortie. Pour peu que l'heure de la cérémonie fût fixée en fin de matinée ou en tout début d'après-midi, Maïyann accélérait le mouvement. De sa génération il n'y avait plus foule à enterrer, même en allant chercher du côté des cousins et cousines, germains ou au deuxième degré, mais commençaient à mourir des gens de la génération suivante, neveux et nièces en particulier, qui avaient « trop tiré sur la ficelle ». Malgré tout, un tel événement ne se produisait pas plus de deux fois par an. Aussi arrivait-il qu'il y eût de longues semaines de carême, sans un mort de véritable connaissance à accompagner au cimetière. En manque de messe funèbre, Maï-yann se mettait à examiner les avis mortuaires à la loupe. En rapprochant les noms des défunts des noms des lieux-dits, puis des noms et prénoms des descendants à la rubrique « de la part de », parfois aidée par une qualité sociale — appartenance à une association, ancien mandat de conseiller municipal, ou plus simplement encore le rappel d'une certaine notoriété (« épouse de Jobic, regretté président de la Maison pour Tous ») —, elle parvenait à déterminer l'identité exacte du ou de la disparue et, grâce à sa mémoire extraordinaire, ne manquait pas d'établir des liens qui l'autoriseraient à assister aux obsèques de cette sœur d'une femme avec qui elle avait travaillé à l'usine ou de ce gendre d'un patron pour qui elle avait travaillé avant de se marier. À tout prendre, ces enterrements-là étaient les plus fertiles en échanges. On y rencontrait des gens qu'on n'avait pas vus depuis quarante ou cinquante ans, avec lesquels on avait beaucoup plus à se dire qu'avec la parentèle. Que le mort fût ou non de la famille, Maï-yann s'habillait de sombre, prenait son parapluie noir et dans le bus du retour affichait un air de circonstance, comme si elle venait de perdre un de ses proches. Et ce n'était pas seulement un air :

Maï-yann avait pris goût à la tristesse et à la solitude. Elle redoutait de plus en plus les visites inopportunes et la chamboulait par-dessus tout l'invasion de sa maison par ses enfants accompagnés de leurs enfants et petits-enfants. Elle ne supportait plus le bruit ni l'agitation. Elle ne supportait plus d'avoir à justifier sa façon de vivre. Ne comprenaient-ils donc pas qu'elle était heureuse comme ça et que la maison de retraite, qu'on ne cessait de lui décrire comme le paradis sur terre, ne lui disait rien ? Qu'elle préférait sa maison décrépie à la compagnie des vieux ? Il y avait des toiles d'araignée dans les coins, maintenant que sa vue avait baissé. Et alors, qui leur demandait de les regarder ? Les peintures s'écaillent, qui va les refaire ? lui lançait-on en pleine figure. Sûrement pas eux, se défendaient-ils, ils étaient trop pris, n'avaient pas une minute à eux. Mais qui leur demandait quoi que ce soit ? Le repas qu'elle offrit au restaurant à l'occasion de son quatre-vingt-dixième anniversaire fut gâché par ces remarques rabâchées. Insidieuses et hypocrites, elles lui dévoraient son plaisir de vivre, comme les limaces bouffent la salade au ras de la racine. Que ne la laissait-on finir ses jours en paix ? Et qu'est-ce que ça pouvait bien leur faire que les mulots aient envahi le foin pourri réduit en poudre sous le toit bancal de la remise ? « C'est dégoûtant ! » avait dit sa bru, cette pimbêche ridicule avec ses vieilles fesses moulées dans des blue-jeans comme une jeunesse et sa peau ridée à force de passer ses étés sur les plages. Dégoûtant ! Si encore ça avait été des rats. Maussade, Maï-yann prétexta qu'elle était fatiguée pour écourter le gros goûter qu'ils vinrent prendre chez elle après le repas — le dernier, se promit-elle. Ses enfants voulurent lui faire peur. N'avait-elle pas lu le journal ? Il était question de construire une nouvelle voie express. Un pont passerait au-dessus de la vallée de Penvily. Il était vraiment temps de vendre la maison. Outrée qu'ils n'aient que des choses désagréables à lui dire, elle chassa sa descendance et toute sa marmaille de chez elle. Ils profanaient son temple en ruine. Qu'ils retournent dans leurs villes où les voyous brûleront leurs belles voitures ! Il n'y avait plus que ça dans le journal et à la télé, des vols, des incendies, des meurtres, des crimes de toutes sortes. Pas étonnant, dans cette société de gaspillage, tout le monde réclamait sa part du gâteau mais la jetait à peine entamée. À trois kilomètres de Penvily, on avait ouvert une immense décharge avec l'intention de combler une vallée et de faire dessus un jardin public, paraît-il. Les futures mères pouvaient se réjouir : elles auraient un endroit où aller promener leurs petits, pousseraient le landau sur une montagne d'ordures. En attendant, arrivés par milliers de la côte, les goélands se gavaient jusqu'au bec. Les sacs en plastique volaient partout dans la campagne et il n'était pas rare que les chiens du voisinage reviennent à la niche avec dans la gueule un filet mignon de porc, une côte de bœuf ou un poulet entier étiquetés et sous cellophane, en provenance des hypermarchés, et dispersés par les goélands sur les labours et les pâtures. Maï-yann ricanait. Qui aurait cru qu'elle verrait ça, les chiens manger de la viande dans les meilleurs morceaux? Elle qui, toute petite, s'était réfugiée, épouvantée, au fond de la cabane lorsqu'un dirigeable avait survolé la lande, et qui maintenant ne s'étonnait pas de tous ces avions au-dessus de Penvily. Quel chemin parcouru! Pour voir un jour les chiens manger du rôti de veau!

Voir était un bien grand mot. Maï-yann souffrait de cataracte, ses lunettes ne lui servaient plus à rien. Elle avait annulé la livraison du journal et, par conséquent, renoncé aux enterrements, sauf les plus importants, ceux pour lesquels on la prévenait par téléphone. Le médecin, qu'elle consulta au troisième automne de son veuvage pour une bronchite, lui conseilla l'opération. Bien qu'il lui assurât que ce ne serait qu'une formalité, juste vingt-quatre heures à la clinique, elle refusa. De même que Youenn de son vivant, elle se méfiait des hôpitaux et redoutait qu'une fois entrée on ne lui découvrît un tas de maladies. En outre, sa vue basse ne l'empêchait pas de préparer ses repas et de faire son lit et sa lessive. La télévision ? Bah, il n'y avait qu'à se dire qu'elle était mal réglée, et pour ce que les programmes étaient intéressants. Ses courses au Leclerc ? Il n'y avait qu'une ligne de bus, elle ne risquait pas de se tromper, et à l'intérieur du magasin elle n'avait pas besoin de lire les étiquettes. Elle choisissait sa viande à son aspect, les produits habituels à la forme et à la couleur des emballages, et quant aux prix, à quoi bon les connaître ? ils étaient ce qu'ils étaient et la machine remplissait le chèque qu'elle avait signé à la maison et détaché de la souche. Comment aurait-elle pu avouer au médecin que cela ne lui déplaisait pas de regarder le monde à travers une vitre embuée ? Que grâce à la cataracte elle se sentait exemptée de l'obligation « de faire son travail » — le raccommodage, le tricot et la broderie, qu'elle avait abandonnés ? Et encore, tout cela n'était rien comparé au plus important : la magie de ce rideau opaque transformait sa prairie en paysage impressionniste qu'elle ne se lassait plus de contempler, à présent que l'hiver approchait.

Après le repas de midi, elle allumait la radio — réglée sur une station qui diffusait toute la journée de la musique bretonne et irlandaise —, s'asseyait dans son fauteuil près de la fenêtre et contemplait ce tableau sans cesse changeant, où son regard flou créait des détails que lui inspirait non pas son imagination mais sa mémoire.

Les coups de brosse croisés et décroisés d'une crue qui avait couché les herbes jaunies, évoquaient dans son esprit une aire à battre et la paille jonchant le sol. Elle entendait le halètement de la batteuse et les cris d'encouragement des hommes. Les sabots des chevaux et les roues ferrées de la charrette crissaient sur le pavé de la cour. Elle se touchait sous les bras, étonnée que ses aisselles ne fussent pas humides de transpiration. Sur son front, elle sentait le fichu serré, descendant jusque sur les sourcils, et noué derrière, deux fois. Elle se rappelait le manche d'une fourche, où il y avait un nœud, juste à l'endroit où on posait la main gauche. Ça vous faisait une ampoule grosse comme un œuf de fauvette et translucide comme un œuf de poulette en début de ponte.

La trame de la toile couleur son, hérissée

des barbilles de la chênaie naissante, faisait qu'elle se souvenait des sacs de jute. Plus ils étaient neufs et hirsutes de poils grossiers, plus ils vous grattaient le dos et les cuisses, et vous aviez le bout des doigts enflammé et douloureux, à force d'avoir croché dedans.

Libre à elle de faire refleurir les ombelles desséchées des ciguës et de voir tourner autour ces guêpes minuscules qui ne piquaient pas. Et dans sa tête bourdonnaient des insectes. Et ces taches gris-mauve, en réalité des chardons couchés, n'était-ce pas du trèfle des prés dont les abeilles sont friandes? Son père avait des ruches, le miel était leur seul sucre — elle en riait : aujourd'hui sucrer son thé au miel passerait pour une lubie ou un luxe —, les enfants étaient chargés de surveiller les vols d'essaims et d'aller en hâte prévenir le père où qu'il fût dès qu'une grappe s'était accrochée à un pommier. L'arrivée des abeilles valait bien un miracle, une corne d'abondance vidée du haut du ciel.

Tous les personnages du tableau parlaient breton et elle conversait avec eux sans la moindre hésitation, mais à l'heure du goûter, quand elle se levait de son fauteuil, elle essayait en vain de se souvenir de certains mots, de certaines expressions. Elle avait hâte d'être au lendemain, pour les entendre de nouveau.

La lumière changeait. Un jour il faisait beau, le lendemain il pleuvait. Les nuages couraient dans des mares que la prairie buvait, le temps d'une nuit. Les têtards se faufilaient, vifs comme des souris, entre les brins d'herbe inondés. Où donc se cachaient les grillons, en hiver ? Au moment des foins, les grosses truites se rassemblaient le long des berges des prairies pour guetter les sauterelles que chasseraient devant eux les faucheurs. Près du lavoir, au bord de la grande rivière, les garçons glissaient leurs deux mains sous le ventre des truites et hop ! d'un coup les jetaient sur le pré où elles restaient à frétiller avant de mourir et de perdre leurs couleurs. Quel âge avait-elle quand elle surprit un saumon prisonnier d'une mare ? Neuf, dix ans ? Elle l'avait saisi par la queue, Dieu qu'il était puissant, aussi dur à tenir que la tête d'un cheval agacé par les mouches.

Merveilleuse prairie. Sur ses oripeaux, transformés par la grâce du regard de Maï-yann en écran moiré, apparaissaient les images animées du passé. Un arc-en-ciel, l'éclat de phare d'un soleil blanc au travers d'une averse de grêle et c'étaient des agates qui dégringolaient du ciel, roulaient sur la paillasse et s'en allaient remplir les pots en verre de la vitrine du marchand de bonbons et de bimbeloterie, au coin de la place de l'Église, près du magasin de nouveautés où l'on épinglait sur des panneaux de bois recouverts de tissu uni ces si jolies robes d'été que portaient les dames, pas les *paourkaezh treued*. Petite fille, Maï-yann trouvait que ces robes, drôlement étirées dans le sens de la largeur, avaient l'air de peaux de renard ou de blaireau tendues sur des cadres en branches de châtaignier.

Prairie ensorcelée. Qu'une bourrasque de nordé détachât du faîte des peupliers les dernières feuilles mortes et les emportât vers les nuées, et Maï-yann apercevait un couple de buses planant au-dessus de la lande et des fougères sèches. Leurs plaintes aiguës glaçaient d'effroi les musaraignes qui n'avaient qu'une hâte, regagner leur trou ; trotter, les folles, à découvert, pour finir transpercées par les serres, dans un froufroutement d'ailes, délicat bruissement d'une robe de bal en taffetas que Maï-yann avait portée plus de dix ans de suite, aux mariages de ses frères et sœurs et de ses cousins et cousines.

Elle appréhendait la fin du mois de décembre et le défilé de tous ceux qui viendraient lui souhaiter la bonne année. Ce serait des après-midi de contemplation de perdues et l'occasion pour les autres de remettre sur le tapis la question de la maison de retraite. « Qu'ils essayent et ils remballeront leur tapis vite fait ! » se disait-elle. Entre Noël et le premier de l'an, elle fit son devoir d'aïeule et de bisaïeule : elle distribua les billets de cent francs, préalablement pliés en quatre et glissés dans la poche droite de sa blouse. Enfants et petits-enfants constatèrent qu'elle avait perdu sa langue, exactement comme Youenn sur la fin de sa vie. Ils n'avaient pas voulu la tourmenter, en pleine période de fêtes, mais ne doutaient plus maintenant que le jour était proche où il faudrait la mettre en maison de retraite sans lui demander son avis. D'ailleurs, serait-elle en mesure de le donner ? Dehors, à côté des voitures aux portières ouvertes, on s'interrogea sur le montant de sa retraite et sur la somme qu'elle pouvait avoir à la caisse d'Épargne. Cela suffirait-il à payer la pension ? On l'espérait, de façon que la vente de la maison soit nette à partager. On convint d'un « tour de garde », en l'occurrence d'un ordre de visites hebdomadaires du fils qui habitait le plus près et de coups de téléphone dominicaux de ses sœurs, afin de pouvoir agir avant qu'il ne soit trop tard, un euphémisme dissimulant l'éventualité d'une macabre et possible découverte : une vieille mère gisant sur son lit, décédée depuis plusieurs jours.

La corvée des fêtes terminée, Maï-yann se replongea dans la contemplation du tableau. Un nouvel hôte l'animait. Un héron cendré avait pris l'habitude de venir pêcher dans l'« étang », nom qu'on donnait aux eaux mortes du bief d'un moulin installé en aval de la prairie, et de percher sur les branches basses d'un charme foudroyé, au bord de la rivière, en face de Penvily. Ce grand échassier, avec son long bec, c'était Youenn avec sa faux, le manche coincé entre ses pieds et la lame devant lui, sur le fil de laquelle il passait la pierre à affûter. Il était vêtu de sa chemise claire à fines rayures, en coton épais, sans col. Tandis que la truie poursuivait la petite Maï-yann, que le cheval renâclait, que l'eau bouillait dans la lessiveuse sous son feu de fagots, que la patronne battait sa pâte à crêpes de blé noir, que les vaches aux pis gonflés beuglaient à la barrière, Youenn foulait de ses bottes la tignasse du mouron, fauchait le fétuque et la fenasse, le chardon et le chiendent, le pissenlit et le plantain, et le lait coulait des tiges tranchées de l'herbe-aux-verrues. Maï-yann regardait ses mains : elle avait soigné ses verrues avec cette plante ; une goutte de lait et elles noircissaient, et d'un coup d'ongle on arrachait les racines. Dessous, la peau était plus rose. Ses mains étaient couvertes de taches de vieillesse, différentes des taches de rousseur qui lui mangeaient les joues, aux beaux jours, dans sa jeunesse, comme un masque, comme le loup du guignol, à la fenêtre des marionnettes, il y avait très longtemps de cela, sur la place du bourg, un soir qu'elle avait les pieds gelés dans ses sabots.

L'air se mit à sentir l'hiver, et Maï-yann trouva que c'était une odeur bizarre de tilleul en fleur, de boule d'antimite et de cave humide où nichent des cloportes sous l'escalier. Elle eut envie de casser du petit bois sur ses genoux, de fendre du plus gros à la hachette à double tranchant, d'allumer un feu dans la cheminée, de respirer la fumée, de plonger sa pelle dans la cendre tiède et de la répandre au pied des hortensias.

Le lendemain après-midi, la toile du tableau était blanche. La neige avait tout recouvert, tout s'était effacé. Maï-yann estima qu'elle avait assez vécu. Elle se déshabilla, se vêtit de sa chemise de nuit ajourée et descendit se coucher dans la prairie enneigée.

DU MÊME AUTEUR

Aux Éditions Gallimard

Dans les collections Page Blanche et Page Noire

MAMIE MÉMOIRE, 1999. Prix Chronos 2000. Prix des Incorruptibles 2001.

LE CAHIER NOIR, 1992. Prix des Écrivains de l'Ouest.

STANG FALL *in* « Collectif », PAGES NOIRES, 1998.

Dans la collection Folio junior, Romans Images

L'OR BLANC DU LOCH NESS. *Photographies de Olaf Wipperfürth, n° 840.*

Dans la collection Carré Noir

LA CHASSE AU MERLE, *n° 533.*

PLEURE PAS SUR TON BINIOU..., *n° 551.*

Aux Éditions Denoël

LE CRIME DU SYNDICAT, 1984.

HISTOIRE D'OMBRES, 1986 (Livre de Poche, 1990, épuisé).

LES CHIENS DU SUD, 1987.

CONNEMARA QUEEN, 1990 (repris en Folio policier, *n° 51*).

HÔPITAL SOUTERRAIN, 1990. Grand Prix de Littérature policière (repris en Folio Policier, *n° 137*).

FLORA DES EMBRUNS, 1991.

OURAGAN SUR LES GRÈBES, 1993.

LE FOSSÉ, 1995.

TOUTES LES COULEURS DU NOIR, 1995.

L'ALLUMEUSE D'ÉTOILES, 1996. Prix populiste (repris en Folio, *n° 3029*).

LA TENTATION DU BANQUIER, 1998.

MERCI DE FERMER LA PORTE, 1999 (repris en Folio, *n° 3560*).

Chez d'autres éditeurs

LA MARIÉE ROUGE (Jean Goujon, 1979. NEO 1983. Euredif, 1985. Picollec, 1986. Livre de Poche, 1989, épuisé).

QUAI DE LA FOSSE (Fleuve noir, 1981 et 1991, épuisé). Prix du Suspense, 1982.

MARÉE BASSE (Fleuve noir, 1983 et 1991, épuisé).

TOILETTE DES MORTS (Fleuve noir, 1983 et 1992, épuisé).

L'ADIEU AUX ÎLES, *Mazarine*, 1986. Prix des Bretons de Paris (repris en Folio, *n° 3151*).

LES DOUZE CHAMBRES DE M. HANNIBAL, *Stock*, 1992, épuisé.

LES ENDETTEURS, *Stock*, 1994, épuisé.

LE MONSTRE DU LAC NOIR, *Syros Jeunesse*, 1987.

LA CROIX DU SUD, *Syros Jeunesse*, 1988, épuisé.

L'OISIF SURMENÉ, *Seuil Jeunesse*, 1995.

SINGES D'HOMMES, *Nathan Jeunesse*, 1999.

QUE MA TERRE DEMEURE, *Presses de la Cité*, 2001.

Littérature de voyage

JOURNAL D'IRLANDE 1977-1983/1984-1989, *Éditions Ouest-France, 1990.*

IRLANDE (album, texte illustré de photographies de Bruno Ravalard), *Éditions Ouest-France*, 1992.

CHRONIQUES IRLANDAISES 1990-1995, *Éditions Ouest-France*, 1995.

PETITE PROSE TRANS(E) IRLANDAISE (texte accompagnant des photographies de Georges Dussaud), *Apogée*, 1995.

LE BOIS BLEU (texte accompagnant des aquarelles de Bernard Louviot), *Éditions Ouest-France*, 1996.

LA COCAÏNE DES TOURBIÈRES, *Éditions Ouest-France*, 2000.

Traduction

L'ASSASSIN de Liam O'Flaherty, *Joëlle Losfeld*, 1994 et *Rivages/Noir*, 1996.

Composition C.M.B. Graphic.
Impression Société Nouvelle Firmin-Didot
à Mesnil-sur-l'Estrée, le 20 août 2001.
Dépôt légal : août 2001.
Numéro d'imprimeur : 56504.
ISBN 2-07-042005-1/Imprimé en France.

3971

For the ones who know the hardest and bravest part of asking for help is asking, but did it anyway.

Valentine Nook
Oxfordshire est. 1511
To Lon
Cupid's Arrow
The Beanery
Hendricks's Vet
Valentine High Street
The Valentine Cook
The One True Love
Alex's Cottage
Honeysuckle Lane
The Valentine Nook Fountain
Cricket Pitch

Rose Garden
Burlington Hall
Blackberry
Farm Yard
Stable Yard
Sunday & Thunder
d's
rfall
Hamish, Maud & Dolly
Miles's Cottage
Bluebell Cottage
Burlington Gates
eigh Park

Prologue

Alexander

Ten months ago

A glass of champagne I didn't ask for is placed on the table in front of me.

When I glance up, a server is smiling at me through a set of full, glossy red lips. It's one of those smiles that could end with the pair of us in a broom closet—the sort of behavior Miles would approve of. But instead of taking her up on the less-than-subtle offer, I thank her for the drink and turn back to the window to watch planes leave one by one.

Snow is piled up on either side of the runways. The twinkling lights of the Christmas trees reflect in the glass—an unnecessary reminder that it's the time of year I try to avoid at all costs.

The one saving grace of the first class lounge is that it's not playing Christmas music like the rest of Denver Airport. Here, it's calming classical music, which is bearable. I'd even take Slipknot over another rendition of Mariah Carey screeching at full volume about whatever she wants.

The thought has me chuckling to myself as my brain jogs with the memory of the last time I complained about Christmas music—and was offered Slipknot instead. It feels like forever ago, and not the seven days it's actually been.

For the first time since my brothers and I left for America, I'm on my own. Between distracting Lando from his near-miss wedding and meeting Haven, the festive season has almost breezed past me. Christmas hasn't felt as acute as usual. Or I haven't noticed it quite so much, because I've been too busy to languish in my typical vortex of despair.

Now everyone's gone, and I'm sitting alone with my thoughts. The festive cheer is hitting me ten times harder.

I *hate* Christmas.

Heaviness drags in my chest, as the miserable memories this time of year brings overwhelm me. I'd cut my left arm off right now if I could. Anything for a distraction.

My phone taunts me from the table, where it sits next to my untouched glass.

Christmas isn't the only thing I need a distraction from, but in this instance, it's not because I don't want to remember. It's because I can't get enough.

I'm too weak to play it cool any longer. She didn't pick up the first time. Therefore, logic dictates I can totally deny making a call before this one.

"You've reached Haven at Wylder Trees. I'm too busy to come to the phone right now. Please leave a message, and I'll get back to you as soon as I can. Merry Christmas."

The bubble of hope I had pops like the fizz of champagne as it reaches the surface, and I end the call instead of leaving a voicemail.

How could I have been so fucking stupid? Why didn't I get her cell number?

I want to message and tell her what an incredible week I've had with her. That I can't stop thinking about her. How I can't wait to see her again, and I don't *want* to wait. Certainly not the year we agreed.

It took thirty seconds of being out of her sight for me to understand a year was far too fucking long. Another thirty seconds for me to realize we never swapped numbers. I've never used my initiative faster. I knew where she lived and where she worked, and after a quick Google search, I found the number of her store.

For the length of my flight from Aspen to Denver, I stared at my phone screen and wondered if I was about to do something stupid.

The jury's still out, but I know I'm not going to spew my feelings out loud on her store answering machine that anyone could listen to, assuming she's in there serving her customers.

Or perhaps she's not picking up the phone because she's where I left her, on the sofa, sleeping off our week of incredible fucking.

My groin stirs at the memory. It's been four hours

since we said goodbye, and from the moment the gates of the house closed behind me and the car drove away, I haven't stopped thinking about Haven Wylder.

I wish I didn't have to leave.

I would have stayed, but tomorrow is the anniversary of my father's death, and I always spend it with my mother and siblings.

Fucking Christmas.

It's probably for the best that she didn't pick up. Living five thousand miles apart isn't exactly a good starting point for dating. I struggle with relationships when the distance is only the hundred miles between Valentine Nook and London. My role in the family business requires me to travel all over the world, and I'm rarely in one place long enough to catch up on jet lag, let alone find time for a hookup.

And that's how I like my life. Structured and busy.

But a tiny voice in my head tells me that I'd give it the best shot where Haven Wylder was concerned.

From the moment we met at the jukebox, I've been under her spell. As much as I might want to convince myself otherwise, she was more than a hookup during an intense week where I did my best to bury my feelings about this particular time of year.

Haven is the first person who's understood how I felt. Someone who didn't judge me when I told her why I hated Christmas. That losing my dad was a weight I would always bear, no matter how many times I was told it wasn't my fault.

Haven had also lost her parents, but she chose to celebrate them instead of wallowing in self-pity. In the time since their passing, she'd almost worked herself into the ground to keep their legacy alive and their business afloat, and there wasn't a part of her that resented them for it.

Haven and I are opposite sides of the same coin, brought together by a mutual loss.

My sister, Clementine, would call it fate. But it's hard to find the positive when you're consumed by a decades-old guilt that you inadvertently caused your father's death. If it hadn't been for me, my mother would still have a husband, and my younger siblings would have grown up with a dad instead of remembering him through photographs sitting on shelves.

But my melancholy is interrupted by a reflection in the glass, and I turn to find the same server making her way over to me.

"Lord Burlington, your flight will be open for pre-boarding in fifteen minutes."

"Thank you," I reply with a smile and a nod. Genial, but not enough to make her think I'm interested in a quickie before my flight.

The untouched glass of champagne fizzes away as I grab my bag, sling it over my shoulder, and walk out of the British Airways lounge into a terminal teeming with people.

Couples ready to spend the holidays together. Families heading off for Christmas ski trips. Loved ones.

Christmas trees. Decorations. *Music.*

I'm lucky I haven't broken out in hives by the time I reach the gate and hand over my passport to the airline steward to scan with my boarding pass.

"We hope you enjoyed your time in the United States. Come back and visit soon."

Taking my documents back, I manage a smile and walk through the gates. "That's the plan."

In front of me is a vaguely familiar guy dressed all in black and wearing sunglasses, and I follow him onto the plane, where I'm guided to seat 1A.

Easing my bag into the overhead locker, I settle in for the long haul.

Somewhere in the distance, a baby is crying, and I thank God I'm sitting up front. It appears to be child-free, though I'm exhausted enough that I'll crash out the second we're wheels up. I rarely fly commercial, and I had forgotten how long it takes between boarding and takeoff, while you wait for the plane to fill with the rest of the passengers. It's a minimum of thirty minutes of restless energy you need to expel when you could already be on your way.

Sunglasses guy sitting across the aisle from me has the right idea, ordering a double whiskey from the steward, so I do the same.

I fall back into distraction mode, flicking through the movies available and pretending to check the menu for dinner, but I barely pay attention. I'm too fidgety, and I can't stop thinking about Haven. It doesn't help that I can still smell her on my skin, like she's buried herself under it.

The smooth metal of my phone slips between my fingers as I turn it over and over. The air steward has been by twice to check I'm okay and see if there's anything else I need, but by my calculation, we're still fifteen minutes out before the doors are shut.

That's fifteen minutes of self-torture to endure. Fifteen minutes I need to fill. Sunglasses guy has replaced his eyewear with a sleep mask.

I glance down at my phone when it vibrates, for a split second forgetting Haven can't message me because she doesn't have my number, and my heart splutters and sinks.

LANDO: It's your lucky day, I'll collect you from Heathrow in the morning. Have a good flight.

ALEX: I'm honored, Your Grace.

I stare at the screen in my hand while my brain and heart war with each other over what I should do.

I've called her twice.

Perhaps the third time will be a charm.

I can't help it. My heart wins out. I try Haven one last time, only to have the same voicemail pick up.

Fuck it.

"Hey, Haven. It's me . . . Alex. This is . . . um . . . I know we said we'd meet in a year . . . call me crazy, but I can't wait that long. I was thinking . . . how are you fixed for New Year's Eve?"

I don't even know where that came from. But I can't take it back now. And honestly, I couldn't think of anything I'd like to do more than spend New Year's Eve with Haven Wylder.

In the end, after the world's longest pause, I decide to finish the message by reciting my phone number.

With any luck, she'll have returned my call by the time I've landed.

1

Haven

Present Day

"Shh . . . Everly Jeanne, baby. *Shh*. It's okay. Mommy's got you . . ."

Sometimes I wonder if she's crying because I'm crying, or if I'm crying because she's crying.

And if it's ever going to stop.

I've been doing this for a little over a month. Six weeks, three days, two hours, and twenty-seven minutes to be precise—not that I'm counting—and it hasn't gotten any easier.

I've been told it will.

At some point.

But when that day's coming is anyone's guess.

"Just eat . . ." I beg my daughter one more time, thrusting my swollen, veiny boob in her face. I don't blame her for not wanting it. "Please. You'll feel better. You're hungry, is all."

Her tinny, garbled wailing echoes around the small room I'm staying in, and I pray the walls are thick enough that we don't disturb the other guests here.

Slowly pacing across the room, hoping the movement might calm Everly, and let's face it, *me*, I stare at the wallpaper.

It feels like I'm standing in the middle of a summer meadow. The walls are covered in flowers, creating a kaleidoscope of colors. It's a contrast to the gloomy, wet afternoon outside, one much more suited to my mood—and my daughter's. Summer meadow is not our vibe today. We're too exhausted to appreciate any possible cuteness in this place.

I'm not surprised she's as pissed as she is. We've been traveling for twenty-four hours, most of which we've been awake.

By the time I stepped off the plane in London, it was safe to say every passenger hated me. No one had gotten any sleep because Everly decided she didn't want to sleep. The only time there was silence was when the poor stewardess had taken pity on me and carried her up and down the aisle for twenty minutes. But the second she was back in my arms, the cries began again—like my own daughter couldn't stand her mother's company.

If it was possible, the journey from the airport felt even longer, and we arrived at the nearby train station only to get soaked in a rainstorm while I tried to figure out how to get to our hotel without an Uber in sight, nor a person to help. It took another train to arrive with half a dozen passengers disembarking before I asked a kind-looking older lady for the directions to Valentine Nook and how to get there.

An hour of waiting for a taxi-cab later, followed by fifteen minutes of narrow, winding country roads that made me want to puke, and we arrived at the one hotel I could find to book.

So far, England sucks, and Everly agrees.

Only when I'm about to give up does she latch on.

Sometimes I wonder if she senses she's almost pushed me to the brink of sanity and suddenly feels sorry for me. The deafening silence is broken up with hungry slurping and heavy breathing.

This time when my tears fall, they're hot and grateful. Tears of relief that her belly will be full for the next few hours, along with renewed hope that she might sleep. And when she's like this, I almost forget how hideous it can be, even mere minutes ago.

Everly lets out a gurgle, and I switch her over to the other side, and the relief for me is instant. My boobs had gotten to the point where they felt close to exploding.

When she was first born, getting her to drink was such a struggle. The nurse had to show me how to ease the pain in my chest from all the milk building up, while I tried not to panic that my daughter didn't like me.

Because if she did, this wouldn't be so hard, right?

It wouldn't be this struggle.

I always miss my mom, but during the past six months since I discovered I was pregnant, I miss her so acutely it feels like my heart is breaking all over again. And when Everly fights me to eat and sleep, all I want to do is give up.

It's not hard to imagine what she'd say in response. She'd tell me I was being ridiculous, that Everly is a baby, and babies are unpredictable, but I'll get there. We just need to know each other a little better.

It's exactly what Saylor's been saying to me every time I've felt overwhelmed with the responsibility I've taken on. That I've already proved over and over I'm more than capable of rising to the challenge of becoming a mom, to which I always reply that saving my family's ranch from bankruptcy is nothing compared to raising a human.

I'm not quick enough to swipe away the tear before it falls on Everly's head, but she doesn't notice. Her little eyelids flicker as she greedily sucks down as much milk as her tiny body will let her.

Why can't it always be like this?

Pushing out the darker thoughts that threaten to take hold, I begin my daily ritual of focusing on the positives and the new things I've learned about my daughter.

For instance, the little humming noise she's making is what happens right before she falls asleep. If I'm lucky, I might get an hour myself until she wakes up again, or maybe this time it'll be different because her body clock is as messed up as mine is.

The other thing I've learned is that sleep becomes a distant memory, and survival mode is the new norm.

It's one of the reasons I'm currently standing in this floral-covered room, in a bed and breakfast, in the middle of a quaint town in the English countryside. Probably not where I would have chosen to make my first trip outside the United States, yet here I am existing on no sleep and even less confidence that what I'm doing is the right thing.

But turning back isn't an option.

Carefully, I rearrange the pillows on the queen bed so that I can lay Everly in the middle of them and change her diaper. Thanks to Saylor, I have swaddling down to an art. I don't know if it works, but she stays milk drunk for long enough that she doesn't stir, and I'll do anything to buy me a couple of hours of quiet time.

Unlike her mother, Everly doesn't seem to thrive on sleep. In fact, beyond her rosy cheeks and button nose, I can't find any similarities between us at all. My daughter's thick shock of chocolate-brown hair and piercing blue eyes have come straight from her father, along with, I'm assuming, her stubbornness.

But when she does finally sleep, watching her has become one of my favorite things in the whole world.

I've lost countless hours transfixed by the slow rise and fall of her chest, the way her deep breaths evolve into soft snores, and I become so overwhelmed with love for this tiny creature that I inevitably start crying again.

To be honest, it's hard to remember a time when I didn't cry. My nerves are shot, and I'm on a runaway train of emotions, but when I look at Everly, the noise is silenced.

This time, the smell of milk and the pull of being clean tears me away from her, and less than ten minutes later, I'm sinking into a hot, soapy bath. And it seems I can't even keep my emotions zipped up for this because the urge to cry stings my eyes.

And then my phone beeps with a message.

SAYLOR: How're you doing? How's my goddaughter?

HAVEN: Asleep.

SAYLOR: Have you seen him yet? What's the place like?

HAVEN: No. I've literally got to my room and crashed. I haven't seen anything or anyone except the porter.

SAYLOR: Get some sleep, and tomorrow is a new day. It'll all be okay, Havey. I promise.

I begin typing a message, only to delete it. There's nothing I can respond with because I don't know whether it's all going to be okay. I shut my phone off instead, and before I fall asleep in the bath, I climb out and dry myself.

My last thought as my head hits the pillow is that I'm here for my daughter. Everything I'm doing is for her.

I lost my parents too young, and I don't want to steal her chance to have both of hers.

The multitude of colors on the wall momentarily blinds me when I open my eyes. The sunlight breaking through the drapes lights up the room enough that I'm much more appreciative of the summer meadow that we're sleeping in than I was yesterday.

And it's stopped raining.

I think I managed a solid five hours, which is the most I've gotten in one stretch since Everly was born. It also means Everly slept through for that long too, and turning to her, I find she's staring up at the flowers on the wall, quiet and curious.

It's the first time she hasn't woken me up crying, which raises a wave of panic. Is something wrong with her?

Instead, I brave getting out of bed without disturbing her and manage to summon calm through a long stretch of my body, relishing in the peace as I do. Everything else is done at hyper-speed—peeing and brushing my teeth as quickly as possible so I can get through it before Everly begins to grumble.

But she doesn't.

I manage to get back to bed, change her diaper, and

start her feeding without so much as a tear.

"Wow, baby girl. You're in a good mood today, huh? Did you sleep well? Was it the flowers on the wall you like?" I say in my gentle Everly voice, the one I've acquired since she was born.

Her only response is to keep feeding, her big blue eyes flickering up at me as she does. Her mood continues as I burp her, run another bath, and get in, propping her up on my legs. She gurgles as I squeeze out warm water from a washcloth onto her belly.

"You like that?" I ask, repeating it all, and reveling in the smile she's been giving me the past week. "Did I tell you how beautiful you are today?"

I top up the water twice to reheat it. We stay in there until it cools again, and by the time we've gotten out and I've dressed her, I begin to feel a hint of confidence that today might not totally blow up to shit.

When we step outside a couple of hours later, it's colder than it appeared from the warmth of our room. The sun is playing peek-a-boo behind the clouds, and I stand in the middle of the street, wondering whether to go left or right. The porter from last night was nowhere around for me to ask for help. Instead, I head in the direction most other people seem to be walking.

Cold air blasts us as we turn the corner, and I pull my coat a little tighter to cover Everly. She's strapped to my chest, and with any luck, she'll soon be taking her first nap of the day. I pray she can't hear my heart hammering because with every step forward, it feels like I'm getting closer to a cliff's edge and not the main street of this town.

Valentine Nook is as cute in real life as its name suggests. The road is lined with old brick buildings, super quaint storefronts all painted in shades of green, and along the walls climb the roots of wisteria, which will look incredible when it blooms.

Two guys up ladders are removing black-and-orange bunting festooned from lamppost to lamppost, remnants of Halloween a couple of days ago. Most of the store stoops are still decorated with fall pumpkins, which no doubt will soon be replaced by Christmas ornaments. I can already tell it won't be of the plastic blowup variety.

No inflatable Santas here.

This place will be tasteful wreaths, perhaps some Nutcrackers, maybe a few reindeer . . . because despite my nerves, it's one of the prettiest streets I've ever seen. If I wasn't loyal to Aspen, I'd say it's *the* prettiest.

I bet it looks awesome for the holidays.

Shoppers amble along the cobbled sidewalk, stopping to peer into window after window. Others exit stores laden with bags and smile as they pass, their eyes flicking down to Everly against my chest. Every so often, I catch their chatter and the English accents.

As far as I can tell, the vibe of this small town isn't too dissimilar to Aspen, which means if I want information, there's only one place to go, and that's the local bar. I walk the length of the main street until I find what I'm looking for—the sign swinging above the door says this place is the One True Love.

It's funny how all bars smell the same. Kind of musty, kind of sweaty, and a little bit smoky from the days when smoking inside was acceptable. It's all gross, but I find comfort in it because there's so much life in a bar. They're where you go to meet people, *find* people, and it doesn't appear English ones are any different.

A fire crackles in an enormous hearth, and the stone surround of the carved fireplace looks old enough to have been here since the dawn of time. Dark beams run the length of the main room, and while I know a lot of places back home add them for a cutesy charm, these feel original.

It's busy, but not too busy. Quiet enough that I can see almost all the tables in here, with half of them occupied and only one person bussing tables. An older guy stands behind the bar, which is lined with the shiniest beer taps I've ever seen. He's restocking the bottles on the shelves, and it seems as good a place as any to start.

"Excuse me." I wait for him to finish what he's doing.

The guy pushes the box onto the shelf, and once he's sure it's not going to fall, he turns around and peers at me over the top of his bifocals. A thick mustache droops down each side of his mouth, under which are a set of pursed lips, and I wait for him to tell me that babies aren't allowed in here, even if they *are* sleeping and barely six weeks old.

Instead of feeling intimidated, which I imagine is how many people feel, I'm immediately drawn to him. He reminds me of Joe, my father's best friend, my occasional boss, my surrogate dad for the past six years, and you'd never find a grumpier—or more loving—older man in your life.

But it's clear this guy's going to let me do all the talking. Yep. He's the English Joe all right.

"Could you help me?"

"That will depend on what you need help with," he grumbles on a huff.

My nerves almost get the better of me. My mouth dries out and my heart stutters, but I manage to get the words out. "I'm looking for someone named Alex Burlington. Do you know where I might be able to find him?"

His eyes dart to the left, quick enough that I panic Alex might be in here right now. I only took a quick scan of the tables when I walked in, but I definitely didn't see him.

"Alex, you say?" The guy picks up a glass and begins drying it.

His face is poker straight, but not enough to have me questioning whether this particular small town is the small town I'm looking for. The name is unique enough that I never forgot it. Because who'd forget a name as cute as Valentine Nook?

I nod and try again. "Yes, Alex Burlington. I understand he lives here . . . or near here . . . in this town . . . He told me he did."

"American, eh?" His mouth rolls and disappears under the thick hair on his top lip, and he studies me. Eventually, he asks, "Are you friends with 'Oliday?"

I stare at him, confused. It takes a second to decipher the accent. "Um . . . No. I don't know any—"

His words catch up to me, and I stop talking. *Holiday*.

I send a silent message of thanks to Saylor because if she hadn't read *US Weekly* and *People*, I wouldn't have known that Holiday Simpson, *the actress*, is dating Lando Burlington, the English duke.

The duke, also known as *Alex's brother*, whom I briefly met last year when they all visited Aspen. Those articles are partly responsible for my visit here, plus Saylor and her pursuit to get me to leave Colorado and come to find Alex since the day he left last December.

But mostly I'm here for Everly. I have to put her first. She and Alex deserve to know the other exists.

The guy behind the bar continues to stare at me.

"No, I'm not friends with Holiday. I don't know her. I've met Lando. But I need to find his brother, *Alex*," I repeat, adding a smile because I hope he'll take pity on me.

At best, I hope he'll give me Alex's number, or at the very least some directions to his house. If not, I'll go to the next bar and ask there. Now that I know I'm in the right place, there must be numerous people who can help. Valentine Nook has the same kind of small-town feel I love back home, and if someone walked into the bakery or the Old Saloon and asked for me, Joe would . . .

Shit.

I realize my first mistake, and I honestly don't know why it didn't occur to me before.

There's no way Joe would give out any of my details to a stranger. And from the looks on this guy, he's not going to give me any help with Alex.

"Look," I say eventually. "Do you have a pen and paper? Could I give you my cell number, and if you have a way to contact Alex, please give it to him? I'm only here for a few days, so it's kind of urgent."

My return flight is on Monday. I figured coming for a long weekend was enough time to do what I needed to do. Not to mention, I can't afford to stay any longer than a few days. I have to get home and figure out how to run my business with a newborn.

I'm about to ask him again when I get the sense someone is staring at me, and my head snaps around. Since I had Everly, I've become more aware of strangers—there's something about a baby that makes people want to stop and talk to you. And *talk* I can deal with. It's the ones who want to touch her that make me step away.

But instead of someone older, as it usually is, I find a tall woman about my age, with long, dark blond hair scraped back from a clear, fresh face and tied into a ponytail. She's pretty, but there's something about her that makes me wonder if we've met before.

"Hello. Gorgeous baby. How old?" she asks through a broad smile.

I glance down at Everly to find her eyes wide open and captivated.

"Six weeks." I adjust the little hat she's wearing. It's blue with cream piping and was knitted for her by one of my customers.

"She's beautiful."

My shoulders drop, and I forget I'm waiting for a pen to give my contact details over, because if I'm anything, it's a sucker for compliments about my daughter.

"Thank you, she really is." I smile back.

"Are you visiting?"

I nod. "Just for the weekend."

"From America, I'm assuming by the accent. I love America. Which state?"

"Colorado. Aspen," I reply.

She nods in acknowledgement, her teeth sinking into her bottom lip. When her eyes flick up to mine, I have the distinct impression that she wants to say something. It's a little unnerving, especially because the guy behind the bar seems to have walked off, and I still don't have a pen to leave my contact details.

"What's her name?"

I turn back to the girl, trying not to be annoyed the guy walked off, because now what am I supposed to do? I thought English people were supposed to be helpful.

"D'you think that the barman is coming back?"

Her eyes scan over the bar. “Yes, he’s always popping off. He won’t have gone far. Did you need something?”

“I wanted a pen to leave my contact details.”

“I’m sure I can help you with that,” she replies and rushes around the other side. As she searches under the countertop, her lips move quickly as she talks to herself, before holding up a pencil. “Ah, this will do.”

Grabbing a napkin, I carefully scrawl all my contact information. I’m tempted to leave a note for Alex too, but I don’t know these people, and I can’t exactly say what I need to say on something that’s used to mop up spilled beer.

“What’s her name?” she asks again when I finish writing and place the pencil down.

“Everly,” I reply, rubbing down my daughter’s back.

The woman mutters the name a couple of times under her breath, eventually saying, “I love it.”

I try hard not to frown even though something feels off. This is weird. It’s a weird interaction.

“Thank you, and thanks for the pencil.”

“Can I buy you a drink?”

I shake my head. “No, I’m good, but it was nice to meet you.”

“I hope we’ll see each other again soon,” she calls as I walk away.

I don’t reply. I need fresh air, and now that Everly is sleeping, I want to move. Based on experience, she sleeps better when I do. Even though she seemed content enough staring at the lady who's still calling to me.

I stop by the door to wrap my coat back up and adjust Everly's hat again, when the door is pulled from the other side, and in rushes someone I *know* I've seen before. My whole reason for being here follows him.

The guy I've thought about every day for the past ten months.

Alexander Burlington, my daughter's father.

2

Alexander

The door ricochets off the wall with a clatter. My head snaps up, and I find Miles, my youngest brother, bent over double and gasping for air.

"I'll have to call you back," I tell Jared, my number two for the North American division, before dropping the phone down and rushing over to where Miles is now clinging to the doorframe, hands over his head and stretching out his lungs. "Milo? Are you all right?"

"You . . . now . . . me." He wheezes, thumbing behind him haphazardly.

"What?"

"We . . . have to . . . go . . ."

"Go where? Why are you so out of breath? Where've you come from?"

"Pub—"

My eyes roll, and I exhale deeply. "Miles, I'm not going to the bloody pub. I have work to do. And might I add that, considering you're so out of breath, perhaps you shouldn't be going to the pub either. Maybe hit the gym. You're supposed to be a professional athlete."

When I turn back to my desk, Miles grabs me by the arm. "No. Al—"

"Miles, I'm not going to the pub."

My huff should tell him I'm not in the mood for this today. I'm trying to buy a ranch in Aspen that's recently come up for sale. Except after I put in the offer, everything went quiet, and I want to find out why.

Miles takes a deep breath and stands upright, pinning me with his Burlington blue eyes, the same eyes my siblings and I inherited from our late father. Deep azure and crystal clear.

"Alex, you need to come with me. Something's happened."

Immediately, my stomach drops. It's a subconscious reaction back to the day my father died. Not quite the words, but the expression Miles is wearing—serious and firm—are two traits he very rarely is. Therefore, I pay attention.

"Okay, let's go."

We rush outside, and I'm expecting to see his car—a ridiculous red Ferrari—but there's nothing in the courtyard.

"Where's your car?"

"At home. I ran."

"You ran from the pub?"

He nods and checks his watch. "Eight minutes . . . not bad."

No wonder he was so out of breath. It's nearly two miles over the fields. I've never done it that quickly. "I'm not running back. We're driving."

I pull the keys from my pocket only for Miles to snatch them out of my hand. "*I'm* driving. You move like an old lady."

I don't bother to argue because Miles is back in his hyper-speed mode, and he's started my Range Rover before I've jumped in. I don't even get the chance to buckle my seat belt before he's accelerated out of the yard and around the corner at a terrifying speed.

"Miles, slow down," I say. "I'd like to get there in one piece."

"Calm down, grandma."

My knuckles are already white by the time we exit the Burlington Estate onto the country lane heading into Valentine Nook. Miles—much like his driving—runs at a hundred miles an hour, whether that's on a polo pony, on foot, or behind the wheel. He doesn't have another speed, and because of his lightning reflexes, he thinks he's indestructible.

I, however, like things a little slower. Controlled. Thought out.

Especially driving.

I'm not an old lady, as Miles says, but knowing our father died in a car accident will always be in the back of my mind, no matter how much my brothers take the piss out of me.

"Are you going to tell me what this is all about?" I

ask, gripping the hand rest as he corners a tight bend.

"Not sure exactly. Clemmie's there now, trying to get the lowdown."

"Where's Lando?"

"On the plane heading to LA."

My entire body twists around, and I forget we're hurtling along the road. How long was I in my meeting?

"Lando's going to LA?"

"Yes, that's what I said. He's going to get Holiday back."

"When did this happen?"

"About an hour ago."

I turn back to the windscreen, squeezing my eyes closed as Miles maneuvers around a tractor, right before the lane narrows even farther and we pass Bluebell Cottage, next door to Miles's place. We only have another half a mile before we reach the bridge by the Valentine Nook fountain, and we'll have made it alive.

"Which pub are we going to?" I ask because there are two in Valentine Nook, situated at opposite ends of High Street.

"One True Love," he replies, screeching to a halt by the doors.

Miles jumps out, not bothering to wait for me. I'm scrambling to catch up with him, wondering what I'll find when I walk in. Adrenaline from the drive over floods my veins enough that there's no room for nerves.

But when I walk through the doors, my stomach

drops.

Holy shit.

The woman I've thought about every day for the last ten months stands right in front of me.

Am I imagining things?

3

Alexander

"Haven?"

It's her. It's definitely her. Haven Wylder. The woman I met almost a year ago during a week away in Aspen. The one who's ruined me for any woman since.

I want to rush and hug her, pull her into my arms, breathe in that rich pine scent of hers, and tell her how incredible it is to see her. That I can't believe she's here.

But my pride stops me.

I've been trying to contact her for ten months to no avail. She hasn't returned a single call. And that ranch that came up for sale, and I haven't heard back from? *Hers.*

She's looking up at me with wide emerald eyes, her teeth worrying her lower lip. She blinks twice, as shocked as I feel, except this can't be an accident. There's no way.

"Hey, Alex."

Turning to Miles for any form of clarification that I'm not dreaming, I'm tempted to ask him to slap me, only he'd take me too seriously. I now realize that this—

Haven—is the reason he dragged me out and attempted to break the sound barrier on the way over here.

"What's going on?"

Miles shakes his head. "I have no idea. Lando and I spotted her in here right before he left for the plane."

My focus shifts to my sister, who is leaning against the bar. "Clem?"

"I don't know, Al. But I think you should talk to her."

Haven spins around and narrows her eyes on Clementine. "You're Alex's sister?"

Clementine gives one deep nod, her mouth pulling into a somewhat bashful smile that makes me wonder what they've been talking about. Especially when she lifts her hand for a sheepish wave. "Hello."

Finally, my eyes find Haven's again. It dawns on me that this could be about Wylder Ranch—her ranch—but flying five thousand miles to tell me I can't have it seems a little extreme, especially since she wouldn't even return my call to arrange another date.

Nope. It's something else.

While I figure out my answer, I take my first *good* look at the girl I've only seen in my dreams since I drove away from the house in Aspen last December.

She's not quite how I remember her.

It's her, it's still the same Haven, but instead of the rosy cheeks, she looks pale. Instead of the sparkle of amusement in her bright green eyes, mauve bruises the delicate skin underneath. She's rounder but pinched all at the same time.

She looks exhausted. She looks sick.

And—my eyes drop as a gurgling noise emanates from the lump on her chest—she's *holding a baby.*

Haven has had a *baby*.

The initial excitement of seeing her is replaced with abject embarrassment. Humiliation. I've been pining over a girl I spent a week with, and she quickly moved on and had a fucking baby.

She's a mother, and I'm some idiot who held on to the idea of a connection that never existed.

She's come to tell me to stop calling her. That's why she's here.

"What is going on?" I repeat, my tone firmer this time and filled with annoyance that she felt the need to tell me in person.

"I . . ." Haven scans the pub and turns around to where Clementine and Miles are standing together. It's not as busy as it usually is, though I get the sense it's still too busy for whatever she wants to talk about. She looks down at her baby, cupping its tiny head in her hand. It's so bundled up, in one of those carrier things Hendricks used with Max, that I can only see a nose and a pair of chubby cheeks. "Could we go somewhere quieter?"

I mean, sure. Why not? Why not go somewhere quieter with this girl . . . and her baby? It's not like I don't have anything else to do. It's not like I don't have a company to run. On the other hand, I might be extraordinarily pissed off, but I also want to know what the hell is going on.

"Sure. There's a room in the back that's usually quiet."

Haven winces. "Actually, would you mind if we walk?" Her eyes flick down. "It's better . . ."

"Fine. We can walk through the village." I hold the door open and sweep my hand in front of me, allowing her to exit first.

Maybe after I'm done here, I'll go home, get into bed, and wake up when this nightmare is over.

My eyes catch my brother's and sister's again, both of them wearing the same blank expression. I can only offer a shrug in response.

I guide Haven out and to the left, away from the hustle of Valentine High Street. If she wants quiet, we need to go in a different direction.

I've only been inside the pub for a few minutes, but the fresh air immediately invigorates me. I'm snapped out of my shock, and infuriatingly, my brain jogs with the one question I've been asking myself over and over, along with all the rest I have lined up to go.

"Why didn't you call me back?" I ask, slightly more whiney than I'd have liked.

Haven pauses her stride, and I swear she squirms a little. "Because . . ."

I wait for the rest of her sentence, but it doesn't come. "Because? You met someone else, clearly. You didn't have to come all this way to tell me."

My tone is harsher than I mean it to be, but the hurt I feel at seeing her is more powerful than I was expecting.

"What? No." She shakes her head. We're walking side by side, but as she answers, she steps around a lamppost, and her voice drops so I don't quite hear the rest of her response.

"It was a week of fun. No big deal." I blurt the words I've been repeating like a mantra. *No big deal.* "I thought we had a great time together, but whatever . . ."

"We did."

"Then why didn't you call me back?"

"What was the point, Alex?" she snaps, and this time, I hear every word loud and clear. The sting is equally loud and clear. "We live five thousand miles apart. When we met, I barely had enough time to sleep, let alone date—"

"So what? You've come to rub it in my face that you're with someone else? You could have put this in an email. Better yet, kept going with the radio silence. I'd already gotten the message you didn't want to date me."

Haven's face drops, and she looks genuinely hurt by my accusation, though I don't know why. But it's enough to make me feel guilty.

"Alex, no. It's not—"

"Is this about the ranch?"

Her brows knit together, emphasizing the dark circles under her eyes. "What?"

"Wylder Ranch? You're selling it. I tried to buy it and

never heard back."

"That was you?"

"Who'd you think it was?"

Her shoulders lift slowly. "Brokers were dealing with it all. I wanted to test the water to see if there would be any takers, but I changed my mind." She pauses, and another deep frown crosses her face. "Alex, the sale price was one hundred million dollars."

"Yes. I know," I reply, but I don't want to discuss my finances right now. I am such an idiot. "Haven, why did you change your mind? That's a lot of money."

"I know it is. But when Everly was born, I couldn't go through with it. I needed her to know where she came from. My parents built that ranch." She pats against the bump on her chest, and for the first time since we've been talking, she smiles.

A real, warm, genuine smile.

It's the smile I remember, and seeing it again makes my chest ache.

I glance down, totally forgetting it isn't just her walking along next to me, and nothing about this entire bizarre scenario makes sense. I still have no idea what she's doing here. I have no idea what I'm doing either.

What is the matter with me? Why didn't I take the hint when she didn't call me back the first time?

I stare at the point Haven's hand is stroking along the baby's back. "Everly is your daughter?"

I nearly choke on the words.

"Yes, she is."

Wow. It's literally the only thing that pops into my head. Wow. A baby. A fucking baby. My dream girl *has a baby*.

My pride, already dented enough after being ghosted for ten months, is now smashed to smithereens after I hear her confirmation out loud. We have spent the last ten months at opposite ends of the spectrum.

"Congratulations, I guess," I manage to say, and I'm weirdly proud of how I keep my expression as neutral as possible.

Inside, I'm writhing in jealousy. Thick, green, and ugly. It's so quick and consuming that it almost winds me, and I slump down on the cool stone wall of the Valentine Nook fountain.

Thankfully, there aren't any people throwing in coins to make a wish today. Out of habit, I dig into my pocket and pull out a couple of pounds and a fifty pence piece, toss them in, and screw my eyes shut.

Please wake me up from whatever this fucking weird dream is.

Opening one eye at a time, I find Haven still there and peering down curiously at me.

"Haven, why are you here?" I ask wearily, one more time.

Instead of Haven answering, the baby lets out a very loud, garbled screech, and opens its eyes directly in front of where I'm sitting.

I don't blink. I'm locked in a staring competition

with the creature strapped to her chest, the one with Burlington blue eyes.

And then it hits me. Like a sledgehammer. The reason Haven is here, in England. In my village.

If I had my wits about me and the skill to do more than basic mental arithmetic and recall my biology lessons, I should have already figured out that the baby she's carrying is mine.

Haven notices. The tension in my shoulders and the way my spine stiffens, pulling me to sit up straighter.

"I'm so sorry, Alex. I didn't know I was pregnant until I was nearly five months. I thought I had the flu. It took me a couple of months to get over the shock and admit to myself," she says quietly. "After that, it was all a whirlwind. I didn't know what to do."

I'm trying to listen, but blood is whooshing too loudly in my ears. I'm lightheaded. I need to sit down, except I already am. So instead, I lie back on the wall.

"I know it's a lot to take in."

I scratch through my beard and suppress a shiver.

In Miles's haste to get me into the car and around to the pub, I forgot to pick up my jacket. I'm only wearing a cable-knit sweater and jeans, which, having been outside for ten minutes, is starting to weaken against the crisp November air. The cold spray from the fountain isn't helping either.

The baby—Everly—lets out another sharp cry, bringing me back to reality, and I sit up again.

"I need to hear you say it."

Haven sighs and jostles the baby against her chest, but it doesn't help. "The week we spent together, I got pregnant. Everly is your daughter, Alex. You're a father."

I close my eyes, taking in her words. I don't know what to say. I don't know what to do. It's hard to think clearly when a baby is screaming next to you, and all that pops into my head is the last time Haven and I had sex.

We were at it all night, on every available surface. I've relived it more times than I care to admit. Lonely nights in the shower before bed, or the morning after a particularly vivid dream.

"How old is she?" *She*. Christ, I have a daughter.

"A little over six weeks. Her birthday is September twentieth."

My throat thickens immediately, and my gaze flashes to hers, checking to see if any part of her is lying. Not that she could possibly know that date is also my father's birthday.

That I know exactly where I've been every single year on September twentieth.

"I called you. I left a dozen messages, Haven—"

"I know," she replies, doing her best to concentrate on me while also calming her daughter. *Our* daughter.

Nope. No way. I'm not a father. This isn't going to be Hendricks all over again. Years and years of court battles to gain custody of his son, with a woman who only wanted his money. My anger at having been ghosted bubbles up to the surface again.

"You call me back, you don't turn up at my home with a fucking baby."

"I'm so sorry, I didn't know what else to do," she sobs. Tears pool in her eyes and spill down her cheeks as I glare at her.

I'm too mad to have sympathy. Mad and hurt. And *deaf* once the screaming reaches an ear-piercing level.

I need space. To think. To figure out what to do.

What *the fuck* am I going to do?

But sitting here watching Haven's silent tears and Everly's not-so-silent ones won't help me figure it out. It's only going to make me feel guilty. And right now, feeling guilty is the last thing I want.

I already have enough guilt to last me a lifetime. I'm well practiced.

Jumping up, I ignore the way Haven startles. Ignore everything.

Staring down at her, the urge to wrap my arms around her is still too strong, but instead, I say, "I can't do this right now."

My daughter's cries ring in my ears as I leave as quickly as I can, hurrying around the corner. Even after they're well out of earshot, I can somehow still hear them.

Everly. Haven's baby.

Fuck.

My daughter.

4

Haven

I watch Alex's broad back disappear around the bend in the road and slump into the spot he vacated on the fountain wall. I barely notice the spray of water hit my head, dampening my hair.

I wait for the onslaught of tears, the urge to cry at what could only be described as a disastrous meeting, but nothing comes.

Did I think he was going to jump for joy? No. But I also didn't picture him storming off either.

Or be quite so angry. It might have taken me a couple of months to get used to the idea myself, but anger was never an emotion I felt. Denial, yes. Frustration, also yes. Despair, definitely.

But never anger.

I'm ruminating on what to do while trying to quiet my screaming daughter when a car drives past us, its back wheels clipping the large puddle in the middle of the street and spraying me with dirty rainwater.

Great. Just great.

The absurdity of the morning hits me, and I bark out a laugh before I can stop it.

It's loud enough that it shocks Everly into silence, but only for a moment, because once she realizes nothing's changed and she's still hungry, her little cry is louder than ever.

"I'm sorry. Sorry, baby girl. *Shhh.* I'm here."

Peering around, I see no one and no more cars, so as discreetly as I can, I move to the other side of the fountain, unclip Everly from her harness, lift my sweater, and send out a prayer that she latches on the first time.

When she does, the relief is so overwhelming that the tears finally appear, and the resolve I woke up with runs down the drain like yesterday's stormwater.

What am I going to do? I'm one day into a five-day trip, and I'm ready to give up. Coming here was an insane idea. Alex was right, I should have emailed him.

My mind spins with his parting words—*I can't do this now*—and it's the *now* I fixate on. Did he mean now, like right now? Or now as a point in the present? Today, this weekend, next week?

Or now as in *never*?

He could have done it at one point, but because I never returned his call, he's no longer interested?

And what does *this* mean? Talk? Become a daddy?

Should I leave earlier and go home?

Or should I try to see him again?

I sniff through each scenario, none of which makes me feel any better, and try to wipe the tears before they hit Everly, though at this point in her young life, her skin is more or less kept hydrated from them.

Her tiny fist opens and closes in the air while she sucks down her milk. Holding my hand up, she grips on, curling her fingers around my thumb. It's the touch I need to inject some sense into me. I haven't come this far only to come this far.

I might have told Alex he's a father, but there's so much more to discuss. For Everly's sake. We live on different continents, but I never want to say I didn't try to give her the opportunity to have a father.

For Alex to be a father.

If he's not interested, it won't be for lack of trying on my part.

I'm too lost in my thoughts to notice Alex's sister rushing toward me until she's almost at the fountain. Great. Just what I need.

"Haven, are you okay?" she asks, taking in my tears and the way I swipe under my nose. "No . . . stupid question . . . of course you're not."

"Come to interrogate me some more?" I snap with a sniff and attempt to hide Everly under my jacket.

"What?" She pauses, and a frown flashes across her face. "No, God, I'm so sorry, I should have told you who I was. I just knew Alex was on his way, and I didn't want you to leave without seeing him. I'm sorry, please forgive me."

She's looking at me with such compassion that it's hard to be mad, especially when my nose won't stop running. I'm not exactly in the position to be angry either. I'd have done the same, and technically, she is Everly's aunt, but my jet lag is creeping in, and my daughter is pissed at me, so I'm running low on patience.

"Clementine, is it?"

She nods. "Yes, Clemmie. Or Clem. Whatever you prefer. I'm Alex's sister, but you know that."

"I don't mean to be rude, but I need to finish feeding my daughter. Alex stormed off, so I have to figure out what to do. Perhaps we can talk another time?"

I hope the context is clear. I'm not in the mood.

"He stormed off?"

I nod in the direction Alex left. "Yup."

Clementine stares down the road, making no signs of following him. I expect her to follow, but she doesn't. In fact, she doesn't move at all, even when Everly decides to make her objections known that my left boob is out of milk, and I try to switch her over without flashing anybody passing by.

This time, unfortunately, my daughter isn't quite so enthused about eating, and her cries go from zero to a hundred in less than a second.

"C'mon, sweetheart, please," I beg, wishing my audience would leave to go and find her brother or whatever it is she needs to do.

Lifting Everly, I place her high on my chest like the nurse taught me and pat her gently. Sometimes if I can get the burp, she goes back to eating, but not today, it seems.

Patience. Patience. I just need to have patience. It's become my new favorite word, because unless I remind myself every five minutes, I will lose my shit.

And when I lose my shit, Everly loses her shit. It becomes a perpetual cycle of tears until both our nerves are shot.

"Come on, Everly. Get it up," I whisper through a deep breath.

Nothing happens until I stand, the momentum jostling her enough that I hear a loud burp followed by the sensation of warm regurgitated milk dripping down my neck.

Great. Just great.

The plus side is that the screaming stopped.

Clementine stands there, eyes cartoon wide. And this isn't the time to acknowledge how beautiful she is, but she is, and I irrationally hate her for it. I used to look like that. I used to be cute. And now I'm a barely functioning twenty-five-year-old with dark rings under her eyes, who's learned the hard way the pregnancy glow is a myth.

We're standing here, this beautiful girl and me, whose life has done a complete one-eighty. This was supposed to be my year of fun, after busting my ass to save my parents' ranch. I was not supposed to get pregnant.

I can't take any more of Clementine's pitying stare. I want to be alone.

Then I realize one boob is still hanging out, so all

in all, today has just been another sucky day in a whole year of sucky days.

Willing myself not to crumble, I force back my shoulders so my spine straightens.

"I really need to go change and settle her down," I say eventually, pulling my coat closed.

I'll carry Everly to the bed and breakfast, finish feeding her, and hopefully get her to sleep for long enough that I can change into something clean. Maybe take a shower if I'm lucky.

Then we'll wash, rinse, repeat. My days are all the same. I'm a slave to this tiny human.

"I can help," Clementine blurts out when I turn away, making me pause.

"Help with what?"

She narrows the gap between us again, standing in front of me so I have to move around her. "Anything. But let's get you clean first."

"I'm fine. I need to finish feeding her."

"You can do that too."

I don't get the chance to reply before Clemmie practically drags me away and pulls me down the narrow road in the opposite direction Alex went until we reach a gate.

She pushes it open, gesturing me inside where I find a picture-perfect little house with a straw roof, and a somewhat tidy front yard, lined with rose bushes neatly trimmed for the winter, ready for blooming again in the spring. It feels exactly the sort of house you'd find on the front of a tourist postcard with text over the top that reads *Greetings from England.*

Rainboots are kicked haphazardly along the porch, and hanging from a statue of a small stone dog next to the front door is a horse's bridle, and a couple of carved Halloween pumpkins.

It's cute and cozy, and of course she'd have pumpkins. I didn't do pumpkins this year because I didn't have the energy.

The whole vibe is perfect and makes me feel like shit. Especially with my child objecting loudly at whatever the fuck she's objecting at.

"Come on, you can feed her in here. I'll make us a cup of tea."

Seeing as she walks straight in without knocking, I assume this is her place. However, when I follow her down the hallway into the kitchen, I change my mind. Horse and polo magazines are piled up in the corner, shelves adorned with rosettes and framed photos of Miles accepting trophies, and the polo sticks leaning against the wall mean this place can only belong to one person.

"Sit. Sit," she says, gesturing to a chair.

I do as I'm told, and while Clementine busies herself making tea, I attempt to feed Everly again—this time with success.

Leaning back in the chair, I take in the place. It's both immaculately clean and messy. The surfaces are covered with anything and everything horse-related, but there's not a speck of dust in sight. Like Mary Poppins came here but gave up halfway through the day.

"Miles isn't the tidiest person on the planet, in case you hadn't noticed." Clemmie sets down two steaming cups on the table, followed by a plate filled with chocolate chip cookies, then pulls out the chair opposite me.

Miles. I was right.

The memory of the four brothers pops into my head, and the first time I saw them together at my tree store in Aspen village: Lando, the serious one. Alex, the smoking-hot one. Hendricks, the quiet one. And Miles, the one you could get into serious trouble with.

He spent a lot of his visit at the Aspen Polo Club, and from what I heard on the local grapevine, he caused quite a stir with the female grooms.

Never in a million years would I have predicted I'd be sitting in Miles's kitchen ten months later.

Managing a chuckle, I peer down at my daughter. Only when she's finally calm and eating do I feel like I can relax a little, and as always, I relish in her. It's still such a novelty to see her there, knowing that this is the one thing only I can give her. I might not have much, but I have this.

"She's very sweet." Clementine interrupts my thoughts. "How are you finding it?"

My eyes find hers, so similar to Everly's I don't know why I didn't notice before back in the bar.

The sixty seconds of silence aren't enough to heal my shot nerves, and the truthful answer to her question has me unsuccessfully fighting the urge to cry.

"I'm so sorry, I didn't mean to upset you," stammers Clementine.

My response wars in my head between being loyal to my daughter and telling the truth. In the end, the truth wins.

"You didn't. It's hormones and tiredness. *And* because I'm just so used to saying everything's okay when I'm asked that question, I didn't expect to tell you otherwise."

"So it's not okay?"

"No." I shake my head once, and another tear falls. "It's hard. So much harder than I thought it would be. She's not an easy baby. She's demanding and stubborn and cries all the time. Then I wonder if it's me, and I'm a terrible mother. It's been such a struggle doing it by myself. And I haven't even really been *that* alone. My best friend Saylor has helped me with everything. It's the night that's the hardest, though, when it's just the two of us. And my whole body *aches* . . . my nipples . . ."

I stop myself before I tell Clemmie way more than she needs to know, but I dare not look at her. I don't want to see her face before she tells me that I've brought this all on myself. I didn't have to have a baby at all, and I have no business being a mother when I'm barely looking after myself. Plenty of people get abortions. I could have been one of them.

I could be living the life she has—carefree, fun—and looking cute while she does it.

"I know what you're thinking, but my parents died when I was a teenager. She's all the family I'd have, so I never even considered it."

The screech of the chair legs is followed by arms wrapping around me carefully enough not to crush Everly but with enough pressure to make me cry again.

"I'm not thinking anything. But why didn't you call Alex? He's been devastated not hearing from you."

If Clemmie's trying to make me feel better, she isn't. It's worse. I don't want to hear how upset Alex was that I never replied to him. It was hard enough hearing his tone when he asked me himself. Because I spent the last year imagining him meeting someone new, someone of his own stature.

Fucking *US Weekly* and its fucking gossip pages.

But it's like Clemmie's turned on a tap and now I can't stop spewing, no matter how stupid I sound.

"It was too intimidating."

Clemmie's grip loosens, and she sits back in her chair. "What was?"

Swiping a hand under my nose, I take a breath. "Alex. All of them. Your brothers." My eyes drop down again, and I focus on Everly. "He was visiting my hometown on *vacation*. I've never even left the United States. We're so different, and how was it going to work? I deleted his messages before I discovered I was pregnant, then it was too late."

I don't add that not long after the boys flew back to England, the next edition of *People* magazine had come out, and there on page eleven were pictures of Lando and his canceled wedding. Saylor had read out the entire feature, which went into great detail about the Duke of Oxfordshire and his brothers, the Lords, and how the entire high society of England was in a tailspin.

I'm not even high society Aspen.

Dating Alex would have been a huge waste of my time, and his. He'd have quickly tired of the long distance and left me with nothing but a broken heart.

So no, I didn't call him back.

"Well," says Clemmie, picking up a cookie from the plate and crunching into it. "You've made it out of the United States now."

Her dry tone and deadpan expression raise a smile, followed by a small giggle. "Yes. I did."

"Baby steps, am I right?"

"Baby steps." I nod.

"Now, how about you give me Everly when she's done feeding, while you go and shower."

Immediately, I stiffen. For all intents and purposes, this woman is a stranger, and I'm in her brother's house. I've never left Everly with anyone I didn't know. Because that's crazy. But she's not to be deterred.

"It's okay. I'll look after her. Guard her with my life. I swear. I'll take you up, show you the shower, and find you some clean clothes." Clemmie says the magic word—*clean*—and immediately senses weakness.

"Come on, I promise she'll be fine."

As though Everly heard and understood, her mouth loosens, and she turns away quickly enough that milk shoots out of me and hits Clementine. I can't even find it in me to be humiliated. I once again hold her over my shoulder and attempt to coax a burp. If I'm going to get clean, there's no harm in getting covered in another round of rejected breast milk.

"Okay, thank you, but I really don't need a full change of clothes. Just a sweater would be great."

"Absolutely, follow me."

The upstairs is just as cute as the downstairs, and much tidier. Clemmie leads me along a narrow corridor with such a low roof that I wonder how Miles isn't permanently bent at the neck or covered in bumps to the head. Passing a couple of bedrooms, including one with the largest four-poster bed I've ever seen, we reach a huge bathroom at the end, featuring a roll-top bath and a double walk-in shower.

"Here you are." Clemmie sweeps her hand around. "Take your time. Miles ordered this ridiculous shower from Japan, and it's designed to target sore muscles. Feel free to take advantage. Let me run and grab you a few things, then I'll leave you in peace."

When she goes, I peer out of the window to find a backyard as pretty as the front. It's fall now, but I can imagine the trees plentiful with fruit in the summer months. Miles must have help with it. He doesn't strike me as the type of person who'd cultivate fruit trees or prune bushes.

"Here you go," Clementine announces on her return, placing a basket on the vanity unit.

"Everything you need is in here. And we'll be waiting downstairs when you're ready. But seriously, no rush."

I smile gratefully. "Thank you."

For a second, I forget she's taking Everly downstairs, and I wonder why she's standing there holding her hands out like she's waiting for me to tip her.

"Oh, right." Stepping forward with bated breath, I ease my baby out of my arms and into Clementine's. I try not to take it personally when she doesn't fuss. "Just . . . if she gets antsy, rub her back . . . and she sometimes likes her tush patted, or you know . . ." I can see Clementine is being patient with me, which only makes me feel like a dumbass, *gah*. "Okay, I won't be long."

"We'll be okay, don't worry." Clementine smiles and leaves me alone, closing the door behind her.

Switching on the shower that sprays jets of water from all angles, I strip off as it heats. Then because I've become totally neurotic, I open the bathroom door a fraction just so I can hear Everly if she starts crying.

I mean to be quick—a lightning-quick body shower at the most—but Clementine's basket is laid out with shampoo, conditioner, and a hairdryer, along with a cozy navy sweater embroidered with the words Foxleigh Park on one side. It's all far too tempting.

I used to love long showers, but since Everly came along, I've rushed through them, too scared to leave her on her own. But stepping under the hot water, the first hit of it pummeling my shoulders and back from all angles, some of the tension in my muscles melts away.

By the time I'm done, the mirror and windows are running with condensation, and I feel almost human again. And not once have I heard Everly cry.

But when I head back down to the kitchen, the sound of a male voice makes me pause. Then I realize it's not Alex. It doesn't have that soothing baritone rumble Alex's does. It's Miles, and he's holding a cup of tea in one hand and the baby in the other.

More accurately, he's cradling her in his arms, swaying from side to side as she stares up at him. She's completely mesmerized.

Clemmie notices me standing in the kitchen doorway and rolls her eyes, throwing out a, "Don't worry, Miles is great with babies," as an explanation.

"Women. I'm great with *women*," he corrects in a soft voice, putting down his cup.

"I've heard," I mutter, sitting back in the chair I'd vacated. I pick up the tea I'd also left and go to sip it, but Clemmie snatches it from my hand before it meets my lips.

"Urgh, no. I'll get you a fresh one."

"So Haven from Aspen. Long time, no see." Miles flashes his perfect white teeth at me. "What have you been up to?"

"Well . . . I had a baby."

"I see that," he replies, as another steaming cup of

English tea is set down in front of me.

I never drink tea. I'm a coffee girl. And on the rare occasion I have drunk it, I used lemon, not milk. But this . . . I think the English might be onto something. It's both calming and cozy all at the same time. My veins warm, and my cheeks flush even more than they did following use of the hairdryer.

"Where's Alex?"

"He went back to Burlington," Miles says, though it means nothing to me. "Don't worry, he'll calm down. Once the paternity test comes through positive, then he'll be on board."

"Miles!" Clementine's face drops in horror, and her eyes slice to mine to check my reaction, not that Miles notices.

"What? Come on, don't be silly." He turns to me like I was the one who objected. "Of course you'll need a paternity test. Hendricks had one for Max, and I would never claim a child without one."

"That's because you sleep with anyone with a heartbeat," Clementine snaps. "Anyone can see Everly is the spit of Alex when he was a baby."

"Stop being naive—"

I hold my hands up, not wanting to get in the middle of a sibling argument or set my daughter off crying. "No, it's okay. I expected it. I would have insisted on it too."

"See." Miles jerks his chin to me. "Sensible."

Clemmie concedes with a harrumph and changes the subject. "Well . . . it's bonfire night tomorrow, you should come."

"Bonfire night? What's that?"

She drops down in the chair opposite and picks up a cookie from the plate she set earlier. "I guess the best way of describing it is like your July Fourth. All the fireworks. Alex will be there, and you can talk. I know it must all seem daunting, but if there's one thing about Alex, it's that he's loyal. He won't let you do this alone."

I glance at Miles, still swaying side to side with my daughter in his arms. He's holding her like she's his own, then I realize that she is—she's his niece.

Which means that if I've done anything today, it's give my daughter a family. A family she not only looks like but is happy to be around.

Yup. That stings.

5

Alexander

"This is not okay."

"Mother—"

"No, Alexander. I've been home an hour to find Lando's flown off to Los Angeles, and now you're telling me you're a father to a baby you've never met with a girl you knew for a week." She pauses as one of the Burlington kitchen staff walks in with a tea tray, which he places down before pouring her a cup. She practically preens at him. "Thank you, William."

My mother drinking her tea is the first time she's been silent since I told her about Haven and the baby.

God, I still haven't wrapped my head around the fact I'm a father. Or that it's with Haven. *Or* that she's here in Valentine Nook.

I hadn't meant to tell my mother quite so soon. I'd have preferred to have come to a decision on my own before she weighed in, but I happened to be here in the kitchen when she returned from her trip to London. One look at my face and she asked me who'd died.

That was half an hour ago, and since then, Miles also entered the chat.

"To be fair, Al has been in love with Haven for the whole of this year. It's why he's been such a miserable bastard."

"Not now, Miles," my mother snaps, then shoots him one of her famous withering glares.

Not that it has any effect on him at all.

In contrast, the look I send his way is one of gratitude because, surprisingly, Miles has been both incredibly supportive and helpful. His default mode of piss taking seems to be taking the day off.

"Has she done this on purpose? Has she tried to trap you? She knew you had money."

Pinching the bridge of my nose, I inhale deeply.

In fairness to her, she's likely still traumatized over the battle Hendricks had with Max's mother, so I'll allow her a little grace.

"She's staying at the bed and breakfast," Miles continues, ignoring her, "and she's agreed to a paternity test. It was her idea, actually."

"I'll bet it was."

"Mother, she's not after our money. She's got her own," I reply wearily even though I don't know for certain.

But I doubt she's after our money. Haven doesn't strike me as a gold digger. Not since witnessing her work so hard to save her place, when she could have sold it for a hundred mil. And she'd only need to sell an acre or two to raise a couple of million if she were really struggling.

It's all props to her that she's saved it because of her family.

Family is as important to her as it is to me.

My mother's still talking, though. "After what we went through with Hendricks, I don't want to have to do that again."

Miles pushes out of his chair and pours himself a cup of tea from the tray brought in for my mother, then proceeds to search through all the tins in the kitchen cupboards, which usually contain biscuits of some sort. Pierre, our chef, likes to ensure they're filled. But it's still early.

He comes up empty and sits back down at the table. "Well, you need to figure it out. She's leaving on Monday."

My head snaps up. "Monday? That's in two days."

"It is."

"Two days? Two fucking days. How am I supposed to decide what to do in two days? She's had ten months to get used to the idea, and she's giving me a matter of hours."

Miles shrugs.

"Why is she leaving so soon?" I press.

Miles shakes his head. "I don't know. I'm not her travel agent. But I'd imagine as you stormed off and have yet to speak to her, she's not inclined to change her flight and stick around."

It gives my mother another reason to wave her

authority and opinion. "We'll have to arrange for the paternity test before then. Today is preferable."

I groan and drop my head on the table.

Twenty-four hours ago, I was single, somewhat happy, and working hard to build the Burlington Estates international division. Now, I'm discussing paternity tests for a baby I didn't know about, for a fatherhood I may or may not be about to take on.

"And we will," he replies firmly. "Come on, Mum, thought you'd be happy getting another grandchild to add to the brood. And it's a girl. Think of all the ribbons you can buy."

"Ribbons?" she snaps. "Don't be ridiculous, Miles."

He sounds like he's getting as annoyed with our mother as I am, which is rare. He's the baby boy and usually has her wrapped around his finger. One reason I don't mind him being here for this conversation. He can help sway her back to the middle of any argument.

Though perhaps not today.

"Why do you know so much about this girl anyway?"

"I have *met* her before, remember? And because after Al stormed off, the baby was sick, and Clementine took her to my place to clean up."

I still feel guilty about leaving her there. I shouldn't have done it. I should have handled it better.

The look on Haven's face as I left her standing by the fountain will haunt me for a long time.

When I'm done here, I'll find Clementine to thank

her for picking up my pieces, and I throw Miles a grateful smile. Then I ask the one question I've been hesitant to hear the answer.

"What's she like?"

"Everly?"

I nod. I can't quite bring myself to say her name yet. Next to me, my mother sits up a little straighter, also waiting for the answer.

A broad smile stretches on Miles's face, and his eyes, which are usually full of mischief, soften. "Sweet. Very sweet, thick dark hair, Dad's eyes. Looks a lot like you . . ."

A lump forms in my throat so quickly I struggle to take a breath. My eyes sting and my nose tickles. I'm not normally a crier, but it's possible I've used up my whole year's allocations of tears in the past twenty-four hours.

Then Miles, being Miles, dries them all up.

". . . totally obsessed with her uncle Miles, *obviously*."

My lips quiver with amusement. "Obviously."

"Have you told Lando?"

I shake my head. "No, I wanted to tell him in person. He's flying back with Holiday, arriving in time for the fireworks."

A loud screech of "Fireworks!" echoes from the hallway, announcing the arrival of my five-year-old nephew, Max. "I love fireworks."

He charges in and launches himself into Miles's arms. Peals of laughter ring out as Miles tips him upside down, tickling him until he's begging for mercy.

He's followed by Hendricks, Max's father and Miles's identical twin. Hendricks is the calm to Miles's storm. He's also raising Max by himself, having been awarded sole custody after Max's mother decided she'd rather party in Ibiza instead of care for her son.

In a reversal of six years ago when I found Hendricks in shock outside my cottage after he'd just discovered the news of Max, he's the one I turned to yesterday after I left Haven.

He drops a supportive squeeze onto my shoulder before he sits down. "How're you doing today?"

I shrug. "Not sure, to be honest."

He gives an understanding nod. Out of all my siblings, only Hendricks has a shred of an idea as to how I'm feeling.

Max settles into Miles's lap as William returns with another tray of tea and cups, plus a fresh coffee for me, along with a plate of warm chocolate chip cookies and an apple for Max.

Miles reaches for a cookie before the plate touches the table. "Oh, excellent work, Will. Thank you."

"You're welcome, sir."

He passes one to Max, who shoves the entire thing in his mouth while my mother stares in horror.

"Maxwell Burlington!"

"Sowwy, Gwanny," Max splutters, doing his best to chew with his mouth closed to demonstrate he has some semblance of manners.

We all watch as he slowly works his way through the cookie, then picks up his juice and rinses it all down before smacking his lips together.

"De-*lish*-shus."

Not one of us betrays how amusing we find it, but even my mother hides a quivering lip behind her teacup.

"Hey Maxy, how d'you feel about having a brand-new cousin?"

Max turns in Miles's lap and peers up at him, eyes narrowed in suspicion at his question. "What's a cousin?"

"A cousin is a baby of your aunt or uncle. Uncle Alex has a new baby, so that's your cousin."

"I thought only girls had babies. That's why Elsa and Minnie had the babies, and not the bulls," he replies, his frown deepening.

Elsa and Minnie are Max's favorite cows from the past birthing season.

As Hendricks is the Burlington vet, Max regularly accompanies him when he tends to the animals, and last year, he took it upon himself to name all the cows. Most of the names were forgotten, but Elsa and Minnie stuck, and when they had calves this year, Max took a particular interest.

Every day this summer began with Max insisting on a visit to the farmyard so he could check on the calves and give them extra breakfast. This would then be followed by a trip to Foxleigh Park—Miles's polo yard—

to visit all the ponies. It's still undecided whether Max will take after Hendricks and become a vet, or Miles and become a polo player.

"You're correct. Uncle Alex didn't give birth, but it's Uncle Alex's sperm."

Instead of sipping my coffee, I splutter into it. Hot liquid dribbles down my chin, and I snatch the napkin Hendricks holds out to me, while displaying a wide and annoying grin. "Please don't talk about my sperm."

"We're a farming family, Al. We can use the correct terminology. Max knows all about sperm, don't you?"

God, Miles is a patronizing twat when he wants to be. I guess he's done with being supportive.

But Max's face lights up. "Yes. It's what we put in Minnie and Elsa so they would have the baby calves."

"Correct again, Maxy. Well done."

After high-fiving Miles, Max turns around slowly, studying me with his curious five-year-old eyes. His head tilts. "Uncle Alex. Did you put your sperm in a girl?"

"He certainly did." Miles winks, and his face splits with his signature shit-stirring smirk.

Yes, he's definitely done with being supportive.

"Honestly, Miles. For goodness' sake." In the corner, my mother pinches the bridge of her nose, too annoyed with me to object any further to Miles's crudeness, while I mouth, "You're a dick."

"And that's what made a cousin?"

This time, Hendricks nods. "Yes. That's what made a cousin."

Max ponders this revelation. His tiny fingers drum against his cheek exactly the same as Hendricks when he's thinking. "Hmm. Can I have a boy cousin?"

Miles shakes his head, his face a mask of solemnity. "Unfortunately, you don't get to choose that, buddy. She's already arrived, and she's a girl cousin."

Immediately, Max's top lip curls in a snarl. "Ugh, girls are yuck."

And with that, he throws me a withering look he could have only learned from my mother, like I've somehow let him down, and goes over to the playroom off the kitchen in search of his fire engine.

"Maxy, darling, don't forget you have to have a nap before the fireworks tonight," reminds my mother.

"I hate naps." His response is loud enough for the entire household to get the message, and the sound of sirens going off thwarts any possible conversation following this.

"I thought Lando took the batteries out of that," I groan because the noise is migraine-inducing.

"You'll have to get used to it, big brother. You're a dad now. Batteries come with the territory."

And just like that, my reality comes crashing back down again.

"Christ." My head drops into my hands. "What am I going to do?"

"You have to start by talking to Haven. She's going to be at the fireworks tonight," Miles replies. "Apologize for being a dick and go from there."

I turn to my mother, who's uncharacteristically silent. "Mum, what do you think?"

She puts down her teacup. "I will support whatever decision you make, but you need a paternity test."

I respond by telling them the one thing I've been fixating on for the past twenty-four hours. "The baby's birthday is September twentieth." I glance around, but no one says anything. I don't know if they think it's as curious as I do. Of all the days she could have been born, it's the same day as my father. "That has to mean something, right?"

Ignoring me, Miles picks up another chocolate chip cookie. "She's struggling, Al. It's not been easy for her. She's on her own. I think it took a lot of guts to fly over here."

I nod, trying to keep the annoyance from my voice, but it's hard. "I know she's on her own, and I know why she's on her own. But she had ten months to ask for help and didn't."

"She's asking you now," he says softly.

Hendricks turns to me. "What are you feeling right now?"

"I don't know." I shake my head. It's a question I've been asking myself. Overwhelmed is probably the best answer, but I say, "Confused, I guess. Frustrated. Hurt."

"What about your feelings for Haven?"

Again, I don't know what my response is. For most of this year, I've had to face the truth that Haven wanted nothing to do with me. That our relationship started and ended in the space of a week. Seeing her again brought back all the feelings I'd been trying to forget, only now they're tangled up in this new reality that we have a baby together.

I don't answer him, and instead, I ask him a question of my own. "What would you have done, Hen? If this had been you, knowing everything you do now about being a parent?"

His hands push through his hair, and he leans back in his chair. I see the memories flash through his head, because we all know what he's been through. How hard it was for him when Max came along, how much he had to learn. But he also stepped up in a way I've never seen anyone do.

"I'd do whatever it takes to keep a baby of mine in my life."

"We don't know it's his child," snaps my mother.

"Enough, Mum," Miles snaps back. "Wait until you see her."

Hendricks continues, "We're saying Haven's now a single parent?"

"Yes."

He pauses, taking a deep sigh, and glances over at Max, now lining up his firemen figures.

"I love Max with all my heart, and I would never change anything . . ." He huffs a laugh. "Maybe I'd change a couple of things. But it's fucking hard. Being a single parent is *so fucking hard.*" He sweeps his hands around the place, gesturing to the tall, mullioned kitchen windows overlooking the back lawn and beyond that the swimming pool, the fields, the stables. The implication is clear. We have a lot. "And look at how much help I have, and the resources at my disposal. Mum is an amazing granny, you're all with me whenever I need you, and when we're all busy, Max still has Birgitta," Hendricks replies, mentioning Max's Swedish nanny. "From what I remember of Haven, she doesn't have any of that. We're not saying you have to marry her, but I know you, Al. You couldn't live with yourself if you didn't help in some way."

"Just talk to her," Miles adds. "See what she has to say. She didn't fly over here for nothing. But you have to face the truth. One way or another, your life is about to change."

The four of us sit in silence.

Change. Precisely what I'm afraid of.

6

Alexander

Lando's staring at me slack-jawed. He hasn't said anything for a good minute.

It's possible I haven't heard his response because every time the fireworks explode above us, everyone cheers. But I don't think I've seen his mouth move.

I wanted to tell him before the fireworks, but Holiday's and his plane landed a little later than planned. Then there was the inevitable celebration from our mother that they'd gotten back together, followed by the news that Holiday would be moving into Burlington.

Taking a long draw of my beer, I finally say, "This was my first reaction." I'm still too ashamed of my behavior to discuss it just yet.

He shakes his head back and forth. "I don't know what to say."

I shrug. "There's not much to say."

"Alex, there's so much to say. How do you feel? What are you going to do? When are you seeing her? Shit, what was it like to see her again for the first time since last Christmas?"

I swallow with a large gulp. Never in all my years of knowing Lando have I seen him so animated. Hanging out with Holiday seems to have rubbed off on him in more ways than one. He's happier, that's for sure, but this excitement is new.

I'm trying to decide whether it's because Holiday's an actress or American, when she sidles up next to him and tucks herself under his arm. Lando drops a kiss on her head.

"Hey guys, what're you talking about?"

Lando's eyebrows shoot up, but he stays silent. He's going to let me do the honors. I guess Holiday's almost family now, which means Lando's going to tell her anyway, and even though I haven't told a single person outside of my mother and siblings, I definitely don't want this to make it into the Valentine Nook weekly gossip roundup.

My cheeks blow out while I wait for a particularly flamboyant series of fireworks to be done so that I can have their full attention.

"Well, there's a girl—"

"Haven?"

I nod. Maybe Lando has told her. "Yes, Haven. And we met last year, and I thought we had a connection—"

"Ohmygod, did you hear from her?"

I nod again. "I did, actually. She came here."

Holiday's eyes widen. "Here. In Valentine Nook?"

"Here in Valentine Nook."

My eyes flick up to Lando's, who nods for me to continue, but even though I've literally just told him, the words don't come naturally to me. My tongue is still tripping on them, because while it's going round and round in my brain, I still have to remind myself that I'm now a father. I have a child.

A daughter.

"That's not all . . ." Lando nudges, and Holiday's brows shoot higher.

"Haven has arrived with a baby. And it's mine. Apparently." There. I said it. I've finished my short story.

Taking another long sip of my beer, I turn back to enjoy the fireworks because I think I stunned Holiday into silence, just as I did Lando.

They're really good fireworks this year too. It's the perfect evening for it. Cold and clear. The field behind the cricket pitch has been slowly filling up with visitors, all gathering to watch the show. The bonfire was lit an hour ago, and it's now burning bright. Children wave sparklers around while parents watch on, chatting and queueing for beers, burgers, and tonight's special Bonfire Barbecue, provided by Leon and Daughters—the local butcher.

And while I have one eye on the fireworks, my other is watching the entrance, waiting for Haven to walk in. Half of me wonders what I'm going to do if she doesn't come. Because now that I know she's leaving in two days, I probably need to go and find her. *Obviously*, I'm going to find her.

With every person that walks through the gates, my heart stalls, then judders to a beat that's a little bit faster. During the past few hours, my stomach has been slowly tying itself in knots, over and over. I'm nothing more than a walking ball of anxiety.

"Wow, Alex. What are you going to do?" asks Holiday eventually, and I tear my attention away from the entrance gate. Her head tilts as she regards me. "This is huge. You must feel so overwhelmed."

"I do," I reply, and I'm suddenly struggling to swallow. The infernal lump in my throat is back.

"How did it feel seeing her again?"

My mind rewinds to yesterday, and the initial spike of surprise as my gaze fell on her. The happiness that coursed through me before confusion set in. It was a moment I'd been imagining for so long, and it didn't go at all the way I thought it would. Quite the opposite.

But underneath it all, the feelings had been there. The instant attraction I had to her all those months ago returned with a vengeance. And that's exactly why I'm now wiping my sweaty palms on my jeans like a nervous teenager waiting for his first date.

"Good," is all I offer up. It's succinct.

Based on both Lando's and Holiday's expressions, I'd say they were expecting something more effusive, but if I start on how I *really* felt, we'll be here all night. Because it's a complicated question with an even more complicated answer.

Thankfully, that's the moment I spot someone

familiar walking through the gate, and they lose all my attention. It's dark, but the bright glow from the bonfire plus the various lamps dotted about the place light her up.

Haven has arrived.

I don't know why I thought anyone else who'd walked through the gates earlier could have been her because there's no mistaking her silhouette. Her hair's tied up, revealing her side profile—the high cheekbones and cute button nose, full lips I remember so well. And the baby she's carrying confirms it.

If I thought I was nervous before, it's nothing on how I feel now.

Almost a year of anticipation coupled with the events of the last day, and the shame I feel at my behavior has me thrusting my beer at Lando, so I can wipe my hands on my jeans and rub away the pressure in my temples.

Looking at Lando, he's also spotted her. "Go," he urges.

I jog over until I'm only a couple of feet away, but standing in the shadows enough that Haven doesn't notice me immediately. She's looking around, and I briefly wonder if she's looking for me. I *hope* she's looking for me. The thought gives me enough resolve to power forward until I'm standing in front of her.

"Hey."

She glances up, her eyes flaring in the light of a particularly bright firework. "Alex!"

She wraps her arms around her body, but I realize

she's wrapping them around the baby.

"Sorry, I didn't mean to startle you."

"No, no, it's okay, you didn't. I just wasn't expecting to see you here so soon. I was expecting . . . um, your sister, actually. She said she'd meet me."

"Ah." I push my hands deep into my coat pockets and rock back on my heels as disappointment flashes in my chest. Of course she is. Why would she be looking for the guy who yelled at her? "She's here somewhere. I can find her for you if you'd like."

Haven shakes her head, her ponytail flicking from side to side. "No, no. I was kind of hoping to see you again."

"You were?"

"Yeah." She hugs herself tight again, and I wonder if it's a reflex. Protect the baby. Protect herself. "I wanted to apologize for yesterday. I ambushed you. You're right, I should have called you. It's just . . . well, it's been a lot."

My heart sinks. Shame rises. I didn't know what she was going to say, but it certainly wasn't an apology. She's not the one who needs to apologize, I am.

"No, Haven. You have nothing to apologize for. I shouldn't have reacted the way I did. It was a shock, that's all."

She huffs out a laugh. "Yeah, I get that."

"I'm sure," I concede with a smile. "But I'm sorry nonetheless."

Her lips roll, and her teeth worry along the bottom.

Her anxiety is obvious, mine probably less so. I want to help but I don't know how.

However, as Miles said in one of his rare moments of wisdom, she made the effort to come here, so the least I can do is listen. This situation can't be solved tonight or even overnight, so starting again might be what we need.

"Look," I say, "how about we do over, call a truce? Pretend the last twenty-four hours never happened."

Haven's brows draw together. "How are we going to do that?"

"Meet me in the morning for a coffee, and we can start from the beginning and talk everything through."

She turns her body, enough that I catch a glimpse of the baby snuggled into her chest. The tiny little thing is fast asleep in the comfort of her mother's chest.

"Okay, sure. That sounds good," she says eventually.

We stand there, gazes locked into each other.

I remember things I'd forgotten, like the way her nose crinkles when she smiles, and the tiny gold heart inside the shell of her ear, which catches the light of the bonfire—how I ran my tongue around it. We stand there long enough that the baby begins to stir, and I notice Haven tense, even under her thick coat. Then her face freezes, like she's holding her breath while she waits to see if the baby wakes up.

I hear Miles's voice saying she's been struggling, and I wonder if this is what he means. I know nothing about babies beyond Max, and even then, I didn't spend much time with him as a newborn. But they cry. They're demanding. And being on call twenty-four seven doesn't sound like a fun time.

Instead of being annoyed at her not calling, I suddenly feel desperately sorry for Haven. And what she's been dealing with on her own, especially when the baby decides to wake fully.

Boy, does she have a set of lungs on her. Max has some competition.

"I should get back. Everly needs to sleep properly, and it's cold."

"Sure, okay. Good plan." My hands push deep into my pockets again. It's all I can do to stop myself from touching her, hugging her. "But I'll see you tomorrow morning. The Beanery on Valentine High Street serves the best coffee in the Cotswolds," I add with a smile I hope comes across as sincere.

"See you in the morning."

She turns to leave, but before she does, I do something I should have done ten months ago.

"Haven. May I have your mobile number?"

7

Haven

SAYLOR: How's it going?

HAVEN: I'm waiting for Alex in the coffee shop.

SAYLOR: For the paternity test?

HAVEN: I guess we'll talk about it.

SAYLOR: And he'll pass with flying colors. How's England?

HAVEN: Cute. From what I've seen. But I haven't seen a lot.

SAYLOR: So what else is happening? What about Alex? Is he still hot?

I place my phone down when the server comes over with the hot chocolate I ordered, and I smile my thanks at her.

Picking the marshmallows off the top, I eat them first before taking a huge gulp. It's not quite as hot as I'd like, but the hit of chocolatey, sugary goodness goes straight to my head, and I wake up a little more.

Neither Everly nor I got a good night's sleep.

She wouldn't settle. She cried; I cried. And I'm fairly certain the guests in the room next to us were crying too. I expect the owners to throw a party when we leave tomorrow.

And now, after her breakfast of fresh breast milk, Everly's exhausted herself enough that she's been asleep for two hours, and she's still strapped to me. Not the most comfortable position, I'll tell you. But she's quiet, thankfully.

I'm not one of those people who could go back to sleep once they've woken up. It's a skill I desperately wish I had. So I got dressed, bundled up Everly as best as I could, and braved the outside.

I've never been anywhere that could beat the fresh mountain air of Colorado. One hit of that in your lungs, and you feel like you'll live forever. But the English countryside air gets close enough. There's a dampness to it that wakes you up, along with a scent of earth and leaves falling, which invigorates your brain.

A couple of times, I've found myself thinking that if I ever had to leave Aspen and move somewhere else, I could probably live here.

I'm staring out the window watching the street come alive, when Alex walks past, and the answer to Saylor's question pops into my head.

Yes, Alex is still hot.

Too hot. I'd forgotten *how* hot. Hotter than he has

any right to be at least. It's like he was made for winter with his soft cable knits and dark jeans, making his legs look ten feet long and his ass like it was carved out of granite.

The bell above the entrance tinkles when he pushes the door open, says hello to the girl behind the counter, and strides over to me with a smile that grows the closer he gets.

Holy hell, this guy is good-looking.

He goes to pull out the chair opposite me, hesitates, leans forward a fraction, then darts back and sits down like that wasn't totally weird. I might be mistaken, but I *think* he was about to kiss my cheek.

"I'm sorry I'm late."

"You aren't. I was super early. Just needed to get out, you know?"

"Sure. Yes, I know."

He doesn't know. There's no way he could know, with his hair perfectly styled in that thick, floppy way that makes you want to run your fingers through it, or his bright blue eyes with healthy white corneas instead of my bloodshot ones. At least my hair is kind of fresh since I washed it two days ago at Miles's, and Everly's not been sick in it since, so that's a bonus.

"Thank you for meeting me," he says, as the server comes over again. "Morning, Gemma. Has Claudia made any cinnamon buns this morning?" His eyes flick over to me. "They're as good as the ones in Aspen. You want one? And what are you drinking? Another coffee, or hot chocolate? I'll go with coffee."

I blink through the firing of questions, and it occurs to me that Alex might be nervous, which bizarrely has my shoulders dropping and my body relaxing. Also, his mention of cinnamon buns has me biting down on a smile. I don't know why I thought he wouldn't remember the cinnamon buns from Aspen's bakery, given he was in there every morning, but the fact that he did is making my tummy feel all warm and squirrely.

I force myself to look away from him and up to the server—Gemma—who's waiting for my answer.

"Another hot chocolate would be good. Thank you."

"Great choice!" Alex declares again with a level of enthusiasm that only confirms his nerves. "And we'll take a selection of whatever's on offer. All of it."

Gemma regards us and this strange little scene we have going on with a slight raise of her brow. I don't know how well she knows Alex, but I can tell it's enough to understand his behavior is not usual. But she leaves after saying, "Coming right up."

Alex twists his body around to face me, straightens up the tiny vase of flowers, and places his palms flat on the table.

"So . . ." Taking a deep breath, he rubs his hands together. "Christ, this is harder than I was expecting."

I'm about to reply when a door to the side of us swings open and out rushes a lady—her cheeks all pink and flustered, and there's a swipe of flour across her forehead. Her apron is covered in dough marks.

“Alex! Oh, I’m glad you popped in. Can we talk about this gingerbread house competition you want? We’re running out of time.”

My ears prick. Alex shifts in his chair again, his eyes darting to mine, then back to the lady.

“Claudia, hello . . . can I introduce you to Haven, my, uh . . .” He freezes, and I can see his brain ticking over, because what am I? His friend? His one-time lover? His baby mama?

Guess it’s something else to add to the list of things we need to talk about.

Saving him and myself from any embarrassment, I wave my hand and say, “I’m Haven, from America.”

Claudia’s face lights up with a smile. “Ah, America, friends with Holiday, are you?”

I shake my head. That’s the second time I’ve been asked. Do Brits think all Americans know each other?

“No, no. We’re not.”

“Shame. Lovely girl,” she barks and turns back to Alex. “Well? I sent you the prototypes. I just need you to approve them.”

When I turn back to Alex, I’m certain his cheeks are a little pinker than they were when he first sat down. He also looks much more uncomfortable, almost squirming in his chair under Claudia’s glare while she waits for his answer.

The more uncomfortable he looks, the wider my smile grows.

One thing Aspen is famous for at Christmas is the gingerbread competition held in the bakery where I worked last year.

Alex won it by making a model of my Christmas tree store—Wylder Trees. The detail was incredible, down to the swinging sign above the door and the wreath hanging on the front. It was the nicest thing anyone has ever given me, and I kept that gingerbread house for months.

Only when it started to disintegrate did I finally throw it away, and truthfully, it wasn't that long ago.

"Yes, I will. Sorry, Claudia. It's my next priority. I'll make sure I check them this week."

"Thank you, Alex," she replies with an exasperated little huff. "This competition was your idea, you know. So if you've changed your mind, we don't have to do it."

"I haven't changed my mind. We'll go ahead."

"Okay, good, good." And with a quick nod to both of us, she exits through the door she came in through. At the same time, our drinks arrive, along with what seems to be the entire counter of baked goods.

Waiting until Alex has rearranged the plates and cups to make room, I raise an eyebrow. "Gingerbread house competition?"

He shrugs and casually sips his coffee. "What can I say? You made an impression."

I feel Everly stirring and rub along her back. "I think you were the one who made the impression."

Alex watches me with quiet curiosity. "Is she

sleeping?"

I peer down at her, still snuggled in the harness. Her eyes are flickering, like they do when she's starting to wake.

"Not quite, we might be on borrowed time."

"What happens when she wakes up?"

"Anyone's guess. Sometimes she wakes up and she's fine. Other days, it's like the world's about to end."

"And what do you do?"

"Try to feed her, and if that doesn't work, cry," I say. I mean it as a joke even though there's an element of truth to it.

But Alex's entire face drops, and his voice is almost a whisper. "You cry?"

I nod and wonder how much I should sugarcoat it. Then decide there's no point. After telling Clementine the other day, it feels easier to admit it out loud. Plus, she could tell him herself, so lying is futile. "Yeah. Sometimes. A lot. Daily, in fact."

His mouth drops open. "You cry every day?"

"It's been hard," I reply.

He nods again, but I'm sure it's only a reflex because there's nothing he can really say. I pick up my hot chocolate and sip while he stares nervously at the harness with his daughter inside.

"Can I . . . I mean, would it be okay if I held her?"

I place my cup down, feeling bad that I never even asked if he'd like to, and he's barely seen her beyond a quick peek at her when she's strapped to me.

"Sure. Of course. I didn't know if you'd want to," I stammer, standing quickly enough that Everly opens her eyes.

Supporting her weight while I carefully unbuckle the harness, I wait for Alex to push back in his chair and get comfortable.

"Like this?" he asks, arranging his arms so that I can lay her in them.

"Perfect."

I place her against one of his thick biceps, my fingers brushing against the soft cashmere of his sweater. His huge hand cups around the back of her head. Everly's eyes are now fully open, and she's staring up at him adoringly like the sweetest, most angelic baby and not the demon child she was at 3 a.m.

But then my gaze moves to Alex.

He's completely mesmerized by her as he takes in every single detail of this tiny human made from half of his DNA. He watches her fist open and close, the way her little pouty mouth pops with each breath, and when she smiles at him, I swear he stops breathing. Because that was my reaction too.

Moisture pools in his eyes, and he takes a big sniff. "Sorry."

"Hey, you've got nothing on me," I reply, but I don't think he hears me.

I excuse myself to the bathroom—to pee, brush my hair, and take a full breath without the weight of a baby strapped to my chest. Lifting my hands over my head, I stretch tall and wait for my spine to crack back into position, then bend at the waist to touch my toes, though it's a struggle. My whole body has been stiff for too long.

When I slip back into my seat, I don't think Alex has moved. Neither has Everly.

So I finish up the croissant I started eating before I left and watch them, observing how perfectly they fit together.

Since I discovered I was pregnant and made the decision to find Alex, I wondered what this moment would be like. Notwithstanding the initial meeting by the fountain, this is how I pictured it.

Only better.

And a tiny piece inside me heals from having spent the past few months alone. It's worth it.

I'm content to watch them bond. Every so often, Alex looks at me and smiles, and I remember exactly *how* I ended up with Everly in the first place.

"How's your store?" Alex breaks the silence, his voice low enough to be a whisper.

"It's good. It's closed right now."

"Because you're here?"

I shake my head and swallow a mouthful of hot chocolate. "No, I'm here because it's closed. I kept it open during the summer, but the last month I was pregnant, it was too hard. I was super tired, and Everly wasn't easy to carry. Fall's always quieter anyway, but I decided I wasn't going to do any of the tree harvesting this year. Therefore, no trees to sell at Christmas."

It was a tough decision.

I spent every day of the past five years busting my ass to pay off my parents' debts, and I'd just become debt-free. But the Christmas season is demanding, and it requires work all hours of the day. I couldn't have done that with Everly, and I wasn't willing to compromise our time together. So I used what little savings I had to get us by, along with a couple of shifts in the Old Saloon before she was born, and a credit card.

But on the nights when she'd keep me awake moving in my belly, and I was too hot to sleep or get any way comfortable, I'd panic. Then panic some more.

Because I had no clue how we were going to survive.

It was after one of those nights that I contacted the broker about selling my parents' place and land. But I couldn't do it. Even for one hundred million dollars.

It's a sum so inconceivable to me that not having it was easier than having it. There's a responsibility that comes with money that size, and it was too terrifying to consider seriously.

"It was a hard pregnancy?"

"Yeah. And a hard birth. I was in labor for forty hours. I needed all the drugs." I laugh, something I can do now. Sort of. *Sometimes.*

"Were you alone?"

I shake my head. "No, Saylor was my birthing partner. Joe and Martha were in the waiting room."

Alex's deep blue eyes meet mine, the sorrow behind them obvious. "Haven, I'm so sorry I wasn't there. I'm sorry I didn't help."

There's an underlying tone to his words. He's sad he missed it all, that I excluded him, and truthfully, I am too. I took an experience from him because of my own stubbornness in admitting I couldn't do everything by myself.

And I'm quiet when I respond, "Yeah, me too."

I wonder if he's going to say any more when he groans suddenly. "Oh God."

"What? Did she poop?" I hold my hands out to take her back.

"No. It's my mother and Clementine. I apologize in advance. My mother can be a little intense." He grimaces. "I didn't think they'd do this today, at least not quite so obviously. I'm sorry, Haven."

"She's your mom, Alex. She's looking out for you."

"Well, if you think that, then you might get on better with her than most people, although she took quite quickly to Holiday. Maybe it's Americans she likes."

I totally forget what we're talking about because I still can't believe his brother is dating Holiday Simpson. I watched her latest movie on the flight over. Tried to, anyway.

"She came into my store once, in Aspen. And now she's here too. It's so cool," I say like the true fan girl I am, not that Alex is listening. He's too distracted by his mother's arrival.

"Well, I'm sure you'll meet her soon too. But one thing at a time," he mumbles as the bell above the door jingles.

Even if Alex hadn't mentioned his mom was coming into the coffee shop, I'd have still been able to pick her out of a lineup because she looks exactly like Clementine will in forty years. I can see so much of her in Alex too—same cheekbones, full lips, and strong, determined brow.

Even though she's dressed in slacks and a cozy sweater, aside from a huge diamond on her ring finger, she's relatively understated, which makes her appear even more distinguished.

I'm halfway raised out of my seat before I drop back down, unsure about what to do. What's the etiquette? How do I greet her? And as Alex is still holding Everly, I can't even use her as the barrier between us.

In the end, Clementine saves me by squeezing in next to me and pulling me in for a one-shoulder hug.

Alex's mom doesn't speak immediately. Her eyes travel over Alex and down to Everly, where they stop. She studies my unusually quiet daughter in her son's arms, and then says, "Gosh, she looks just like you did as a baby."

"Told you," mutters Clementine.

I didn't even know I was that tense, but the relief I feel at her statement has my body loosening. When she turns to me, sending the full force of a smile my way—one which doesn't quite reach the eyes—I know I'm going to have my work cut out for me in winning her over.

"Hello, you must be Haven. I've heard a lot about you from my sons. I'm Victoria Burlington." Her tone is crisp and brusque, and for the first time, I'm thankful for the experience of dealing with hundreds of snooty customers in my store, the bakery, and especially the Old Saloon when I'm helping out Joe.

The temptation to get up and curtsy is strong, but I manage to stay seated and smile instead. A genuine one. "I am. Yes. It's good to meet you."

A thick brow raises. "Even if the circumstances are less than ideal."

"Mum." Alex's voice is low with warning.

I shake my head. "It's okay. I get it. You're right, they are less than ideal. Nothing about this is ideal."

Alex and Clementine are silent while their mother holds my stare, and I deliver the lines I've been practicing since before I arrived. Though I did think I'd be saying them to Alex, not his mom. But, whatever. He's here too.

"I understand that you'd be protective. I'm happy to have Everly take a paternity test for you, and I'm not asking for anything from Alex. I'm not here for me, I'm here for my daughter. I lost my parents when I was a teenager, and I don't want her to miss out on the opportunity to have two."

Victoria's lips roll and purse, but she seems satisfied with my answer. Especially when she says, "Then if you're happy to come now, we've arranged for our family doctor to meet us at Alex's house."

"Mother," Alex hisses. "Absolutely not, this can wait."

I shake my head, holding my hand up to stop any more objections. "No, it's okay, let's go. I prefer to get it over with."

Alex tuts loudly and glares at his mother, but stands anyway. I'm expecting to put Everly back in her harness, but he insists on carrying her, so I wrap her up in a blanket and tuck her in. I have no idea what a paternity test entails, but I hope it's quick, and we can get through it without a meltdown, because she's still wide awake, and I know she's going to want to eat soon.

The route we walk along Valentine High Street takes us past the bar where I first bumped into Alex and down to the fountain. Instead of turning left toward Miles's cottage, we go right, and a little way up the road, we come to another charming house.

Pale brick, with large black-framed windows and a thatched roof with two chimneys at either end. The rose bushes I've been seeing everywhere are once again in abundance. Around the edges of the large front yard run a row of fruit trees, with no fruit on them, but that doesn't seem to be stopping a goat from stripping the branches of what little is left.

"Oh, for fuck's sake," Alex grumbles before yelling, "Churchill, will you fuck off."

The goat lifts his head, regards him for a moment, then carries on munching away like nothing ever happened.

Alex's mom tuts loudly and mumbles something I don't catch while Clemmie giggles.

"Whose goat is that?" I ask.

"Mrs. Winston's. It's always out. He's the most sociable but greedy resident of Valentine Nook. The trees around here are more heavily guarded than the Tower of London once they start blooming. Otherwise, Churchill will eat everything in sight."

I suck the inside of my cheek, pulling in a smile at how annoyed he is, and follow him along the paved path, stopping at a black front door. A huge silver knocker in the shape of a fox sits in the middle.

"Is this your place?" I ask Alex.

He nods, stepping aside to let me in first. "Yes, welcome."

I expect it to be like Miles's—organized chaos, but it's, well, *organized*. Thick, dark-stained floorboards stretch the length of the hallway, covered with a pale, striped runner, and a wide staircase is off to the left. The faint scent of oak and leather lingers in the air.

I follow Clemmie and her mom until we reach a large kitchen at the back, where a man is setting up a tray with rubber gloves, Q-tips, and cotton balls.

"Jesus, Mother," Alex grumbles from behind me and tips his chin to the man. "Hi, Oliver."

"Alex." He nods. "How're you doing?"

"Fine. Let's get this over with, shall we?" Alex snaps

and sits down, his eyes finding mine, again with an apology. "Haven, this is Oliver Evans, our family doctor."

Dr. Evans gives me little more than a basic acknowledgement, and I do my best to smile back from where I'm standing next to Alex as his mom and Clementine move to the opposite side of the kitchen. I know this has to happen. I know they're just protecting Alex, but something about the cavalier way they're going about it makes my skin prickle.

"Wait." Panic rises like bile in my throat when Dr. Evans snaps on a pair of latex gloves. "You're not drawing blood from her, are you?"

He shakes his head. "No, just a simple cheek swab will suffice, and we'll do the same for Alex. The results will be back in forty-eight hours."

Everly is still wide awake in Alex's arms and barely throws out a small squeak of objection when the doctor gently pushes in a Q-tip to wipe against the inside of her mouth.

"You next," he says to Alex, securely fastening Everly's swab inside a forensic bag, but before I let him repeat the process, I block his path. My anxiety is getting the better of me.

"I'm going to take her now. She needs to be fed."

Carefully, Alex hands her over. "You can go in the snug. Down the hall on the left where the television is."

I hurry off, not wanting to stick around and wait for Alex to be done. Or listen to them discussing what happens next, talking about me behind my back.

Finding the room, I settle down onto the couch and maneuver myself into position for her to latch on. My sweater is big enough that I can pull it over the top of her to cover us both and still see her if I look down.

"You were so brave," I whisper even though she barely noticed what happened. "I'm so sorry we had to do that."

Everly glances up at me, her big blue eyes wide as if to say, "No worries, Mama." She flutters her lashes a couple of times until they close for good, and I find my own growing too heavy to keep open.

When she finishes on one side and I switch her over, Alex is leaning against the doorframe, all long legs and Ralph Lauren ad vibes. It's the exact thought I had the first time I saw him standing at the jukebox in the Old Saloon. Along with *that guy is so hot.*

And now we have a baby together.

He startles as our eyes lock together, like he's been caught with his hand in the cookie jar.

"Sorry, I didn't mean to disturb you."

"You didn't."

He steps forward slowly and perches on the end of the couch. As he stares at her feet sticking out from my sweater, I can tell he's got something to say, so I wait.

"Don't go back to Aspen tomorrow. Stay here a little longer. Stay here with me, and we can work out a plan."

Well, it sure as shit wasn't that.

Moving in with Alex was not on my bingo card for

coming to England. And for reasons I should probably figure out, the first thing that pops into my head is Alex seeing me naked.

I am not ready for that.

He notices me hesitate, and I pray to God he can't read my mind.

"You and Everly will have your own room. This house is big enough for all of us." He waves his arm around. "But she's my daughter too, and I want a chance to get to know her. And I want to support you."

My daughter.

I glance down at her, gulping away. "You don't want to wait for the paternity test to come through first?"

He shakes his head, resigned. "No, I don't need to hear the results to know what it'll say. C'mon, give me two weeks, Haven, and I'll take you back to Aspen myself. Please. Let me help. We can't figure everything out in twenty-four hours."

Help. It's that one word again that pricks my ears. And I suppose he does need to get to know his daughter. *And* he's correct—we *can't* do everything we need to do in twenty-four hours.

Which is why I find myself saying yes, along with thinking that paternity test or not, for the first time since I discovered I was pregnant, I wonder if there might be a slim chance everything will turn out okay.

8

Alexander

It's official.

The results came back this morning.

I'm a father.

And now that Haven is moving in with me for a couple of weeks, I have a housemate. Two if you count Everly.

The sun is shining, the sky is cloudless and blue, and the air is crisp. It all adds up to a perfect November day.

Lando claps a hand on my shoulder. "Big day for you. Baptism of fire, one might say."

"If that's what you want to call it. I guess I had to start sometime."

He shakes his head with a wry smile and glances at Hendricks. I know what they're both thinking. That I, Alexander Burlington, the one who's never ever wanted to live with a woman—or anyone for that matter—now have two people sleeping in my house.

It helps that both of them are insanely beautiful, especially the one I'm holding in my arms.

My *daughter.*

When I glance up, Lando is checking his phone, but Hendricks's expression has turned serious.

"Why are you looking at me like that?"

He shrugs in that annoying way where I know for a fact he has something to say, but either can't be bothered or can't decide whether to keep it to himself.

"Henners, what?"

He tugs on the back of his neck and lets out a big sigh. "Haven moving in isn't part of some grand scheme to get her to fall in love with you, is it?"

"What?"

"I know it was hard for you this year when you thought she'd ghosted you or whatever. And now with Christmas coming up . . ."

His words trail off. He doesn't need to finish his sentence because we all know I struggle at Christmas, and even though I don't like to admit it because it makes me feel guilty, I know my family worries about me. Their temperament toward me changes as we head into December. It becomes gentler, more cautious.

Truly, I hate it.

"Hen—"

"All I'm saying is, don't fuck things up for yourself by assuming Haven will want to start something with you now that you have a child together. I know what it's like to be at war with the mother of your child, and I wouldn't wish it on my worst enemy."

The three of us glance over at Max carrying an uncharacteristically placid and agreeable Blackberry the cat under one arm, along with a bucket while they collect the last of the season's conkers and search for snails, or something equally slimy and revolting.

"Your priority needs to be Everly," Hendricks continues.

"I *know*. She is—"

"Keep things platonic, Al. At least for the moment."

"Message received, Hen. Now drop it, for fuck's sake."

I ignore Lando's raised eyebrow at my snapping, but Hendricks has inadvertently touched a nerve.

I'm not admitting that the thought crossed my mind briefly in the darkest hours of last night, while I tossed and turned with slight panic that the paternity results would come back negative.

Thankfully, their attention is taken as another one of the Burlington staff walks into my house carrying a large chest of drawers intended for Everly's room.

James Winters, our family's head of operations, has done an excellent job of transforming one of my spare bedrooms into a nursery for Everly. Since yesterday, his team of workmen has removed the existing bed and replaced it with a changing table, a crib, and a rocking chair—all essential items for a baby, according to Google.

Pink and white rugs have been laid on the hardwood floor, and this morning, I built a bookshelf, which will be stacked with the children's books Hendricks brought over for me earlier. Built it with my own bare hands, I might add.

I also bought two spare cribs—one for Haven's bedroom and one for mine. And a baby monitor for every room. Just in case.

Alex Burlington—Landowner and Responsible Dad.

Lando shakes his head. "I thought Haven was only staying for two weeks."

"She is."

"Okay . . ." His mouth rolls, then softens as he steps in a little closer to me and studies his new niece. "She looks like Clementine did when she was a baby."

"Ha, yes. Remember when we tried to see whose name she would say first?"

I laugh, trying to remember back that far, and how we would constantly repeat our name to her. In the end, her first word sounded a lot like Squirrel, the name of my dad's old Jack Russell.

"That dog was such a little shit." Lando chortles with a memory, no doubt of Squirrel chewing something he shouldn't have been.

Everly stirs at our laughing, and I gently jostle around until her face relaxes again. "Wonder how long it'll take for Mum to start on you again."

"Holiday and I have only just gotten back together," he grumbles.

"So . . . a week?" Hendricks snorts.

It's no secret our mother has been desperate for Lando to produce an heir to Burlington since he was old enough to drive. After a failed relationship and a series of dates she had set up that Lando refused to go on, she upped the ante by renting out his old cottage to a Hollywood actress. Fortunately for everyone, her plan worked.

Wedding bells aren't ringing yet, but they're close. It's been a long time since I've seen Lando as happy as he is now, and I've had to work hard to keep my jealousy at bay. Because as great as it is to see, it's just been a daily reminder of how far away I am from where he is.

"Probably. Still, I wouldn't mind a couple with Holiday." He smiles, taking a deep breath as his mind drifts momentarily to a place I don't want to ask about before he shakes it away. "Anyway, where's Haven?"

"She went to check out of the bed and breakfast. She'll be back here soon."

At the sound of a cat squawking, the three of us turn to find Blackberry jumping out of Max's arms while he sprints over to where we're standing on the front porch. His jeans are wet with patches of mud from where he's been kneeling on the ground, and the bucket swings wildly in his hands, though not enough for the contents to spill over the side, thank God.

I don't want a pile of snails on my lawn.

"May I see my cousin again?" he asks, grinding to a halt at our feet.

His round face is pink from the cold air and beaming with excitement.

"Of course." I crouch down closer to his height, turning a sleeping Everly toward him.

"Hmm." He peers over her, slowly scanning down her tiny blanket-wrapped body, like he's double-checking she is, in fact, still definitely a girl. According to Hendricks, he has been asking about it on an almost hourly basis since Miles mentioned it the other day. "When can I play with her?"

"When she's on solid foods, buddy."

He holds up his bucket with so much enthusiasm it only narrowly misses her head. "Do you think she'll like my snails?"

"Absolutely, she will."

He nods slowly, and his lips twist side to side while he ponders. "I guess I can show her how to find them."

"It's a valuable skill," I reply. "Are you going to take them home to show Granny?"

Max shakes his head, this time forcing the edges of his mouth to droop down dramatically—something I've seen Miles teach him. "Granny doesn't like snails. They eat her roses. And Uncle Lando won't let me bring them in the house."

"Quite right. Snails are for outside," Lando replies with mock sternness. Then he adds, "Slugs too," in case Max gets any ideas. Because Max will find a loophole in any rule.

He responds with a devilish giggle, his cousin

forgotten, and swings the bucket toward Lando, who runs off slow enough for Max and the snails to chase him, narrowly avoiding a couple of the delivery guys walking down the path.

They're followed by James.

"My Lord, everything is complete, if you want to check it over. We only have the Hamley's delivery, which is due within the hour."

"Hamley's?" Hendricks snorts.

"What? I bought Everly a panda bear. I thought she'd like it." I'm getting annoyed with Hendricks and his judgmental looks. "Don't you have somewhere to be?"

He flicks his wrist around and checks his watch. "We do. Max has a swimming lesson. Max, buddy, we need to go," he calls over to where Max is still chasing Lando with his snail bucket.

"Oh, thank goodness." Lando puffs out his cheeks. "I was about to collapse."

"No, you weren't," Max shoots back.

"I certainly was."

Throwing Lando a withering look, he turns to his father. "Where are we going?"

"Swimming lesson. And we're going to be late if we don't hurry."

The words have Max sprinting down the path to the front gate, with Hendricks rushing after him.

Lando drops a hand on my shoulder. "I need to head

off too. You sure you're going to be okay?"

"Of course." My eyes drop to Everly and find hers wide open. "We're going to be fine, aren't we?" Everly blows an air bubble in response.

"Call if you need anything."

"I will," I reply, throwing him a grateful smile, and sit down on the bench outside the front door.

Although on second thought, it might be too chilly to stay outside. How long can babies be outside for?

I have a feeling Google's about to become my new best friend. I'm pulling out my phone when Haven returns.

I don't know why, but something doesn't seem right. Once more, I find myself thinking she's not quite how I remember her. Her smile isn't as wide as it used to be, even as she's heading toward her daughter with a large backpack slung over her shoulders.

"Hey."

Her smile widens a fraction, which makes me feel a little better, but it's still a ways off from the one I've been picturing for the past ten months. "Hey there. How's it going? Did you two do okay together?"

"Better than okay." I grin, and she drops her backpack on the porch to join us on the bench. "Did you need me to go collect the rest of your things?"

She shakes her head and pats the backpack. "This is everything. I was only staying a few days, remember? But I might need to borrow your washing machine."

It's a sobering thought. I open my mouth to say something, then realize I don't know *what* to say.

Haven's been lugging around a backpack and carrying a baby. But more so, the backpack is evidence that she never intended to stay for longer than a weekend, just enough time to break the news to me and then leave. And that makes me both incredibly sad and more determined than ever to make the next two weeks as worthwhile as possible.

"Of course, you can. I have a housekeeper. She does the laundry, so leave it for her. She's Miles's housekeeper too," I add quickly, feeling the need to defend myself when Haven's brows shoot up in surprise.

Thankfully, her focus is taken by one of James's team walking past with the giant panda.

"Alex, what's that?"

"Something for Everly," I reply, trying to stop the self-consciousness creeping over me. "I wanted to make it comfortable for you both. I'll show you."

"Thank you, Alex. That's really kind." She smiles. "I hope you haven't gone to any trouble, especially as we're only here for a few weeks."

Her words start twisting in my stomach because of course, I've tried. I want her to feel welcome. I want her to feel at home. And she might only be staying for two weeks, but during that time, we need to discuss how often she'll visit. Or I'll visit her. And I want her to see that I want that.

But instead, I shake my head and reply, "Not at all.

My pleasure."

We stand there, staring, both of us unsure of what to say next. And I'm reminded that we don't know each other. Not really. Not that well.

So instead of worrying about logistics, I worry that two weeks isn't enough time to get to know each other.

In the end, the silence is broken when Everly lets out a loud wail.

Haven holds her arms out. "I should take her. She'll be hungry soon."

"I'll swap you for your bag." I laugh, doing the classic "easing the tension with a poor joke," and as carefully as I can, I hand her over. I feel instantly lighter, but not in a good way. It's like something is missing. "I can show you her room if you want to use that?"

Haven's brows shoot up again. "Her room?"

"You both have one, but you can use them as you want," I blurt. "I didn't know how much you brought with you."

"A bag." She laughs, and once again, I feel like an idiot.

I don't tell her I know my mother will be around with an entire wardrobe of clothes for Everly as soon as she can. In fact, I'm surprised she's not already here, but we'll cross that bridge when we come to it.

Leading her up the stairs, I take her to the first room on the left. It looks directly out onto the back garden and the fields beyond. Now that the trees are bare of leaves, the church is visible, but once spring arrives, you can barely see the steeple.

The bells are still loud enough to wake the dead, however, whatever the season.

"This is you. It's the room Clementine calls girly, so I thought you'd like it." I laugh awkwardly while Haven slowly walks around the room, running her fingers along the white cotton duvet of the king-sized bed, the chaise lounge, and the cot for Everly.

The room suits her. Which is such a stupid thought, but it does. It's not flowery and there's no pink, but the pale green walls and white borders give me a sense of calm I've always liked. There's a softness to it, just like Haven.

Truthfully, I had nothing to do with the decorating of this house. My mother's interior designer attempted to wow me with fabric and paint swatches, along with wallpaper samples, which I had no interest in. And when I failed to elicit the level of enthusiasm she was looking for, my sister took over after I left the country on a business trip.

Could have been a lot worse, I say.

"Alex, this is beautiful. Thank you . . . and a crib. I'll enjoy having a bed to myself again." She smiles and sits on the chaise lounge.

"Um . . ." I point at another door. "Actually, there's an adjoining bathroom, which goes through to Everly's room."

"Oh, okay." Haven stands, and we walk through.

This morning, this bathroom was bare, but now it's

filled with tiny baby soaps lined in a row that Clementine brought over earlier, stacked pink washcloths, and a little towel that will make Everly look like a bunny rabbit.

But it's her room that's seen the biggest change. I haven't been here since James's team was emptying it earlier, and it feels so much bigger now that it's not filled with workers.

Gone is the king-sized bed, replaced with a large cot over which hangs a mobile of baby animals. There's a changing table filled with nappies, wipes, and baby creams, again courtesy of my sister, along with a sofa covered in a dozen cushions all in varying shades of pink.

The bookshelf is stacked with books, and next to it sits a large rocking chair. It all reminds me of Max's nursery at Burlington when he was a baby. I remember when Hendricks first told us his girlfriend was pregnant, showing us the sonogram photos and how nervous he was. Those sonogram pictures still hang in a frame on Max's bedroom wall.

Out of nowhere, my throat tightens. Seeing everything like this, I realize how much I've missed out on.

I have to work to keep my voice steady. "I didn't have time to get it decorated or anything, but I rush ordered what I could." I offer a casual shrug and watch the giant stuffed panda flop over in the corner. "And stole anything from Max he'd outgrown," I add with a laugh, but Haven's not laughing.

If anything, her expression is one of disbelief.

"Alex, it's incredible. Thank you."

"It's a quick fix. We can find something more permanent when we have time."

"No, this is more than enough."

Everly's still fussing when Haven crosses to the rocking chair and eases into it. The other day, when she fed her, she was covered in a massive jumper, and it wasn't so obvious, but not today. I know nothing about breastfeeding except that it's private.

I spin around and thumb toward the door. "I can . . ."

Everly's cries become louder until the room is silent again, except for the sound of her hungry eating. I'm almost at the door when Haven calls out.

"No, it's okay. You don't need to leave."

Awkwardly shuffling on my feet because I don't want to overcrowd her, I take a seat on the sofa. I don't want Haven to feel like I'm staring, but I also can't take my eyes away as I revel in the moment and the past ninety-six hours. How much has changed. How much *I* have changed.

There's a new Burlington.

"I haven't asked. What's Everly's full name? Or is it just Everly?"

"Everly Jeanne Wylder," Haven replies softly, though her eyes are on Everly. They never leave. "Jeanne was my mom."

She's quiet for a moment, then says, "We could add

Burlington on too if you'd like. It's kind of a mouthful, but—"

"You'd do that?"

She nods. "Of course. She's your daughter, too, and we're figuring this out. Right?"

I have to clear my throat before I can speak. "Right. Figuring this out," I breathe. "Thank you, Haven. I mean it. Thank you."

I stare at my daughter lying in her mother's arms, and the surge of emotion is nothing short of overwhelming. She's quite easily the most beautiful thing I've ever seen. If it's possible to love something wholeheartedly this quickly, then I do.

I understand why Hendricks fought so hard for Max that it almost killed him in the process. I would burn the world down for Everly, and I've only known her for four days.

"Lady Everly—"

"What?" Haven's head snaps up. "Lady? *Lady*?"

I nod. "Yes. I'm a lord, and my father was a duke, so any of my offspring are automatically given a title."

Haven's mouth drops. She must loosen her grip on Everly enough because she cries out in objection.

"She's a member of the Burlington family now. She doesn't have to use the title—Hendricks, Miles, and I don't much unless it's formal. But it is ours if we want, inherited from our father and passed down through generations."

"A lady," she whispers. "Hear that, baby . . . Lady Everly Jeanne Wylder-Burlington."

"You're right, it's kind of a mouthful." I laugh. "What do you call her?"

"Evey . . . sometimes. I haven't got that far. Baby, mostly." Her head tips back against the rocking chair, but not for long because, like me, she can't stop watching Everly.

I decide to leave them alone and give them privacy.

Because Hendricks's voice pops into my head, and I'm reminded that I can't fuck this up. Not when I want Everly to be part of my life, and I hers.

I have to keep things platonic.

But given it's been ten months since I last had sex, and the woman I haven't stopped thinking about since I first met her is standing right in front of me . . .

Hendricks is right, this is going to be hard.

I have a feeling I'm going to need reminding a lot.

9

Haven

A miracle has happened. I slept through the night.

Kind of.

I woke up once to feed Everly, and we both fell back to sleep almost immediately, so I'm counting it as a full, undisturbed night.

Turning my head, I find her still sleeping in her new crib—calm and peaceful.

Scooching up the bed, I prop the pillows under me and take in what I can of the barely lit room. Even the sun isn't quite awake yet, there's just a dull glow of morning coming through the thick drapes.

I'm tempted to get out and see what awaits me in the world today, but I'm so cozy that I can't quite bring myself to look, even to check the time. But then the bongs on the church clock strike seven, which, I decide, is an acceptable hour to check my phone.

There are a dozen messages from Saylor throughout the night, the last one of which was

SAYLOR: S.O.S

—always dramatic.

A wide grin pops across my face as I type a reply.

HAVEN: Good morning.

Immediately, my phone vibrates, and Saylor's face pops onto my screen. My eyes dart to my daughter, who hasn't stirred, and I'm inclined to keep it that way.

"Wait one second," I whisper, holding my finger to my lips.

I carefully tiptoe into the bathroom and through to Everly's room, bathed in the soft glow of nightlights plugged in on either side.

The drapes are open to the most perfect view. I saw it yesterday when I was unpacking, but this morning, as the sun peeks over the horizon, there's a magical quality to it.

Bare trees, decorated with icicles. The silvery sheen of frost coating the backyard, and the church in the distance looming over the village like a protective mother.

Wisps of chilly air curl in the lightening sky, and from what I can tell, it's going to be another clear, crisp day. My favorite.

I never thought I'd find anywhere that could rival my view in Aspen. My kitchen window faces the mountains and the long, winding path heading up to Talisker Peak, a flat stretch of mountainside where I used to hike with my dad. But where Aspen goes forever with its never-ending forests, Valentine Nook is cozy, with narrow, winding lanes and tiny stores.

There's a beauty to it that makes me feel at home after only a couple of days.

"Haven?"

I almost forgot I was holding my phone. "Sorry, I'm here."

There's a blanket on the rocking chair where I left it after giving Everly her nighttime feed. It's so fricking soft, and when I wrap it around me, the faint scent of fall wafts through the air.

Except it's not fall. It's Alex.

"Thank God. You're alive."

Making sure she sees my hefty eye roll, I reply, "Of course I'm alive. And I spoke to you yesterday."

"No, that was today, this morning. I haven't heard from you all day. This time difference isn't working for me."

I grin at her dramatics. "How's it going? How's Aspen?"

"I don't care about Aspen. I'll send you the snow report. I want to hear all about *you.* I still can't believe you're moving in with the English crumpet."

I nod, because me either. "It makes sense. Alex can get to know Everly, and I'm not making people mad with all her crying. And we're good. Everything is good." I pause, wondering if there's more to tell her, because from the way she's looking at me, it seems she's expecting it.

But there's a difference between having more to tell and *wanting* to tell her everything.

I've never kept secrets from Saylor, but truthfully, I don't know where to start. I don't know how to describe it, and I don't know how I feel.

So many times in the past seventy-two hours, I've told myself how lucky we are because this could have gone drastically in the wrong direction.

I had no expectations when I came to England. My one job was to find Alex and explain. I wasn't even entirely convinced that I'd be able to find him, or if I did, that he'd want to know me. Or remember me.

And now I'm staying in his house, and I'm sitting in the room he decorated for Everly, complete with a giant panda she snuggled into last night, a bookshelf filled with more books than I'll be able to read to her, and a bathtub with more products than I've ever owned.

That's all before I explain that Everly's now officially a member of an English aristocratic family with the longest name in history. (Seriously, her new name is too long.)

But what it really boils down to is excitement.

I *know* Saylor's will outstrip mine because she will only see the silver lining of it all. She'll have us married off before the clock strikes 8 a.m.

Saylor wants me to have my happy ending given the last ten years, during which I lost my parents one after the other and paid off their debts. But because of what I've been through, I am doomed to focus on practicalities.

Caution is my best friend.

It's why it took me so long to track down Alex in the first place. It's why I never returned his calls and deleted the messages he left on the store machine. My heart's already been broken too many times.

"He's been really kind," I say eventually. "He didn't have to do anything at all. I had four months to get used to Everly coming, and it wasn't enough. He's handled it way better than I did."

"I still think it's super romantic. But promise if you move over, you'll bring me with you. The guys in Aspen are dull."

I laugh. "That isn't happening."

It's one thing I know for sure. I am never leaving Aspen. My parents lived there, and they built their house there. My life is there. I want Everly to grow up there like I did. Ski in the winter, hike in the summer.

Aspen is my home, and that's not changing. Not for one hundred million dollars, not for *anything.*

Alex and I will have to figure things out when it comes to travel.

"Are you sure? It's got to be more exciting than this place." She laughs. "And there's no Mike in England."

I groan, dropping my face in my hand. "Oh no."

"Nothing I can't handle," she replies without

hesitation.

Mike is a guy I dated for a couple of weeks. He works for Joe at the Old Saloon, and we would often share shifts. After Alex left Aspen last Christmas and flew back to England, I threw myself into work. I told myself it was to clear the final few thousand dollars of my parents' debt, but if I'm honest, it was mostly to forget Alex.

Part of that plan was dating Mike after he asked me out on New Year's. It didn't last long, and we made out once, after which I threw up. In hindsight, it was early morning sickness, but as my nausea increased, my desire to leave the house decreased, and I ended things.

Given nothing happened, I thought we'd laugh about it and stay friends. But once I discovered I was pregnant, things changed. His fragile ego had been dented, and since then, any chance he gets, he passes a comment about me, none of them complimentary.

"I'm sorry, Saylor."

"Don't worry about it, all I'm saying is maybe staying in England isn't a bad idea."

I don't reply because the throb in my chest brings me back to reality, and I know I need to feed Everly before I get too sore. I started using a pump in Aspen, but since I had only planned to stay here for a few days, I packed light.

I'm tempted to ask Saylor to send it over, but it would probably be cheaper to buy one. When I catch her yawning, we say good night, then I go and see my daughter.

She's staring up at the mobile above her crib, letting out happy gurgling sounds. I switch on the little ducks, and they spin around as a lullaby plays softly. Her big blue eyes widen, and the bottom of her sleep sack kicks out.

"You like that? You like these little ducks Alex bought you?"

Daddy. *Daddy.* I guess I have to get used to calling him that.

Lifting her out, I head back through and make quick work of unwrapping the swaddling, then change her diaper before she gets grouchy, before settling back into the rocking chair.

As she eats, I hear the floorboards creak in the hallway outside, which means Alex is awake.

From the brief house tour yesterday, I know his room is at the end. I wait to see if he comes to join us, but I'm kind of glad when he walks on by because after catching sight of myself in the mirror, I know I need to run a brush through my hair.

When I switch sides for Everly, the scent of coffee permeates under the door, and my saliva glands fill. I haven't had much coffee since she came along. I'm a person who could happily hook themselves up to a caffeine drip, and I didn't want to pass that along. I've somehow managed to limit myself to two small cups. But I can tell this is good coffee, and after Everly finishes feeding, I hurry to clean us both up.

And all the while I'm washing my face, brushing my hair, and cleaning my teeth, I tell myself it has nothing to do with Alex, before I head downstairs.

I stop short at the sight I'm greeted with and, in case I forgot, every memory of exactly why I was attracted to Alex the first time hits me like a Mack truck.

His back is to me, and he's wearing nothing but a pair of pajama pants that sit so low on his narrow waist I can see the last of his summer tan line. In my deepest dreams of the past year, I thought my brain had exaggerated his incredible body—smooth skin, taut muscles, broad shoulders, and the deep crevasse of his spine, which I remember scratching my nails along—but standing before me, I have proof that I didn't.

I'm quiet, so he doesn't notice me as he follows a large black cat and a yellow Labrador into the pantry off the kitchen.

When he returns, he's pulling a sweater over his head. The flash of abs and the memory that follows has me squeezing my thighs together. He pauses for a second when he spots us, and it's followed by a slow, sleepy smile that has my heart beating double time.

"Good morning." He runs fingers through his thick hair in an attempt to tidy it up. My fingers tingle to do the same. "How did you sleep?"

"We both slept well, thank you."

Alex's eyes fall to Everly, who's looking back at him just as intently. Before I can blink, he crosses the kitchen until he's so close I can feel the warmth of him, and the scent of fresh laundry fills the gap between us.

"Good morning, sweetheart. How did you sleep? Are you hungry?" he asks Everly, his voice soft and soothing.

"She slept well, and she shouldn't be hungry. She already had her breakfast."

"Oh . . . and I'm sure it was delicious," he replies, but his shoulders drop, and his smile falters a little. "Does she ever use a bottle? I was hoping—*maybe*—I could feed her sometimes. If that would be okay?"

I blink, surprised. "We tried it, but I didn't bring it with me because it was too much to carry for a short time."

"Hmm." He nods, thoughtfully, walks over to the sideboard on the other side of the kitchen, pulls out a pad of paper from the drawer, and places it on the table along with a pen. "Here you go. Write down everything you need, and I'll order it."

"Alex, no—"

"Haven, please. I haven't been there for you. Let me help. You're not on your own anymore, and I want to be Everly's father in all senses of the word."

I suck the inside of my cheek. There's so much sincerity in his voice that I nod, because the dirty truth of the matter is I'm so used to doing everything by myself that it's hard to recognize when I need help, and it's even harder to accept it.

But I came to give my daughter the best shot of having a father, so why would I want to stop him when that's everything he's trying to do?

"Okay, but first, could I get a coffee?"

"Absolutely," he replies, rushing back to the coffee machine. "Still take sugar and milk? I don't have cream, but I can run and get some."

I hide my surprise with a nod, but my cheeks warm anyway because he's remembered *how I take my coffee*.

He doesn't seem to notice, though, and sets about making it. While he does, the cat and the dog trot out of the pantry and over to the chair I'm sitting on. The cat jumps on the table while the dog takes a long sniff of Everly, licks her feet before I can stop it, and sits down.

"I didn't know you had pets."

Alex places my coffee on the table and removes the cat, only for it to jump on one of the other chairs and sit down.

"I don't really." He points at the cat. "This is Blackberry. Hendricks brought him over one day, having found a litter of kittens that had been dumped. They were tiny and soaking wet, and he put them on the AGA to warm up." He turns and nods over to the big stove. "As he was leaving, she jumped out of the box and has been here since. She thinks she owns the place. And this"—he reaches out and strokes the Labrador's silky ears—"is Dolly, who only comes for breakfast."

My coffee stops halfway to my lips. "Breakfast?"

"Yes, she lives at Burlington with the rest of the rabble but comes down here for breakfast. It's actually her second breakfast. She's already been fed once, but as soon as she's done, she walks out of the back door and crosses the fields to come here. We usually head back over together when I leave for work . . ."

Work.

Obviously, Alex works. I distinctly remember him saying he worked in sustainable agriculture because I thought how similar that was to what I was trying to achieve with my ranch.

Since then, I've achieved absolutely nothing because I had a baby, and my world turned upside down.

Why I'm surprised Alex is leaving me alone all day is anyone's guess. He didn't expect me here. He has things to do. But I'm surprised and almost disappointed we aren't spending it together, nonetheless.

"But I'm not going in today."

I pause. "You're not?"

"No. I'm spending the day with you." He stops, his thick dark brows dropping into a slash. "If that's okay. Unless you have other plans?"

I almost laugh. I can barely remember what plans are. "No, I don't have plans."

"Excellent. I want to show you both around. Everly can stay with me while you get dressed," he says, holding his arms out for her.

I put my coffee down and hand over the baby much less reluctantly than I've ever done because the pull of getting to shower and dress without worrying about Everly is too strong. I've already reached the top of the stairs when Alex calls after me.

"Take your time."

10

Alexander

One thing I've learned is that when you have a baby, everything takes ten times longer.

Leaving the house, for example.

Usually, I walk out the door, and that's that. But with a baby, things are infinitely more complicated.

Does her nappy need changing? Is it too cold? Should she have a bigger hat that covers her ears? Do we have to feed her again? Do we have spare outfits? Do we have *enough* nappies? Should we double-check her nappy doesn't need changing?

And all the questions came from me. Haven answered each one patiently before she gave up and walked out, followed by Dolly, who promptly disappeared, likely to find someone she'll no doubt con to give her lunch.

The other thing? I was carrying Everly strapped *to me*. Hands-free. Just this piece of material and I are solely responsible for my daughter's safety.

Haven had asked if I wanted to hold her, and of course I said yes. But I thought I'd be carrying her like I'd done previously, not *in a harness*. I'd never given any thought to the flimsiness of a harness, but honestly, riding a roller coaster would give me less anxiety.

I'm still not entirely convinced she won't slide right out of it.

"Alex, you don't need to keep checking the fastening. She's secure, I promise. I flew over here with her in it, and she didn't fall out once."

I know Haven's mocking me. I can tell from the way her lips curl and her cheeks hollow like she's biting her tongue, but I zip my gilet underneath Everly anyway for a little added protection, *just in case*, and try not to think about the pair of them flying here alone.

"That doesn't make me feel better," I grumble.

"Well"—Haven peers inside the harness—"what if I tell you she looks super cozy and cute? *And* safe."

I can't actually see Everly. It's the one disadvantage of this contraption. She's pressed against my chest, and I don't know how she feels about it.

But if Haven says she's good, then I believe her, and I go back to focusing on the advantages, one of which is that Haven walks so close to me I'm in a permanent cloud of her scent.

It's different from last year.

Last year, she smelled of pine trees and sugar, and now it's floral. There's an autumnal richness that makes me want to sit by the fire with Haven next to me all day with a bottle of *Penfolds Grange 95* while Everly sleeps. It's a picture of domestic bliss that I've never envisioned for myself.

Quite frankly, it's shocking.

It doesn't help that every person in Valentine Nook stops us, because it seems the entire village has come out today. Naturally, my walking down Valentine High Street with a baby strapped to my chest is not a usual sight. While I'm not one to broadcast my private business, I can't lie and say I don't enjoy telling people that Everly is my daughter.

It's no surprise she's catnip to the Valentine Nook gossips—namely a gaggle of older ladies who spend their days making jam, organizing the next Valentine Nook fair, and deciding where they should have their afternoon tea. But mostly getting on Lando's nerves with their myriad of requests.

Anxiety aside, this might be the most enjoyable morning I've had in a long time.

"Well . . . if she looks cute, then who am I to argue?"

"Exactly." Haven chuckles. "And this is a cute village, it reminds me of home. Everyone knows your business, right?"

"They certainly do," I reply, guiding us across to the opposite side of the street after I clock Agatha Chase coming out of her store and turning toward us.

The gaggle I can handle, but I'm not in the mood for Agatha today.

"How long have you lived here?"

"My whole life. My family has been here since the sixteenth century. My ancestors built the village, and it's grown over the years. My father worked hard to modernize it, but the bones of the place are still exactly the same as they were when it was first constructed."

Haven gasps. "That's five hundred years."

I nod.

"That's *so cool*, and so cool to have something like that pass down from generation to generation. I understand what it's like to want to keep things in the family."

"You're talking about Wylder Ranch?"

"Yes," she replies. "I finally paid off the debt, so I'm not going to have any money for a while, but I can't sell it. It's Everly's future."

"Our daughter has built quite the property portfolio already."

Haven peers at Everly, still sleeping soundly, and smiles. I've learned already that this particular smile is reserved only for her daughter. I only see it when she looks at her, and I know because my eyes are usually on Haven.

"Will you open your shop again?"

She nods. "I hope so, at some point. When I get back to Colorado, I need to figure it out so I can run it around Everly's schedule."

I think back to what Hendricks did for Max, and the help he got because he was still qualifying as a vet at the time and working all hours. I know Haven doesn't have the same resources, but it gets my brain ticking all the same. Living on two different continents is not going to be easy, and it will likely be the hardest thing to work around.

But I also know that before we discuss anything, I need a plan in place.

"What are those guys doing?" Haven asks, pointing at the old stone arch, which marks the beginning of Valentine High Street.

After an hour of walking, we've finally reached it.

Two members of the Burlington Estates team—recognizable by their navy-blue jackets with a pale blue logo—are up a ladder, while another two stand underneath the arch, holding tape measures.

"They're getting ready for Christmas. The arch is decorated, and a wreath is hung in the center. The Valentine Nook tree is put on the green beside the church," I reply, pointing at the neat stretch of grass across the road, and ignore the way my stomach flip-flops.

"I can't believe it's nearly Christmas again," she mutters. They're the exact words I was thinking.

Another year without my dad.

But adding to that is: how can an entire year have passed since we met? How can so much have changed?

"What's Christmas like here?" She quickly follows up with, "I'm so sorry, we can talk about something else. I remember it's difficult for you."

I shake my head, both surprised and touched that she remembered my struggle with this time of year. I told her about my father the day we parted. Perhaps it's that reason I'm not trying to change the subject as quickly as I usually would because I rarely talk about my loathing for Christmas.

It leads to too many unwanted questions, and I prefer to brood in peace.

But I can admit that Valentine Nook is the place to come and enjoy Christmas because just like every other season, the village goes all out with decorations.

"That's okay. It's pretty, actually. December first is the day all the lights are switched on, and Mr. Giles starts selling his trees. On Christmas Eve, everyone sings carols in front of the village tree, and there's always a midnight service in the church."

Haven's eyes light up. "Tree selling?"

"Don't worry, it's no competition for your store." I laugh. "It's not a store at all, just a large pen filled with trees."

"I'm not judging." She holds her hands up, turning to face the church as the bells strike the quarter hour. "Do you take part in the carols?"

"No." I shake my head.

Both of us stand there quietly staring at the churchyard.

I don't want to ask what she's thinking because it's probably along the lines of what everyone else thinks—that I need to let go of the guilt and allow myself to enjoy Christmas. I remember how much Haven loves Christmas because her parents loved it, just like my dad.

It was his favorite time of year.

But try as I might, whenever December rolls around,

it brings with it a dark cloud that hovers above me until January. I can already feel it looming, or I could before Haven and Everly turned up.

"What will you do for Christmas?" I ask, attempting to be cheery.

"I'll be with Saylor's family."

I change my mind. Talking about Christmas sucks.

Haven and Everly might have only been here a couple of days, but the reminder they'll be gone before the worst time of the year shatters the tiny shred of optimism that momentarily appeared. Then she makes it worse.

"It'll be Everly's first Christmas." Haven grins, her eyes sparkling with childlike excitement.

A week ago, I was making my usual plans to get out of here before Christmas so I could let my family enjoy it without ruining their cheer. Now the thought of missing Everly's first Christmas makes me so fucking depressed I want to cry. Maybe I can go and spend it in Aspen with Saylor's family too.

Better yet, maybe we can all fuck off to a desert island with wall-to-wall sunshine and not a tree in sight.

"Did I tell you my father's birthday is September twentieth?" I ask instead.

Haven turns and stares at me. "Seriously?"

"Seriously." My chin jerks toward the churchyard. "Written on his gravestone and everything."

"Oh Alex . . ." Her eyes brim, and she snatches away

a tear as it falls. "Sorry. Hormones," she adds, with a sniff. "That's gotta mean something, right?"

"Yes." Hope brightens my eyes, and all thoughts of Christmas vanish. Finally, someone who understands. "That's what I said."

"Well, Everly is very lucky to share a day with a guy who built all this." She spins until we're facing Valentine High Street again.

It's much busier than when we first ventured out. My dad would be so proud to see how popular it is and what a fantastic job Lando's doing at running the place, even if he'd rather stick pins in his eyes than attend another village meeting.

Then the familiar ball of guilt bounces in my stomach, and my eyes sting because my dad never got to see Valentine Nook in its current glory and splendor.

I shake my head, hoping to somehow restart my brain before I become too morose. It's one thing to get on my family's nerves with it, but another to get on Haven's.

"C'mon, let's go and see the center of operations. We can introduce Everly to her first cow."

It doesn't take long for my enjoyment to return as we make our way along the lane, taking the footpath that cuts into the field, passing by one of the Aberdeen Angus herds, all of whom are nosy enough to come and say hello. Everly's still asleep so she doesn't get to experience them all sniffing and snorting loudly, jumping back skittishly like overgrown puppies when I try to scratch their necks.

The best moment of the morning is when one of them pops his head through a gap in the hedgerow and licks Haven's hand. She jumps back with a squeal before breaking out into raucous laughter while she tries to wipe the slobber onto her jeans.

I haven't heard her laugh much since she arrived.

I remember it being particularly lovely—a full, deep, and infectious belly laugh that always set me off laughing too. As we continue down the path, and our laughter fades, I decide that perhaps we both need a good laugh and a touch of happiness.

She's still grinning widely when we reach the entrance gates to the farmyard.

We arrive late in the morning, when all the daily cleaning takes place after the animals are fed, and it's busy.

Three stable lads pass by with wheelbarrows full of manure from mucking out the stables, a couple of the grooms stand by the taps filling bucket after bucket with fresh water, passing them over with a slosh to whoever's waiting. In the corner, one of the estate horses is being shampooed, watched over by the rooster making his rounds.

It's not as pristine as it usually is, and on top of the daily comings and goings, the hay delivery has just arrived. The air is heavy with dust particles, causing everyone to sneeze.

But nevertheless, I proudly sweep my hand in front

of us. "Welcome to Burlington Estates."

I watch as Haven takes it all in—from the guys hosing down the bales to the ones heaving the thirty-kilo bags of feed over their shoulders on the way down to the cow barn, followed closely by Dolly. And when she turns back to me, her expression is slightly disbelieving.

"This is where you work?"

I nod. "I do. Along with the rest of the staff responsible for keeping the wheels turning."

"How many people are here?"

"Close to one hundred are based in the yard." I point over to the main barn, with the big clock on the roof and the weathervane on top rocking ever so slightly from the light wind. "In there are the offices where I'm based, along with Burlington's head of operations and his senior staff. They're responsible for everything from running the main house—Burlington Hall—along with Valentine Nook—repairs . . . things like that."

Even though I'm here every day, I know how impressive it is to anyone seeing it for the first time, and it's purposeful. But one look at Haven's face, and my chest swells.

"But what do you do *exactly*?"

"We buy land. Lando looks after everything around the estate, while I lead everything abroad. Our aim is to focus on sustainability. All our developments are built with the natural environment in mind."

She steps back, and her arms cross over her chest. "Is that what you'd have done with Wylder Ranch?

Develop it?"

Her chin hardens and juts, and her expression turns stony. She's seeing me as a developer, the type that has Aspen covered in construction boards while the next mega cabin is built for another billionaire. I get why she's pissed off, but I shake my head.

"No. I saw it was for sale, and I knew something wasn't right. I remember how hard you worked to keep it. I remember that it was your parents' place." I shrug and keep my tone as casual as possible. "I figured if I bought it, it would stop developers from snapping it up and slapping half a dozen hotels on it."

"One hundred million to do nothing with it?"

I'm holding her gaze when I respond, "Best hundred million I'd have ever spent."

Her mouth rolls, and she stays silent. I can't tell if she believes me, and I don't know how I'll ever be able to prove it to her. But Hendricks's words echo around me once more.

Haven needs support, not me trying to pick up where we left off. Even if we do have a baby now and I have to figure out how we can stay together.

Not wanting to dwell on the suspicious glare still aimed my way, I guide us through the yard, greeting everyone we pass until we reach the huge archway that leads down to the cow barn. I almost turn around when I spot who's at the end leaning over one of the stalls, but then decide better of it.

"Hello—" I call out.

Max and Miles turn at the sound of my voice. Max sprints toward us, grinding to a halt a couple of meters out when he realizes Haven isn't someone he knows. And if I thought Haven's stare was suspicious, it's nothing compared to the way Max is eyeing her.

"Max, this is my friend, Haven," I say without thinking, but she doesn't seem to notice.

Miles does, though, stopping in front of us with a raised eyebrow directed straight at me, mouthing, "Friends?"

I ignore him. *Dickhead.*

"Haven, this is Max, my nephew."

Haven crouches so she's eye level with him. "Hey Max, it's good to meet you. I've heard so much about you."

Max is uncharacteristically quiet as his bright blue eyes continue their assessment before sliding over to me and the bundle I'm carrying. The thousands of expressions this child is capable of could keep me amused all day long, none more so than when his brows shoot up because he's just figured something out.

"Is that my cousin?"

Haven's head flicks to mine before turning back to Max. "Yeah, I guess she is. Her name is Everly. We thought she'd like to see the farm. I'm sure she'd love to play with you when she's a bit older."

Max's nose wrinkles because he's still firmly on the fence about whether he wants to play with *her*. His head tilts the way it always does when his brain is running with a million questions while he connects the dots.

"Are you the mum?"

Haven nods again. "Yeah, I'm Everly's mom. Good job, buddy."

"Did Uncle Alex put his—"

Miles's big hand cups around Max's mouth in the nick of time. "Not right now, Maxy."

Miles bends down and whispers in his ear. I can't hear anything he's saying, but I have no doubt it's only causing mischief, especially when Max's eyes widen and his mouth drops.

"Yuck," Max exclaims finally and runs back to the stall he'd been leaning over.

My eyes roll. "What did you tell him?"

"Nothing that isn't true." Miles shrugs, then turns to Haven. As he does, his expression morphs from his usual shit-stirring insolence to the broad smile I know he uses to charm women. Both are equally punchable. "Hello, Haven. Good to see you again."

"Hey, Miles."

"Ah, you remember I'm the better-looking one." He winks, gesturing to his face.

It's a joke that will never die. It's been going since Hendricks and Miles first discovered girls, and no one could tell them apart. Something they used to their advantage many times. I only wish they'd been caught more because when they were, it was really fucking funny.

Haven points at Miles's jacket with *Lord M. B. W. Burlington* embroidered on the left breast above the Foxleigh Park logo. "It has your name on it."

"So it does." He laughs. "What are you two doing here anyway? I thought new parents needed to catch up on sleep."

Haven groans, mumbling agreement under her breath.

"Came to introduce Everly to her first cows."

"Lucky Everly." Miles peers into the harness. "But doesn't she need to be awake for that?"

Ignoring him, we walk down to the stall where Max has climbed in to feed apples to two donkeys. Hendricks rescued them a few weeks ago and brought them here, where they've been enjoying life in the warmth of a cozy stable. Max has been visiting them every day.

"Max, where's Daddy?"

"At the surgery," he replies, grabbing another apple, and holds his hand out flat to the closest donkey.

"Hendricks is a vet. He runs surgery hours at lunchtime, but mostly, he's out visiting yards," I explain when Haven looks at me in question.

In the distance, the sound of the church clock rings out, and Miles checks his watch.

"Come on, Maxy, we need to get over to Foxleigh for your polo lesson," he says, ruffling Max's head.

Max shoves the remaining apple at the donkeys and jumps up. "May I ride Clover?"

"Who's Clover?" asks Haven.

"Uncle Miles's best polo pony. She's really fast. Uncle Miles always scores a goal on her," Max blurts out, turning to Miles with pleading eyes. "May I ride her? May I? May I? *Pleaaaase.*"

"Maybe. After your lesson, but only if you manage to stay on today." Miles holds his hand out for Max. "See you both later."

"'S'not my fault the saddle was slippery," Max grumbles as Miles leads him away.

Haven watches them until they disappear around the corner and out of sight. She stays glued to the spot, that same look on her face she got before when we were talking about her ranch. Again, I want to ask what she's thinking, but instead, I'm nudged hard in the ribs by a donkey.

"Ouch."

The frown on her brow disappears along with whatever was going through her mind as she turns to find a donkey nibbling my sleeve and bursts out laughing. The combination is enough to wake Everly, who decides very loudly that she doesn't want to hang out at the farm today. Or meet the cows.

In the end, because Everly's lunch is imminent, I take one of the estate cars and drive us home so Haven can feed her in peace and the comfort of the rocking chair.

While they're upstairs, I keep myself busy. I tidy, check my emails, make a few calls, return the car, and order lunch.

And I begin to wonder if she fell asleep with Everly when she walks into the kitchen, hair wet from a shower. Her skin's still damp enough that the long T-shirt she's wearing over her leggings clings enough to her body that memories of her naked almost short-circuit my brain.

It's followed by the scent of roses and freshly cut logs wafting around her, and I have to unstick my tongue from the roof of my mouth.

I slam the laptop shut.

"Are you okay? Am I disturbing you?"

Disturbing? Yes. Very much so.

But I shake my head. "No, no. I was catching up on a few things. Nothing important. I ordered pizza. I thought you might be hungry, and I don't know how to cook. I figured our first full day as housemates shouldn't end with me burning the place down."

"Housemates?"

I jump up and pull out the chair opposite me for her to sit. "Yes, we're sharing a house."

"Ah, we call them roommates." She smiles and stifles a giggle. The one that pings my chest.

"Ah." I pause. "But the problem with that is we're not sharing a room."

She's about to sit, but pauses midway, holding my gaze for a second too long. My statement hangs in the air.

A Freudian slip.

"No," she says quietly and sits. "We're not. Housemates is good."

Fuck.

I shift uncomfortably and move back to my chair. I should have kept my big mouth shut. I know better than to try to crack a joke. But it's enough to give me an in to a conversation I'd rather not have. Don't want to have.

Fucking Hendricks. Ruining my life with his sensibility.

"While we're on the subject . . ." I clear my throat, but my mouth is so dry I jump up and pour myself a glass of water. And while it gives me a couple of extra seconds to think about what to say, Haven's now looking at me far too expectantly for my liking. "I know you came over here to tell me about Everly, and I'm so happy that you did . . . But I . . . uh." *For fuck's sake, Alex, get your shit together.* "I don't want to make assumptions, but I think . . . moving forward . . . we need to keep things platonic. We have a lot at stake now."

Her pause before she answers has me holding my breath. "With Everly?"

"Yes, exactly. I don't want to mess this up by starting where we left off."

"In Aspen?"

"In Aspen."

"I agree," she replies, and the speed of it is a punch to the gut.

"You do?" My eyes roam over her, checking—hoping—to see any hint that she doesn't, in fact, agree at all. But I see nothing except her sweet smile as she nods.

"Great." I hold my hand out to her, hoping she doesn't notice my palm sweating. "Friends then?"

She claps hers to mine. We shake them together. "Friends."

It's when I don't let go of her hand immediately that I'm sure she can see right through my lie. I don't want to keep things platonic. Even the word sounds as forced as I feel it to be.

But I'll go along with the pretense because I need a rule in place before I do something stupid.

Like kiss her.

11

Haven

We fall into a routine, my housemate and I.

Over the ten days we've lived with Alex, the jet lag has gone, and I've adjusted to UK time.

Everly is sleeping better. *I* am sleeping better. I'm still tired, but the past few nights, Everly has only woken up once to feed, and it makes all the difference.

Things feel less fraught. I don't wake up in a panic. I don't feel like I've already failed at the day before 7 a.m.

Because in the week since we've lived with Alex, I've regained a little of the confidence I lost when I gave birth.

And I don't want to admit it, but a tiny part of me isn't looking forward to heading back to Aspen.

Our days begin around six o'clock when I hear the church clock strike, and if we're lucky, we get to FaceTime with Saylor before she goes to bed, so we can fill her in on everything we've done the day before.

And then we go downstairs, and if I'm quiet enough, I catch a glimpse of Alex before his sweater goes on. For a few brief moments, I remember what it's like to run my hands over the planes of his body, feel the warmth of his skin and the power of his muscles flexing under my touch, before I push it far into the recesses of my brain where it belongs.

Then I pretend to arrive as he's feeding Blackberry and Dolly, who all fuss over Everly once they see she's joined them.

There's a calmness to it.

I get to enjoy the coffee Alex makes me in peace.

Everly is endlessly fascinated by her new friends. Every morning brings another game for them, which makes Everly squeal with delight while she lies in her bouncer on the kitchen table. A couple of days ago, Dolly learned to pull her socks off and lick her feet, eliciting the loudest reaction yet.

And Everly laughing always makes me laugh.

The bouncer is one of the many brand-new contraptions Everly has, which I now wonder how I lived without. On our second day here, we went shopping, where Alex proceeded to buy up the entire baby store. Anything they didn't have, he ordered for delivery, no matter how much I protested.

I quickly learned that, as far as Alex is concerned, it's easier not to get in the way of his parenting and to let him buy everything he wants for his daughter. Providing for her is his way to feel better about missing out on the first six weeks of her life. Something I'm feeling increasingly guilty about.

Halfway through the week, Alex had to go to his

office, so obviously his mom and Clementine showed up unannounced with more baby clothes than Everly will ever be able to wear before she outgrows them.

I, on the other hand, wish I'd had forewarning because I wouldn't have opened the door wearing a sweater covered in throw-up, especially as I hadn't seen Victoria since the day of Everly's paternity test.

However, one discovery I've made since being here is that offering an English person a cup of tea often defuses any possible tension. Alex arrived back home to find the three of us laughing our butts off, ten outfits into a baby fashion show, and Clemmie unpacking more boxes.

That's the other thing I'm getting in spades. *Help.*

I've had little bits since I gave birth, but no one's been around twenty-four seven, and Alex insists on doing anything he can with Everly, which is virtually everything. If I'm not paying attention, panic creeps in at how amazing it is. Because what am I going to do without it when I return to Aspen?

I now have a pump, so Alex can use a bottle, and I'm no longer a milking machine. When I stopped having to feed her on demand and didn't have something else to do—like bust my ass to earn money—it dawned on me that this is the first time since my parents died that I've had any time off.

So we bundle up and take a walk.

Every day we visit the cows, all of whom are curious and come to the fences whenever we stop by. I watch on with fascination and soak up every new experience she has, while her eyes light in wonder and her tiny face scrunches together as she flashes them a gummy grin.

We've been to the house where Alex grew up—Burlington Hall—a couple of times. It has to be the biggest, fanciest place I've ever seen in my life. It's practically palatial with his manicured grass, sparkling pool, and a vegetable garden to die for.

After I've shown her everything that's growing, we head home via the horses, the donkeys, and the chickens. When we got back yesterday, the goat was waiting for us by the front door.

Everly smiles and coos like they're the best thing she's ever seen.

Apart from Alex, of course.

Because Alex is her big love. I don't know his romantic past, but I'd be inclined to say she was his.

Watching them together sometimes feels like I'm intruding on the beginnings of a blossoming relationship. Every time she smiles at him, or he talks to her in that soft lilting voice I only hear him use with her, I know I made the right decision in coming here.

Because the idea of her *not* having this is too painful to think about.

A couple of days ago, I came downstairs after having a bath to find them asleep together on the couch, Everly lying on his chest. When I tried to move her, she protested with a loud, dream-filled cry, so I left them there and made dinner instead.

That's another thing, I rediscovered my love for cooking.

I used to love cooking. My mom taught me, and we'd always cook dinner together. Then, when she died, and it was just my dad and me, I took on the bulk of it, but it wasn't the same. After he was gone, and I discovered the debt I'd been left, cooking stopped being a priority because I was too busy working to think about what I could be eating, and I spent most of my time either scarfing down microwave meals between jobs or eating at the Old Saloon.

But when I learned Alex ate most of his meals at the main family house, I started making dinner for us. I cook, and he cleans.

It's mundane but comforting, and now that the nights are almost fully drawn in, I can feel that familiar annual excitement building within me, as Christmas is around the corner.

Over the past few days, the decorations have started going up on Valentine High Street, and if I were at home, I'd be in the attic packing up my fall decorations and switching them out for my light-up Santa, reindeer, and all the baubles.

I haven't asked Alex whether he decorates his house for the holidays because I'm fairly sure I already know the answer. I haven't seen one decoration in all the closets and cabinets I've opened, and with every box that gets delivered, I know without opening it that there are more things for Everly, rather than anything Christmas-related.

In fact, my task for this evening, while dinner's cooking, is to open the boxes that arrived today. The first one I rip open contains a bunch of light-up shapes that stick to the side of the bath and has me grinning widely.

Everly's squeals of delight are echoing off the bathroom tiles when I jog up the stairs to where Alex is bathing her. I've tried to give them as much alone time to bond, so bath time has become his thing.

Every night, an internal battle takes place between my head and my heart. I don't want to intrude, and I don't want Alex to feel like I'm hovering, but I frequently find myself a voyeur in these moments. Tonight is no different.

I lean against the doorframe, breathe in the warm lavender scent, and take in the sight.

Alex kneels on the floor in front of her, while she flashes a toothless smile at him from the bath seat she's propped up in. She was smiling a little right before we left, but since we've been here, it's like she's discovered she can do it and now practices it every chance she gets.

And while my eyes should be drawn to my daughter enjoying her bath, they first find her father.

I obviously never meant to get pregnant, but of all the people I got pregnant by, I can freely admit I picked a straight-up hottie.

I gawk. Then gawk some more.

I don't know if it's because Everly is so tiny that Alex appears larger by comparison, but watching the muscles along his forearms flex and the veins on the back of his hands pop as he squeezes a sponge should not be as attractive as it is.

And while I'm all for my confidence starting to return, my sex drive has come back as a force to be reckoned with. And it likes to remind me that the last person I slept with was *this guy*. The one I agreed to be *friends* with.

What kind of dumbass move was that?

Friends with the guy who literally makes my ovaries explode every time he smiles at Everly. Or like now, holding the washcloth over a rubber duck to play peek-a-boo even though she's too little to have much of a clue.

But he soaks up every smile and bubble she blows his way.

"You guys sure sound like you're having fun."

Alex's head snaps around, his gaze hitting the floor where I'm standing barefoot. In the second it takes for his eyes to travel up and find mine, my body heats. Then he adds a, "Hi, Mummy," and I'm done for.

Disintegrated into a puddle on the floor.

When did *Mummy* become a sexy word? Or maybe it's just the way Alex says it, all deep and rumbling and *English*, that has a shiver zipping down my spine and pooling between my thighs. I will never get used to it.

"Hey."

"We're playing peek-a-boo. Our daughter's a genius."

"She is?"

"She is. I asked her what she wanted to play with, and she pointed at the duck."

"That sounds like a genius to me." I bite down my smile and scooch in next to them, holding my hands open. "These arrived."

From the way Alex's smile breaks wide, I wonder if the blocks were more for him. "Excellent."

Wetting the suction pads on the back, he presses each one to the side of the tub. Immediately, Everly's focus is taken with the way each color glows.

"Everly, which one is blue?" he asks her, only to receive a big smile in response and a kick of her leg, which splashes his face. "Okay, we can do colors another day."

There's a quick flash of his abs when he lifts the neck of his tee to dry his eyes, and I have to look away, only to find myself glued to his fingers back in the water, dragging up and down to keep her warm. It suddenly feels too hot in here.

I laugh, needing a distraction. "Maybe her genius has a daily limit."

"That's most likely the case. Can't make other babies jealous, you see." He picks up the sponge and runs it over the delicious, chubby folds on her thighs.

"Her legs seem so much longer in the ten days since we arrived," I muse.

"Ten days? That's gone quickly."

Everly's loud babbling sidetracks Alex, and he doesn't notice the pang of sadness in my voice. We leave in less than a week. "I know."

"I didn't realize it had been that long. Time flies when you're having fun, eh?" He turns and winks.

"It sure does."

Everly laughs when I tickle her feet, her fists balling as she powers her arms up and down, like she's just discovered what they do. The warm water has turned her cheeks pink, and when her eyes close as I rub a bit of baby shampoo through her hair, her eyelashes are almost long enough to rest on them.

"Tell me about when she was born."

Alex's voice—quiet and earnest—stops me in my tracks.

My fingers are massaging Everly's head, and I'm focused on her, but I know Alex is looking at me. I can feel the weight of it. Or maybe it's the guilt weighing me down again in the knowledge that I took my pregnancy away from him.

Picking up a small jug, I rinse the soap from Everly's hair.

"It was intense. She was a big baby, almost nine pounds." I squeeze her chubby thighs, soothing myself in the sound of her giggles. "She was a week early. I guess she decided she'd had enough. Saylor had been sleeping over at my house in case I went into labor during the night, but my first contractions started around nine a.m. My OB/GYN had said to wait until they hit around five minutes apart before coming into the hospital, so we put on a movie—one of Holiday's actually—and waited."

"How long were you waiting?"

"By midnight, they were still seven minutes apart." I puff out a soft laugh. "We'd been through four movies and half the first season of *Gossip Girl*. Saylor was sleeping on my couch. I was trying to sleep, but every time I dozed off, this one decided I should be awake. I guess I should have gone to the hospital earlier, but I was determined to do what my doctor had told me."

While I talk, Alex presses the buttons on the light-up toys, watching Everly. I can't tell if he's doing it to prevent her from getting antsy in the water, or because he can sense the words are hard for me to get out.

The birth of my first child wasn't the experience everyone said it would be. It was hard and painful.

I lost count of how many times I shouted at Saylor that I couldn't do it, and it wasn't just giving birth I was talking about.

"Eventually, Saylor drove me there. Because of the contractions, I'd had no sleep and was so exhausted that the doctor gave me an epidural, hooked me up to the monitors, and told me to rest. I slept for twelve hours, and Saylor stayed with me the whole time. When I eventually woke up, the contractions had moved on."

"And then she arrived?"

I look at Alex for the first time since this story started. He's as eager to know every single detail as I am not to share it. I don't know if he's ready to hear about the tearing and the stitches, or the delay in getting her to breastfeed and immediately feeling like a failure.

So I nod and smile. "After more drugs and a lot of pushing, yup, she arrived."

"Saylor was with you?"

"She was." I laugh. Note to self, make sure your next birth partner doesn't puke at the sight of blood. "She said it traumatized her for life, but we got through it together."

"I'm glad you weren't alone." Alex laughs along with me, though I'm not sure we're laughing for quite the same reasons. But then he goes quiet again. "I wish I'd been there."

"Me too," I reply truthfully. How different things would be if he were. "I'm sorry, Alex. I really am. I should have—"

He finds my hand under the water and squeezes. But he doesn't tell me it's okay, because it's not, and I can hear his sorrow.

"Hey. You're here now."

I'm too choked up to reply, so I nod and hope Alex doesn't notice. But the force of swallowing away the thickness in my throat, combined with the temperature and the soporific scent of lavender, has me yawning. And that he *does* notice.

"Perhaps Everly isn't the only one who needs to go to bed."

I stifle another. "I think you're right. Though I have been getting much more sleep than usual. Everly sleeps so well here."

"Come on, let's get her out."

Lifting her duck towel off the hot towel rail, Alex lays it on the rug on the floor and gently scoops Everly from her bath seat. There's a tenderness to the way he dries her, wraps her up, and tucks her into his arm that makes my chest ache. She's a tiny baby with a duck hood falling over her face, protectively snuggled in the power of his bicep.

I'm so distracted by them that when I finally look at Alex, it's clear he's waiting for an answer.

"Sorry, what did you say?"

"Let me take her tonight. You sleep through the night, and I'll do the midnight feed."

My first instinct is panic.

Bath times are one thing, but Everly's been in my room sleeping next to me since she was born. What if she wakes up and doesn't know where she is, then screams? What if she wakes up expecting me and gets Alex instead, then screams?

What if she needs me but can't find me, then screams?

But Alex reads it all. "You're only next door. If it's that bad, you'll hear her. You can even turn your monitor on if you want. And if not, I'll come and wake you. But isn't it worth a full night's sleep to try?"

I chew on my cheek, weighing up the pros and cons. And honestly, I can't find any cons, and all the pros start with sleep.

"Are you sure?"

"Positive."

I peer into the sleepy face of my daughter, who doesn't seem to have any objections, and nod. "Okay, thank you. But promise you'll come and get me?"

"We promise. Let's put her to bed together and then go and eat that delicious dinner I can smell."

We don't go into his room—the only place in the house I've yet to enter—instead, Alex sits in the rocking chair and gives Everly her bottle. She falls asleep so easily once she finishes it I wonder if I imagined all the weeks she'd scream until she was hoarse, when I'd cry helplessly next to her because I didn't know how to make it better.

But since we've been in England, she's been less grouchy, and I haven't cried. The crushing loneliness I felt after Everly was born is less acute, and when Alex whispers to come downstairs for dinner, I follow him eagerly.

"Oh my God, what smells so good?" he groans, making me chuckle.

"It's my mom's recipe. Chicken parm with mashed potatoes." I gesture for Alex to sit at the kitchen table, but he opens the fridge, pulling out a bottle of wine, followed by two glasses from the cabinet.

"My dream," he replies, shooting me a grin, and whether he means it to be or not, it's panty-melting.

I make quick work, hurrying to lay it out while Alex sets the table for us. It's a far cry from the rushed meals I'd scarf down for energy, then trying to sleep before

Everly woke up.

We eat and we laugh, and Alex tells me about the two hours he had to leave us to help Lando and Hendricks move the donkeys into their new field, which ended with Lando flat on his back in a pile of donkey shit. By the time he finishes describing the scene, he's laughing so hard that tears are pouring down his cheeks, his shoulders shaking enough to set me off.

"That was good." Alex pushes his plate away and takes a breath. When he leans back in his chair, my gaze follows the movement of his hand slipping under the waistband of his joggers, before I realize what I'm doing and look away swiftly. "There's no way I could learn to cook like that."

"It's not rocket science. It's just chicken."

He stands and takes my plate. "There must be something you do to it because I've had chicken, and yours is better."

I follow him to the sink with the bowls, which contain mashed potatoes and green beans, and open the dishwasher to begin stacking them.

Immediately, his big hand covers mine. "Stop. I'll clean up. You cooked, remember?"

I stop.

My brain zeros in on the sensation of him touching me, his hand on mine. It's so slight and featherlight, but it's as powerful as gasoline to the flames licking at the base of my spine.

Then his thumb strokes my knuckles, and it's almost

too much.

There's no way he can't see my pulse hammering in my throat. Or the stuttering in my chest.

I'm still in bare feet, so Alex towers over me. When I look up at him, his blue eyes scour my face, his lips parting enough that mine do the same. Mirroring. I hear air sucked between his lips. We're so close I notice flecks of gray in his stubble, ones I don't remember him having before.

They add an edge of distinction and make him even more handsome.

Sexier. *Way* sexier. If that was even possible.

But instead of leaning in, we leap apart when a ball of black fluff jumps between us.

Alex takes a big step back. Like *huge*. Enough for me to know I didn't imagine that something almost happened.

"Why don't you run yourself a bath and have an early night?" he says firmly, though his voice pitches. "I'll clean up. I have to do a bit more work anyway."

"Are you sure?"

He nods, clearing his throat, and moves away another step. "I'm sure."

"All right then. Good night, roomie," I say. "Don't forget to wake me if anything happens."

"I won't."

I take my time getting ready for bed. I run a bath using Everly's lavender oil and think about Alex and that cockblocking cat. Because if it wasn't for him, Alex would have kissed me. I'm certain of it.

And where would it have stopped? Would I have wanted it to stop? Would Alex?

I remember all too well what Alex's kisses are like. Too many times my mind's returned to our first kiss at the bar. If I concentrate hard enough, I can still feel his hands squeezing my ass as his hips grind into me.

Two weeks of being around him and his morning nakedness, or the gentleness with which he plays with Everly, or the way he looks at me whenever I walk into a room, all come to a head.

While I think about it, my hand slips between my legs, my fingers pushing inside, and it doesn't take long before I give myself the most intense orgasm I've had all year.

I fall asleep with a smile on my face and sink into my first full night's sleep since Everly was born.

12

Alexander

"Alex, finally, you've returned my call."

God, I already hate this conversation.

"I apologize, Arthur," I reply. "I've been a little busy."

"So I've heard," he drawls, and I have to stop myself from slamming the phone down.

I don't know why Lando keeps him around as our family solicitor.

"I don't have long, so let's get down to business. The reason I've been calling *repeatedly*"—he draws out each syllable—"is because we need to secure your estate. The paternity results are indisputable, so we have to discuss protecting your assets."

"I don't need protecting."

"Alex, you have considerable personal wealth. And this girl—"

"Haven."

"Sorry?"

"Haven. Not *this girl*."

Arthur clears his throat. "Right. Haven. And we're

sure this wasn't something purposely manufactured? Forgive me for being crude, but this is not the time to be delicate . . . I'm assuming you were using protection. Did she say she was on birth control? Because if so, and you chose not to use protection based on her lie, then we have a case for a single payment payoff. Now, she's American, and it's a little different over there—"

"Arthur—"

"And I understand this took place during the week you left after Lando's wedding," he continues with a haughty laugh. "I have to say, you boys are keeping me busy this year. This is the sort of behavior I've always prepared for with Miles."

Oh my God. Why did I think this was going to be a quick call? I'm too tired for this today.

"Arthur! Can you shut the fuck up?" I snap. "Respectfully."

The line goes silent. I can almost see him pursing his lips, but I have zero inclination to apologize and stroke his ego. He's made enough money from our family that he can stroke his own. I add a "thank you" anyway, when he remains silent.

Blowing out a long breath, I start again. "I don't need protecting, Arthur. And she hasn't done this on purpose. She's not here for money. She's here so I can get to know my daughter. Which is exactly what I want too."

He lets out a quiet huff. "Then I suppose it would be prudent of me to offer my congratulations."

Even though the guy's a dick, I know I'm preening at his compliment. "Thank you."

"You're welcome. And if you say she's not after your money, what can I help you with, Alexander?"

Alexander.

I'm tempted to ask him to address me in the manner my title befits, as he does for Lando, but the tension is already thick enough.

"I need to change the terms of my will. I also want to set up a trust for my daughter."

There's a pause on the line. "Of course. I'm assuming it's similar to what Hendricks has for Max?"

"Yes." I nod, though I'm not entirely sure about the details of what Hendricks had done when it comes to Max's mother. "But I don't hate Haven. Quite the opposite."

"A larger monthly stipend, then?" he replies, like it's the only solution, and I can't deny I'm tempted.

It's something I want to do for Haven because it's clear that she's struggling financially. She was when I met her, and now that she's not working, it can't be any easier, but I also know she won't take any financial assistance from me.

In fact, I'm certain that if I so much as suggest it, she'll tell me to stick it up my arse.

It's been hard enough buying things for Everly since they've been staying with me, but I learned that I could get around most objections from Haven as long as it makes her life easier in some way *and* benefits Everly.

She's spent the last decade of her life taking care of sick parents, then herself, so she's forgotten how to let someone take care of her. That's where I plan to step in.

It's something I've been mulling over for the past few days, along with the beginnings of an idea that will set them both up for life, but I want to roll it around a little more before I say anything.

I need it to be so airtight when I give it to Haven that yes will be her only logical answer.

"Not right now. Can you just draw up the deeds for Everly, and I'll get back to you on the rest?"

There's a pause. "Are the two of you not in a relationship? Am I misunderstanding something?"

"No, we're not." *Yet* I want to add, but don't.

"Then we need to discuss custody."

I'm massaging my temples as the door opens and in walks Hendricks and Miles, who sit in the chairs across from me. They don't usually visit my office during the day, so they must want something. But I welcome the interruption because I can't think about custody right now. And I'm done speaking to Arthur.

Miles, being Miles, kicks his feet up on my desk. I push them off.

"I haven't decided on custody yet, Arthur. Can you just do as I ask, and we'll pick up the rest at a later date?"

"Fine. I'll be in touch," he snaps, and hangs up before I can say thank you.

"What are you doing?" asks Miles.

"Getting my will changed."

"Arthur is such a crusty relic," Hendricks adds. My sentiments exactly. "But he was excellent at dealing with all the shit when Max came along. And you do need to make sure you're covered legally."

Leaning back in my chair, I lace my fingers behind my head. Hendricks's words mollify me slightly, though our situations are vastly different. For one, Max's mother had little interest in being a mother. She only cared about money.

"What was that about custody?" he asks.

"Nothing. I haven't thought about it yet."

I'm not as bad at lying as Lando is, but I'm hoping my face doesn't give me away. Aside from reminding myself on an hourly basis that Haven and I are friends and *only* friends, custody is all I've been thinking about.

Because how are we going to raise Everly together? I know it's only been two weeks, but it's been more than enough time for me to figure out I don't want to be a guy she sees every couple of months. I want to be a dad in my daughter's life every day.

Miles removes the lid on the jar of M&Ms I have on my desk, pulls out a fistful, hands the red ones to Hendricks, and tosses the rest into his mouth.

"Where is my niece today, anyway?"

"Miles, that's not what you should be asking," chides Hendricks, crunching down on the red ones. "The first question is obviously, have you kissed Haven yet?"

A broad, identical grin spreads across their faces.

My brows drop. This has to be a trick. "Weren't you the one who told me that under no circumstances should I be trying to hook up with her?"

Hendricks nods. "Yes, but I didn't think you'd stick to it."

"So you don't think that?"

"I do, but I also know you're weak."

I sit back in my chair with a huff and a halfhearted snarl because my brother has a point. I am weak. Weaker than I assumed after last night.

Fuck, it was a close call.

I almost kissed Haven. And as we're being honest, we almost had sex because it wouldn't have stopped at a kiss. Not the kiss I had planned anyway.

I waited until I heard the click of the latch on her bedroom door, then marched outside to the porch for fifteen minutes instead of following her. It was alarming how much I wanted to. I figured standing in the cold was the next best thing to a cold shower.

The sky was clear enough that I spotted a shooting star. Unfortunately, as I was walking back into the house, I also caught the silhouette of Haven getting into the bath. I immediately called James to have thicker blinds installed in the bathroom. Then I stayed outside for another thirty minutes.

By the time I went to bed, I'd been outside for so long my extremities were in danger of falling off. And after breakfast this morning, when I'd tried to pretend nothing had happened by being overly cheery with

Everly—but only made it so awkward it was clear something *had* happened—I made up a terrible excuse that I needed to run to my office.

I've been hiding here ever since.

"Thanks for the support," I snap, "and for your information, nothing has happened."

Fucking Hendricks with his sensible thinking and stupid fucking rules.

"When is she leaving?"

"Saturday," I reply, holding my hand out for M&Ms before Miles eats them all.

The jar was full two days ago. Now there's barely a third left, because if I'm eating M&Ms, I'm not drowning my sorrows in whiskey at the thought of Haven and Everly flying home.

I haven't bought our tickets either because I've already decided we're going back on the Burlington jet. My reasoning is that we can take all of Everly's new things. If Lando needs to go somewhere, he'll have to fly commercial for once.

How have two weeks gone by so quickly? I'm not ready to say goodbye.

This is why I can't have the custody conversation yet because I don't have an answer that doesn't make me want to punch something. Or cry.

I might be deep in my thoughts, trying to figure out what to do, but not deep enough that I miss the way Hendricks's eyes slide over to Miles.

"What?"

They shake their heads in sync, and their bottom lips roll out. Sometimes the twin thing is really fucking annoying.

"What?" I try again, stifling a yawn.

Miles's cheeks puff. "Nothing, we just figured you'd ask her to stay for Christmas."

My elbows hit the desk as I lean forward. "What?"

Hendricks shrugs. "We're surprised she's going back so soon, that's all. After the past two weeks together, we thought you'd have come up with a plan to extend her stay."

My eyes narrow. I'm staring at the twins, my gaze flicking between the pair of them even though they look exactly the same. Something's going on here, and I'm not sure what. On the other hand, asking Haven to stay longer is an excellent idea. So good I'm surprised I haven't already thought of it.

I mean, I've thought of asking, but only in one of those fantasy "imagining what my life would be like if we lived together permanently" ways. It's not something I've verbalized because the custody dilemma has taken precedence in my head.

Plus, it's Christmas, and I never stay in Valentine Nook for Christmas.

But . . . on the other hand, asking Haven to stay for Christmas could help resolve the conversation about custody, and make the path clearer for how we proceed.

Miles is busy separating his M&Ms again, and

Hendricks is flicking through a stack of papers, but I know both of them are biding their time until I come to the decision they want me to make. They used to do this all the time as teenagers, especially to our mother—approach from separate angles, convince her that any plan was her idea, and walk away with exactly what they wanted.

I'm just not sure what Haven staying here for Christmas has to do with them.

"You think I should ask her to stay longer?"

Hendricks nods. "I think that as Everly is family, she should have her first Christmas in Valentine Nook—"

"And," says Miles, his fist stuffed into the jar, "it means you'll stay here instead of pulling your usual disappearing act."

Ah.

That's why they want me to ask Haven.

I don't know whether to be annoyed or touched. Because if Haven's here, then I will be as well. And I know that my avoidance of Christmas upsets my family as much as Christmas upsets me.

But perhaps, like last year, the festivities won't seem quite so bad if I don't have to do them alone.

"Do you think she'll stay if I ask?"

Miles nods. "I do."

I turn to Hendricks. "What do you think? I don't want to jeopardize anything."

"I think spending as much time as you can with

Everly is only a good thing."

I swallow and nod, trying not to let my fantasies carry me away because Christmas is a little over a month away. And anything can happen in a month.

"I'll think about it."

"Excellent." Miles claps his hands. "And while we're on the subject of excellence, I heard the duke got covered in shit yesterday. Please tell me you have photos."

I snort. "It was fucking funny. No photos, though."

"Bollocks. I'll have to find something else to put on my Christmas card this year," he says with utmost seriousness. Every year, Miles finds the most hideous photo of one of us, prints it up with Season's Greetings across the front, and sends it out to everyone he knows.

He's such a dick.

Slapping his thighs, he stands. "Right, well, I have work to do now. You two staying here?"

I shake my head. I've had enough of being at my desk and hiding from Haven. "No, I'll come too."

"Well, I'm not staying here by myself," Hendricks grumbles. "Actually, I need to check on the donkeys."

As the three of us walk out into the yard, I spot Clementine walking out of the gates, and an idea pops into my brain.

"Hey Clem, wait up, will you?" I call out as the twins walk off in the direction of the stables.

She waits for me to catch up with her, and when I do, she slings her arm around my shoulders. "What's up, big bro? Where've the terrible two gone?"

"Who knows." I shrug. "Anyway. You know how I'm your favorite brother?"

Clementine pauses her stride and hums quietly. Her mouth twists while she thinks—too fucking long in my opinion—but I need a favor, so I'm not going to rise to it.

"Jury's still out. But please go ahead with whatever you need."

I roll my eyes. After Miles, she's easily the most dramatic. "Can you take Haven to that place you and Mum go to? The one with the massages and stuff?"

Her brows shoot up. Now I have her attention, though they're equal parts interested and bemused. "The *spa*?"

"Yes. There."

"Sure, why?"

"Because . . ." I shrug. "Why do women go to spas? To relax, I guess. She's just had a baby. Can you go to a spa if you've just had a baby?"

She stares at me, and it's obvious she wants more of an explanation. I'm not sure I want to admit the rest of my reasoning, but I also know Clementine will stand and wait all day for it because she's as stubborn as the rest of us.

"I had Everly for the first time last night . . . in my room . . . sleeping . . . and she woke up once," I tell her. "It was stressful."

Stressful is an understatement.

I don't know if it was coupled with the "almost kiss," but I barely got a wink of sleep. No wonder Haven's exhausted if she spends most of the night watching our daughter sleeping. I've done it for one night, and she's been doing it for two months.

I also haven't forgotten our meeting in the coffee shop when she told me she'd cried every day. The loneliness in her eyes, or the pain written all over her face as she told me about Everly's birth.

I don't ever want to see that look again.

"And can you get her nails done too? If she wants."

That's something else I've noticed since she's been in England. Her nails are bare. One of the things I distinctly remember about her last year was them being painted like Christmas—red and green with festive pictures. I specifically remember them when her hand was wrapped around my cock, but I've been trying not to think about that.

I look down at Clemmie's nails. They're painted black, and they're a little chipped around the edges.

"You could do with getting yours done too."

My sister steps back and drums said nails against her chin. "So what you're saying is, you're paying for Haven and me to have a full deluxe spa day, including a mani / pedi and facials? Hot stone massages . . . some lymphatic drainage perhaps. Ooh, maybe a seaweed wrap . . . some laser. Come to think of it, they might have a new mummy package. I don't know what the rules are for mums, but I'll find out."

God, it's like we're speaking another language. "Isn't that just what I said?"

"And what will you be doing all day?"

My chest puffs as I answer, "I'll be spending the day with my daughter."

"Wow, Al. Spoken like a real girl dad."

"A what?"

"A *girl* dad. A dad with a daughter. You're going to need to learn the names of spa treatments, though, at the bare minimum. We'll work on the rest later."

"Fine, but can you take her?" I repeat because she's still not confirmed, then add "tomorrow," so she understands the urgency.

"Tomorrow?"

"Do you have plans?"

It dawns on me that I'm actually not sure what Clementine does with her days. She graduated from university at the beginning of the summer and still hasn't decided on her future.

She shakes her head. "No."

"Good, so you'll do it?" I plead once more. "I'll owe you."

"I'm happy to do it, anything for my favorite brother, right?"

I let out a sigh of relief, pull her into a hug, and plant a kiss on her cheek. "Exactly. Favorite brother."

"Just don't tell Miles."

When I walk into the house thirty minutes later after having grabbed some lunch for us from The Valentine Cook, I find Haven and Everly on the floor of the den where Everly is practicing her tummy time and staring at her reflection in a mirror. The smile I get from Haven is almost as good as the gurgle Everly lets out when she sees me.

But it's only Everly I get to pick up and kiss.

In fact, I go out of my way to scoop her up at an angle that keeps me as far away from Haven as is possible in this situation. She's lying on the floor in a pair of leggings that hugs her arse far too well, and I have to actively force myself not to stare.

I just wish my brain would stop reminding me what it felt like to hold in my hands, pulling her close enough for her legs to wrap around me, sweat dripping down our bodies.

Helpfully, Everly's hand on my cheek halts my trip down memory lane.

"Are you the fairest of them all?" I ask, only for a spit bubble to be blown in my face.

Crouching down on the other side of the rug, I shift her into the position I know she loves and turn to Haven again. There's something about the way she looks at me when I'm holding Everly that makes me feel like I'm ten feet tall, having summited Everest.

But it's ruined by Hendricks's voice in my ear about being weak.

Fucking Hendricks.

"How has your morning been?"

"It was good. We went for a little walk to the coffee shop and came back to read some books and have a nap." She laughs. "Both of us. I really need to start packing things up, but it can wait until tomorrow I guess."

I smile, even though the thought makes my brain hurt because I still haven't decided whether asking her to stay for Christmas is a clever idea. Because it'll mean I'll be home in Valentine Nook for the first time in over a decade, but more importantly, I don't want to risk anything with Everly. "Tomorrow, you have other plans. Clementine is taking you to the spa for a . . . um . . . massage, a wrap up . . . Things like that."

Haven pauses, and her eyes widen, enough that it makes me worry I've fucked up somehow, but then an excited smile breaks across her face.

"Wow, really?"

I give myself an internal high five, feeling all kinds of smug, and peer at my daughter. "Really."

That's right, I'm not just a dad. I'm a *girl* dad.

13

Haven

"I can't believe the massage therapist had to wake me up." My face falls in my hands. "That's so embarrassing."

"It happens all the time." Clementine giggles, but in the compulsory hushed tone that one does in a spa, even though we have the place to ourselves. "Once I was with one of my girlfriends on holiday in the South of France, and she snored through the whole thing. I could hear her in the next room. It was like a pneumatic drill."

"Okay, I wasn't that bad."

Our laughter bounces off the tiled walls, evidence in surround sound that I'm relaxed. Happy. Freer even, but I know it has nothing to do with this spa.

"Falling asleep is a compliment." Holiday yawns, pushing her lavender-soaked eye mask up, as she stretches out her body the full length of the lounger. "It means they've done their job in relaxing you."

Easing up on my elbows, it's hard not to stare, because this is a woman I've only ever seen on the screen, or on billboards and magazines, and she's every bit as perfect in person. Long, toned limbs, perfect smooth skin. I'm very conscious of the fact that my wearing a bathing suit is the most naked I've been in front of a person since the last time I had sex—and had a baby—and I probably wouldn't have chosen one of the world's most beautiful actresses to do it in front of. Or Clemmie, who'd look good in a trash bag.

Fortunately, I'm too relaxed to care. Even the mom guilt I felt at leaving Everly has reduced itself to around 25 percent. And I can live with 25 percent.

I've decided I'm not a mom today, I'm not a slave to a tiny little love terrorist.

I'm just Haven, and I'm enjoying myself.

We're three hours into our treatments, where we've already been scrubbed and massaged to within an inch of our lives, followed by a facial that left me with skin as soft as Everly's. And after our massages, we were sent to the pool area—built like an ancient temple—where glasses of cucumber water were laid out for us.

It's so fricking tranquil it's no wonder I fell asleep. I can barely keep my eyes open now.

"That's a very good point, Hol."

"Thank you." Holiday's lips twitch with amusement. "I have been known to make them sometimes."

My smile stretches wider. I'm going to need my cheeks massaged. Aside from falling asleep on the table, I've had a smile on my face since yesterday afternoon, when Alex told me about my surprise, and I got over my initial trepidation about spending time away from Everly.

"How d'you think Alex is coping?" asks Clementine.

The dial on the mom guilt creeps up to 30 percent, because I haven't thought about them in terms of coping or worrying if they're getting along okay, but maybe I should have. I've only been thinking about Alex and the way he looks at her, the way he's taken to being a father in two short weeks.

How he's stepped up to the plate quicker and more adeptly than I ever expected him to.

Better than I did at becoming a mom, that's for sure.

I knew they'd be okay together. And Alex wouldn't be coping, he'd be excelling.

I'm the one who copes.

Things that took me weeks to figure out, Alex has managed in mere hours. Like the way to hold Everly so she takes her bottle without throwing it up afterward, or changing her diaper without her screaming the house down, or how to get her into her crib without waking her up.

The ugly truth is that Alex is a better parent in two weeks than I've been in two months. But on the flip side, my confidence continues to grow, and that's because of him. Now that I have him helping, I'm less of a frazzled mess, and my brain fog is lifting.

"Awesome, no doubt. But he said he was going to call your brothers."

"They're going to the pub for lunch." Holiday scooches off her lounger and perches on the edge of the pool closest to us. There are five in total, all of different temperatures. I dipped my toe in the smallest one, which happened to be freezing cold, and decided to seek refuge on the cozy lounger. "All the boys, Max and Everly."

"That's going to be chaos."

Clemmie raises her glass of cucumber water. "As long as we don't have to clean up the mess, they can make as much of it as they want."

"Amen."

"This was such a good idea of his."

I sit up, as abruptly as I'm able in my relaxed state, and shoot her a bemused look. "This was Alex's idea?"

Clementine nods. "Yes, he asked me to bring you here because, and I quote, 'she's a new mum. It's incredibly stressful.' Actually *begged* me is more accurate."

"Huh." I lay back on the lounger. "I thought you were inviting me."

"Nope. All Alex."

My heart rate accelerates. I'm suddenly hot. Hotter than I already was, wrapped in a thick robe, lying in a steamy pool room. Of course, Alex noticed that I'm tired and stressed out, and he went out of his way to ask his sister to bring me here.

Because he's kind, and generous and thoughtful.

And it doesn't help the tugging in my pelvis that seems to be intensifying by the day.

"What's it been like living with him? He's not as messy as Miles, I know that much, but he's never lived with anyone before, so I don't know how housetrained he is." Clemmie's nose turns up in disgust. "He doesn't walk around naked or anything, does he? Though, *again*, that's more Miles's MO I'd imagine."

I laugh, though there's nothing remotely funny about Alex naked.

A couple of times since our first morning, I've come down to the kitchen and caught sight of his bare back before he disappears into the laundry room to fetch a sweater. I have no idea why all his sweaters are downstairs, or what happens to them after he's taken them off, but I haven't wanted to ask in case he stops.

The sight of a still sleepy Alex, running fingers through his hair while he stands by the coffee machine, should be on Pornhub. And I'm a glutton for punishment because watching him, even for half a minute, has me wanting to climb him.

Something that's a bad idea for so many reasons.

Even if I can't remember what they are.

But I shake my head instead of telling his sister all that, because while I think Clemmie's cool and all, I'm not about to divulge my sexual fantasies about her brother. "No, we're good."

"So you guys aren't thinking of starting things up again?"

My mouth opens to respond, hoping one of those aforementioned forgotten reasons comes to me, only for her to keep talking.

"Sorry . . . sorry. I'm being nosy—"

"No, it's okay." I wave her off while deciding what to tell her without opening a whole can of worms. "We're keeping things as friends for Everly's sake."

Friends.

It's such a benign word. Like the more you say it, the weirder it sounds because it's morphed into something else so it's no longer *just* friends.

"Probably a good idea."

I hum, though it sounds unconvincing. "And we've got ourselves into a groove, but we leave in two days, and then I'll have to find a new routine," I add with a groan.

The excitement on Clemmie's face drops, and I know how she feels. "But isn't Alex going with you?"

"Yeah, to help with Everly's things. He'll stay for a few days, but we haven't figured out how things will be on a more permanent basis."

I know it's a conversation we've both been avoiding.

Me, because I truly don't know where to start. And, to be honest, I don't know what I want.

"Well, I guess if you're both happy being friends, it's a million times better than Hendricks and Max's mum. Plus, I have to say it's nice to see Alex happy this time of year."

"Because Christmas is coming?"

"Yup. He becomes more and more moody, before disappearing completely and returning at the new year with a fantastic tan. I've tried to persuade my mother for us all to go away for the holidays, but she likes to spend it at Burlington. Plus, there's too much to do. Everyone has the day off, so we're usually out with the animals—"

"Alex disappears?"

She nods. "I mean, not like a magician or anything. But he doesn't like to spend Christmas at Burlington because of our father's death."

I knew Alex hated Christmas because of what happened to his dad, but I *didn't* know that he wasn't in Valentine Nook for Christmas.

"Who does he spend it with?"

"Alone."

Christmas is my absolute favorite time of year, and the thought of Alex purposely alone makes me so sad that before I know it, I'm crying, and it has nothing to do with baby hormones. Clemmie immediately jumps off her lounger onto mine and pulls me into a hug.

"I'm sorry, I didn't mean to upset you."

"You didn't." I sniff. "And why are you apologizing? Your dad died too."

"I know. But I was too small to remember him. To be honest, it's a miracle I haven't grown up with a daddy complex."

She's so flippant that I'm soon laughing through my tears.

"I don't know how much he's told you, but no one else blames Alex for his death. We all lost our dad, but now we lose Alex at a time when we'd really love to have him around." She pauses and takes a breath. "Anyway, I guess I'm saying thank you because he's not been such a miserable twat this year."

I chuckle along with her, though my mind is now on Christmas and what I can do for Alex to make it easier. How I can help over the next month like he's helped me these past two weeks. Maybe I can suggest we spend it together, and if he wants to leave Valentine Nook, Everly and I could go with him so he's not quite so alone this year.

I'm trying to figure it out when Holiday moves from the pool to join us on the lounger. "What are your plans for Thanksgiving?"

"We'll be back in Aspen. I usually spend all the holidays with my best friend and her family, but they're going to visit the East Coast this year, so it'll just be Everly and me." I wonder if I should ask Alex to stay with us. He's certainly one of the things I'm thankful for. "What about you?"

"My parents are in Maine. My siblings and I will be home for it, and Lando's coming too. His first American Thanksgiving." She laughs, shaking her head. But there's a twinkle in her eye. "And the first time he'll be meeting my whole family. I'm expecting to be single by the end of it."

"No way. If anything, Lando would disown us and move to America just to be with you." Clemmie scoffs, reaching for her glass.

The pink in Holiday's cheeks deepens, and she offers a coy shrug, but it belies a confidence in knowing how much Lando loves her.

It's nice having another American around because since I've been in Valentine Nook, I've realized that although I speak the same language as everyone I've met, we *do not* speak the same language. There are so many things I want to ask her about her time here, but I don't want her to think I'm prying.

In the end, I go with, "How are you finding the long distance between you?" because that's the one thing I need advice on.

Holiday tucks her legs up and hugs them to her chest. "It's new. I took the summer off, and I've been here since June. I only went back to work a few weeks ago, and we're getting used to the travel right now. I fly back to LA the day after tomorrow for work, then to Maine, then to Shanghai, then back to London. We haven't decided where we'll be for the holidays, but after New Year's, I'm moving here permanently, so we just have to cope for a couple of months. That's what I keep telling myself anyway," she adds, with a light laugh.

"Wow."

I thought I was tired, but listening to Holiday, I don't know how she's not permanently in zombie mode from all the time differences. And maybe I could cope with a couple of months of travel before we settled on one place, but this is different. Alex and I have lives that cement us on opposite sides of the world.

But instead of worrying about it until my brain hurts, I push it away for another time, because that's the point when one of the spa staff enters the pool room and walks over to us.

"Ladies, if you'd like to come with me, we're ready for your hand and feet treatments."

I turn to Clementine. "We're doing manis and pedis too?"

"Yes, head to toe. Told you, Alex's treat."

Dipping my chin, I hide my smile as the familiar warmth creeps over me, and the three of us ease to standing, like it's the hardest thing in the world to do.

"Don't know about you," Holiday whispers, putting down her empty cucumber water glass. "But after this, I also vote we go and find a proper drink."

"Definitely," adds Clemmie in a loud whisper. "Any extension on girl time is good with me."

I smile and nod to both as we leave the pools for our treatment room. And as lovely as today has been, I'm not thinking about extending girl time. I'm wondering whether I can come up with an excuse to get back to Everly.

And her father.

14

Alexander

After Haven left for the spa this morning, I realized Everly was officially two months old. I happened to mention it to Miles when he popped over for a coffee and moral support, and the day spiraled from there.

Now we're in the snug, throwing a birthday party.

"Are you sure you don't have a balloon pump?" Miles puffs out to Eddie, walking in carrying another box of decorations left over from the summer fair.

The pastel bunting we hung looks a little odd next to a roaring fire and a rapidly darkening sky outside, but whatever.

"I didn't even know I had balloons, Miles. So I can tell you for certain I don't have a pump," Eddie grumbles, dropping the box on the floor. "In my day, we just used our lungs."

"In your day—"

"Yes?"

Miles and Eddie glare at each other before Miles concedes with a huffed, "Never mind."

"Thanks for the help, Eddie. We'll return everything

in one piece," I call after him as he trundles back to the One True Love. "Here, give me some." I hold my hand out for Miles to pass me the pack of party balloons. I take a couple and toss the rest over to Lando, sitting on a chair, reading the *Financial Times*, where he's been since he walked in. "You can help too."

He doesn't even look up as the pack flies through the air, hits the front cover of the paper, and drops into his lap. But it catches his attention.

"She's two months old, Al. She can't even pick out colors, let alone have any awareness of what a birthday party is. She wants to be fed, burped, and clean. That is literally the limit of a two-month-old's priorities."

I'm not about to lecture Lando on Everly's genius when it comes to colors. Instead, I snap, "Who made you the fun police today? Blow up a fucking balloon. It's for your niece."

He responds with a thick eye roll and a heavy sigh, but folds the newspaper, picks up a green one, and starts blowing. In all fairness to him, he didn't come over expecting to prepare a birthday party.

He came because I need to talk to him.

"Why's the duke more moody than usual today?" I ask Miles between puffs of my own balloon—a red one—that doesn't want to inflate.

"I'm not moody," Lando retorts, only for the green balloon to slip from his fingers and fall to the floor, letting out a pathetically weak fart noise. The sound has Dolly darting to the other side of the room. Blackberry doesn't flinch. "For fuck's sake."

Miles drops his chin, smirking, and Lando picks it up to start again.

"I'm meeting Holiday's family next week."

He leaves the statement dangling for the two of us to finish. Miles gets there first.

"And you're shitting yourself?"

"Not quite, but close enough."

"What are you going back for again?"

"It's Thanksgiving. We're staying with her parents, and her whole family will be there. All of them."

"Can't be any worse than us."

Lando holds his balloon and wags it at Miles. "But that's where you're wrong. Holiday and I weren't together when she met you lot. There's more at stake here."

Miles is about to reply, but I jump in first. I want to be sympathetic to Lando's plight, I really do, but there are more pressing matters at hand because I just realized that if Holiday is celebrating Thanksgiving, then Haven should be too.

"Wait, back up. Thanksgiving? That's a big deal, right?"

Lando gives one solemn nod. "It's why Hol's been baking all her pumpkin pies—"

"Tell her that last one was delicious." Miles slaps his stomach.

I throw him a scowl for interrupting. "And this is

everywhere in America?"

"I think so. I think it's bigger than Christmas." He shrugs. "Why? Isn't Haven going back to the States? I thought you were flying there together."

"We are. I mean . . . um . . . yes. But she's not mentioned Thanksgiving or if she's celebrating it. But . . ." I pause. Fuck. Maybe this is going to put a spanner in the works. "I was going to ask her to stay for Christmas."

I came to the decision somewhere in the middle of the night, while I was sitting in the rocking chair googling *What is a Girl Dad?* and ruminating on what my house would be like without Haven and Everly. Emptier, for one.

It led me to picture my future, particularly how long I could conceivably go without seeing my daughter. Two weeks max was the number I came to, though twenty-four hours was more preferable.

Two weeks flying back and forth across the Atlantic. Which isn't impossible, but not ideal, because then I had to decide how long we would spend together between the two weeks. And I travel for work, which I'd need to fit around seeing Everly.

It would require a lot of planning, and that's why I asked Lando to come over. I have an idea I want to run past him, but I'm not going to do it while he's red-faced from blowing up balloons.

While it was a productive night of thinking, it was also the second night in a row I got very little sleep. It's probably why I didn't second-guess this whole birthday party thing when I mentioned Everly's milestone to Miles.

Behind me, he whoops, while Lando's brows shoot up.

"Christmas?"

I nod. "Yes."

Lando's eyes shoot to Miles, and I know exactly what he's going to ask next.

"Does this mean you'll be here for Christmas?"

I nod again. "If Haven agrees. If she doesn't, then I'll be somewhere else. Wherever Everly is." That was something else I decided in the middle of the night. If Haven says no to staying, then I'll just go wherever she is. Wherever they are.

Miles lets out another whoop, adding, "It was my idea."

"I hope she says yes," Lando adds quietly. "We always miss you at Christmas, Al."

I don't reply and he doesn't expect me to. There's nothing to say that hasn't already been said, and it helps push my guilt away quicker when we stay silent. Miles being Miles breaks any looming tension by throwing a balloon at my face.

"I'm all done. What's next?"

"I'm not sure." I shake my head, flicking my wrist to check my watch. "I'll have to wake Everly up soon for her afternoon bottle. What time will the girls be done? How long does a spa take anyway?"

"Who knows." Miles shrugs. "Do they even know where we are? What if they go to the pub after, as that's where we said we'd be?"

I've been so caught up in birthday party planning, it slipped my mind we're not where we said we'd be, when Lando pipes up, "I already told Holiday we're here. They're on the way back."

Shit. There's still so much to do for this weird party that didn't exist until this morning.

"Does anyone know where Hen is? He's supposed to be bringing the birthday cake."

Another of Lando's balloons zips through the air and drops on the floor. This time his expression is more amused than annoyed. "Birthday cake? Seriously, Al? Are you okay?"

"It's not a birthday party without cake, Lan." I shouldn't have to explain, and then I hear the door open.

"Reinforcements are here," Hendricks calls out.

It's followed by a screech from Max, and a very out-of-tune rendition of "Happy Birthday," which sets off all three dogs howling, because Hamish and Maud have also arrived to join in the fun.

"Maxy, come and help blow up balloons," demands Miles, only to knock Max in the face with one the moment he walks into the room.

"Hey. Not fair," he gripes, and, picking up the nearest balloon he can find, returns the favor.

I leave them to their balloon fight and run to warm

Everly's bottle before waking her. I find her staring at the mobile flying above her crib, blue eyes wide, before focusing on me, and she lets out a big smile that melts my heart. I'm sure any parent would think this about their child, but she's seriously the most beautiful baby. When Max was born he was widely regarded as incredibly cute, but he wasn't *this* cute.

"Hello, darling. Did you have a good nap?"

I lift her out and my nose finds her neck. Breathing in that sweet baby scent is as addictive as crack because I can't get enough of her, and I know two weeks without her is going to be akin to withdrawal.

I take my time feeding her, resting her in the crook of my arm while she sucks down the milk like she's not eaten for days. Her legs stretch out, so much longer than they were when she arrived. My growing girl.

Even after she finishes, I stay and savor the quiet time. I don't want to go downstairs to the rabble, but in the end, before someone comes looking for me, I get up, change her nappy, and put her in one of the dozens and dozens of dresses my mother bought her—a pink one with little bunnies.

"My cousin is here," yells Max when we walk back into the snug.

"Hey Maxy, what do you say I employ you to announce my arrival wherever I go? I kind of like that idea, and I'll pay you in gummy bears," pitches Miles, which has Lando scoffing.

"Your arrival does *not* need announcing."

In the time I've been upstairs, my brothers have finished decorating. Of sorts.

Balloons are all over the floor, and the bunting is hung across the fireplace, except no one has noticed that one end has fallen off where I stuck it. There's also a Max-sized finger swipe through the frosting on the birthday cake.

"Uncle Alex, does Everly want a balloon?" Max follows me through to the kitchen, where I retrieve Everly's bouncer and take it to the snug.

"I'm sure she would love one if you can show her how to hold it. Don't let it pop, though, okay?"

Max takes one with a serious expression and a very deep nod. "I won't."

I'm about to place her in the bouncer when Maud barks at the front door opening.

Holiday walks in first and launches herself at Lando like she hasn't seen him in months. He picks her up and carries her over to the chair where they snuggle down, whispering and giggling to each other about their respective days. Miles rolls his eyes, his lip curled in revulsion.

I see his point. But I'm less revolted and more jealous.

I spent a year wondering what it would be like to have that. And I want it. I want it with Haven, even when I thought I might never see her again, right up until I followed Miles into the One True Love.

And whatever Hendricks thinks, having Everly only

makes me want it more.

My eyes stay glued to the entrance, waiting for Haven to appear, and when she does, it's the Haven of old, hair tied back into a ponytail, swinging with each step. The one I first met.

I don't know what they do in that spa place, but every sleepless night, every dark shadow and weary line has completely vanished. She's shiny, glowing, and absolutely beautiful.

Also, a little confused.

"What's going on? Why are there balloons everywhere?" she asks, easing Everly out of my arms, and kisses her cheek. "Hello, sweetheart, don't you look the prettiest picture all dressed up. Why are you all dressed up? What's Daddy been doing?"

Daddy.

I don't think I've heard her say that before. Not like *that* anyway, not like we're a unit. A family. That it's not me or her, but the three of us—Mummy, Daddy, and Everly.

And fuck if it doesn't make my heart swell so quickly I question whether I'm having a heart attack.

Fucking friends. Why did I ever listen to Hendricks?

There's a wobble to my voice when I tell her, "It's November twentieth." Holding her bright green gaze, her brows rise, and I wait for her to understand the significance. "Everly's two-month birthday. Eddie had some balloons and leftover decorations, so Miles blew them up. And I hung the bunting." I wave to the wall where the end is still hanging off.

Dammit.

Turning back to Haven, she looks like she's having a tough time keeping a straight face. "You seriously did all this?"

I nod, feeling incredibly pleased with myself. "And there's cake."

"For Everly's two-month birthday?"

"Yes."

"Well, if that isn't the cutest thing I've ever heard." A broad smile stretches across her face, flushed pink cheek to flushed pink cheek, rendering me speechless. "I knew she was born two months ago today, but it never occurred to me to celebrate it any more than 'yay, we survived two months.'" She pumps her fists in the air.

"Well, congratulations on that too." And out of nowhere, I lean in and kiss her cheek.

My lips press into her skin, or it could be Haven's cheek pressing into my lips. All I know is this is the closest I've gotten to her since she arrived in Valentine Nook.

I don't get to dwell on it because my sister is bent over double and wheezing with laughter.

"Oh my God, Al. You're hilarious. A birthday party."

I manage to tear my eyes away from Haven to glare at Clementine, adding a snarl to boot. "Hilarious?"

She claps her hands. "Yes. Fucking funny. I can't believe you spent the afternoon blowing up balloons, you absolute lo—"

I slowly raise one brow, which stops her laughing quite so hard.

"It's adorable," she corrects. "Absolute*ly* adorable."

"Better."

"Hey, I blew up the balloons too," Miles gripes, moving away from Max, who's repeatedly trying to get his own back and hit him in the face.

"Well done, Milo. I'm sure I can find a medal for you somewhere," she drawls, adding an eye roll while she ruffles his hair. Then she spots the birthday cake on the table. "And there's cake?"

"Did Pierre make it?" asks Holiday, breaking from whatever hushed conversation she's having with Lando.

Haven's still having a hard time grasping what's going on, and I don't blame her. "Who's Pierre?"

"The Burlington chef."

"And you planned this all today?"

"Came up with the idea when you left for the spa." I grin, and I'm actually really fucking proud of myself. "How was it, by the way? Feel relaxed?"

The smile still stretching from ear to ear tells me all I need to know. "Awesome. The best I've felt in a long time. Thank you, Alex."

My grin widens because *that*, that look? I've given her that. And in turn, I know right now, with her staring at me the way she is, it's the best *I've* felt in a long time.

Fuck it.

"So I was thinking. Instead of leaving, how about you don't?"

"What?"

"Stay for Christmas?" I blurt, and it comes out as a question.

Her head tilts, but not in a way like she's surprised at my request, like she's already thought about it. "You're asking us to spend the holidays with you?"

"I am."

"But you hate the holidays."

Pushing away the intrusive thoughts, I focus on spending the next month together—the three of us.

"I'm thinking that with you and Everly around, I might not hate them quite as much as usual. So if you don't have any other plans, what do you say? I'll take you back to Aspen for New Year's."

"You don't mind having a housemate a little longer?"

I shake my head. "No."

Haven peers down at Everly, who's quite happily watching Max run around with his balloon, then back to me. "Okay then, yes, we'd love to."

We stand there, staring at each other, and I wish to God I could read her mind because something is going on behind her eyes. I see it in the flare of her pupils, the faint creases fanning around the edge, the new minted sparkle.

But I've learned, as happens with a baby, the smell of shit can come out of nowhere—even at a birthday party. And the moment is broken with Haven's giggle.

"I'll go change her."

Fine by me. I've already changed two today, and there's only so much my gag reflex can take. Instead, I say, "Let me. I have it down to a fine art."

She giggles, and her hand on my chest stops me from moving. It almost stops me from breathing. "No, I want to. I haven't seen her all day. I can cope with a shitty diaper."

"Then I shall fetch you a birthday drink instead."

"Sounds perfect."

I follow her out, Haven taking the stairs while I head to the kitchen.

"Alex—"

I spin back around and come face to face with her, and she's standing on the stair that brings her right to my eyeline. Everything lines up—eyes, nose, *mouth*.

Blood pounds in my ears. The noise of my siblings quietens, and all I focus on is Haven. The faint freckles on her nose, the navy outline of her irises, the slow bat of her lashes.

"Thank you . . . for everything you've done for me, and for Everly. It's been wonderful being here and being welcomed by your family. And today . . . thank you for asking Clemmie to take me. It was really very kind. I never expected . . ."

While she talks, her eyes flick between my eyes and my mouth, until they finally drop and stay put. I don't reply. I'm still thinking about her tongue darting across her plump bottom lip, and before I know what's happening, her hand slides around my neck to tug me in.

All I can smell are the oils she's been massaged with—florally and not at all Haven—but they conjure up images that shoot straight to my dick, nonetheless.

And when she moans, "Alex," I know that I don't stand a chance in hell of not kissing her back.

Her pulse hammers under my thumb. My fingers wrap around the base of her throat, and when her lips break and my tongue slips alongside hers, the year we've spent apart is almost worth it.

Weirdly, I register the taste of cucumbers, before that thought is pushed away to savor her grip on my neck and the way her fingers slide into my hair, nails scraping and spurring me on. Our tongues twist together, reacquainting themselves. It's as familiar as riding a bike.

My hand slips around to the base of her spine, pulling her against me, trying to get as close as I can. I *need* to get as close as I can.

It's clear we both forgot that Haven's still holding Everly, because when she cries out, the pair of us jump apart like teenagers caught fucking against the barn door.

I'm too shocked to speak. And based on her chest heaving while she catches her breath, Haven is too.

A couple of meters away, Max is laughing. We're

outside a room full of people carrying on oblivious. No one knows.

Come to think of it, it's that age-old tree falling in the woods scenario. If no one witnessed it, did it make a noise?

The answer is yes, because I can still taste her lips on mine. I can feel them pressed against me. When I find her gaze, I can see heat burning in her dark green irises. She wanted it as much as I did.

Then she turns and runs up the stairs to get Everly changed without saying another word, and once the throbbing in my dick dies down, I go back into the snug pretending everything is normal.

It isn't.

Haven and I agreed to be friends, but there was nothing friendly about that kiss. There's nothing friendly in the way I think about Haven. And I'm done with pretending I'm okay with it.

It's five weeks exactly until Christmas. Thirty-five days. Eight hundred and forty hours.

And if I can make it through without a repeat of what just happened, it'll be a Christmas miracle.

15

Haven

I lie in bed and listen to the rain.

On one hand, I'd like it to stop so I can go to sleep, but on the other, it's so loud that it's drowning out the sound of my thoughts.

Thoughts that sound a lot like—*you kissed Alex, you dumbass*. Because now what?

Oh my God, I *kissed* Alex.

All the tension massaged out of me yesterday has returned ten times over. It's coiling up my spine, digging into my thighs and wrapping around my chest so hard it's difficult to breathe.

Nothing has helped.

Not counting sheep. Not making myself come to memories of Alex's tongue in my mouth, and what else he can do with it. Not smothering my face with a pillow and screaming into it until I'm hoarse.

Nothing.

Admitting defeat, I toss back the covers, and as quietly as I can, I open my bedroom door. I stare for too long at Alex's room, wondering whether he's sleeping soundly next to Everly or lying awake thinking about me.

I'm not sure I want to know the answer.

In the end, I dart downstairs because I have a crazy temptation to turn his doorknob and find out for myself.

Doing my best to avoid the floorboards that creak, I make my way to the kitchen. The lights are far too bright for the middle of the night, so I stick to the soft downlighters underneath the cabinets and switch on the kettle.

Rain lashes against the window. It's hypnotizing and calming almost. But it doesn't make me feel sleepy, and it doesn't help me stop thinking about Alex.

So I stare into the inky darkness of a cold, wet backyard and think, nonetheless.

Because I have fucked up. There's no other way to put it.

After I returned from changing Everly's diaper, Alex barely spoke to me, which was fine because I couldn't bring myself to look at him, and by the time I'd plucked up the courage, I was hit with the full weight of his glower.

Boy, was he pissed.

After that, every time my eyes found him, there he was *glowering*. I wasn't even doing it on purpose, but it's like I could sense where he was and still had to check for myself.

He became nothing more than a walking Danger, High Voltage sign that I desperately wanted to reach out and touch.

For the rest of the evening.

Not that anyone else noticed, because he joked along with all of them, while I just got the death stare. Even when we sang "Happy Birthday" to Everly, he stood apart from us, using Max as a human shield, holding him over the cake to blow out the candles while everyone cheered him on.

A grown man using a five-year-old for protection. It would be funny if I hadn't been doing the same with Everly, until he took her up for a bath and stayed up there.

What kind of mother doesn't kiss her child good night because she's avoiding a guy she has the hots for?

Me, that's who.

And now I have to hide from him until Christmas, because he asked us to stay. Although maybe he'll change his mind and send us packing back to Aspen as planned. The thought triggers a whirl of anxiety behind my belly button.

Yep, I've really fucked up.

Instead of letting it take hold, I practice the breathing exercises my OB/GYN taught me during labor, though they're as helpful now as they were then. Which is to say they're useless because I'm no calmer or less tense.

The second option is to make pancakes.

It takes me no time to whip up the batter, pour it onto a hot skillet and wait for it to bubble. It's when I go to flip it that I catch a movement in the corner of my eye.

Sweet baby Jesus.

I'm so distracted I don't think about what I'm doing until I've bitten down on the spatula with a half-cooked pancake, and the scalding batter sticks to my tongue.

"Holy . . . argh . . . fuck." I spit out along with the dough, and what I assume is most of the skin from the roof of my mouth.

I stick my tongue out, wafting my hand over it as quickly as I can. But it's fucking useless. Ice. I need ice.

It's not ice that comes to my rescue, however. One big hand grips my shoulder, the other grips my chin to hold me still, and cool, minty breath blows into my mouth.

Now it's not just my tongue burning up.

Alex and his naked chest and his low-slung fucking plaid pajama pants are less than six inches from me, so close I can feel the heat of him. I can see the crystal-clear blue of his eyes boring into mine. He's hot, but my whole body may as well be on fire.

Because Alex blowing into my mouth is far sexier than it has any right to be. In fact, it doesn't have any right to be sexy, at all. It shouldn't be.

But it is. It *so* is.

And based on the solid nudging of his growing erection against my hip, Alex thinks so too. Which I guess is why he jumps back.

"Sorry. That was . . ." His eyes trace over me, taking in my old threadbare Wylder Ranch tee that used to belong to my dad, while all I do is gawp with my mouth hanging open.

Alex is so fucking delicious. There's literally no other way to put it.

He's a walking, talking fucking sex dream. He was the first time I saw him, he is now.

The soft downlighters cast a shadow across the hard plane of his chest, and the abs upon abs *upon abs* stacked below. It's like he's been chiseled out of marble, bare and golden.

It's obscene.

I swear I don't remember him being quite this impressive last year, or maybe the brain fog has wiped more memories than I thought, because I don't know how I would have forgotten it.

I want to reach out and touch him, check he's real. But I don't because he's still glaring at me, or maybe it's a snarl.

Without a word, he disappears into the laundry while I'm still in the spot he found me in, because my legs seem too heavy to move. Something to do with the throbbing that's squeezing my thighs together.

He returns thirty seconds later, stops in the doorway and tosses me a pair of sweatpants, which I only catch at the last minute.

"Put them on."

"What?"

"I can't talk to you when you're half naked. Put them on."

I don't see why I have to get dressed when he isn't, but I pull them on one leg at a time. I'm *this* close to cracking a joke about double standards, but I'm clever enough to know he's not in the joking mood.

The joke's in these sweatpants because they're Alex's, so they're way too long, and frankly, I look ridiculous.

But I don't wisecrack on them either. Instead, I wait for him to say something.

"Why didn't you call me back?"

Okay, that's not what I was expecting. "What?"

The way Alex steps forward reminds me of one of those nature shows in that it's less of a walk and more of a prowl. When he perches on the edge of the kitchen table, it's with a hard-set jaw and arms crossed over his chest. His lips purse tight, and the way his eyes are narrowed gives the impression he wants to kill me, but from the obvious semi in his pajamas, he's undecided.

"Why didn't you call me back?"

I swallow. His tone is different from the first time he asked me weeks ago. Then the hurt in his voice was palpable. Now he almost spits it out, abrupt and stern, and I'm slightly taken aback. Also, here I was thinking he was mad I'd kissed him.

But I don't want to go down that path right now, so I do the mature thing and pretend I have no idea what he's talking about.

"When?"

"Last year, Haven. You know when."

"I told you why." I roll the pajama waistband over to stop them from falling down.

"No, you didn't. Not really. Distance isn't a good enough excuse, especially now."

My neck jerks back. "What does that mean, 'especially now'?"

"What do you think it means?"

"I don't know, Alex. I'm not sure what any of this means." I wave a hand between us, ignoring the stinging on the roof of my mouth and the slight lisp it's giving me. Because it's hard to sound mad with a lisp, and I am *mad.* Alex has brought me over to the dark side. "It's the middle of the night, and you're pissed about something that didn't happen nearly a year ago?"

His eyes narrow, and I can almost hear his teeth grinding together. "Answer my question, Haven. And I want the truth."

We're in a staring contest. Narrowed eye to narrowed eye. I'm tempted to see how long we can go without one of us breaking, and who will break.

My money's on me, because I'm too distracted by Alex's nakedness and surprised I'm not already wiping drool from my chin. I know it's the exact reason he's not bothered to put a sweater on. I couldn't have been any more obvious checking him out.

Calculating asshole.

In the end, I throw my hands in the air and snap, "Fine. I was scared. Happy now?"

From the way his eyes widen and his thick dark

brows shoot up, I guess it wasn't the answer he was expecting.

"*Scared*? Of what?"

My mind goes back to that day eleven months ago, when Alex left to return to England. We'd spent a week together, an uninhibited week of fucking. We couldn't get enough. It was all-consuming when it should have been a Christmas fling, but between all the sex, something happened.

We talked and shared and laughed and commiserated. My life up to meeting Alex had been spent caring for my sick parents and managing their business. I hadn't had time for much fun in between. Alex showed me how to find it again.

When he left, I cried for a week. I grieved.

Not just for Alex, but for everything I knew I'd been missing out on. When I first heard his voicemail, it made me so insanely happy that it scared the shit out of me. Deep in the pit of my stomach, I knew that if I called him back, it would only lead to more heartbreak for me.

Then Saylor showed me his picture in *People* magazine, and I used it as confirmation.

"Of you," I snap, finally. Though I can't quite meet his eye, I know he wants more. A surge of emotion has my voice cracking, but it's no less angry. "Of *us*. That week we had last year was incredible. You swept me away. I was scared of falling in love with you, only to get my heart broken when it had barely mended. Look at your life. Look at mine. We're so different—"

"Haven—"

"What would have happened if I had called you back?"

He doesn't hesitate to reply, "I wanted to take you out for New Year's, and—"

"And then what?"

"What d'you mean?"

"I mean exactly that. After our date on New Year's Eve, when would we have had our second . . . our third? Where would that have been? Here, Aspen? How would we have seen each other when we lived five thousand miles apart?"

"Haven—"

"Exactly," I spit out, arms crossing over my chest like I've proved my point and won this argument even though I know I've barely given him the opportunity to respond.

Because if he does and says anything remotely like something I want to hear, I will have a meltdown.

Because I spent the past year alone due to my own stubbornness.

I carried a baby and gave birth by myself, because I was too scared to try to find Alex until I knew I couldn't cope for much longer. And even then, a small voice that sounds an awful lot like Saylor is saying, "I only bought my flight here because she made me."

"If you hadn't gotten pregnant, would you ever have called me?"

No point lying. I shake my head, loosening the buildup of unshed tears I wipe away. I should have stayed in bed and counted sheep.

Alex doesn't say anything. The kitchen is silent save for the ticking of the clock and his slow, measured breaths. It stretches out, and I'm not going to be the one to break this time. We'll stay here in silence until the sun rises for all I care.

Because I'm looking at anything but him, I don't notice him push away from the table until he's in front of me, finger hooking under my chin, forcing me to meet his gaze. His eyes are so hypnotizing up close, bright blue and clear.

Exactly like Everly's.

He swipes his thumb over my damp cheek. "First things first. I don't know what would have happened between us, but I do know I would have made every effort to keep seeing you. Fuck the distance."

Picking up my hand, he twines his fingers with mine, examining the pale pink polish I went with at the spa, and smiles.

"Last year, you had Christmas decorations. Each nail was painted a different color with a little drawing on it. Even though I fucking hate Christmas, I thought they were so cute. Wherever you went, there was always the scent of pine trees and cinnamon. Sometimes if I concentrate hard enough I can smell it again." He closes his eyes, like he's trying to conjure it up. When he reaches out, I try to remember how to breathe. "And this freckle," he continues, brushing his thumb across my top lip. "I thought it was a grain of sugar when I first saw it and tried to lick it off."

His admission makes me giggle. "What?"

"Yes, it's true. And I'm not ashamed to admit it." The grin he's wearing disappears, and his expression becomes serious again. "All I've thought about since I left you in Aspen is *you*. Every fucking day, Haven. *You*."

His fingertip is directly on my chest, right above my hammering heart.

"This life of mine, you're part of it now. Everly's part of it." His eyes scour my face, so intently it feels like he's trying to bore into my soul. Then a smirk tugs on the corner of his lip. "And might I remind you that last night *you* kissed *me*."

"I know." It's useless denying it when my cheeks are flushed pink. He's so close all I can see is the curve of his mouth, and all I can think about is it happening again.

It's all I want.

His finger trails up, crossing my collarbone, and rests on the thumping pulse in my neck. His palm curls around my chin, his thumb swipes over my lip, over the freckle.

"You are so fucking beautiful, Hayve," he whispers.

I barely notice the stinging from my burn when his lips find mine, and by the time his tongue tangles, I'm breathless.

Eleven months of being apart. Two weeks of living under the same roof. A couple of hours ago, I kissed him and ran away.

Now we kiss like there's no escape. *Really kiss.*

His stubble bites into my skin, and I don't give a shit that my face will be scratched up. I'll wear it with pride because I can't get enough. We're hungry and desperate.

My hands loop under his shoulders and grip the taut muscles spanning his back, the ones I've been thinking of daily. I relish the feel of his hot, smooth skin under my palms, and when his hands move to surround my face and pull me in further, the cool of his pinky ring against my cheek is all I register.

I want to remember this moment for when I'm back in Aspen.

I focus on the sensation of his hand gripping the back of my neck, the nudging of his dick against my hip, the heat of his body. I want to remember in case this is the last kiss we have.

We can't get enough. It doesn't feel like it's ever going to end, and I don't want it to. When we finally break apart, I know my lips are swollen, and the sound of our panting is only broken by the force of the rain against the windowpane.

This time, the look in his eyes is different. Last night, he was a rabbit in headlights. Now, he's the predator, and I'm his prey.

"You don't think this complicates things?" I blurt.

"No," he replies firmly and with conviction. "I think that we need to see what happens, for our sake. Even without Everly, I'd want to know. It's all I've wanted to know since I left you in Aspen. We don't have to rush, but we're tied together now, and I'm not going to spend the rest of my life wondering what if." He brushes his knuckle against my chin before tucking loose strands of hair behind my ear while we both catch our breath. "I want you, Haven, and not just for the sake of our daughter. For real. Don't be scared."

Somewhere along the way of our kiss, the ridiculous, too big sweatpants fell and pooled at my feet. When Alex notices, he crouches, grips the waistband, and with one flick of his eyes, slowly pulls them back up. *Obscenely* slowly.

All hangups that my body isn't the same as it was a year ago vanish as his hot breath travels the length of my thigh, his knuckles grazing across the sensitive spot at the back of my knees and up my burning skin. He rises with each inch he pulls the pants up, and by the time he reaches my hips to maneuver them over my ass, my pussy is throbbing and my panties are soaked through.

The edge I took off earlier has been expertly sharpened again.

Just the graze of his thumb over my ass cheeks as he puts them into place has me gasping for breath. Shivers wrack my body, and it would take almost nothing to bring me to the point of orgasm.

With a knowing grin, he ties the string of my pants tight enough that he almost cuts off my circulation. His dick is now fully erect as he leans in and brackets me against the kitchen counter.

"Good night, roomie. I'll see you in the morning." He calmly drops a kiss on my cheek and walks toward the door, but there's a definite shake in his voice when he utters his next sentence. "Get ready, Haven, because it's time. I'm done being friends."

16

Alexander

Nothing kills a morning boner like scrolling through a family group chat.

My family in particular.

MILES THE GREAT: Great birthday party tonight, Al. Any of you losers want to meet me in the pub for a nightcap?

THE DUKE: No.

MILES THE GREAT: Anyone?

MILES THE GREAT: Anyone?

THE DUKE: Miles, for fuck's sake, go to sleep. The pub's shut, it's 1 a.m.

MILES THE GREAT: Clem?

CLEMENTINE: No, sorry. I'm falling asleep and turning my phone off. Sleep tight, love you.

MILES THE GREAT: Al, what about you? Where did you disappear to during the party anyway? *winky face*

MILES THE GREAT: God, you lot are boring.

I'm so glad I missed these messages last night. But amazingly, there are only six hours between Miles's last text and the ones coming through thick and fast right now.

MILES THE GREAT: Morning, campers. Rise and shine. It's a beautiful day. Anyone want to come for a ride?

MILES THE GREAT: Al, how's the birthday girl this morning?

I peer over at Everly in her cot, and she's still fast asleep, like I wish I was.

When I came back upstairs from my midnight session in the kitchen with Haven, she was wide awake and grizzling. So I gave her a bottle before it became a full meltdown, changed her, and she'd already fallen back to sleep before I had the chance to lay her down again. And she hasn't woken since.

Me? It took me a little while.

I was too wired from kissing Haven and how things would be in the cold light of the morning. If I'm being truthful, I'm still wired. My dick's no longer rock hard thanks to my siblings, but I'm tempted to get in the shower before I begin daddy duties to take the edge off.

I'm about to toss my phone when it buzzes again.

HENDRICKS: Why are you awake?

MILES THE GREAT: You're awake.

HENDRICKS: Because I have a five-year-old snoring next to me.

MILES THE GREAT: By that logic, Al's awake.

MILES THE GREAT: Al?

MILES THE GREAT: Al?

MILES THE GREAT: Al?

MILES THE GREAT: Al?

ALEX: Miles, fucking stop it. What is the matter with you?

MILES THE GREAT: Ah. I win the bet. Hen owes me a grand.

ALEX: What bet?

MILES THE GREAT: That you're sleeping alone?

ALEX: What?

MILES THE GREAT: If Haven was in bed with you, there's no way you'd be replying. Still haven't sealed the deal?

ALEX: What the fuck are you talking about?

MILES THE GREAT: The tension between you two last night could have been cut with a knife. Only a matter of time, buddy . . . 😉

One of these days, I'm going to murder Miles in his bed.

Or not his bed. Just straight-up murder him wherever he happens to be when he's annoying me.

Like right now.

And 50 percent of my annoyance is because I thought I'd gotten away with my behavior toward Haven without anyone noticing. Which clearly didn't happen, but the longer she was upstairs changing Everly's nappy, the longer I had to stew on the kiss.

It didn't come out of nowhere.

She'd had that kiss saved up and waiting for me, for who knows how long. Since she arrived? Since I left Aspen?

Whatever the timeframe it brought back the annoyance I'd almost let go of after she didn't return my call, along with—if we're being truthful—the hurt and dented pride.

MILES THE GREAT: AI?

Strike that. Annoyance is seventy thirty to Miles.

I start typing, then stop. Then start again, then stop.

I don't know what to reply. Miles will have a comeback to whatever I say.

It would be easier to just ignore it and go back to sleep. Everly's not awake, I have time.

That's when I realize my mistake. The all telling *dot*

dot dots have given me away.

Fuck.

MILES THE GREAT: Spit it out, Al.

THE DUKE: Oh my God, what the fuck is going on?

MILES THE GREAT: Morning, Your Grace. Want to come for a ride?

THE DUKE: No. I want to go back to sleep.

THE DUKE: Holiday wants to know if I can add her to this group chat, seeing as you woke us both up.

THE DUKE: Actually, never mind, I'm not subjecting her to this shit.

MILES THE GREAT: Okay, I'm going to the stables. Last chance to join me. Otherwise, I'll see you all at family movie night.

I reread his last message four times before I realize he's talking about today and slap a hand over my face. How can it only be 7 a.m. and the day's already gone to shit?

ALEX: Family movie night?

MILES THE GREAT: It's Friday, Al. We all agreed that this week would be movie and pizza because Holiday's got a screener of that new Christmas film.

I definitely didn't agree to that. I'd remember. I might have forgotten it was Friday, but I would *not* have forgotten anything that involved Christmas movies. They must have decided it last week when I excused myself to stay in with Everly and Haven.

I wasn't ready to subject Haven to our weekly family supper quite so soon.

All I wanted to do today was take Haven on a date. The only reason I picked my phone up in the first place was to ask Clementine if she'd babysit Everly so we could get dressed, go out and enjoy dinner without one ear on the baby monitor.

Now my first date with Haven will involve my entire family while I live through the nightmare of a Christmas film.

THE DUKE: We're also bringing pumpkin pie as a final taste test before Thanksgiving.

MILES THE GREAT: Sign me up for that focus group.

Urgh.

I've had enough.

Glancing at Everly still sleeping peacefully, I want to apologize for bringing her into my crazy family.

Because we are crazy.

Miles especially.

But thinking about Everly and Miles in the same headspace reminds me that he was the one to come find me when Haven arrived. He and Clemmie were the ones who picked up the pieces when I stormed away.

You know what they say, you can't pick your family, and as much as they annoy the fuck out of me, I wouldn't trade them for the world.

I don't even need to look that deeply to know how lucky I am to have them.

They could have given me a hard time about Everly, and the way she arrived into the world, but they've taken to her like she's a miracle baby years in the planning. Even my mother.

The long and the short of it is that as much as I want to take Haven out, she'll have to settle for movie night as our first date. Our second date can be the two of us.

I manage a lightning shower before Everly wakes up, and when she does, I change her, get us both dressed, and fill her in on the events of last night.

"Big night, last night, baby girl." I grab her toes and blow raspberries on them until her cheeks crease with chubbiness. "Daddy kissed Mummy. And if I play my cards right today, I'll be kissing her a lot more."

It's hard to imagine what life was like a mere few weeks ago when my mornings belonged only to me, and I didn't start my day with her smile, because it's an arrow straight to my heart. She's so perfect and tiny, it's still a marvel that she's half of me. That I was part of her creation.

It's overwhelming to the point of debilitation. Sometimes I just stare at her and fifteen minutes have passed, or I'll be thinking about something she did—grab my finger, for example—and I'm choked with tears before I can blink. I should ask Hendricks if this is how he felt because I'll have to start allowing for more time in my schedule.

I've also discovered that I enjoy dressing her. I like clothes, but I'll buy the same shirt / jeans / chinos in five different colors, have them tailored to my body, and Bob's your uncle. It's easy and I don't have to think. I walk into my wardrobe and pull out the first things I see.

Thanks to my mother, Everly has more clothes than I've ever had, and I suddenly care about which pair of tights goes with which dress, or whether the stretchy pants match her sweater.

If this is what Clemmie calls a girl dad, then I'm nailing it.

I finish today's look with a pair of pink spotty socks edged in lace and scoop her up with a big kiss. "Come on, sausage. Let's go and see what's for breakfast."

I don't hear any movement from Haven's room when I press my ear to the door, but I'm craving those pancakes she started last night.

Blackberry is waiting impatiently on the kitchen table and purrs loudly at Everly as she lies in the bouncer while I get her bottle warmed. A sharp bark at the back door has me rolling my eyes, and when I open it, Dolly is there waiting.

"You've already been fed," I grumble, watching her trot straight in like she owns the place.

But being the enabler I am, I pour out her food along with Blackberry's and leave them to it. Everly guzzles down her bottle as usual, and throwing a cloth over my shoulder, I burp her while figuring out what to do with the pancake batter.

Toast is usually my limit, though I have breakfast five days a week at Burlington before I head over to the office. But what the hell, I'm feeling brave. I'm a *girl dad*, and I'll have breakfast going by the time Haven wakes up.

"Can't be that hard, can it, Evey? I'm sure Daddy's capable of making pancakes."

The pan's still out from last night, but I add more oil and turn on the stove. I'm guessing it should boil or something before the mix is poured in, so I make a coffee while I wait and watch. It doesn't boil, but it does start hissing a little.

I'm in two minds whether to text Hendricks to ask if I'm doing it right, because he's the only one of us who can legitimately cook, but he'd only take the piss.

In hindsight, I shouldn't have had the burner on full, and I should have used a ladle to pour the batter instead of the jug, as it came out too fast. The moment it hits the pan, the oil spits and bubbles; the flames under the burner fire up, and the batter smokes black.

Fuck.

It takes me a second to get everything under control, waft a tea towel through the smoke, and calm the situation. And peering at the pancake, it's a little crisp around the edges, but it's still definitely edible.

I turn around to grin at an oblivious Everly spinning the colored bricks attached to her bouncer.

"Phew, close call, sweetheart." I wink confidently.

However, there's a thin line between being confident and being cocky, and I crossed it when I forgot about the smoke alarm.

By the time I manage to stop its high-pitched wailing, Everly's crying, Dolly is howling, and Blackberry's scarpered.

"Jesus fucking Christ." I grunt at nothing in particular while I try to soothe my daughter by lifting her out of the bouncer. "Sorry, sausage, Daddy's an idiot."

"Quite the wake-up call."

Spinning around, I come face to face with Haven, and all my annoyance melts away.

My cheeks immediately warm, reminiscent of a bashful teenager seeing the girl he's crushed on forever in school assembly the morning after their first kiss.

Wearing sweatpants and a hoodie, wet hair twisted into a knot, showing off rounded cheekbones and the graceful curve of her neck, I can't take my eyes off her. I can never take my eyes off her, but this morning . . . she's stunning.

I like Haven, and I want her to like me. It's a weird thing to say, but I'm so aware of not fucking this up and already praying the past fifteen minutes doesn't count.

"Sorry," I say again, this time to her, as she eases our daughter out of my arms and kisses her. "The alarms are particularly sensitive because the roofs are thatched. Probably another reason I shouldn't ever attempt to cook. Let's try again. Good morning."

"Good morning."

Her light laugh doesn't help to ease the tension because she's still standing close enough to me that I can see every freckle on her nose and breathe in the perfume of her shampoo. Her eyes seem even greener from this angle, her neck elongates toward me, and if I'm not mistaken, she's angling for me to kiss her. *Maybe.*

It might be wishful thinking, but it's a risk I'm willing to take and find out.

My lips have barely touched hers when sirens blare too loudly to ignore. A thunderous banging on the front door follows it. Peering out the window, I see three fire trucks and a dozen firefighters unloading hoses.

Fuck my life.

What happened today, Al?"

Miles's smirk says he knows exactly what happened today.

The whole of Valentine Nook knows what happened. If Max hadn't been in school, he would have come by to check out the fire engines.

"Oh, fuck off."

Haven rubs my arm. It's a conciliatory gesture because she's laughing along with Miles. And I want to be annoyed, but I love seeing her laugh, so in the end I grumble something about trying new things.

"Hey, I'm all for trying new things. I just know my limits, and cooking is one of them. Plus, why bother when we have a beautiful breakfast laid out up here every morning?" Miles asks, gesticulating around the Great Hall.

"It's pretty fancy," Haven agrees. It's a stark contrast to the first time I brought her to Burlington, when she walked around with her mouth open and stared at everything. "But why are those guys moving all the furniture out?"

My guts twist. Miles senses my discomfort enough that he answers for me.

"They're getting ready for the Christmas tree." His lips roll, eyes slicing to mine in case I want to finish the rest. "Every year it comes in and we decorate it."

I dearly wish Haven's face wasn't lighting up with more happiness than I've seen in her since she's been here, especially when she turns to me with green eyes alight with excitement, but possibly a little wariness. "You decorate a tree?"

I can't tell whether she's asking if I personally

decorate the tree, or if it's a collective *you* that includes the entire family. Again, Miles is silent. He's as eager for my reply as Haven.

I haven't decorated the Burlington Christmas tree since the year before my dad died.

It was always a tradition for Lando and me to come home from boarding school at the beginning of December to a naked tree ready for its baubles. It was always my favorite time of year, and I counted down the days until Michaelmas term ended so we could go home. Then twenty-one years ago, we arrived back, and it had already been decorated because my parents had plans to take us to the pantomime instead.

I was so upset that my dad left the following morning to buy another tree for us all to decorate.

He died before he made it there. His car was hit by another driver on the wrong side of the road.

I never have a Christmas tree in the cottage.

I never have decorations.

I haven't joined in with our decades-old family tradition since that day.

But I'd have to be a monster to say no to Haven when she's agreed to stay in Valentine Nook for Christmas, giving up her beloved holiday season in Aspen. I remember all those decorations around her house. The Nutcrackers. A life-sized Santa and his entire sleigh, a tree in every room.

My nightmare is her Disneyland.

I can't look at Miles when I nod and reply, "Yes. Next

Saturday, then we go down to see the lights switched on."

Again, I don't know why I'm including myself. I never go.

Her head tilts, and I'm not entirely sure she's bought my bullshit, but then the twinkle returns to her eyes.

"I figured you wouldn't have a tree, but this is so cool." She turns to Everly, freshly bathed and ready for bed, wrapped up in her little sheep onesie. She'll sleep in Max's old crib while we spend the evening downstairs. "Your first Christmas tree, Evey."

My heart lurches because as much as I hate Christmas, I know I will do anything for Haven and Everly.

"Who wants a drink?" Miles asks, and I shoot him a grateful smile.

"Me. Definitely."

He claps a hand on my shoulder and squeezes. "Let's go. Fuck knows where everyone else is."

"You guys do family dinner every week?" asks Haven, as we walk toward the library room with its fully stocked bar.

The change of subject cheers me somewhat. "We do. But movie night's usually once a month."

"Movie night?"

I stop and blink. Shit. In the chaos of the fire engines and everything that followed, I totally forgot to mention movie night. I'm not even sure how because I definitely meant to prewarn her.

"Yes. Tonight's movie night. So I need you to get your game face on, family movie night is not a small undertaking. Miles usually talks all the way through, Lando gets annoyed, and Clemmie either cries or watches behind her fingers. If Max is with us, we only get through half a film because we have to keep stopping it to answer his questions."

Haven stifles a giggle, which has me smiling.

"I don't talk all the way through," Miles gripes and lets out a long huff. "Not every time, anyway."

"He does," I mouth to Haven, following Miles into the library. The bar has already been set up and laid out to make everyone's favorite drinks. He walks behind it and slaps his hands down on the bar top. "Miles likes to play bartender."

"And I'm excellent at it." Picking up a tea towel, he drapes it on his shoulder, and lays out three glasses, then sticks a toothpick between his lips. "Now, Haven, what can I get you? Al, an old-fashioned, I presume?"

I nod, barking out a laugh at this ridiculous role he plays, complete with a very odd-sounding American accent. If he wasn't a world-class polo player, Miles could be a very average actor. "Got it in one."

"Well, if you're making it, I'll take an old-fashioned too. I've pumped enough milk to last until tomorrow, and I think I deserve a drink," Haven declares, scooching onto the barstool, while I take Everly.

"Three old-fashioneds coming right up." He starts

scooping ice into a shaker. "Shit. Hang on, there aren't any oranges. Back in a jiff."

When he sprints off and leaves the three of us alone, I pull Haven's stool closer until her knees slot between mine.

After the chaos of this morning, where the fire brigade wouldn't take my word for it that no fire occurred and proceeded to check the kitchen and examine the roof with meticulous detail, I've barely had any time with Haven to pick up where we left off, so I'm taking the opportunity while I have it.

Getting as close to her as I'm able while holding our daughter, my mouth surrounds hers. Maybe this is our new norm: kissing while holding a baby. But I do my best not to muss up her perfectly made-up face or her hair, which I know she spent an hour styling.

I get to take my time with this kiss. It's not frenzied or particularly hot. It's calming. Both familiar and new all at the same time, with an overwhelming sense of relief that I've finally found what I've been searching for. I have her back.

And when I pull away, she leans into my palm and lets out a soft moan of contentment that I feel deep in my chest.

"I'm sorry this has to be our first date night. I promise it'll only be the two of us for our second."

"Are you kidding me? I love it. Big family dinners were always my dream as a kid. I love that Everly will get to have it in her life." The grin she began her sentence with tapers off until her brows furrow and her expression turns wary. "Alex, are you sure about the tree?"

"What d'you mean?"

She looks down at her crossed legs, and I note how the pink polish on her nails catches in the bar lights. "Don't feel like you have to do things on my account or even stay here. Clementine said you always leave Valentine Nook for Christmas, and if that's what you want to do, then we'll come with you. I said I'd spend Christmas with you, but it doesn't matter to me where that is."

My sister's got a big fucking mouth.

My second thought is that I'm sorely tempted to take Haven up on her offer.

However, as much as I hate to admit it, Lando and Miles and Hendricks and Clementine, *and* my mother, are all right. My father would be so disappointed that I lived like this, that I avoided his favorite holiday. So maybe this is the year I finally get my shit together and hang a bauble on a fucking pine tree.

"No," I say as firmly as I can, ignoring the churn in my guts and the blood whooshing in my ears. "We're staying here. And we will decorate the tree."

The hint of a smile tugs at Haven's mouth. "Really?"

"Really."

"With the whole family?"

"With the whole family. Actually, I don't think Holiday and Lando will be here since they'll be in

America for Thanksgiving." I grimace. "Are you sure you don't mind missing Thanksgiving? We can fly back to Aspen if you do."

She shakes her head. "No, Christmas was always the big holiday for me with my parents. We'd decorate the tree and sing carols. I'm happy to trade the holidays, but I still get to give thanks"—she pauses, taking a breath—"and I'm thankful for you this year."

"Me?"

"For giving me Everly." A smile tugs at her lips. "And Christmas."

My throat lurches, and I swallow down the tears lodged there.

"Then you're welcome." I lean in and press my lips to hers. "I still wish it was just the two of us. Dinner with my entire family was not what I had in mind."

"What did you have in mind?"

My eyes drop to her plump mouth. "I wanted to make out all night."

She edges forward, teeth scraping her bottom lip as she peers up at me from under sooty-black lashes. My dick immediately pays attention.

"Isn't that what movie night is for? We'll sit in the back row."

My laughter barrels up my throat. "I knew there was a reason I liked you."

"Plus, no one's here now." Her lips hover over mine, only to groan. "Damn."

"Got the oranges." Miles walks in, juggling them. "Plus, Holiday and Lando arrived. They brought the movie."

"What movie are we watching?"

"A new Christmas one Holiday brought. It's got that guy from the Avengers."

I have no idea who he's talking about, but Haven clearly does from the way her entire body stiffens.

"Oh my God, oh my God. I've been wanting to see this movie. It's not out for another few weeks. Oh my God, Alex, thank you."

She's off her stool, jumping up and down, and squeezing my arm like I've planned the whole evening around how much she loves Christmas, which I didn't. Obviously. But I can't help but laugh because this excitement is exactly the level my dad would have appreciated. He would have liked Haven.

Hell, he would have *loved* her.

And weirdly, as the evening progresses, I come around to the idea that while it's not my choice for a first date, it's the perfect first date for Haven.

The rest of my family finally arrives. We drink and eat and laugh. Max and Everly go to bed without fuss, and when it's time for the movie to begin, Haven and I take one of the sofas and pull a blanket over us.

I hold her hand like we're watching a slasher film because while she doesn't need the moral support, I do.

Yet the best part of the evening is when the movie finishes. Not because it's over, but because we get to bundle our daughter into the car and go home together.

The three of us.

17

Haven

We breeze through Thanksgiving, and suddenly it's December, and we've been here a month.

Valentine Nook has become so familiar to me that it's hard to believe I barely knew of its existence before we arrived. Claudia in The Beanery has my coffee order ready the moment she sees me coming past the store. Eddie waves at me like I'm a regular in his bar and have been for years.

Everyone knows me because they know Alex, and they're sweet and kind because of it.

They ask about Everly. I've been given multiple hand-knit hats and mittens, as well as one Christmas sweater featuring a penguin. I grew up in a small town, so I'm fully aware it doesn't always work like that, but it does here, because everyone loves Alex.

I feel as at home here as I do in Aspen, and that's saying something. I miss it, and we're still speaking to Saylor every day, but I don't miss it like I thought I would.

But I thought I'd be here five days, and we're into our second month.

It could well be down to Everly being half English that I feel this way, and why I've been making every effort to immerse myself in the English culture, but I know Alex has more to do with it.

The effort he puts in to make sure the two of us are happy and content has taken getting used to. Ceding control, when it's what's kept me going over the past few years and only intensified when Everly came along. No one tells you about the instincts you develop when you have a child. That, above all else, you are solely responsible for protecting this tiny creature and keeping it alive.

It's what led me here to this funny little village. It's what led me back to Alex.

And I know that if anything happens to me, or between us, Everly will be absolutely fine.

With that knowledge comes reassurance and the ability to relax. It took me a couple of days to figure it out, but the overwhelming anxiety I've been waking up with since I found out I was pregnant has gone. We're right at the beginning of a new journey, and while I have no idea where it'll lead, I want to find out.

Everly is happy, and just from the way she looks at Alex, I think my daughter has found the love of her life. And for him, every time we're stopped in the village, or grabbing coffee in The Beanery or having lunch in the pub and someone approaches us, the pride he wears when he answers questions about Everly is the most beautiful thing I've ever seen. It hits me right in the chest every single time.

When Alex and I first met, there was no doubt he was hot. A super fucking hot, rich English vacationer, the epitome of the Aspen clientele. Then he was *funny* and super fucking hot, and the more we talked, he became *sweet* and super fucking hot.

While he's still all those things, he's so much more. You barely have to scratch the surface to also see how kind, loving, and supportive he is.

Not to mention respectful. *Frustratingly* respectful.

We've done nothing but kiss since our middle-of-the-night liaison in the kitchen.

Kiss and kiss *and kiss.*

But every time it feels like we're about to pass first base, hands creeping under my shirt, inching toward my bra, Alex pulls back. And when the day is done, he walks me to my bedroom door and leaves me with a good night. It's sweet, and sexy, and goddamn *frustrating*.

I get it. It's weird dating someone you live with, not to mention have *a kid* with, but I'm unwittingly taking part in the world's longest edging session, and I need it to be over.

Even now, with his big hand resting on my upper thigh as we drive over to Burlington, all I want to do is shuffle down in my seat so his fingers are firmly positioned between my legs.

It's a testament to how impressive the wreaths are that they are being hung on the giant Burlington Hall entrance gates that my focus shifts from the back of his hand.

It's taking five guys and one cherry picker to lower the first one into place. The other is laid on the back of a truck.

They must be at least ten feet wide each, tastefully decorated with holly and eucalyptus, dotted with small red berries, and finished with an enormous red bow.

I've never made anything that big in my store. I don't even know how I would go about it. It wouldn't fit through the door, for one.

"Holy shit."

He nods. "My mother likes to go all out. Just wait."

His eyes focus back on the driveway, and as we make our way along, I notice the pressure of his fingers dig a little deeper into my thighs. His hand around the steering wheel is even tighter. It's exactly how I look like when Saylor drags me to the roller coaster at the Adventure Park.

I fucking hate roller coasters. And I realize how selfish I am.

I haven't noticed how quiet he's been because all I'm thinking about is sex.

"Alex, pull over for a second."

"What?"

"Stop the car."

His brows drop, and his eyes flick to mine in concern, but he hits the brakes and cuts the engine. "What's wrong?"

Swiveling in my seat, I turn to him, searching his

face for any sign that he doesn't want to be here. That he's only doing this for me. But all I see is his blue eyes staring at me, wondering what the hell *I'm* doing.

"When did you last decorate the tree?"

His cheeks puff, his shoulders drop like he's been caught in a lie, and when his eyes find something out of the window to focus on instead of me, they fill.

His voice is quiet, hollow almost when he replies, "I was ten. The year before my dad died."

My gasp is soft, but he hears it. I just hope he can't hear my heart breaking for him too.

"I want to do this. For me, too. I *need* to do it."

Turning his face back to mine, Alex's stubble scratches under my palm. "Any time you want to go, say the word, and we go. Deal?"

"Haven—"

"I'm not kidding, Alex. The moment it gets too much, you tell me, and we'll leave."

His head moves until his lips line up with my palm, and he kisses it. "Thank you."

When he starts the engine again, his shoulders aren't so tight, and the color's returned to his knuckles.

The wreaths on the gate should have prepared me for what was in store. So should the workmen carrying ladders into the house, and after parking and taking Everly out of her car seat, we follow one in.

At my first whiff of pine needles my excitement builds. It's a direct correlation to Alex's trepidation, and

I try my hardest to keep it buttoned down, but then we walk through the front doors to find a hive of activity.

My parents' ranch—*my* ranch—*Wylder Ranch* supplies the trees for the cabins and hotels in the Aspen area. And they like them big, because Aspen is big. It's flashy as shit, and the tourists who come for the holidays live by the ethos that bigger is better. I've seen plenty of tall trees decorated for the holidays.

But I've never seen a tree like the one I'm staring at. It's got to be thirty foot, easy. Fifteen feet round at the base.

Now I understand why all the furniture was being moved out.

Placed directly in the middle of the hall, it's so big that there are ladders positioned on either side. Two men, standing on scaffolding level with the top, are securing it with ropes that hook them into the wooden beams running across the roof. Based on the two pairs of boots sticking out from under the boughs, another two guys are securing the base.

A housekeeper is vacuuming the needles that have dropped on the move, and another directs a couple of younger boys, both carrying heavy-looking boxes. A third is laying out rows and rows of twinkling lights.

This isn't just tree decorating. It's an event run with military precision. It's going to take us all day, my fists ball at the prospect. I want to jump in the air and pump them, but I don't.

No wonder Alex is freaked out.

"Oh my God," I whisper, turning to Alex and Everly, and spot a pair of Nutcrackers standing in the corner that I'd recognize anywhere. "Hey, those are from my store. You bought them last year."

He spins around. "Yes, Hendricks brought them back for Max."

"Where are th—" I begin before the sound of a fire truck blares from the hallway to the left, and Max zips in, closely missing one of the younger boys bringing in more boxes.

Hendricks, close behind, apologizes to the box carrier and shouts, "Max, watch where you're going."

"Sorry," Max yells in reply, screeching to a halt in front of us. "Is that my cousin?"

Alex nods. "It is."

"Is she decorating the tree too?"

"We all are."

I'm smiling at Max, but Hendricks is looking at Alex. He's wearing an expression akin to pride, and when he pulls Alex into a hug, his eyes turn watery. It's similar to the reaction Miles has, followed by Clemmie.

It's clear that Alex being here to decorate the tree isn't just a big deal for Alex, but it's a big deal for everyone else.

A flurry of activity precedes the arrival of their mom, the vacuuming stops, the workers disappear, and a fire is lit in the enormous stone fireplace.

"Granny," Max yells, announcing her entrance, and

holding his hand out for her to take, drags her over to the long tables by the window.

After he's shown her whatever he wanted to show her, he drags her back over to where we're all standing. Her eyes immediately fall onto Everly.

"Hello, darling," she coos, holding her hands out to take her. "May I?"

I'm still unsure what to make of Alex's mom. We've met half a dozen times, and aside from the day of the paternity test, she's always been perfectly lovely. But it's clear she's a lady of stature, and a *force* to be reckoned with. You only have to look at the five children she raised after her husband died to see that.

And as much as I hate to admit it, she's intimidating.

But when I see her with Max and Everly, all I see is someone who dearly loves being a grandma.

In the time we've been talking and Everly's fussed over, and the drinks have been brought out along with snacks which everyone's eaten, the twinkle lights have been threaded through the tree, and all the decorations have been laid neatly on six long tables.

There are three tables of filler baubles in red, gold, silver, and white. The next table has dozens and dozens of gold stars, while the final two are laid with the real heart of the tree.

The family baubles, the personal ones, the ones that were made in art class, or passed down through the years. There's one of a fingerprint with Clementine's name scrawled on the back.

But the one that really hits is a little gold photo frame of a boy sitting on a man's knee. The man looks exactly like a mix of all the boys, and it takes no guessing to know it's their dad. But the boy? All I see is Everly's chubby cheeks, her little cupid bow atop her lip, and the dimples her father has now.

Underneath written in a child's hand are the words Alex and Daddy.

"I love that one too."

I turn to find Victoria standing next to me, she's holding two red boxes—one on top of the other. "I have something for you."

Inside, I find a beautiful crystal bauble etched with snowflakes resting on a velvet cushion. *Everly* is written across the middle.

It's stunning. And I'm speechless.

"The other one is for you too. You're part of this family now. Not just because you're Everly's mother, but because you brought Alex back to us. I can never thank you enough." Her arms wrap around me, squeezing me tight, hugging me like a mother would.

And I suddenly miss my own mother so profoundly it's hard to breathe.

I know this much. I've never been so emotional decorating a tree before I've even *placed* a goddamn bauble. I wish I'd brought tissues.

"Thank you, Victoria. I will treasure these always and so will Everly." I smile with a sniff.

"Come on, let's hang them."

We do, close to where Max is hanging a glittery Santa's sleigh, who then returns to the table to grab another.

"Daddy? Can you help me with this?" He holds up a little fire engine to Hendricks.

"Sure, buddy, where d'you want to hang it?"

He groans when Max points at a branch sticking out two-thirds of the way up, but follows him up the ladder anyway, helping him to slide it on. It doesn't feel right for me to place any of the personal ones, even the pink flamingo I spot, so I help with the generic colored baubles.

Everly's mesmerized by the twinkle lights, sitting in her bouncer, which Alex fetched, while she holds a little giraffe that Max gave her.

"Hey, did you hear Giles MacIntosh is in the hospital?" Clemmie asks, as she passes a particularly garish pink glitter snowflake to Miles halfway up the other ladder.

He turns his nose up but hangs it anyway. "No way, what happened?"

"Broke his leg shifting the cows last week. Had to get it pinned in two places."

"Ouch. Shit. Is he okay? We should send something."

"Mum did already, she went to visit."

I lean over to Alex. "Who are they talking about?"

"Mr. Giles. He runs the Christmas tree pen in the village," he whispers back, then turns to Clemmie again.

"Wait. Who's running the stall?"

She pauses, looking around until she has our undivided attention. "Story."

"What's a story?"

"His daughter. Actually, her name's Sophie, but we always called her Story because she loves to tell them. Short for Sophie the Storyteller." Clemmie chuckles and gets a look in her eye like she's remembering one of them. "She's a teacher now."

"Who's a teacher?" asks Hendricks, stepping back onto the floor and lifting Max off the final three rungs.

I'm expecting someone to answer, but Alex, Miles, and Clementine all stare at each other, clearly not wanting to deliver the news. For some reason, I get the impression that she didn't realize Hendricks was on the other side of the tree.

"Story," Miles says eventually.

For a split second, Hendricks looks broken. "Oh."

"Clem just told us Mr. Giles is in the hospital—"

"Okay—"

"And Story's come back to help on the stall."

There's silence, and it feels like everyone's holding their breath.

"She's back?" Hendricks's eyes narrow at his sister, and the grief he showed mere moments ago turns thunderous. "In Valentine Nook?"

"You didn't know?" asks Clemmie.

Hendricks shakes his head. "Why would I?"

She shrugs, turning to Miles, who asks, "Have you seen her?"

"No, of course not. I'd tell you if I had."

I have no idea what's going on. I don't know who any of these people are that they're talking about. The only thing I can add to this scenario playing out is that I've never seen Hendricks look as pissed as he is now. Jaw clenched, shoulders tensed, eyes narrowed.

But after a "good for her," his mood vanishes as quickly as it appeared, and he picks up another bauble, hanging it on the tree. Story and the Christmas stall aren't mentioned again.

Morning turns to afternoon. Dogs run in and out, Max tries hanging baubles on Dolly, for them to be shaken off. More snacks are brought. The only time I excuse myself is to feed Everly and put her down for an afternoon nap, laying her in the crib she slept in last week on movie night.

And while we don't mention any development of our relationship to Alex's family, it's obvious that something has happened. We hang baubles like it's teamwork, never far from each other. He passes them over, along with a kiss. And when I'm up the ladder, Alex is right behind me.

There's one moment when everyone notices Miles and Max have gone quiet, only to find them on the other side of the tree with Max dressed in twinkle lights with baubles hanging from each ear. It was funny before he was plugged in. After, it became hysterical.

And I realize how happy I am. It's been a while since I felt this happy, but I do, because of a family I never thought I'd fit in with. But they love just the same, even a bit harder than mine did.

When Everly stirs on the monitor, I go and fetch her. After making quick work of changing her diaper, I feed her, then take her back down. It's quieter when we walk into the hall, and Alex stands by the tree surrounded by his siblings. Miles's arm is slung over one shoulder with Clemmie's on the other. His head is dipped as his mother is saying something, and I hear him sniff loudly. But Everly's gurgle is louder.

When Alex turns, I see how bloodshot his eyes are and how wet his face is. How wet everyone's faces are, and my heart lurches.

I don't know if this is something I should be interrupting, but then he jogs over.

Using the heel of his palm, he rubs the new tears away and takes a big sniff. "Hey."

It takes all my willpower to swallow down the lump in my throat. "Do you want to go home?"

He shakes his head and takes Everly, kissing her cheek. "Not yet. I need to do something, but I want Everly. Will you come with me?"

"Of course." I take his hand, and we walk back to the tree.

Miles hands Alex a box and turns to me. "Do you recognize this?"

I glance down at the gold star laid out on tissue

paper. The lights catch the pave stones lining the intricate filigree making up each point, and sparkle brilliantly. Alex paid four hundred dollars for it.

I nod. "The one from my store."

"Yep, and it's going on top of the tree."

My neck cranes back so I can see the top. "You're taking Everly up there?"

I hope he says no. Please let him say no.

"No." He chuckles. "I just wanted her to see the star before it went on top."

Handing her back to me, he takes the star from Miles and climbs up the ladder to the scaffolding. I can see his lips moving, but he's talking so quietly that none of us can hear what he's saying before he leans over and places the star on the top of the tree.

"Well done, Al," yells up Miles, hands cupped around his mouth. "Fucking PhD-level star topping, right there."

Alex rolls his eyes, and Victoria tuts under her breath at his swearing, but they're all so happy at the prospect of Alex being here for this that everyone's grinning maniacally by the time he reaches the ground again.

And finally, the tree is done.

"Okay, are we ready?" Hendricks asks, holding an extension cord in one hand and a plug in the other. "Count down from five . . . four . . . three . . ."

Max counts down the loudest, shouting so loudly

his little voice is echoing off the walls, and when we reach one, he hits the switch and the tree lights up.

Clemmie and Miles whoop. Max runs around the base, inspecting every angle, and Alex lets out a sob.

With a sniff, he squeezes my hand before pulling me into his side, with Everly between us. His lips rest against my temple. "Thank you for being here."

"Thank you for having me here."

Thank you feels too simple, too small, but today has been so much more than decorating a tree and getting ready for Christmas. It's been about family and love. Celebrating the good times. All the things my parents instilled in me about this holiday.

It's what Everly will always have in her future.

But it's been long and emotional, so when Miles announces it's time to leave for the lighting of Valentine Nook, Alex and I opt out to take Everly home instead.

The three of us—our little family unit.

While Alex is bathing our daughter, I decide it's time to take matters into my own hands. After we put her down, I excuse myself for a quick shower. I have zero sexy clothes, but I find something even better. A T-shirt of Alex's that got mixed in with my laundry.

When I walk into the kitchen, and Alex's eyes rove up my bare legs, I know I've made the right decision.

"Show me how much you missed me."

"What?" His eyes flick to the door, then the kitchen clock. "You were only gone five minutes."

I simply wait until he figures it out.

The look he gets in his eyes when he does almost has me running back upstairs.

Almost.

18

Alexander

Haven's standing in front of me, bare legs stretching way north of the T-shirt barely covering her arse.

My fucking T-shirt. And it's never looked sexier.

Neither has she. There's something about the way her face is fresh and clean, free of the makeup she was wearing today, her hair scraped back into a ponytail, chin jutted in determination that really fires me up.

She's so different from when she first arrived. It takes me back to Aspen, and the day we met at the jukebox, where she was all sass and zero fucks.

I wanted to fuck her then, and I want to fuck her now.

But we also have a baby. And I haven't wanted to rush her. Scare her. Wait until she's ready. I wanted to reconnect in a way that didn't involve sex because what we had in Aspen was incredible, but I want so much more.

It seems I read it all wrong. She's ready.

"Haven—"

"Yes, Alex?"

The sass in her tone and the rise of her brow, fuck me, my dick's hard.

"What are you doing?"

Her mouth rolls, and her shoulder jerks. A coy shrug, but she doesn't fool me. There's absolutely nothing coy about the woman standing in front of me.

I step forward, one at a time. "Come now, don't go shy on me. Use your words, Haven. What are you doing?"

She doesn't answer me. Instead, she quirks her head. "You know what I keep thinking about?"

Okay, two can play this game. "What? What do you keep thinking about?"

"That you used to like me telling you what I wanted. How much I wanted it." Her teeth scrape her bottom lip. There's less than a meter between us now, and I tower over her. The scent of clean soap floats in the air. "How much I loved your cock."

"I did?"

She nods again. "You did."

I'm close enough that I can reach out and touch her, finger the hem of my shirt, and graze my knuckle along her thigh. Air hisses between her teeth.

"Hmm. So this is all about reminding me, is it? You want to remind me, do you?"

She's got some fucking nerve. Where and in what universe would I have ever forgotten about her?

"I think it's time."

Her words carry weight. She's not just talking about this—*us*—having sex. She's talking about *us* period. In every sense of the word. It's time to give it a proper shot.

The tips of my toes touch hers, and I reach behind to tug her ponytail down. Bright green irises meet mine, and her lips part. My dick nudges her hip, and her eyes darken with lust.

"You want this. You want me?"

"I do."

I close the remaining gap between us with a low chuckle. My lips hover over hers so I can breathe the air she's expelling. She gives me life, this one, and if she hadn't arrived in England when she did, I would have gone in search of her.

"What makes you think I need reminding?" I crane back to stare at the curve of her neck and the delicate column of her throat. I drag my lips up until I reach the perfect heart shape of her lips. "I can assure you I don't. There's not one inch of your body I've forgotten, or revisited every time I fist my cock, picturing you spread out in front of me."

She lets out a soft whimper and lifts her head, locking into my gaze, and replies, "Then perhaps I'm the one who needs reminding." I nearly blow in my pants.

I don't know where to begin. I've been thinking about this for too long. Dreaming about it.

In the end, Haven takes the decision out of my hands and yanks my shirt over my head, before hers joins it in a pile on the floor.

"I wanted to fuck you in that," I grunt.

"You can fuck me in it later. Once you've stopped talking and fuck me *now*."

A gruff chuckle barrels up my throat. "The mouth on you."

She pushes me away from her, hands propped against the kitchen table, eyebrow raised in challenge as if saying, "Yeah, what about my mouth?" But I barely notice, I'm too focused on the rest of her.

I hadn't forgotten what an incredible body Haven had, but now? *Holy shit.* Soft curves, full tits pushed up in her bra, and legs spread enough that I can see a wet patch seeping into her knickers.

"Oh, Hayve, you *do* want me, don't you?" I run my thumb along the silky fabric, her pupils flaring as I strum over her clit.

She lets out a low hiss.

"I've thought about this, you know." My fingers slip under the elastic, and her breath stutters. "This morning, in fact. *Twice*."

My eyes stayed glued on hers as my finger slides inside her. Her head lolls back until I grip the nape of her neck, forcing her to find me again, as she clamps down.

"Eyes on me, Hayve," I order, twisting my index around.

Her body arches toward me, head fully supported

in my hand. "Fuck, Alex."

"Oh, I will."

I pull out and pinch her clit, air hisses between her teeth as I stroke it better. This time, I add a second finger, curling up, nice and slow. "That's right, soak my hand. You remember I need you all warmed up to take my cock. Your pussy's going to feel so nice and snug."

Her mouth pops open, and my lips find hers. Tongues lazily tangling together while my fingers work her drenched pussy. I stroke and twist, thumbing her clit, and she moans deeper with each pass. When her clenches become tighter, I pull away, because this moment right here is something I've wanted to see again for a year.

I watch her face for the moment, jaw slack and eyelids fluttering closed.

She grips my shoulder, fingertips digging into the muscle while I keep up the pace until she breaks apart with a hoarse cry of "Alex". Her pussy clamps, my fingers stroking her down as she rides the wave and fuck me, maybe she was right. I *did* need reminding.

The tint on her cheeks, the jagged rise of her chest, thighs flopped.

All my memories return in sharp focus.

Bending over her, I press my lips to hers. "Be right back." I sprint up the stairs two at a time and down the corridor to my bedroom where I find an old packet of condoms in the bedside table, which have been there over a year. They'll do.

Haven's still in the same position when I return to her. Elbows bent, head resting on the table, and a smile on her face. I take a second watching her breath settle, at how fucking beautiful she looks. The mother of my child.

Then it hits me. The *mother* of my *child*.

I don't want to fuck her on my kitchen table in a frenzied hookup. I want to make love to her, I want to take her upstairs and worship her, hold her in my arms.

I'm still thinking about it when Haven's head turns and her eyes find mine. Every thought I'm having must play over my face because the next thing she says is, "The last time we were together . . . in the cabin . . . fuck me like you did then. Fuck me like we don't have a baby. Fuck me like you're never going to stop."

"Haven—"

"I don't need you to be gentle, Alex."

I step toward her, thinking, and as I do, Haven's hand slips under the elastic of her knickers, demanding my attention. I know what she's doing, and it's working. My dick throbs, and my mind wars between giving her what she wants and throwing her over my shoulder.

But my eyes stay glued on her fingers moving. "Haven—"

"Come on, Alex, I thought I didn't need to remind you."

"You don't."

"Then what are you waiting for?" She reaches out, cupping the bulge of my dick through my sweatpants.

"I want you."

When she squeezes, I hiss. "Fuuuck." She wins.

Whatever the game is, *she wins.*

Removing a foil packet, I toss the rest of the box on the table and drop my pants. Her gaze follows, pupils flaring as she feasts on the size of my cock.

I fist myself slowly, watching a new flush of arousal rise over her body. "You sure you want all this? You sure you want me to fuck you on the kitchen table, Hayve? Right here?"

Her mouth pops, and she nods.

"You're so desperate, aren't you?" I palm her pussy and my hand comes away damp. "What a mess you've made already."

Gripping the edges of her knickers, I pull them down and toss them to the side. Slipping a finger inside her, she lets out a frustrated "Alex."

"You need more than this to fill you up?"

She nods, rolling her eyes as I smirk. But when I rub the blunt head of my cock between her legs and up to her clit, I can feel myself getting high on the ego boost from the groan she lets rip. "Tell me."

"Your cock. *Please.*"

It's the begged please that hits me, and I roll on the condom. I want to take it slow, I want to savor the moment I've waited for, but I don't know if I can.

Air traps in my throat as I ease inside her. My teeth grit from how tight she is, and the warmth of her pussy gripping me when she arches back has black spots filling my vision. My fingers dig into her hips to steady myself, stop her from pushing onto me quite so quickly because it'll be over before we barely get going.

"You got what you wanted, Haven. Now let me take my time."

I still us so I can steady my breathing and focus on the point we join where my dick stretches her out. It's so fucking hot, seeing her take me, her swollen clit peeking from under its hood, and when I swipe my thumb over it, her pussy clenches so hard it nearly tips me over the edge.

But I wait and watch her adjust to my size with each inch my cock disappears inside her. And a swipe of her clit rewards me with another tight squeeze.

Her tongue darts out, eyes lifting to meet mine. "Alex—"

"Yeah, baby?"

"It feels so good."

"I know." My palms glide over her belly and up to her tits, pulling the scalloped edges of her bra down.

She cries my name as I drive into her, rolling her tight nipples.

Wrapping her legs around my waist, I scoop her up and pull her to the edge of the table. She's so gone, it's like lifting a rag doll. Gripping the back of her neck, I twist her head to mine, taking her mouth with the same fervor I thrust into her.

I know she's close by the way her thighs clamp my

hips, and she arches into me, begging, "Don't stop." And I don't. On her command, I go harder, our bodies slicking together until she screams my name and I follow. My dick jerks so hard I lose balance, falling onto her panting chest.

Her legs flop down, but we stay joined. It's only when she begins laughing that I finally release myself and pull us both to the floor. Tucking my elbow behind my head, I peer down at her, draped over my chest, all swollen lips, shot pupils, and I swear my heart stops.

Her hair's all mussed, and I run my fingers through it while I try to remember how to breathe. "What's so funny?"

She smirks. "Consider me reminded."

I lift my head with a low chuckle. "You're a wisearse. You know that, right?"

"Maybe." She shrugs. "But now it's got me thinking there might be more I've forgotten."

My head's back resting on my elbow, and I can't see her face, but I can hear the amusement in her tone. Along with the challenge. "Are you asking me to show you?"

"I think I am."

My earlier thought of throwing her over my shoulder returns, so I do just that, and we pick up where we left off.

I fuck her like she wanted, then I make love to her like I wanted, and in between, we laugh and talk and try not to make enough noise to wake our daughter.

And when we fall asleep, Haven is in my arms.

19

Haven

I wake up wrapped in two hundred pounds of Englishman, feeling a hundred pounds lighter. Every part of my body warms with a delicious ache. And despite Alex's soft snoring, and the desperate need to pee, I'm so cozy I don't want to move.

It's only when I turn and remember that Everly isn't in the same room as us that I ease out from under the massive bicep and equally massive thigh pinning me down, and creep out carefully.

Guilt flashes through me when I find her grizzling in her crib, because I'm ten minutes late to give her breakfast. But my brave girl powers through a diaper change before I feed her enough for my boobs to stop hurting, and when we get to the kitchen, I put her in the bouncer while getting her bottle ready for the rest of her breakfast.

While it's warming, I open the outside door, letting in both a blast of fresh morning air and Dolly, who's come for her second breakfast.

The moment she spots her, Everly squeals in delight, and again when Blackberry joins them.

"Baby, shhh. Daddy's still sleeping."

She kicks her feet out, giggling at the momentum jiggling her chair, and it's enough to keep her occupied while I switch on the coffee machine, before feeding Dolly and Blackberry. I swear their breakfast barely touches the sides before they're by Everly again.

The four of us sit at the table and enjoy our morning.

Blackberry's figured out how to spin the colored blocks on the bouncer by hitting her paw on them. Everly hungrily drinks the bottle I'm holding, while I enjoy my coffee and Dolly lays on the floor.

It's my favorite time of day with her, enjoying the solitude of early morning, watching her smile at her new best friends.

I wonder if she'll miss them when we're back in Aspen. Mr. Frosty was my dog growing up, but after he died, we never got any more pets, and it wasn't long after that my mom got sick. But as I watch Everly open and close her fist with Blackberry peering on, I'm wondering if maybe I should.

"What do you think Daddy would like for breakfast? Pancakes? Eggs?"

Everly squeals.

"Yeah, you're right. Eggs, it is." I chuckle and get up to switch on the stove, pick up the spatula, and wave it through the air so her eyes follow the movement. "Too soon for pancakes. Daddy's still traumatized over the fire engines."

I've barely started breakfast when he quietly pads

into the kitchen. It's so quiet that I *sense* him before I hear him and turn in time to see him kiss Everly good morning—all abs and pajama pants—before he looks up at me with a heart-stopping smile.

"Good morning."

I don't know if it's me who's different, or him, but after what we did last night, there's been a fundamental shift in my brain chemistry. It's not just Everly and me living in Alex's house *with* him. It's the three of us living here *together.*

And when he snakes his arms around my waist, pulls me in and his lips find my neck, I sigh in contentment. Like an actual audible sigh.

"Good morning to you." His lips travel up to the sensitive spot right below my ear. "I missed waking up with you."

My head lolls. "Hmm. Me too."

When my eyes flicker open, they land on the window, and the audience of one peering in. Any contentment I feel is killed with my loud shriek.

Alex spins around, ready for a fight, then a laugh barrels up his throat. "Fuck's sake, Churchill."

Snatching an apple from the fruit bowl, he cuts it into slices and opens the window. Churchill takes the pieces one by one, and after he's sniffed around to check there's nothing else to eat, he trots off.

It's literally the cutest thing. More so because I know how Alex fakes being annoyed, like now with his "bloody goat" grumble while he gently hands the fruit over.

"You know if you keep feeding him, he'll keep arriving for breakfast," I say, pushing my tongue into my cheek.

"I know." He rolls his eyes. "But there's nothing on the trees right now. And Mrs. Winston's is so fucking boring."

"You're very sweet, you know that."

He turns to me and shrugs, a smile curving his lips. "I know."

"And what does my very sweet man want for breakfast?"

His head quirks. "What did you call me?"

"Um . . . sweet?"

"Nope. The whole sentence. Repeat it."

I frown, wondering what I've said wrong, probably some weird American versus English thing. "What does my very sweet man want for breakfast?"

"There it is." He steps forward and his hands slip around my waist. "*Your* man."

My eyes flare and my stomach drops as soon as I realize my mistake. The label I've given him, even though we're sleeping together and we have a baby together, it's *big*. A declaration I'm not sure I'm ready for.

Except through the turmoil swirling in my brain, I know that if he isn't quite *mine* mine, he's Everly's and I would fight anyone that said otherwise.

Alex silences my thoughts with a kiss. "I am, you

know."

"You are what?"

"Yours." He smacks his lips to mine. "And you're mine." *Kiss.* "And Everly is ours."

I feel my cheeks heat. "Okay."

But Alex shakes his head, slowly. "Say it."

He's so self-assured. I remember this about him last year, how sexy it was. How disarming. Whereas I second-guess everything, Alex just *knows*. He knows what he wants and goes for it. And he wants *me*.

And that feeling in and of itself is powerful to the point of terrifying. *Good* terrifying.

"I'm yours. You're mine. And Everly is ours."

"Damn right."

"Then," I begin with a giggle. "Man of mine, would you mind telling me what you would like for breakfast?"

He peers over my shoulder at the bowl of eggs I've whisked. "Whatever that's going to turn into."

"Good choice, and while I make these how 'bout you rustle up some more coffee?"

"Coming right up," he replies, throwing out a wink as he darts into the laundry room for a sweater. Just like every day.

"Why do you always put your sweaters on down here? Why not upstairs when you get out of bed?"

"Because." His head pokes out of the neck hole, and he runs a hand through his deep brown curls. "How're you going to check me out if I'm fully dressed every time you see me?"

The grin he shoots me is so smug, and I know right then, at that moment, I never stood a chance. That Alex had a plan from the beginning, and it was only a matter of time before I resisted. I'd call myself weak, but I don't think a Category 5 hurricane would stand a chance against him.

Alex shoos away Blackberry, and we sit and eat, Everly on the table between us, beaming a gummy smile at Alex whenever he spins the colored blocks for her.

Out of the window, the sun begins its morning creep over the horizon, hitting through the bare branches of the trees. The sunrise in Aspen this time of year would be a stunning blaze of white, which I wouldn't get to enjoy because I'd be rushing off somewhere. Heading down to my store. Helping out in the bakery.

There's no snow here, but the clouds are parting and I can tell it's going to be a beautiful day. And while I don't have a store to go to, I'm tempted to go and check out the tree stand in Valentine Nook. For research purposes.

Alex takes our dishes to the sink and comes back with fresh coffee. Sitting down, he leans forward and scoops my legs up, laying my feet in his lap. I marvel at how domestic we've become, how normal, how *easy*.

"I have a couple of things I need to sort out at the office. I'll only be a couple of hours. Is that okay?" he asks, his thumb rubbing along the sole of my foot.

"Of course, it is. And maybe while you're gone,

I'll walk into the village and check out the Christmas decorations." My sentence tails out with a wince—because I don't know how far I can go with the decorating—which he catches.

"Haven, you can buy all the decorations you want. After yesterday, I feel like I can do anything." He shakes out my foot he's been rubbing. "But, on the other hand, when Everly has her morning nap, if you feel like I might need moral support during this very trying time, we can discuss it in the shower."

"You need moral support in the shower?"

"Yes. I think I do," he replies, his face solemn.

"Sex as a bartering tool? That's mighty devious." I pin him with the sternest look I can muster, but it's useless.

"Hey, I never said I played fair."

"Oh buddy, I think we covered that with the downstairs sweaters."

Alex places my feet on the floor, leans over until his lips are a hair's breadth from mine. "Don't pretend you're disappointed. I know your pussy's already soaking at the thought of my cock."

My entire core clenches as his fingers slip into the waistband of his pajama bottoms I'm wearing and slide too easily between my legs.

The wink he gives me when he proves his point has my lungs seizing.

In the post-coital haze I've lived in since last night, I forgot the Christmas lights were switched on so it's a delightful surprise to see them shimmering, even in the low afternoon sun. I'm tempted to stay out until it's dark just so I can see them in their full glory.

Snowflakes of all sizes are strung across Valentine High Street as intricate as paper doilies. There's a slower pace to the shoppers today as they stop and stare. The farther they walk, the more there is to see and point at.

With Everly strapped to my chest, I follow the crowds. The stores are so cute, decked out with snow-covered windows, Nutcrackers and reindeer flanking the doors. Each one hangs a smaller version of the Burlington gates wreath, secured with pretty velvet ribbons tied off with a bow. There's even one on the arch at the end.

The air is scented with cinnamon and gingerbread from the bakery. The whole street is magical, and I wouldn't change a thing.

I feel the excitement of Christmas building in my chest, and I really hope my parents are somewhere seeing this, because they would love everything about it.

Some of the stores have lines snaking out, and after we pop into The Beanery to see Claudia and fetch a cinnamon spice latte, we continue until we find the one place I wanted to visit above all else.

The Christmas Tree stand.

It's quiet, though from the sight of the girl standing at the cash register sipping coffee, she looks like this is her first break all day. I know exactly how *that* feels.

The tree stand is impressive, almost like a little Santa's grotto hut, surrounded by a green forest organized in height order. Tall ones at the back, smaller ones leaning against the slatted boards of the hut.

"Hello, can I help you?" the girl asks, taking a long sip of her coffee.

She's wearing fingerless gloves, nails painted red. Thick dark curls, peeking out from underneath a pink bobble hat, are caught up in the black and white striped scarf wrapped around and around her neck. It's cold out, but not *that* cold.

Maybe she's sick. Either way, I can tell she needs her break, and as I'm not planning on buying a tree, I just smile and tell her I'm good for the moment.

I walk through the lines of trees, checking out the prices, comparing them to the ones I sell, and wonder if Alex could be persuaded to get a tree for the house. And every minute or so when I catch the girl's eye, we both smile and look away.

"You're visiting from the States?"

I nod, peering around a particularly fluffy Norwegian Fir. "Yeah. Kinda . . . um boy . . . my . . . daughter's father is English."

She doesn't notice that I stutter over my words or

have a minor mental breakdown about what Alex's and my relationship status is. In hindsight, we should have been a little clearer during the "yours and mine" conversation.

"Cool. I love America. I just came back from Australia, where it's the height of summer. It's freezing here."

I chuckle. "I haven't been, but I heard it's lovely."

"It is. Bloody boiling too."

I'm about to ask her if she needs any help on the stand when I hear a familiar voice. Except it can't be, because this voice isn't laughing or friendly like it usually is, asking how I'm doing, how Everly is doing, or joking around with Alex, or Max.

It's snarly.

"So it *is* true. You're back."

When I peer through the branches of the tree I'm holding, I spot Hendricks. Shoulders rigid, mouth pursed, hands rammed hard into his jeans pockets. The slash of dark brows under his black baseball cap only makes him look angrier. I'm guessing this is the girl Clemmie was talking about yesterday.

She's facing me, so she can't see him, but she knows who it is. I watch her eyes close like she needs to gather strength and take a slow, deep breath before turning around.

"Hen—"

"Oh, you do remember me. Funny, I don't recall getting a heads-up you were coming home, but then again, I didn't get a heads-up you were leaving either," he spits, and his head drops with a disappointed shake. "Not even a fucking hello, Stor?"

"Hen—"

"Six years, Stor. Six fucking years—"

"What do you want from me?" Story's calm goes from zero to a hundred, her arms thrown in the air.

"Absolutely fucking nothing," he snaps. "Which is exactly what I've been getting."

From the way she stands there and stares at him, I get the sense she was expecting this visit. Therefore, she had prepped herself on how to deal with an incensed Hendricks, who was clenching his teeth so tightly I'd be surprised if he didn't break a molar.

I try to look away, pretend I'm doing anything else but snooping, but my eyes keep drifting back over. I also don't realize I'm holding my breath waiting for one of them to break until I'm gasping for oxygen, but they're still standing there glaring.

And weirdly, while I shouldn't be witnessing this and feel like whatever's going on between them, I should take Hendricks's side out of loyalty to Alex, I'm rooting for Story. There's something about her squared shoulders and determined pursed mouth that makes me think Hendricks fucked up. Especially when he finally storms off.

I want to check on her because it's obvious she's upset, but I don't want to interrupt or make an awkward situation more awkward, so I wait until she's done rubbing her fingers along her brow.

"Sorry you had to see that," she says wearily, her voice heavy with emotion before it brightens. "But it has nothing to do with the trees, in case you're wondering. The trees are excellent. No drop needles, super piney scent. The best trees."

"I can see that." I smile, stepping forward. "Are you okay?"

She nods. "Yeah, fine. Just . . . you know . . . *boys*. Idiots, am I right?"

I smirk. "Yup. They sure are."

"And I don't mean to be rude, but I need to close up for the day."

I wave her off. "Say no more, totally get it. I'll come by during the week."

She doesn't look at me again, and as it's starting to get dark, Everly and I make our way home, walking slower this time so we can appreciate the twinkly lights.

Alex isn't there when we return, so I take Everly upstairs to hang out in the nursery. We read books, do a little tummy time, and eventually, I feed her, and then we get ready for bed. I mull over checking on Alex, but instead, we run a bubble bath that we get in together, which is how Alex finds us.

"What's happening here then? Hello, my favorite girls." He kneels on the bath rug, scoops a handful of bubbles, and blows them into the air, before greeting me with a kiss.

Everly kicks her feet out, splashing us both.

Alex laughs and wipes the droplets from his face. He switches on Everly's favorite toy, a little duck that swims around, and I watch him watch her with a smile growing on his face.

"Hey there."

He leans in for another kiss. "How was the village?"

Alex only needs to take one look at my face to know exactly how I felt walking down the Valentine High Street with Everly.

"That good, huh?"

My voice comes out all dreamy. "It's so perfect, Alex."

"It's pretty special." He smiles. "And what did Everly think?"

"Oh, she was definitely excited."

"Then she's *definitely* her mother's daughter." Alex drops a kiss on my nose, as his phone beeps with a message. "Hold that thought, Miles is downstairs, I'll be back. Wait for me before you do bedtime."

I stare at Everly when he sprints out. The warmth of the water has given her cheeks a pink hue, and she looks so sweet. I can't stand it. "Huh. Where's Daddy gone?"

We're so content playing in the water that I'm only wrapping a towel around us by the time Alex returns.

"How's Miles?" I ask, as he takes Everly so I can run and get dressed, quickly throwing on the too big sweatpants and a hoodie of Alex's.

"Oh, you know, same as he always is," he replies when I return, laying her down on her changing table so he can get her ready for bed. "But tell me about your afternoon. What was your favorite bit?"

"Alex! Don't ask me that. There's the whole street to choose from. The lights, the wreaths, the stores are all decorated so beautifully. I don't know if I can pick one, it was all too cute."

He takes the diaper I'm holding out for him. "Huh, I thought you were going to say the tree stand."

"I didn't spend a ton of time there. It's a cute stand, though . . . oh, there was one thing that happened while I was there. Hendricks came by—"

"To the tree stand?"

I nod. "Yeah, he didn't see me, but he yelled at the girl running the place."

I expect Alex to be shocked, but he barely looks surprised. "Story?"

"Yeah. Hendricks didn't look happy when he heard about her yesterday. Who is she?"

"They were best friends."

"What happened?"

"Hendricks has never talked about it." He shrugs. "No one knows, except Miles probably. But . . . I have a theory they hooked up and it went wrong. Right around when Max arrived. He was distraught, and most people put it down to the shock of him finding out he was going to be a father, but I think it was more than that."

"Oh."

"Never underestimate the power of a hookup." He

winks, picking up our now fully dressed daughter and planting a kiss on her cheek before handing her to me so we can put her in the crib together and say good night.

Wrapping his arm around my shoulder, he pulls me in, and we stand there staring at her, the same as every single night, in contented silence before he switches on her mobile.

And afterward, he holds his hand out and says, "C'mon, I have something for you downstairs."

I'm not sure what I'm expecting, but when I reach the den, I realize what Miles came for. I'm standing in front of a naked Christmas tree and three stockings hanging above the fireplace, embroidered with DADDY, MUMMY, and EVERLY.

I'm speechless.

Alex watches for my reaction. "Do you like it?"

I turn to him. *This guy*. This guy, who's done nothing but show up for me since I arrived, has made us feel special and welcome, and *wanted.* And now he's got me a Christmas tree and stockings because he knows how much I love Christmas.

I already know it's pointless to stop the tears, so I wipe them away as quickly as I can.

"Alex . . . *yes*. Yes, I like it. I *love* it." I run my fingers over the pine needles. "You got a tree for us to decorate?"

"I did. But we can decorate with Everly. Just us three." He points over at the table where I see a couple of ornaments laid out that I remember him buying in the store last year.

The last few weeks, my heart has filled so much that it's overflowing, and it's all down to Alex.

"Thank you." I rise on my tiptoes and kiss him, and allow him to drag me over to the armchair by the fireplace to pull me onto his lap.

His fingers twine around the ends of my hair, breathing in the scent of lavender from the bath. "Thank *you*. You have no idea, truly."

We stay there in quiet contemplation, watching the flames crackle and spit. My mind always goes back to how much has changed in the last twelve months and how different everything could have been. Then they land on Alex's words from earlier. The power of a hookup.

"Can I ask you something?"

He runs his nose along my jaw. "You can ask me anything."

"After you left, after you came back here . . . did you . . . was there anyone . . .?"

I don't know why I'm asking. I don't want to know the answer. Because if it's yes and there was someone else . . . *of course* it's going to be yes.

"No one."

I scour his face, trying to find any hint he's lying because I don't believe it. How could Alex have stayed single this entire year? Has he *seen* himself?

"Oh, come *on*." I laugh. "You're telling me that you haven't dated at all this year?"

I don't know why I'm trying to make a joke about it.

But his admission comes with a weight that feels like it could crush me.

Once again, I'm reminded of my own stubbornness. That I spent nine months alone and pregnant when we could have done it together, because of assumptions I made.

He shrugs one shoulder. It's casual, but it comes with that same confidence that oozes out of him, whether he knows it or not, and it hits me right in the chest.

"I told you the other night. Since I left Aspen, you're all I've thought about. You were the last person I had sex with. There's been no one else."

I stare at the stockings he hung for us, at the tree he bought for me, and wait for the same question to be asked. When it doesn't come, I know I'm not going to ruin the moment by offering up my own experience, so I try to find the words to tell him how I feel.

But I can't.

Instead, I twist away from his hold and shimmy myself out of the sweatpants.

Alex is already hard by the time I unbuckle his jeans and pull him free. Straddling his lap, he lets out a deep groan as I grip his cock, squeezing enough that his head falls back with a hissed "fuck" before his eyes are with me again, holding mine.

Swiping the end of his cock through my slick center, I rise and guide him inside me. Alex's teeth grit, but for me, the delicious sensation of him stretching me out as

I slowly lower myself has my chest stuttering and my thighs shaking.

Leaning forward, he finds the crook of my neck with his lips as warm hands push under my hoodie, sliding up my spine and around until they cup my breasts. I can't see what he's doing, and it only works to heighten the rest of my senses when his thumb brushes over my peaked nipples.

"Ahhh, God. *Alex*."

"So perfect, so fucking perfect," he groans as I lower myself again, finding his mouth as my ass hits his lap.

Heat pools in the base of my spine. Tongues tangle together. He swallows my moans and grips me tight. Fingers dig into my hips as he rocks me, controlling our movement. I know it's to prolong this, but I'm already too far gone.

"More," I mutter against his lips, and I feel his cock thicken before he drives into me. Hard. "Fuck, Alex. I'm so close."

Wrapping his fist in my hair, he pulls my head back. Blue eyes bore into mine. "Come for me, Hayve. I want to watch you come."

He thrusts into me, and I'm done for. And the second my pussy clenches, Alex cries out, and I feel him shooting inside me. My name on his lips like it never left.

I collapse onto him, my face buried in his neck while we catch our breath, and one thought goes around my head.

This is what happiness feels like.

20

Alexander

"Hey, do you have a minute?"

Lando checks his watch, then looks back up at me standing in the door to his study and nods. "Actually, I can give you between ten and twenty."

"Why, Your Grace, I'm honored," I say, with a dramatic clasp to my chest, and plop down into one of the big leather wingback chairs opposite his desk, next to Hamish stretched out on the rug.

They're deep maroon leather, with brass studs lining the edges and, along the curves where everyone's rested or rubbed their hands over the years, a little worn and could probably do with being repaired. But these chairs were my father's, and every time I sit in them, it takes me back to my childhood, when I'd come into his study and lounge in them with a book while he worked. Sometimes I'd fall asleep, only to wake up with a blanket over me.

"So what's up?" my brother asks, pulling me away from my trip down memory lane.

"What's happening in ten or twenty minutes?"

"I'm leaving for London."

"What's in London?"

"Holiday's on *Graham Norton*. We're going for dinner

afterward with some of her friends."

I smirk. "Movie friends?"

"Yeah."

"Cool."

Lando shrugs it off, though it sounds fucking cool. But it's a testament to how much he loves Holiday, because usually getting Lando into London outside of his monthly meetings would be done on pain of death. He hates going to London, and he hates schmoozing, but he hates being apart from Holiday even more.

Ironically, it bodes well for me, and it's exactly what I want to talk about.

"Well—"

Hendricks pops his head around the door. "Lan, ready to go?"

"Yeah, in ten minutes."

I frown, I don't normally get FOMO, but I have it now. "You're going out with the movie stars too? I want to come."

He shakes his head, his curls flopping over enough that he pushes them away. "No, I'm taking Max to see Father Christmas."

"Oh, I don't want to do that."

"You weren't invited."

I return his grin. "Touché."

"See you outside in fifteen?" He taps the doorframe, waiting for Lando's nod of confirmation. He's about to leave, but his eyes fall onto a red envelope on Lando's desk. "Is that Miles's Christmas card?"

Lando's mouth twitches. He's torn between laughing his balls off and trying not to find it remotely amusing. I know, because that was my reaction when I saw it.

"Yeah. The dickhead has a death wish."

Clementine is the unwitting subject of Miles's card this year.

I never saw him take it because I was laughing too hard, but it was earlier in the summer during a movie night. It had been Clementine's turn to pick, and her choice was some chick flick. I don't remember the salient details.

It was fine. I probably checked my emails through it.

But Clementine started crying two-thirds of the way through, while demolishing a tub of popcorn, and by the credits, she was nothing but blotchy, tear-streaked, and red-faced, covered in all the popcorn that missed her mouth. Extreme even for her.

The movie wasn't *that* good. But for some insane reason, Miles decided that was the picture for his card.

"She's on the warpath."

I shake my head because I have sympathy, but we've also all been there. "Last year's card was me drunk out of my mind, soaking wet, having fallen in the fountain after the summer fair."

There's a moment of silence, no doubt all of us contemplating our Christmas card fate.

"Well, anyway." Hendricks thumbs back toward the corridor. "Ten minutes, Lan."

"I'll be there."

He takes off, and I hear him calling Max's name as he walks away.

"Did you know Story's back?" I add absentmindedly, not expecting Lando to sit forward with speed and lean across his desk.

"Story MacIntosh?"

"One and the same."

He peers at the open door. "Does he know?"

"He does. And according to Haven, he went to the tree stall and yelled at her."

A low whistle passes through Lando's lips. Hamish's ears prick, but he quickly loses interest. "How does Haven know?"

"She was at the tree stand when Hendricks popped by."

"Has he ever told you what happened between them?"

I shake my head. "Nope. You?"

"No."

We stare at each other, through the silence, both trying to come up with theories as to why Hendricks and a girl he used to spend almost as much time with as Miles haven't spoken in six years. It's one thing he's never talked about. It's rarely mentioned, and truthfully I'd forgotten all about it until the other week, but now I'm wondering if we'll finally get to the bottom of what happened.

"Al, you've got eight minutes . . ."

I sit up a little straighter. "Shit, right. Okay. I need advice. And I need to talk about Everly."

Lando's dark brows knit together. "I'll try."

"I have Arthur working up a new offer for Wylder Ranch—"

"I thought Haven didn't want to sell it."

I hold my hand up to stop his interruption because I only have eight minutes. "She doesn't. She wants to keep it for Everly." I raise my brows, and Lando nods in agreement, because if anyone's going to understand the importance of generational inheritance, it's us. Everly should have that ranch. "However, I also want to give Haven a secure future, and I know she won't take money directly from me, so . . . I've come up with a plan to offer the asking price, and if she accepts, the ranch will be put into a trust for Everly, and they can stay living there. And there's a clause against development."

"That's generous of you, Al."

I know he means it as a compliment but I don't think it's particularly generous. I'm doing what I can to provide for my daughter's future. It's nothing less than what he would do. His firstborn will inherit the dukedom and Burlington, just like he did.

"And Haven. What about her?"

I lean forward, elbows resting on my knees. My mind flits and, like it always does whenever I think of her, a surge of emotion builds in my chest. Most days, I walk about in awe of her, what she's overcome, how much she went through by herself, and what an incredible mother she is.

"You know, over this year, there were so many times when I wondered if I'd imagined our connection. Even when she arrived, I thought 'what if it was just sex between us?'" I drop my head, run my hands through my hair, and try to unjumble my thoughts. "But it's not . . . it's . . . when did you know you'd fallen in love with Holiday?" I glance up to find my brother looking at me intently. "*How* did you know, Lan?"

He doesn't even take a beat before he replies, "When I couldn't stand the idea of her leaving."

"Yeah." I pause. Take stock. Think about what I'm going to ask. Burlington is my home, it's all I've ever known, it's where I'm closest to my dad, and it's somewhere I never thought I'd leave. But becoming a father myself has put things into perspective, and I know my dad would have moved heaven and earth to do what he thought was right for me. "I want to open a North American division of Burlington Estates, and I'd head up international operations from there. We've been talking about it for ages. This is the perfect opportunity."

"In Colorado?"

"There's a lot of land," I reason.

"Have you talked to Haven about it?"

"Not yet. I needed to figure out logistics first. But I will this week."

Hendricks's voice echoes down the corridor, telling Lando to hurry up. But Lando doesn't look like he's in the mood to hurry. He's staring at me, contemplating, scratching his fingers through his beard.

"Have a look into it," he says eventually and stands to leave as we hear Hendricks's heavy footsteps get closer. "Run the numbers again."

"Thanks, Lan." Getting up myself, I pull him into a big hug. "Enjoy the movie stars."

"I'd rather see Father Christmas," he grunts.

I walk through the front door of the cottage with a pep in my step and follow the smell of sugar and the sound of Christmas music to the kitchen.

It's usually a noise that shrivels my balls to raisins.

But this December is not the same as previous years, and the reason is standing with her back to me, arse jiggling in a pair of tight black leggings while she waves a spatula around and sings along to Michael Bublé.

The sight fills me with immense pleasure, not least because Haven feels at home enough here to cover every surface of the kitchen in things I wasn't aware I even had in the first place.

Outside of losing my dad, I always thought my life was pretty great, fulfilled in a way I never questioned. But since I met her, and even more so in the brief time after Everly entered my life, I know how wrong I was. How much color it was missing.

How much of *them* it was missing.

Despite my brothers taking the piss, there are reasons I never lived with anyone before, never had anyone in my space beyond sleepovers, and it's because I like things the way I like them. I'm thirty-two years old, and I don't want to return home to someone else's shit everywhere. I don't want to have to go hunting to find something that wasn't where I left it.

I assumed I was set in my ways, when really it's that I've never met anyone I wanted to change my ways *for*.

But coming home to *this*—to *her*—is a life I see myself not only living but wanting.

So I stand there, watching her dance her way around the kitchen, measure out ingredients, and pour them into bowls. There's a freedom to her that I remember from last year. It's what captured my attention in the first place.

And when she turns around, all loose strands falling over bare shoulders, tits pushed up tight, to find me leaning against the doorway watching her, the smile that stretches across her icing sugar-streaked face hits me straight in my dick.

"Hey!"

"Hey, yourself." I push off the doorframe and step toward her, wrapping my arms around her so I can drop a kiss on her lips. "Where's the baby?"

"She's taking a nap."

"What's all this?" I gesture around the kitchen, trying to hold in my amusement.

My kitchen does not look the same as it did when I left it.

There's mess *everywhere.* Not one surface is clear. I spy things I don't recognize as mine—mixing bowls, rolled dough, baking trays . . . I know for a fact I do *not* own baking trays. And everything's covered in a light dusting of icing sugar.

"I picked up a couple of the gingerbread houses." Her eyes widen excitedly. "I never get to do the competition back home because I'm always helping. But man, this one is *hard*, ya know." She puffs away a strand of hair. "The little edges don't stay together."

I nod. Because I *do* know. I spent the better part of three days making a gingerbread house for her last year. I bought two dozen kits to practice on, and roped my brothers into helping, but it got me first place, *and* her.

"I made your store out of gingerbread if you remember."

She smiles wistfully. "I remember."

Removing my jumper, I roll up my sleeves like the gingerbread house aficionado I am. "Then step aside and let the expert at it." I pick up the bowl she'd been mixing. "The icing is too runny, look."

Dipping my finger in, I scrape it around the edge of the bowl and hold it out to show her. The icing drips off.

Her eyes flick to the counter, where everything's laid out ready to assemble. But after a long, exaggerated sigh, her gaze slides back to mine. A twinkle replaces the fake annoyance she's wearing, and a flush rises like sunrise over her cheeks.

Sticking her tongue out, she sucks my finger into her mouth before releasing it with a loud pop.

I forget all about the gingerbread house.

Her eyes flash, waiting for my response. I'd be willing to bet a hefty sum that's exactly what she wanted. *And* she's already dripping wet for me.

"How long have we got until Everly wakes up?"

"Thirty minutes."

Leaning forward, I stop short of my lips brushing hers. "Let's see what I can do—"

I don't get to finish before she's tugging my shirt free. I follow, yanking her vest up until her tits bounce free, and it's my lucky day because she's not wearing a bra, and they look fucking fantastic.

My face drops between them, palming them into my cheeks. But Haven's already way ahead of me, unbuckling my belt for her hand to slip inside my boxers.

And that's when I notice them.

"Haven," I moan, lifting her nails, each one painted like Christmas with a different figure on. Just like last year, just like I remembered.

"Thought you'd like them." She winks, sliding her hands into my boxers.

The first touch of her cool fingers wrapping around

my dick has me gasping. "Jesus, Hayve." I reluctantly ease out of her grip for thirty seconds, making quick work of the rest of her clothing until she's gloriously naked, and I'm watching the rosy pre-orgasmic flush I'm obsessed with spread across her skin.

She must be waiting to see what I'm about to do because her hands ease out of my boxers and drop.

Hoisting her up, I wrap her legs around me and deposit her on the counter. I barely register the squeal as I prop one of her feet on my shoulder and rest the other on the edge of the cool marble countertop, while I hope to fucking God no one decides to pay us a visit.

Scraping my stubbled cheek up the delicate skin on her inner thigh, I drag my lips upward, soaking in the sound of her panting. Every inch closer I get to her pussy I'm rewarded with a garbled moan that sounds a lot like my name.

It's when I trail my tongue through her slit and suck her clit that I hear a thud and look up to see Haven's head fallen on the cupboard, teeth scraping along her lip. "Fuck . . . *Alex*."

I lean back and look at her spread in front of me, glistening pussy on full display, swollen clit waiting for my touch. Using the same finger I ran through the icing, I swipe through her pussy and hold it out.

"So wet. Haven, were you thinking about me while I was gone?"

She nods, taking my finger into her mouth. Sparks shoot down my spine as she sucks and swirls her tongue over the tip. *Fuck*.

On the counter, I spy a plastic pastry brush. Another thing I definitely didn't own before this morning, and I ease it toward me, along with the bowl of icing, then drop to my knees.

The first touch of cold on her sensitive skin causes her eyes to flare open.

"Alex, what are you—" Her words are swallowed with a groan as I flick the brush over her clit that makes her pussy clench, and she mumbles a breathy, "I'm going to be all sticky."

"No, baby. That's the beauty of it. I'll lick you clean." I stick my tongue out and do exactly that. "Mmm, delicious." I finish with suctioning my lips around her clit, and her thighs tremble violently. "Easy, Hayve. We've got thirty minutes, remember? Let me take my time."

I go again, watching her pussy swell with the sensations of the hard brush and my soft tongue, painting her in icing and licking it off until she's gasping and dripping onto the counter as I edge her closer. My tongue spears inside her before I drag it back over her clit, lapping up her juices like a melted ice-lolly.

Somewhere along the way, the bowl is knocked over and forgotten about, and I have to work to keep her thighs spread as she tries to clamp them shut.

Hands fist my hair, and she expels another loud groan. The noises she makes, the way her grip tightens to the point of pain, it's so fucking addictive. *She's* addictive.

Her cries become whimpers as she tries to push her hips into my face for more friction, but I'm gripping her so hard she'll have fingerprints to count tomorrow. Instead, I double down, suctioning over her clit as I ram two fingers inside her and curl up.

"Alex!"

She shatters, squeezing my fingers while I lap at her

clit, pushing her further until her body goes limp. The hold she has on my hair relaxes, and I look up to find vacant eyes, head dropped back, while her breaths even out.

"How long do we have left?"

I turn to the clock. "Twenty-one minutes."

Tits bounce as she slides herself off the counter and stands in front of me, eyebrow raised in question.

"Get on your knees."

She kneels in front of me, face flushed, eyes glistening, and lips swollen from kissing. And there's still the hint of icing sugar swiped across her forehead.

She's so fucking beautiful.

And I would give up everything I've ever known for her and Everly.

I don't care what Lando's decision is. *I love her.* I'm in love with her, and maybe I have been since the first time I laid eyes on her standing by the jukebox.

Those same eyes stare up at me now, full of life and a whole lot of sass. "What am I waiting for?"

She licks her lips, waiting for me to reply.

Unbuckling the rest of my belt, I pull my cock out. "This."

I'm so fucking hard from getting her off, one look at my dick in her face, and her eyes pop wide. Air's sucked to the back of her throat and exhaled on a groan.

"Oh."

"Open your mouth."

She does as I ask, looking so fucking hot all chest heaving, pink tongue resting on her bottom lip, her eyes holding mine as I smear precum around her mouth.

"Now suck."

She takes me in, all the way, cheeks hollowing out until I hit the back of her throat, and she pulls away. Then goes again, tongue twisting. It's fucking incredible, and when she laces her fingers over mine and takes hold of my dick, my balls tighten and my head falls back.

"Jesus, Hayve."

Batting my hand away, she takes control, nostrils flaring as she steadies her breathing. So I push her hair back and watch my dick disappear between her soft, plump lips. My hips buck deeper, and she takes it all.

If there's an art to giving good head, Haven is Picasso.

Reaching around, she runs her finger between my legs, finishing with a gentle squeeze of my balls, and knowing I'm close sucks me deeper. And I fucking love her even more for it.

"Hav*en . . . shiiit*." My legs buckle, and I explode, hitting the back of her throat, coating her tongue and spilling down her chin before she gets a chance to swallow.

My fingers stay in her hair, holding her still, and I concentrate on the sensation of her tongue licking me clean until she pops off and leans back on her haunches.

She's as breathless as I am, arm swiping across her mouth. Dropping down, I grab her chin, bringing her face to mine, and I kiss her until we collapse on the floor.

"Holy shit." She exhales into my shoulder.

Holy shit is right.

I have icing in my hair, I'm sticky, my clothes are covered in sugar, and when I finally work up the energy to survey the mess, I bark out a laugh, because right there in the gingerbread dough is a perfect print of her arse.

Using the counter for leverage, she pulls herself up to see what I'm laughing at, and groans.

"How 'bout we keep that batch just for us?"

21

Haven

"Alex." I nudge him. Nothing. "*Alex.*" Still nothing.

The volume of Everly's screams increases. How the hell is he sleeping through them? And I know it's 2 a.m., but I need him *awake*.

"ALEX!"

He rubs his eyes open. "Wassrong?"

"Something's wrong with Everly. She's got a temperature, and she's been sick."

Immediately, Alex bolts up, takes one look at me and Everly screaming in my arms, and reaches for his phone. He hits one of the numbers on his speed dial and, while he's waiting for his call to be picked up, turns and holds the back of his hand to Everly's forehead.

"What happened? Why didn't I wake up?" he croaks and clears his throat.

"I was up to feed her—"

Alex turns back to the phone. "Oli, it's Alex Burlington. Can you come over? There's something wrong with Everly. No, she seemed fine . . . yes, temperature, and she's been sick." Alex turns, casting an eye over Everly squirming on my chest. "Great, thank you." Tossing his phone to the side, he reaches out for us. "He'll be here in fifteen minutes."

"Thank you." I smile, only for my face to crumple.

I've tried everything I can to make her more comfortable, every position she usually responds to, but nothing is working. It's amazing how quickly I've forgotten when it used to be like this all the time. How I barely survived.

Before I arrived here.

"Hey, it's okay, Hayve. It'll be okay. Let's see what Oliver says." He gently strokes Everly's head with one hand and wipes my face dry with the other.

I nod and sniff, grateful for his calm because it's not something I have a full grip on right now. It's hard to stay calm when you have a screaming baby in your arms. It's also hard to hear anything when she's so loud.

Alex jumps out of bed and walks to his closet, returning in sweats and a hoodie to sit right next to me again. He starts rubbing her back, and for a nanosecond, she's silent, only to projectile vomit all over me again.

When the screaming returns, it's louder.

"Oh my God," I mouth to Alex, then make my voice as soft as possible for Everly. "Oh baby, okay, it's okay." Only I don't know if it's okay. It doesn't feel okay. It feels different.

Everly's been sick on me more times than I can count, but not like this. And she's never screamed in pain.

Alex holds his hands out. "Haven, let me take her. You can change, and I'll put her in something clean."

I nod, trying to wipe away the puke from my chin, and follow Alex through to the nursery. The movement seems to soothe her a little, and the screaming turns down a notch, but the second we put her on the changing table, it goes right back up again. Along with my tears.

Alex and I work together as quickly as possible to get her out of the vomit-soaked romper and cleaned up, all the while he talks to her in that voice she loves.

"It's okay, baby. It's okay, I know. I know, we've all been there. Especially your uncle Miles. When you're a little bit older, I'll tell you all about the times he's thrown up on himself." He scoops her up, cradling her head until she's resting on his chest.

He stands there gently swaying from side to side, his hands rubbing in calming circular motions on her back while he lets her cry.

I'm watching them—watching *him*—when his eyes meet mine. "Babe, go and get changed."

Easing off my T-shirt as carefully as possible, I toss it into the hamper and pick up a washcloth. I thought I'd gotten used to the smell of stale milk, but something about this one has me gagging, and as hard as I try to clean myself quickly, it's still following me around.

Then I find it in my hair, crusting the ends together, and try to rinse that too.

While I'm in the bathroom, Everly's screams subside.

But my panic doesn't, even when I use my breathing exercises as I stand at the mirror trying to regulate my heartbeat. Because I know when I panic, so does Everly. "Babies get sick," I tell myself over and over. *Babies get sick*. But it doesn't make it any easier. It doesn't make me feel any less helpless.

But I'm not helpless, and I'm not alone. That thought pulls me up.

I dry my tears and sniff hard. *Get your shit together, Haven.*

Alex is pacing across the bedroom when I go back out there, lips pressed to our daughter's head as she cries. I want to take her back, to comfort her, but she seems calmer in Alex's arms, and watching them together makes me calmer, so I sit on the edge of the bed and wait for the doctor.

"Was she crying when you went in?"

I shake my head. "No, but when I lifted her, she puked. Then started—"

"I'm sorry you had to wake me up."

I smile at him, holding Everly like the most precious cargo in the world, marveling at the fact he thinks he needs to apologize for not helping when that's literally all he does. I never asked him to prove himself as a father, but he does it every day, over and over again.

I'm starting to believe there's a chance this is our life now, Alex and me. What's more, I'm hoping it is, and I'd be lying to myself if I said I wasn't. Because after six weeks in England, the idea of living apart again hurts me. It makes my chest ache to the point of physical pain.

I came to England to find Alex, but as I sit on the bed and watch him cradle our daughter, I know I found so much more.

I found love.

When the doorbell rings, I sprint to answer it, to find the same doctor who took Everly's swab for her paternity test, only this time he looks less suave and more disheveled. I wonder how often he gets middle-of-the-night call-outs.

"Hello, Haven, good to see you again. Where's the patient?"

"Upstairs with Alex."

He follows me to the nursery, walking straight over to them while I watch by the door. There's a gentleness to his touch as he strokes across Everly's head, before pulling out a stethoscope from the bag he's carrying.

He coos and mumbles to her, cautiously checking her little body, her breathing, inspecting her ears, and taking her temperature, all the while Everly keeps up her screaming, no matter how calm a voice he tries to use.

After what feels like an eternity, he turns around to me. "She's certainly got a set of lungs on her, hasn't she?"

I offer a weak smile. It's all I can manage without my tears starting up again.

"When was her last feed?"

"At seven, before bed."

He nods and hums. "Her temperature isn't alarmingly high, not enough to worry too much. Her heart rate and breathing seem normal. She doesn't have a rash either. How old is she now?"

"Three months almost," replies Alex, and I hear the pride in his voice. There's always pride whenever he talks about Everly.

"It might be the early signs of teething, but I want to monitor her in case it's not. I'm going to give her some painkillers now to bring her temperature down, and it'll relieve any pain she's in too. If she's sick again, call me. Otherwise, we'll check in first thing."

The simultaneous sigh of relief Alex and I let out is palpable.

"Okay, thanks, Oli. We appreciate you coming."

"You're welcome." He slaps Alex on the shoulder, gives it a reassuring squeeze, and steps back. Turning to me still in the doorway, he then peers around the nursery, almost like he's assessing the situation. "You're doing fine, but you better get used to the sleepless nights. There'll be plenty more."

My lips roll tightly. Fine isn't a word I'd use. I'm barely managing to keep my shit together, but I say, "Thank you."

Oli scribbles out a prescription and hands it to Alex, along with a small bottle of red liquid. "This will get you through the night and just keep her hydrated. Call me if there are any changes, and keep checking her temperature, but I think she'll be okay. This is nothing more than a rite of passage for you two."

Alex stays holding Everly, and I take Oliver down to the front door, thanking him again. The moment it closes behind me, I sprint back upstairs to find Alex's face wet with tears.

His muscles feel stiff under my hand as I rub along his back. "Alex?"

He wipes his sleeve across his face. "She's just so tiny, and I can't do anything to help her."

Weirdly, Alex's tears dry mine up, and a smile breaks through my anxiety. It's reassuring to know it's not just me falling apart, and seeing Alex crying only makes me stronger. We're a delicate balancing act, drawing on each other's strengths to make the perfect whole.

"You're doing exactly what she needs," I tell him. "If you want to keep her, I'll go and make us some hot chocolate. I'm guessing neither of us is going to get any sleep."

He reaches out, pulling me against him with his spare arm closing around my neck, and drops a kiss to my mouth. There's something so comforting about it, reassuring, *tender*, about the way we stay pressed together. And when we finally break apart, his arm stays wrapped around me, his big blue eyes boring into mine as unspoken words pass between us.

Words like we're in this together. We're a team.

And feels a lot like love.

"I'll be back." I rush downstairs and whip up two hot chocolates and a bottle for Everly. I also take some of the broken, leftover pieces of gingerbread from the cookie tin, put them on a plate, and carry them all back up on a tray.

I find them in Alex's bedroom, Everly lying on his chest. Whatever the medicine was, it seems to have kicked in quickly, because she's quiet and her head doesn't feel quite so hot. I settle down next to them, passing Alex his hot chocolate, and set the plate of gingerbread between us.

"Mmm." He picks up a piece and bites down. "This isn't the one your arse was in, is it?"

I nudge him, trying to keep my laughter to a minimum. "No, this is from the practice house."

"Shame." He chuckles. "What do you think the odds are on us winning?"

The final gingerbread house was dropped off yesterday, and it wasn't my best work. We also broke so many of the pieces after having sex in the kitchen that I was amazed we managed to salvage a whole house from the shards left.

"Probably close to zero."

"Oh well," he whispers. "There's always next year."

Next year.

Turning my body, I stretch out alongside him, staring at Everly asleep on his chest, their breaths rising and falling in sync. "I'm so glad you're with me."

He reaches his spare hand out and twines his fingers with mine. "I always want to be here. I don't ever want you to feel like you're on your own. I don't want to miss out on moments like this."

I huff softly. "Everly's exorcist moments?"

"Any of it." He brings my hand to his lips, grazing them along my knuckles. And when he turns to me, his face is serious. "Promise me."

"I promise."

Everly's the only one of us who sleeps that night, and we spend the early hours in whispered conversations and shared secrets with the faint smell of stale milk hanging in the air while we laugh and monitor our daughter.

By the morning, I feel closer to Alex than I ever have.

Along with the question of not whether I'll fall in love with him, but by how much, and what I'm going to do about it when we have to leave for Aspen.

22

Alexander

"Do you know what today is?"

I wait for Haven to open an eye, but she's groggy. We both are. Neither of us has caught up since the night Everly was sick because we're both so paranoid it's going to happen again.

We also have her sleeping back with us again, just in case, which makes it worse because I flinch at every sound.

On the flip side, lounging in bed and sleeping late isn't something I've done in a while because I like to get up and out. But there's something to be said for a cup of coffee on the bedside table while you scour the papers or read the book you've spent the best part of six months trying to finish.

Add a happy and exceptionally hot girlfriend and my baby daughter into the mix, and I'd be content to stay in bed all day.

As long as I have Everly and Haven, I don't ever need to leave the house. We exist in a perfect bubble of three. Surprising for someone who used to love his own space and crave the solitude being alone gives you, but there you go. I'm not going to question it.

"Sunday?" she answers eventually.

I stifle a laugh. For someone who used to get up

at the crack of dawn to work a million jobs, my girl's definitely not a morning person. Watching her wake up has become one of my favorite things because no matter how much sleep she's gotten, it's akin to seeing a bear come out of hibernation.

All wobbly and adorably confused at what's going on around them.

She can't see my smile, but I know she can hear it when I try again. "Yes, what else?"

"I'm too tired to guess." She groans, one eyelid easing open, and groans again. "Why are you looking so cheery?" Her nostrils flare slightly as she inhales. "And why can I smell cinnamon?"

Twisting around, I pick up the plate of cinnamon buns I ran out for this morning and waft it under her nose. "I went to the bakery."

This time, her other eye opens, and she lifts her head to examine the plate. "Is that a cinnamon bun?"

Wiping sleep from her eye, I reply, "Might be."

"You've already been out? What time is it?" she asks, pushing her mop of golden hair away from her forehead. "Where's the baby?"

Snagging the tie off her wrist, she twists everything into one hand and fastens it on top of her head. Except she didn't get all of it in, she never does, and the remaining strands frame her face perfectly. A wide yawn follows it, arms stretched above her head, before she bashes the pillow, props it behind her, and leans back with a deep frown.

It's a whole process.

She's also taken to wearing my T-shirts to bed, and I fucking love it, especially because they're too big, like now with the neck slipping down to expose a stretch of collarbone. I'm unable to resist the temptation to press my lips to her skin, or the little "mmm" that slips from her lips when I do.

Breathing in the hint of lavender left over from last night, I reply, "Nine thirty. And in answer to your question, yes. Everly and I went together. She's been fed, and I just put her down for her nap."

"So are you going to tell me what's going on, why you're looking at me like all your Christmases came early?" She pauses and pulls my head back up so she can look at me, eyes wide. "Wait, is it Christmas? Did I sleep for two weeks?"

I shake my head. "Nope. Want to try again?"

I'm still holding the plate with the cinnamon bun. Haven swipes her finger through the sticky glaze on top, puts it in her mouth, and lets out a soft, pensive, "Hmm."

"Want a hint?"

"Yes, please."

"I was standing by the jukebox."

She frowns while she tries to figure it out. "The day we first met?"

"Yes."

"Wait. That's *today*?"

I nod, holding the plate farther out. "Happy anniversary, baby."

Haven's face screws up, and her head tilts. I can tell she's really trying to hold in her amusement. It's when her lips curl in and she's rubbing them together that I know she can't hide it much longer.

A loud laugh explodes from her as she grabs my face and pulls me in for a kiss. I take enormous pleasure in the way her fingers scratch through my beard. There's a belonging to it. A familiarity that rings true. That I'm hers.

And we're a *we*.

"You are the most adorable man I've ever met," she mumbles against my lips. "Happy anniversary, Alex. What a year."

"What a year."

"Thank you for this." Her teeth sink into the still warm dough. "Mmm. I'm sorry, I didn't get you anything."

I watch her enjoying each mouthful, licking the sugar off her fingers after every bite, then pass her the coffee I made to wash it all down.

And when she's done, I open the bedside drawer, pick up the brown manila envelope, and lay it on her lap.

Her eyes drop. "What's that?"

My fingers drum while I ride the wave of adrenaline pushing up from my belly.

It arrived yesterday. I had planned to wait until Christmas to give it to her, but as confident as I was feeling in our relationship, if she said no to what I was offering, I didn't want something else associated with the day, given that I already have a complicated relationship with it.

I didn't want this to feel equally shitty. I needed it separate. I needed a new beginning and a happy ending.

"It's something I want to talk to you about."

Sticky fingers are forgotten, and Haven pushes to sit a little straighter. "Ok*ay*."

"I don't know if I ever told you, but I've always wanted to become a father. I guess because I lost mine so young. But I never had any idea when that would happen. It was abstract, something for a point in the future." Picking up her hand, I sandwich it between mine. "This year, when you were gone . . . it was . . . well, I wasn't sure I'd ever see you again. But you came back with Everly, and my future became my present. You've given me a happiness I never knew existed."

Haven's entire body softens. "Alex."

"There's no other way of saying it, but I love you. I'm in love with you. I'm in love with our daughter. And the thought of being apart . . . I'm not doing it again. I know I never got over you, which is why this year's been so miserable for me." I take a breath, swallowing down the lump in my throat, and gesture to the envelope.

Easing her thumb under the metal tab, she pries it open and tugs out the document inside. I don't breathe as her eyes scan the words, her brows knitting together with each line she reads because every few seconds, they flick up to mine.

"Alex, what is this?"

"I know you don't want to sell the ranch because you want to keep it for Everly. But I also know that you're worried about going back to Aspen and working again." She opens her mouth to protest but doesn't get far when I hold a finger to her lips. "I see it, Haven. In your face, I see you worrying every time we talk about going to Aspen, or the ranch, your *store* . . . and this"—I tap the paper—"is a solution for you to *think* about."

Her eyes drop to the page again.

"This is an offer I've had drawn up, with the asking price for Wylder Ranch, which I will buy. But . . . it goes into a trust for Everly. All of it. I don't have any ownership rights, and I added a clause about development. So whether we stay together or not, you get the money and the ranch, you get to secure your future, and in turn secure Everly's."

Her eyes shoot up to mine, blazing in concern.

"You don't think we're going to stay together?" she spits out, and it's all I can do not to laugh in her face. My lips twitch because of all the things I thought she'd focus on, us staying together wasn't it.

As far as I'm concerned, that's not even an option. Haven, Everly, they're my future. My endgame. I'm done.

"I'm serious. You don't think we're going to stay together," she repeats, her jaw flexing. I can see she's getting more annoyed, especially when I can't stop laughing.

I lean forward, my mouth finding hers so I can kiss the irritation away. It's like I haven't just told her I love her. "Yes, I think we're going to stay together. I want to stay together, and that's something else we need to talk about."

Her eyes narrow, and she waits.

"How would you feel about me moving to Aspen? We're living on the ranch together—"

"You want to move to Aspen? Your home is here."

I shake my head because, along with falling hopelessly in love with her, there's something else I've realized. "My home is where you and Everly are."

"But how would it work with your office?"

"I spoke to Lando. We've been wanting a North American base for a while. We think Colorado would be a good place to start."

"But what about your mom? Clemmie and the twins, the dogs, Blackberry? *Churchill*?"

"I'm sure they'll manage without me. Churchill will

steal someone else's apples."

She slumps back, and panic rises in her face. It makes me wonder if I have this all wrong. I've read it all wrong.

"Hey, it's just an idea," I blurt. "I'm trying to find solutions for us to be together because long distance isn't going to work for me. I don't want to be apart from you."

"Can you pass me my phone, please?"

Twisting around, I tug it free of the charger and hand it over. She swipes it open, and I wait while she scrolls down to whatever it is she's looking for.

I'm not entirely certain what I'm reading when she hands it over, but it's an official government email with the words "Application for Name Change."

Now it's my turn to be confused. "You're changing Everly's name?"

Haven shakes her head. "No, I'm *adding* yours. It's the birth certificate, so you're officially her father."

Beyond the conversation we had the first day they moved in, Haven and I haven't discussed Everly's name at all. I haven't felt the need to. My mind's been too occupied trying to put together a plan for buying the ranch, so knowing that Haven's been doing this anyway hits me like a high-speed train. The rush of emotion is so overwhelming that before I know what's happening, Haven's wiping my tears away.

"I love you too, Alex. Our daughter's obsessed with you. Of course, I want her to have your name."

"Really?"

Her hand finds my face, and her eyes soften. "Yes, really."

"And what about the ranch?"

"Alex, I don't need one hundred million dollars." She rolls her eyes and bursts out laughing. "I mean, I *don't* . . . what would I even do with that much money?"

The first person I've ever met who'd turn down one hundred million dollars. *Man*, do I love this woman.

"Invest it. I can show you."

"One hundred million, though. What about fifty?"

"You're a *terrible* businesswoman." I shake my head, but I'm smiling. Scooching into her, I tuck her knees between mine, looping us together. "You don't have to decide now, but I want you to know it's an option for you. And I also want to reassure you that in no universe do I not see us together. That can be in Aspen or anywhere you want."

"Okay." She tilts her chin up, angling for a kiss, and I'm only too happy to oblige. "I'll think about it."

My hands inch under her tee, skate over her smooth belly up to where I can feel her heart beat under my palm. "That's all I ask."

23

Haven

Something's off.

I can't put my finger on what, but it's *something*. Even without opening my eyes, I *know* Alex isn't next to me.

Flailing around for the bedside light, I knock the manila envelope to the floor in the process. It's been there since Alex gave it to me. I haven't opened it again, and we haven't talked about it. He said I didn't have to make any immediate decisions, and he's stayed true to his word.

Nonetheless, that envelope's been mocking me for the better part of a week, yet now's not the time to address it. It can stay where it is.

The clock says 5:55 a.m.—too early for any of us to be up. Now that the mornings are darker, we've been sleeping past seven some days, even Everly, who's also missing from her crib.

My first reaction is panic. Since she was sick, it's like I'm waiting for it to happen again. But the rational part of my brain tells me that Alex would have woken me if that had been the case. She appeared perfectly normal when I did her midnight feed.

Flinging back the covers, I notice a tiny crack of light through the gap where the bedroom door is open. It's coming from one of the plug-in glow worms Alex bought for the nursery, and I creep in to find him on the couch with Everly sleeping on his chest.

After I gave birth and saw Everly for the first time, I didn't think it was possible to love anything so quickly or so much, but every time I see them together, I'm overwhelmed all over again. They're two halves making up my whole heart.

As quietly as I can, I take the blanket from the rocking chair and pull it over them, but when I turn to leave, Alex's fingers curl around my wrist.

"Don't go."

Something about his tone stops me in my tracks, and it's then that I notice his damp eyelashes and wet cheeks.

"Alex?"

He says nothing but opens his arm for me to slip in next to him, which is exactly what I do. We lie there, nestled together, and I listen to the sound of his snuffled breathing while I wait for him to speak. It's only when I feel the wet of his tears hit my brow that I prop myself with my elbow to find them pouring down his cheeks.

The pain across his face is so acute, it hurts.

"Alex?"

"My father would have loved you, you know." His voice rasps, thick with emotion. "He would have loved how obsessed you are with Christmas. You'd have compared favorite tree ornaments, he'd have made you rate all the Christmas songs from one to twenty-five, and he'd have quizzed you on the movies." His breath judders, and he takes a big sniff.

There's a box of tissues across the room, but I don't want to move. I don't want to leave him crying like this, even for a second, so I use the edge of the blanket to dry his face instead.

"I'm sorry I never got to meet him."

It's the same thing anyone would say to me when they'd come to the ranch and hear all about my parents.

And I'd hate it.

The words felt so insincere. A platitude because they couldn't think of anything else, but it was better than coping with the silence stretching out once they heard the news that my parents had died. But I'm wrong. I can think of plenty to say, just nothing that adequately expresses the pain I feel at seeing Alex like this.

But it's not about me, and it's the truth. I *do* wish I'd gotten to meet his dad, so I could thank him for his incredible son.

"It's the anniversary of his death today."

I reach for his hand resting on Everly's back, lace our fingers together, and listen.

"I've been thinking about how much has happened since last year, how eventful it's been, more than any other year." His voice breaks again, taking my heart with it. "I have so much to tell him today. I've already told him about you and Everly, but I usually recap, and there's a lot." He sniffs, lifts the blanket, and dabs his eyes. "It's made me realize how much of my life I've put on hold because I didn't want him to miss out. I didn't want to recap too much. But this year, I'm finally remembering what it's like to enjoy Christmas. I see it through your eyes, how much wonder you have over the tiniest things—gingerbread and twinkly lights, trees." A laugh rumbles in his chest. "And I feel closer to him because of *you*."

We lie there in silence, and I listen to the soft sound of him breathing through tears.

"It took me time, you know."

Alex turns his head. "What did?"

"Loving Christmas again, it took time. Avoiding it was hard because it's steeped in so much of the family business. Every year after my mom died, my dad was adamant we kept decorating just like she did, but when he went too . . ." All the memories come flooding back. They're not ones I've repressed, but they aren't particularly happy, and I don't enjoy revisiting them. Yet for Alex, I'll do anything. "It was like I got sucked into this black hole. I was so angry with him. The first year after he died, I opened the store as usual, but my house was bare."

His eyes widen. Alex saw my house last year, so I know it's hard for him to imagine because Christmas was everywhere. Trees in every room, lights strung around the house, a full-sized reindeer, and a sleigh.

"Really?"

"Really. Grief isn't linear. It takes time. But I realized I wasn't any happier by not celebrating." My lips quirk with a smile. "Because I *do* love it."

The pain on Alex's face shifts, replaced by a genuine smile. Not a huge one, but it's authentic and a little lopsided. "You *love* Christmas?"

I lift my shoulder. "It's my thing."

"I think it's my favorite thing about you," he says, leaning in and pressing his lips to mine.

The movement has Everly stirring on his chest, and it's got to be almost seven by now, which means that she'll be awake soon, and our day will begin the same as every day.

Except today's *not* any other day, and I, of all people, know the sorrow that drags through you during certain times of the year.

"What do you normally do to remember him today?"

His fingers twist through my hair. "We go to the church and then I usually get blind drunk, so I'm not entirely sure what the others do." He chuckles darkly.

His eyes widen as I sit up sharply, but I've made a decision.

"Okay, then. That's what we're doing today. We're going to find out."

The churchyard is the one place I haven't yet visited in Valentine Nook, and walking through the gates, I regret it.

It's incredibly pretty. Holly bushes ripe with berries frame the outside, and the path cuts through neatly cut winter grass where headstones of differing sizes are set out haphazardly. They look old, yet whimsical. I spy graves dating back to 1750, bringing a poetic quality to it, and on a frosty December morning with fog hanging in the air, it all feels very Emily Brontë.

It's not any of these stones we stop in front of, however, because the path curves around behind the church and over toward the fields. My neck cranes as we walk slowly past, and my eyes trail up the steeple, past gargoyles and crests, and ornate spires until they reach the bells in the tower. I've gotten so used to them going off on the hour that I forget how loud they are until they ring out, making both of us startle enough that it sets us off into a fit of giggles.

It's exactly what we need to lighten the moment.

We're still giggling when we turn the corner to find one of the twins sitting on a bench in front of the door to a wide stone crypt. Ivy trails around the edges, twining with the floral symbols carved into the rock. Above the door, there's a crest which I recognize as the one in the middle of Alex's pinky ring, and hanging on the front is a Christmas wreath.

"Henners?"

He's dragging a sleeve under his nose as he spins

around, and when he sees it's us, his shoulders relax. "Oh, hey, Al. Haven." He smiles and shifts up the bench to make room. "Fancy seeing you here."

The joke is weak, but we all laugh anyway because laughing is the better option.

"Didn't expect anyone so early, to be honest," Alex says, throwing his arm around Hendricks as he sits down.

Everly's in the harness, which he unbuckles so she can turn and stare at Hendricks, who's waving his hand in her face.

There's a small silver and leather flask on the bench between them, which Alex picks up and sips. When he pulls a face, I'm guessing whatever's in there is *strong.*

"Ugh, is this hot Ribena? What are you? *Five*?"

"I can't start drinking at eight a.m., and yes, I have a five-year-old." Hendricks snorts.

Alex's lips roll and curve upward. "That's probably something I need to remember. In fact, I'm not sure I've been drunk since Everly came along."

He looks at me like he needs confirmation, so I shake my head. The same goes for me. Beyond the glass of wine we have with dinner, I've barely had anything to drink all year.

"Where's Max, anyway?"

"Still asleep when I left. Birgitta will get him up," he replies, peering back down at Everly and holding out his finger for her to grab. "Is this Everly's first time meeting Grandad?"

We both nod. I did wonder if Alex had ever brought her here by himself, but I guess not. As it is, he twists her toward the door and points at it.

"Everly, that's where your grandad is."

It's as he points at the door that I realize we're all still outside. Because that door looks like it opens, and it's cold out here. The fog is adding an extra level of chilliness. "Why are we sitting on a bench?"

"That's the Burlington Family Crypt, where generations of our family have been buried."

"I'm amazed there's still room," Hendricks quips.

"Hmm." Alex tilts his head my way. "But in answer to your actual question, we don't have the key."

"The key?"

"To the door. We lost it."

"You lost the key?"

"Miles did, somewhere." Hendricks picks up. "Mum wasn't happy. She had a new one made, but no one's allowed it."

Next to me, Alex's shoulders begin shaking in silent laughter. We're in a graveyard, so I'm guessing he's trying to be respectful, which is why it seems all the funnier. It's one of those times when you know you shouldn't be loud, but repressing it only makes it worse. Whatever memory he's laughing at has his body shaking enough to set off Hendricks.

I'm soon sitting at the wrong end of a bench that feels like it's going to topple any minute. And while I'm not sure exactly what's so funny, I can't help but join in because there's such a purity to seeing them laugh that I'm getting a kick watching them together, being brothers, sharing a lifelong bond.

Weird as it is, sitting in a graveyard, I feel incredibly happy because Alex is happy.

Then, as their laughter starts to die down, Hendricks drops his head on Alex's shoulder. It's so sweet and tender, I almost tear up.

"Coming to the pub this afternoon?"

Alex nods. "Is that what you all do when I go and get drunk by myself?"

"Yes, we get drunk *together*."

"Then count me in." He laughs.

At the sound of footsteps, the three of us turn to see Miles walking around the corner, coming through the fog in a baseball cap, thick black scarf wrapped around his neck, blowing into his hands for some warmth.

"It's cold as balls this morning."

Alex picks up Hendricks's flask and holds it out. "Hot Ribena?"

Miles's eyes flash with excitement. "Fuck yes. Nice one, Henners."

I shuffle up so Miles can sit next to Alex.

"Morning, Haven, thank you for bringing the big man today."

I peer around him to Alex, with a smile. "He got here all by himself, actually."

"But he's still sober, so that's an improvement."

"Milo, shut up," Alex snaps, though it holds no real mirth and only makes Miles chuckle.

"Mum and Clemmie are on the way," he says instead. And just like Hendricks did, he drops his head on Alex's shoulder. "I'm so glad you're here, Al."

"Me too."

"And you're still coming for Christmas Day?"

He nods. "Yes, we're still coming."

"Good, remember it's early doors."

"I remember."

We sit in silence, them reflecting on memories of their dad while I think about the future. Alex's family, our family, Everly. And the manila envelope on the floor.

Before the others arrive, I stand to get out of their way. I want to give them space to grieve together.

"Alex, you want to give Everly to me? I'll take her for a little stroll."

"Are you sure?"

I smile. "Yes, have some time with your family."

After he straps us both into the harness and gives us a kiss, Everly and I wave goodbye.

Valentine Nook is still waking up when I leave the churchyard and walk across the road to stand under the arch.

The twinkle lights strung along Valentine High Street are still bright against the lightening morning sky. I watch the store lights turn on and the door signs switch from Closed to Open. Dave at The Valentine Cook is busy stacking the displays of fruit and vegetables outside the store, but only The Beanery is in full flow, and that's because Claudia opens it up at seven o'clock in time for everyone to grab their coffees ahead of the morning commute into Oxford and London.

Alex's family. Everything about this place—Valentine Nook—is steeped in him, their history, their father.

This is where Alex belongs, not Aspen.

If Alex wants to buy the ranch, then he can go right ahead. But the truth of the matter is, while he might say he's happy to leave all this behind, I'm not willing to let him.

24

Alexander

"Oh *fuck* . . ."

My mouth drags between her breasts while I thrust into her. I know how much she gets off on it. I can hear it in the way her moans become breathier and the way her pussy clenches, and fuck if it doesn't set me off, too.

"Yes, Hayve. Let me hear you beg for it . . . Tell me how much you need my cock."

My tongue runs up the column of her neck as I palm both her tits in my hands, soft flesh spilling between fingers, and I repeat it all over again.

"I *need* it so badly. Alex, *please*." She's practically hyperventilating.

My balls tighten with every word she utters. My thumb finds her clit, pressing down in circles, giving her just enough pressure to keep her there but not tip her over.

Her hips grind into my lap, soaking me. I've been edging her since we woke up, so my girl is fucking drenched.

Her body's flushed pink, coated in a sheen of sweat,

green eyes glassy and unfocused. And my heart fills. She's so fucking beautiful like this. That I get to wake up to her every morning has been borne from nothing short of a miracle, but this morning in particular really hits me.

I'm so in love with her.

"Just a little bit longer, baby." My hands slide up her spine, gripping the back of her neck so I can angle it toward me. I want to watch her fall apart.

Twisting us around so she's underneath, I slam into her, driving in deeper. Her nails scrape down my back, gripping on until her pleading breathless murmurs sound like my name.

And hearing my name spill from her lips brings me right to the edge.

"Come for me, Haven. Let it go."

She does, and I follow seconds later with my face buried in her neck. It's so fucking perfect. I cling to the sensation of being inside her, feeling our heart rates sync and calm with our breathing, until everything goes quiet again.

"Merry Christmas, Alex."

"Happy Christmas, Haven," I mutter, pushing myself up so I can kiss her. "And can I add, that as far as Christmases go, we're already running a one hundred percent improvement rate on any I've spent in a long while."

If it's possible, the dry snicker she lets out makes it even better. "And we haven't even done stockings."

Easing myself out of her, I rush to the bathroom to drop the condom in the bin, then run back. “Okay, so it’s six a.m., we have an hour before Everly wakes up, and then another half before we have to leave for the house.”

“Why are we going so early again?” she asks, stretching her arms above her head.

“Because the staff has Christmas off, and we’re on duty. It’s tradition,” I tell her. It’s actually one of the things I missed most about not spending Christmas at Burlington because it’s the one day of the year that Burlington is quiet. “So how about we do stockings and coffee now, then we get the baby ready?”

Haven nods in agreement, though I’m sure the only word she heard in all that was “stockings” because she’s already pulling her pajamas on before I’ve even got out of bed. “I’ll get the stockings.”

We creep past the nursery where Everly slept and down the stairs, going our separate ways with a “race you back up,” which obviously Haven wins because I have to wait for the coffee machine to turn on. I also demolished a couple of mince pies Mrs. Winston brought around the day before, and brought the rest up for Haven just in case she had changed her opinion from “this is what they must feed to the kids on the naughty list.”

She’s sitting in bed when I get there, cozied up in one of my hoodies, hair scraped up into a messy knot, an eager look on her face. The stockings are laid out on the bed, and it takes all my energy not to think about how much I've missed.

More than that, though, because I decide that from today I'm only looking to the future, and that's what Haven is for me.

Her eyes fall onto the plate of mince pies with ill-concealed disgust. "You're eating them for breakfast?"

"It's Christmas. You can eat whatever you want. Try one, you might like it better today."

Her nose crinkles up. "I don't think so."

"More for me then." I grin, stuffing another in my mouth. "Just wait until the Christmas pudding."

She lets out a "hmm" while she waits for me to get under the covers and lays my stocking on my lap. "Okay, you go first."

"Can't we go together?"

She shakes her head. "No, you go first."

"Okay." I tip it up and out falls an abundance of wrapped gifts.

There's more in here than just from Haven because James Winters popped by two days ago with a bag of stocking presents from my siblings. I'm not going to bother opening them because I know they're going to be socks, something smelly in Clemmie's case, and likely a whoopee cushion from Miles.

Instead, I reach for the small square present neatly wrapped in festive paper and tied with a red bow. Inside is a jewelry box, and inside *that* I find something that immediately thickens my throat.

A pair of gold cuff links imprinted with tiny feet.

"It's Everly's footprint. The little store next to The Valentine Cook was making them for Christmas."

My thumb rubs over the tiny grooves in the penny-sized piece, over each of her toes, and down the sole.

I'm truly speechless. I'm not a great one for receiving presents—I prefer to give them—but these have made their way to the top of my most prized possessions.

"I noticed you always wear the same cuff links with your work shirts. I thought maybe because you didn't have another pair."

I don't tell her I have plenty, but the ones I wear were my dad's, because it doesn't matter. He'd have loved being relegated for his granddaughter.

"They're absolutely perfect." I lean over and take her mouth with mine. "Thank you."

My present for her isn't in the stocking, although there's still plenty in there. But the one I want to give her is in my bedside drawer. A box similar to the one she gave me.

Carefully, she eases the paper off, taking her time to the point where I'm raring to rip it from her hands and open it myself. But when she finally gets there, her reaction is the same as mine was. "Alex, it's beautiful."

Removing it from the velvet casing, I fasten it around her neck. It rests perfectly in the dip at the base of her throat.

A diamond E on a gold pendant.

The stones catch the soft bedside light, and leaning in, I press my lips to her neck. “*You* are beautiful. This is nothing but a pretty trinket.”

“Well, I love it all the same.”

I’m about to reply when a sharp cry over the baby monitor cuts our time short. “Okay, we have thirty minutes.”

“Al, pay attention, because we don’t eat until three.”

“Milo, will you fucking stop? Just because this is my first Christmas here in a while doesn’t mean I’ve forgotten the process. Animals eat first. That’s always been the rule.”

“Just checking.” Miles winks, slaps me on the shoulder, then nearly bursts my eardrum. “Clementine, move your arse, will you? We’re already behind schedule.”

“Jeez, calm down.” She yawns widely, tying her hair back as she trundles down the stairs deliberately slowly. Her lips curl in a sneer, which she directs straight at Miles, not that he’s paying attention.

Guess she’s still mad about the Christmas card.

Haven’s back is pressed to my chest, my arms wrapped around her, and I can feel her chuckling to herself.

I lean into Hendricks. "Why's Miles in charge?"

"He was the only one around when Lando asked who'd lead Christmas Day in his absence."

"Where's my cousin?"

Haven peers down at Max. "Birgitta is looking after her while we head out. Is that okay?"

His face screws up while he gives it proper consideration, but then shrugs. "Yes. I guess so."

"Good boy, Maxy." Hendricks ruffles his head as Miles claps his hands together.

"Okay," he barks, handing us a piece of paper each. "Here's a list of all the tasks we need to complete this morning, starting with the horses because they'll take the longest. By which time we come back for a late breakfast, then we have an hour to change, then it's presents, then lunch."

"PRESENTS!"

I peer down at Max. "Didn't Father Christmas already come?"

"Yes, but he's only in charge of stockings," he replies, his head tilted while he schools me on the rules of Christmas and points into the Great Hall. "The tree presents are separate. Look."

I raise a brow at Hendricks, who responds with an eye roll.

"Everyone ready?" Miles shouts, *again*, only to receive a grumble of yesses. "Great, then let's fucking go."

Behind me I hear a loud judgmental tut I *know* came from Max.

There are four quad bikes lined up for us outside the front door. Clemmie and Miles take their own, Max goes with Hendricks, and Haven comes with me.

As per instructions, we start at the stables, where all the horses are fed—making sure each one gets an extra helping of Christmas carrots—then mucked out, and turned into the fields for the day. Max does an excellent job of taking the wheelbarrow from stall to stall until it's loaded up, and Hendricks helps him dump it on the growing manure pile.

Then it's off to the main farmyard.

It's much the same, except bigger, and the cows are grass-fed, so extra bales are left in the fields, and the only animals that need feeding are the donkeys, chickens, and the goats. But Hendricks uses it as an opportunity to check on the pregnant cows who'll give birth in the spring.

This time, Max fills buckets of water, which Miles and Haven help him carry to all the stalls, before he drags her off to introduce her to the pygmy goats, which arrived last week. They're so tiny that Max can carry both in his arms while he waits for everyone else to finish the rest of the morning's work.

It's only when we're about to leave that we realize Max has the goats stashed in his jacket, and a meltdown ensues while we try to explain why they can't come for

Christmas lunch.

"Someone's had too much sugar already," mutters Miles.

But aside from the almost uninvited guests, it's a successful morning, and we arrive back at Burlington approximately three hours after we left.

Except when we dismount, Haven wobbles enough that I need to catch her before she falls.

"Are you feeling okay?"

Haven nods, though I'm not convinced. She looks a little gray. "Yeah, I felt a bit queasy. Must be the bikes. I'll be fine."

"You sure?"

Her eyes roll. I know she thinks I'm worrying, but I'm not. It's more that she needs to get used to someone being concerned about her welfare. "Yes, I'm fine."

"Okay." I pull her into me. "Then I believe according to Miles's agenda, we have a late breakfast to attend."

"Awesome, I'm starving."

We all make our way into the kitchen, where my mother's already warming croissants, scrambling eggs, and frying up bacon for Miles. She's doing it all one-handed because she's holding Everly.

"Happy Christmas, Mum," I say, holding my arms out to take my daughter. "Something smells good."

"How was feeding time?"

"Fun." I laugh, leaning in as she attempts to kiss my cheek. She doesn't say anything at all, but I can see how much it means to her that I'm here, and I have a sudden urge to do it all again next year.

Especially when I glance over to find Clemmie and Haven perched on stools in the corner, deep in conversation, heads together and giggling. She has fit into this family as seamlessly as Holiday did. She's even wearing the Christmas jumper Clemmie brought over for her yesterday, and looking around, there's an array of them this year. Even I have one—it's red with Rudolph knitted on the front and matches Everly's.

I spin around at the pop of champagne in time to see Hendricks holding out a glass to take the overspill, and before they've all been handed around, Miles lifts his high.

"I'm toasting Al, because it's about time you made an appearance here at Christmas. Plus Lando, because even though I was in charge this morning, I missed him."

I roll my eyes because, in typical baby brother mode, he will never stop taking the piss. "Thanks, Milo. Love you too."

"When are you going back to Aspen?"

"We're leaving on the thirtieth. We've got to pack up a little," I reply, and as I do, I realize Haven and I haven't made any plans about how long we're going to stay there, or when we're coming back, *or* when I'm moving. The week's gone by in a blur.

"When are you back?"

I turn to Haven for the answer, but based on her

expression, it doesn't look like she has it either. So I go with, "We're not sure yet."

"But you're flying out before the thirty-first? You'll be in Aspen for New Year's?"

I nod. "Yes."

He downs the contents of his glass. "Fuck it, I'm coming."

"What?"

"Better yet, let's all go. Last year was brilliant. Clem, Henners? You in? Lando and Holiday can meet us there. Bit of skiing, snog at midnight, and if I'm lucky, I'll squeeze in some snow polo—"

"Milo—" I attempt another interruption, but he's on a roll, and the excitement around the kitchen has moved from what's under the tree to how we're spending New Year's.

He slings an arm around our mother's shoulder. "Mum? There's a Chanel in Aspen. Fancy coming with us too?"

"No, thank you, darling. I'd rather stay here." She shakes her head like it's a serious suggestion. Though I'm starting to wonder if Miles really isn't just trying to wind me up.

Again, I turn to Haven for help, wondering if she'll put a stop to my entire family inviting themselves to Aspen, but she's wearing a smile that tells me everything I need to know. And if the costs of keeping that smile on Haven's face mean I have to go everywhere with my family, then so be it.

"Okay. Fuck it. We're all going skiing."

But no one's more excited than Max, who jumps off his chair with a whoop, his face covered in croissant crumbs. "I love skiing!"

25

Haven

The first thing I do when we step off the plane is take a long, deep breath of fresh mountain air. The crispness hits my lungs, and it's bright enough that I'm searching for my sunglasses.

It's glorious.

I sense movement from behind as Alex's arm snakes around my waist and pulls me into his chest. "Welcome home, baby. How does it feel?"

Sinking back, I let out a deep, contented sigh. "Good. Really good."

"I'm glad."

Turning around, I stare into his eyes, as blue as the Aspen sky, with little creases fanned around the edges. Everly's nestled in his arms, feet dangling down as a stark reminder that so much has changed since we were last here. How much we've gained.

I left a nervous wreck and returned in love.

"You did so well, baby girl." I kiss her hand with a chuckle, as she hides her face in Alex's neck. There's no doubt my girl is a daddy's girl.

"Of course she did." Alex kisses her head. "Between the two children and six adults, including Miles, my money was always going to be on the children being better behaved."

"And having your own plane helps." The anxiety of traveling with a crying baby in a cabin full of people is something I never want to experience again.

Alex's lip pulls up with a wry smile. "I'm not disagreeing there."

"Are you two going to stand here all day? Or can the rest of us get off, too?" Miles gripes from the cabin, only to stop at the top of the steps and inhale dramatically through his nose. "Fuck yes. Get that in your lungs. God, I love Aspen."

"Daddy! Uncle Miles said a bad word." Max appears, still wearing his fire engine pajamas and slippers from the flight he slept most of the way through.

"Someone's awake," Alex mouths.

"You're right, Maxy, I did. I'm sorry. I'll try not to let it happen again."

Max assesses Miles, his eyes squinting in disbelief because he, like all of us, knows it's going to happen again before we're even in one of the three SUVs waiting. But instead of telling him otherwise, he spins around and heads back into the cabin.

Miles looks between the pair of us, peers back in the cabin where Clementine and Hendricks are, then claps his hands together decisively. "Right, by my estimation, we have fifteen minutes before everyone's got their shit together enough to leave this place, therefore I'm designating myself activity leader—"

"Milo, Haven and I are going back to the ranch—"

"Nope." He holds his hand up to silence Alex and pulls out his phone. "Give me fifteen minutes."

Alex rolls his eyes but doesn't reply. We follow Miles down the steps, where the porters are already unloading all the luggage we brought for the trip and placing it by the SUVs.

Between the skis and snowboards for the boys and Clementine, plus Lando's equipment, there have to be two dozen suitcases and bags. It would have been significantly more if Alex hadn't sent a couple of guys ahead of time to my house to ready it for our arrival and unload all of Everly's things.

I'm double-checking that Alex's and my cases are kept separate, because while we're going back to my place, everyone else is staying at the cabin they had last year, when a squeal of excitement has me spinning around.

Saylor whizzes across the tarmac in a golf buggy being driven by an airport porter, arms stretched as wide as her smile.

"Ohmygod, ohmygod. Havey. You're back. *God*, I missed you so much." She jumps off and squeezes me so tight she nearly cuts off my air supply. Even though I've spoken to her almost every day, the happiness and excitement I have at getting to hug her again come out in a big ball of laughter.

"Where's Everly?" she asks, finally releasing me enough to realize I'm not holding her.

"Right there." I jerk my chin over to where Alex is laughing with Miles, who still has the phone to his ear.

Ever theatrical, Saylor gasps loudly. "Jeez Louise, I'd forgotten what a bunch of straight-up hotties this family is. And look how big Everly is! She's so tall."

I beam my response. "I know."

"C'mon, I have to hug her."

Because her arm's still around my waist, I'm dragged over to Everly, who looks up at Saylor with wide eyes.

"Hi, Everly, d'you remember me?" she asks, holding her hands out only for Everly to arch back with a grunt. "Oh."

"She's a bit cranky. She just woke up," Alex replies. "Also, hi, Saylor."

"Hey, Alex. How's it going?" Saylor steps back. Her eyes drop to the ground and move back up. I know she's only messing around, but in his cream cable-knit sweater with Everly in his arms, he looks *good*. "Really living that baby-daddy vibe, I see."

He doesn't get a chance to reply, though, because Miles throws one arm around Saylor's shoulders, the other around mine, and pulls us in. "Okay, kids, here's the plan . . ."

Saylor gets that look in her eyes where she's trying to act cool, but it's anything but. If I'm not mistaken, Miles has added another member to his fan club. I should warn her off, but she deserves a bit of fun.

"There's a polo match this afternoon. What do you say about a quick freshen up, and then we all head down to the club?"

"Sounds awesome," Saylor responds without a beat.

"Haven?"

"Um . . ." I look at Alex, trying to see what he wants to do. I thought our plans once we arrived would be to go back to the ranch and settle in.

But I hadn't counted on Saylor peering at me with big, wide, pleading eyes. Alex notices them too.

"I'm happy with whatever you want to do, babe. The house is ready, and we can ask Birgitta to stay with Everly and Max. Let me go and see what Clementine wants to do."

"Yes," Saylor adds, "please go see what Clementine is doing."

With a chuckle, he jogs back up the plane stairs, and the second he disappears inside the cabin, Saylor is on me.

"Please, can we go? Please. It's been so boring without you. I haven't been out in forever."

"*We* haven't been out since I found out I was pregnant," I correct.

"Exactly. We owe it to ourselves. And I bet there are some hotties, the polo club would be so fun. For *me*, I mean," she adds as I raise a brow. "You've already got yourself a hottie."

"Just see what Alex says. There'll be lots of time to

party this week, which is why everyone else joined on this trip."

Truth be told, I'm so happy they joined us. It made leaving Valentine Nook a little bit easier. I've gotten used to seeing them every day, and I'm not ready to say goodbye yet.

"Who's *that*?"

I follow Saylor's gaze to where Birgitta is throwing bags haphazardly into one of three SUVs, her long white-blond hair flicking behind her as she does.

"Max's nanny."

"*She's* the nanny? Wow, she's *hot.* She's not going to be Everly's nanny, is she?"

"No, we don't have a nanny." I shake my head. Even though it's definitely useful having her around, it's the most ridiculous sentence I've uttered, because who do I think I am?

Actually, the winner of the most ridiculous sentence award was "I don't need one hundred million." A statement I still stand by. *I don't.*

"Good plan. Because if nannies in England come looking like *that*? All I'm saying is she's no Mary Poppins."

"Say*lor* . . ." I nudge an elbow into her ribs anyway. "Shh."

Alex reemerges from the cabin, followed by Clementine, who sprints down the stairs the moment she spots me, though I think it's more that she's spotted who I'm standing next to.

"Hi, you must be Saylor." She grins. "I've heard so much about you. I've been so excited to meet you. Do you ski? You must come with us this week."

There's half a second of Saylor sizing up Clementine, because she's finally meeting someone with the same energy level and enthusiasm, before she matches her broad smile.

"I do ski. That sounds awesome."

Clemmie claps her hands together in rapid-fire. "Splendid."

It's only when Clemmie turns to Miles that Saylor mouths, "*OMG I love her*," which probably has everything to do with Clemmie being English and all her words coming out in that clipped tone that's so hard to mimic. It took me a little while to get used to it and not grin maniacally at everything she said, but now I hardly notice.

"C'mon, Milo, what's the plan?"

"Just waiting for Alex and Hen to decide what they want to do."

Thirty seconds later, they emerge from the cabin—Hendricks dressed like Alex in jeans and a thick dark sweater, carrying Max—and walk down the steps. Next to me, Saylor lets out a quiet sigh.

"Okay, if everyone agrees, we'll go back to our respective abodes, then we'll head to the polo ground in an hour," Alex says, peering at me. "Hayve, is that okay with you?"

I nod, because as much as I want to see the house, I

have a sudden urge to let off a little steam.

"Sounds good to me."

Miles whoops. "Then let's fucking go."

As I open the car door, Max says, "I *knew* Uncle Miles would say a bad word again."

Flying private is definitely better than flying commercial, but it still doesn't help with the jet lag.

In fact, after we headed back to the ranch, I could have easily crawled into bed and stayed there. I don't even get time to take it all in and enjoy the moment of being back for the first time in two months because Saylor's hurrying us along. Which means that after saying a reluctant goodbye to Everly, we're a little discombobulated when the car drops us off.

But because Miles knows *everyone*, we're taken inside the players' entrance instead of the regular patrons' entrance, where we find him waiting with Clemmie and Hendricks.

"Ah, good, you're here. Let's go," he says by way of hello, before we're whisked off again.

We follow him around the path and through a set of gates leading up to the main clubhouse.

"Get out of my way, asshole!"

It's only because Hendricks pulls him back in time

that Miles doesn't get trampled as a pony canters past him.

By the time I register what's happened, all I see of the rider is a long auburn braid bouncing against her back.

Hendricks pulls him back to standing. "Shit, are you okay?"

"Who the fuck was *that*?" he snaps, brushing himself down, though his nostrils are flaring so much he looks like he's about to breathe fire, his eyes narrowing on the pair of them far in the distance. "And what the fuck was she doing riding along this path? It's clearly posted, No Ponies." He points at a sign that says exactly that and straightens up his clothes.

Alex and Hendricks shrug. Saylor and I barely saw what happened. We all stand there peering into the distance where the pony and rider disappeared. In the end, Alex throws an arm around Miles's shoulders.

"C'mon, let's get you a drink."

I've never been inside the Aspen polo clubhouse, but it's set out exactly how I'd imagine. Like the rest of Aspen, it's all ski lodge vibes that look better in the winter than the summer. Christmas decorations have been replaced with glittery snowflakes and twinkle lights for the New Year's Eve party I saw advertised at the entrance.

Miles recovers himself enough to secure us a large table by the window overlooking the polo field. The fresh snowfall is giving everything that magical vibe, and if I missed anything about Aspen in the time I was away, it's the snow.

"I vote for champagne," Clemmie declares the moment she sits down. "Haven, Saylor? You too? The boys will probably have beer."

"Sounds good to me."

"Me too," Saylor adds, dropping into the chair opposite me.

Alex takes the seat next to mine, his hand immediately finding my thigh where it rests, even though he's talking to Hendricks. Miles is working the room before the drinks are ordered, flitting between tables of people he recognizes, friends from the polo world, all of whom greet him with a big hug.

Saylor leans in. "How're you feeling?"

I'm stifling a yawn as I answer, which says it all. In fact, I do feel *really* tired. "I don't know how long I'll last before I need to go home."

"At least stay for one game. I've never watched polo. Or been here."

"One game." I hold my finger up, which she leans over and grabs.

"I'm so happy you're back."

"Thank you."

"Seriously, Havey, I know I saw you on FaceTime, but you look so good. You look like you again, only better."

I glance down at Alex's hand, which is now

squeezing my thigh. He's still talking to Hendricks, but I know he just heard what Saylor said, and she's right. I'm me again, not just to look at in the mirror, but everything I can't see I feel deep in my chest. In my heart, the old Haven is back.

Going to England healed something in me that I was too damn exhausted to attempt fixing.

"Are you happy to be home?"

I glance down at Alex's hand again, at the vein running down from his fingers, disappearing into his wrist, under his watch face, and along his thick, corded forearm where his sweater is pushed up. I'm staring at it when Saylor snaps her fingers under my nose.

"Sorry . . . I was thinking."

Her brows drop. "Thinking about whether you're happy to be home?"

"Yes. *No*. Yes. Kind of. I *am* happy. Of course I am, it's Aspen, c'mon . . ."

"But?"

My reply, which would have been *I'm thinking about where Everly should grow up*, gets pushed to one side as Miles sits down, taking Saylor's attention. Or rather, he drops down with a huff.

"No one knows who that girl is."

"What girl?" asks Clemmie, looking up from her phone and whomever she's messaging at rapid speed.

He stares at his sister in bewilderment, then enunciates every word. "The one who nearly killed me."

"Ah, gotcha." She finger guns him, which makes me wonder if she's still sore about the Christmas card, especially when a coy smile tugs her lips as she goes back to her messaging. "I ordered drinks by the way. The server's bringing them over."

Miles barely finishes his sentence when the drinks arrive, though he's now staring out of the window where the polo is about to start.

When they're all filled, Clemmie lifts her glass. "Cheers, everyone. Happy almost New Year."

Alex leans in close enough to press his lips to mine, setting off a succession of little butterflies deep in my belly that I'll never tire of. "Happy almost New Year, Hayve."

"Happy almost New Year, babe."

"Holiday says their plane gets in this evening, but they'll go straight to the house," Clemmie says, shutting off her phone and placing it on the table.

Saylor lets out a gasp. "Holiday Simpson's coming *to Aspen*?"

I nod. "We're all spending New Year's Eve together."

Her face freezes for a second before she rolls her lips, with a "cool, cool, cool." I can see how hard she's trying to keep a straight face. "No biggie. Absolutely no big deal whatsoever. I'm celebrating tomorrow night with a straight-up celebrity." Except the side-eye she shoots me is because she wants me to know how hard it is for her to contain her excitement.

And I do know. Because she probably spent the last

week reading *US Weekly* and *People* articles on what Hollywood stars were doing for the holidays, and now she's going to be with one of them.

I swear, if she ended up in any of those magazines, her head would explode.

But Clemmie, being the girl's girl she is, leans forward, her voice dropped. "Honestly, I lost my shit with excitement when she moved to England. I basically forced myself on her to be my friend. But she's seriously the sweetest person. You'll see."

Our heads turn at the small commotion caused by several people running to the windows for the beginning of the polo. Eight ponies race across the snow as their riders try to take control of a colored ball to knock between two posts. It's *intense*, and though I've not seen Miles play, I can totally imagine him on the back of a horse, laser-focused on winning.

He doesn't strike me as the type who likes losing.

"Holy shit. Look." He points out of the window, and all five of us follow. But beyond the game, I'm not sure what we're supposed to be looking at.

"Um, Milo—" It's all Alex needs to say.

"Number thirteen! The one who nearly ended my life an hour ago." He's tapping hard on the window, his eyes tracking her across the field. "She can ride. I'll give her that much. Even if she is psychotic."

"Maybe she received one of your Christmas cards," Clemmie deadpans, turning back to Saylor and me and throwing another withering look at Miles, which he ignores. "So, Saylor, tell me what you do in Aspen."

"I teach first grade." She grins, especially when Clemmie's eyes widen. "So as you can imagine, I take my vacation time very seriously. Six-year-olds are not for the fainthearted."

"I hear you. My nephew, Max, is five, and that's enough for me. I couldn't handle an entire class of them. Bravo."

"Hey, at least you know your strengths and weaknesses." She laughs. "What do you do?"

She puts her glass down and sits back in her chair. "I graduated from university this year, and I haven't decided what to do yet. I think Lando's expecting me to work for the family, but I have no idea in what capacity." She sighs, and I feel it deep in my bones. Because that sigh sounds exactly like mine did when I was totally lost. It's a sigh I had up until I arrived in England. "But for the moment, I'm happy enjoying my time and not worrying about exams."

Saylor throws a smirk my way. "And you've had Haven to keep you company."

"Exactly. And I wouldn't have been able to spend so much time with Everly if I'd had a boring job."

"We missed you, though," I add, leaning over to Saylor and patting her knee, and it's as if my eye catches something that my brain is a little slower to compute.

It seems I've been so happy and distracted living my bucolic English life that I totally forgot about Mike. Saylor hasn't mentioned him since I first arrived in

England, and it never occurred to me that he'd be here where I am. At the polo club.

But if I'm not mistaken, the guy walking past our section is him.

"Say . . . *Saylor*," I hiss, but she's deep in conversation with Clemmie, so I resort to a swift kick to her ankle.

"Ouch, what the fuck?"

I shrink down, so the guy who looks *really* like Mike doesn't see me. "What's he doing here?"

She couldn't be more obvious when she turns around. Saylor is the queen of looks that kill, and Mike just got served. And when I catch his double take the moment he notices me sitting across from her, so do I.

I shrink down into my seat anyway and lace my fingers with Alex for extra protection. He doesn't break the conversation as he lifts it to his mouth and kisses it.

"Working, I guess. I heard he got another job. Joe fired him from the Old Saloon, but I didn't hear where."

"Joe fired him?"

She nods. "Yeah, for being an asshole." The implication in her tone is clear. Because, *obviously*, he was being an asshole.

"How did I not know that?"

She shrugs. "I probably forgot to tell you. I try not to think about him. Ever."

I'm doing everything I can to pretend I don't see him, and I think I'm almost in the clear when Alex shoots his hand up to call him over. Saylor freezes with a wide smirk on her face and turns her entire body away from what's about to go down, so it looks like she's talking to Clemmie when she's doing anything but.

I don't have that luxury.

"Pardon me. Would you mind bringing us some bottles of water and another round of beers, please?" Alex's eyes move from Mike to me, and his hand cups my cheek. "Babe, do you want anything else?" I can feel Mike tracking the movement.

I'm so stiff that I can barely squeak out, "Water is good."

Alex's brows flicker in an "are you okay?" way, then turns back to Mike with a smile. "Just the waters and beers, please, mate."

I don't look up. Instead, I'm glaring at Saylor, who's trying her best not to laugh. As soon as Mike leaves, I kick her again.

"You're such a dick. He's going to come back now."

Clemmie's head swivels between me, Saylor, and Mike's retreating form. "What's the tea?"

"That guy," Saylor begins before I can say a word, thumbing over to the bar, "has the hots for ya girl here. He didn't take the rejection all too well."

Clemmie responds with a heavy eye roll. "When do they ever? Absolutely typical man. They can't take no for an answer."

"Exactly."

It's too much to hope that someone else brings the

drinks back instead, and when he does, the bottles are slammed hard enough on the table that they froth over and spill onto Clemmie's phone.

"Hey, watch it," she snaps, and for someone who's usually all sunshine and joy, she looks mighty pissed. I also get the impression it's not about the phone. "What's your problem?"

"He's an asshole," Saylor replies at regular volume for everyone—including Mike—to hear.

"Kiss my ass, Saylor."

"No, thank you."

Mike shakes his head and scoops the tray under his arm. As he does, the leftover beer drips onto Saylor.

"Hey! Watch it."

"Get over yourself. You think you're one of them now? You're not."

"Why don't you fuck off?"

By now, the boys have stopped talking, watching the exchange between Saylor and Mike. Alex is still holding my hand, and I'm squeezing it tight enough that I'm hoping it's giving a warning not to say anything. But Saylor's words have just enough venom behind them that they tear Miles's attention away from the field.

"What's going on?"

But Mike decides to ignore Miles, and his eyes land on me, along with everyone else. "Where's your kid, Haven? You already ditched it to play happy families with the guy who knocked you up?"

I barely notice my gasp, because in less than a second, Alex is towering over Mike, and the sound of blood thumping through my ears is all I hear. "What did you just say?"

"You're just like Saylor," he spits at me, like it's just the two of us and he doesn't have Alex breathing fire next to him. "So fucking delusional. Don't see any ring on your finger either. You think he hasn't got a kid in every place he 'vacations'?" The air quotes are so aggressive, I have no response.

I want to tell him he's the delusional one, but I also don't want Mike to provoke Alex anymore. I'm holding his hand tight enough as it is. But it's no good.

Saylor's mouth drops into a perfect O and Clemmie looks like all she needs is popcorn, while Hendricks and Miles flank Alex as he takes another step forward until they're practically nose to nose.

"Speak to the mother of my child like that again, and I'll knock your fucking teeth out."

He's so eerily calm, it makes his threat all the more real, and when Mike finally notices the three of them, it only takes a second for him to lose his bravado. He storms off with a "get fucked."

It takes a minute, but Miles breaks the silence. "Who shit in his Coco Pops this morning?"

Saylor picks up her drink and sips. "No one. He's. Just. An. Asshole."

"Hmm, well, speaking of assholes, the chukka's over. I'm going down to the stables to find out who my wannabe assassin is."

I slump back in my chair, suddenly exhausted, and it's only made worse when I turn to Alex. Confusion is all over his face. I can see he's trying to make sense of the last five minutes. It's obvious we know Mike, but why he's so angry is anyone's guess.

Still mine to be honest.

"Alex—"

"Haven, are you okay? Who was that guy?"

I don't have the energy to go into it, so I just reply, "Some guy I used to work with. He's pissed at me. Alex, I'm feeling beat, can we go home? I want to see the baby."

The way he lifts my palm to his lips and says, "Of course we can," without any question, only makes me feel worse.

By the time we've said goodbye to the others, our car is waiting outside to take us back to the ranch. The winter sun has set, and the house lights glow from the bottom of the driveway, lighting our way to the top. It used to be my favorite sight whenever I returned home, but I'm too tired to appreciate it now.

By the time we walk through the doors and Everly's already been bathed and put to bed, I almost want to cry. I don't know what's wrong with me. I'm here, in my house, in the town I love, with my perfect daughter and my hot English boyfriend, and I know I'm luckier than I could have ever imagined, yet I can't shake the feeling that something's about to crumble.

And when Alex and I finally crash, it's the first night

since we got together that we don't make love.

"I love you," he whispers, drifting off to sleep.

I'm tucked up in his side, in my childhood bedroom, and it feels all wrong. Like I'm going backward.

"Alex, I don't think you should move here."

His breath pauses, and while I wait for his reply, so does mine.

"Because of that guy?"

I sit up and switch on the light. Alex's whole face screws up from the brightness. "What? No. What guy?"

"The one at the bar. Who was he?"

"Oh." My shoulders slump. "He's no one . . . a guy I used to work with." I sigh. I don't know why I'm so reluctant to tell him. Probably because I'm so embarrassed, especially when he didn't date *anyone.* "We went on a couple of dates after you left. It was before I realized I was pregnant, and he's been pissed ever since."

"Oh." He shrugs and drops his head back onto his pillow. "Saylor's right. He is an arsehole."

"I'm sorry. I did it because I missed you."

He pulls me back into his side, kisses me again, and reaches for the light switch. "Babe, let's sleep. If you want to talk, we can do it in the morning."

And that's it. The entire conversation.

An hour ago, I was struggling to keep my eyes open, so why am I lying here with a brain that won't turn off and a feeling of dread creeping through me?

26

Alexander

It's a funny thing, life.

Watching the sun break on the horizon, its yolky orb casting a glow over the valley, is both magical and incredibly peaceful. There's nothing like it.

Everywhere, as far as I can see, is layered in white. Pure, fresh, and beautiful. And on the last day of the year, it feels like a calling to start again, the beginning of something hopeful and promising.

No one can tell you what's around the corner, and no one can predict what's going to happen. It's been a year since I was last in Aspen, and in the time that's passed, I've fallen in love and become a father. What's more, I have a future to look forward to.

Steam from my coffee curls in the cold morning air before disappearing, and the only sound I hear is my daughter hungrily sucking down her milk as she lies in my arms.

My heart is so full that I feel it brimming over.

The new year comes with the weight of expectation.

Resolutions, vows, the idea that you're going to do

things differently come January first.

But looking at Everly, I can honestly say that I want everything to stay exactly how it is—Haven, Everly, and me.

Perhaps with one tiny tweak.

The screen door squeaks open, and I turn to see Haven with a blanket wrapped around her like a mummy, looking sheepish. It brings a smile to my face. She doesn't say anything when I lift my arm for her to join us. She just shuffles over and curls into my side, dragging the blanket along the floor with her.

Leaning forward, I pick up my coffee and hand it over. She groans in satisfaction through her first mouthful, cupping the mug in her palms, as she smiles at Everly.

"Are you mad at me?"

My lips find her temple. "No, why would I be mad?"

"Because of Mike?"

I shake my head. "I wish you had told me, but I don't care."

"It doesn't change anything?"

I twist around so I can look at her, just to check she's not joking. Because that question is crazy thinking. But she's looking at me, serious as a heart attack.

"What? That you went on a couple of dates with some fucking clown at the beginning of the year?" I chuckle. "No, Haven. It doesn't change that I love you."

"Oh." She snuggles back down into my side. "Good."

I take the coffee mug from her and sip. It's only a matter of time before she brings up the other of last night's revelations, and I'm debating whether I should wait or put her out of her misery. Because it's definitely something I have thoughts on.

And sitting out here watching the sunrise has only helped solidify them.

"But," I begin. "We need to talk about Aspen—"

"I was thinking we would stay in Valentine Nook."

I blink. That is *not* what I was expecting, and again, I'm checking her face to make sure she's not joking. All I see are her big green eyes peering up at me, *hopeful.*

"Wait. You want to stay in England?"

She nods. "I do. I want Everly to grow up there."

"Haven—"

"Hear me out," she blurts, like I'd have objections to raising my daughter in the place where I was raised. I want nothing more than Everly to be a part of Burlington life, to witness it change through the seasons and not just as a visitor during the holidays. But not if the cost is Haven giving up her dream of living in her childhood home and running her store. "I don't have family here. I have Saylor, Joe, and Martha, but Saylor doesn't have kids, and Joe and Martha are my parents' age. I don't have siblings, so I have no nieces or nephews. You have all that. Everly has aunts and uncles and Max. I want that for her. I want her to have this big family experience I didn't."

My mouth opens, but I don't know what to say. I

agree with everything she's said, but hearing the words come out of her mouth and the implications of what she's saying are overwhelming to the point that my heart beats erratically.

"And . . ."

"There's more?"

"Yes." She nods. "And I will sell you the ranch on the terms you put forward. That it all goes into a trust for Everly. But we have to have it valued properly, and I'll take the average."

"Okay—"

"There's one other thing."

"Name it. Whatever you want, you can have it." I grin. I feel like I'm getting so much out of this. I'll give her anything she asks for. And while I'm ecstatic I wouldn't have to tell my mother I was leaving Valentine Nook, I truly would have been happy living anywhere with Haven, as long as we visited every few months.

She picks at a crack in the paint on the wood siding. "We do a full renovation."

"Easy. Done."

"And make the house big enough for your entire family."

"Oooh." My face twists in a grimace. "I take it back. Do we really want somewhere my entire family can crash? Miles is so messy."

"That's the deal."

"Hmm." I scratch through my beard. "How long do I

have to get back to you?"

Her face drops in horror, and she jabs a finger into my ribs. "No time."

Her fingers niggle into my side so hard that I drop Everly's bottle. "Okay." My hands shoot up in surrender. "You drive a hard bargain, Ms. Wylder. But I accept your terms. Now you have to do two things for me."

"What?"

"First, a kiss," I say, puckering my lips to hers. "Second, go get dressed. We're going out."

Everly's babbling to herself when I stop walking and turn Haven toward the store entrance. She takes one look at the large security guard standing at the door, then turns to me with a frown.

"What are we doing here?"

"We're going in," I reply, guiding her inside when the door is held open for us.

She sets one foot on the plush carpet and spins back around to me, confusion all over her face.

"Alex?"

The store is empty except for two assistants with identical smiles, each standing in front of velvet trays containing rings and loose gemstones of all sizes, cuts, and carats. Technically, this place shouldn't be open at all on New Year's Eve, but the owner sponsors the Aspen polo team, and I managed to get Miles to pull some strings.

I was telling the truth about that server. I don't care about him in the slightest. But one of his comments did get me thinking, nevertheless. She's not wearing a ring.

Leading her over to the counter, I take her hand. It's going to be weird doing this in front of two other people, but fuck it.

"It's New Year's Eve and I—*we*—have spent the majority of this year by ourselves when we could have been together. We have a daughter, and we have a renovation project." I wink, making her laugh. Fuck, I *love* her laughter. "And we're going to spend the rest of our lives together—"

"Alex—"

"Before the year is out, I want to make it official. I want to start tomorrow with my future set out as permanently as I can. You're mine, and I'm yours. That means you and me together, with Everly. Our family." Wrapping my arms around her, I tug her close enough so all I have to do is dip my head to meet her lips. "So, Haven Wylder, what d'you say? Will you marry me?"

Next to us, one of the store assistants sniffs loudly.

"Are you serious?"

"Deadly. I never joke about house renovations."

A giggle bursts out of her, and she slaps my chest. But I catch her hand and twist her to face the counter.

"Pick one."

"What?"

"It's not quite as romantic as I'd envisioned, and I do have something better planned in Valentine Nook, but I want you to have something here. To wear tonight. As my fiancée."

I feel her shaking in my arms, and I drop my head to her ear. "I love you, Haven. If you don't want any of this, it doesn't change anything. But I am not going anywhere ever again. We're doing life together from now on."

Everly reaches out with her pudgy fist and grabs Haven's hair.

"Ouch. *Ouch*. Yes. I'll say yes. Yes." She laughs, while I'm trying my best to loosen Everly's grip—a new thing that's been happening. It's only Haven kissing her face, one of her favorite things and guaranteed to have her giggling, that makes her hand open. "Okay, baby girl. Shall we marry Daddy?"

I didn't realize I was so tense until I heard those words, and my shoulders drop. Haven's looking up at me, eyes glistening, and I honestly can't say that I've ever been happier than this moment right here.

"I love you, Alex. Of course I'll marry you."

Dipping to kiss her, I barely brush my lips against hers before we become aware of Everly's fist reaching out again, and Haven jerks away with a laugh.

There's a pop of champagne from the far side of the counter, and then one of the store assistants places two filled glasses in front of us.

Haven's eyes slowly move from left to right as she

takes everything in, before turning around to me with that deer-in-the-headlights expression.

"What do you like?"

"Something that says you're mine."

Truthfully, I'm just as overwhelmed. I've never bought jewelry of any kind for a woman before. That's Lando's department. And maybe I should have asked him for advice, but I'm not mad about the fact that we get to experience something for the first time together.

"Can we help you come to a decision?" the store assistant asks. "What style do you usually wear?"

Haven groans. "None. I have no idea. I like all of them."

"Let's start at the beginning." I press my lips to her temple. "We have all day."

It takes two and a half hours until we finally leave with a brilliant-cut four-carat yellow diamond set in a gold band. It was the first one she tried on before testing another twenty. And while I wanted her to make the final decision, it was the only one I truly loved, because yellow was my father's favorite color.

"I'm scared to wear it outside," Haven says as we step back out into the cold.

I wrap my arms around her. "Nothing's happening while I'm next to you, I guarantee it. Now c'mon, we're celebrating. We have one more stop."

"Where? Because after that ring, and you buying the ranch, you're gonna be broke before we get married."

I grin down at her and surround her mouth with mine, mumbling, "But I'll have a rich wife, so it's all good."

"*Wife*."

"I like the sound of it."

"Me too."

Taking her hand, we walk down the street to the one place I've been desperate to come back to. "Want a cinnamon bun?"

"Yes!" Haven gasps, her eyes flaring in excitement. "Did I tell you they put booths in over the last summer? We can eat in."

"Even better."

The bell rings above the door as we step inside. It's not as busy as I remember even though there's still a queue. Booths are set up along the wall by the windows, all of them full, so I guess we're not staying. It's only when I get a proper look at everyone sitting down that I recognize the customers in the last one, just as they spot us.

"It's my cousin!" Max screeches as he slides along the leather seating and sprints over, narrowly missing a woman carrying a full basket of cookies.

Hendricks is still shaking his head in despair when I reach him. "Morning."

"Good morning. What are you doing here?"

"I couldn't stop thinking about cinnamon buns. So I brought Max." He grins and pats the table. "These booths are cool."

Haven nods. "I know. They've been super popular too."

He reaches up to take Everly's finger. "What are you guys doing?"

My eyes meet Haven's. "Celebrating."

"Celebrating what?"

Pulling her hand from her pocket, she thrusts it toward Hendricks. There's so much excitement on her face, I think my heart might burst. Marrying someone was never a particular goal of mine, but hell, if I'm not even more excited than Haven is.

"Holy . . ." He looks at Max, also staring at the ring, then back at us. "Sausages."

"What?"

"Miles swears enough for all of us." His eyes slice to Max again. "But this is amazing news, congratulations." He slips out of the booth and pulls us both into a hug. "I'm very happy for you. Look, Maxy."

Max runs his fingers over the smooth cut of the stone. "It's very sparkly."

"Sure is," I reply as Hendricks sits back down, sliding along to make room for us.

It's the first time I take a proper look at him. There are dark circles under his eyes, a pale tint to his skin, and he doesn't seem to have shaved in weeks. There's a weariness present that's more than jet lag. It's like the world is weighing on him.

"Are you okay?"

He nods. "Tired."

Except it's more than that. I can tell.

This guy barely sleeps during calving season, hasn't had a lie-in since Max was born, and still stays super chilled when most of us would be tearing our hair out. With Max, he rarely gets a day off, and even with all the help from my mother and having a nanny, I don't know how he does it.

"When are we going skiing?"

"Max has a lesson this afternoon."

"Yay, skiing," says Max. He excitedly leans across the table, knocking hot chocolate everywhere. All down his jeans, but mostly over Hendricks.

"Sorry, Daddy."

"It's okay, buddy. Accidents happen." He sighs, snatching a fistful of napkins to mop up as much as he can. "We'll get it all cleaned."

I don't know if Haven notices something's different about Hendricks this morning, too, because she holds her hand out to Max and takes Everly from me.

"Hey, Maxy, want to come with Everly to get washed, then I'll take you to see where they add all the cinnamon to the buns."

"In the kitchen?"

"Exactly. In the kitchen. We can take some back for Uncle Miles and Auntie Clemmie."

Cinnamon buns must be the magic word because

he slides out of the booth, takes Haven's outstretched hand, and they walk off to the bathrooms together without looking back.

I sit down in the only dry spot.

Hendricks grabs another pile of napkins and wipes up what's left of the spillage. "Congratulations, Al. I'm really happy for you. You deserve it."

"Thank you," I reply, but I don't want to talk about me. "Hen, what's up?"

One hand is curled around his coffee cup, while he presses his fingertips into the crumbs Max left on his plate. He's so quiet that I assume he's ignoring me. Unfortunately for him, that doesn't work.

"Henners, c'mon, talk to me. What's going on?"

His eyes flick to the bathroom door where Max and Haven went. When they come back to me, there's a decent amount of anguish behind them. "I fucked up."

Out of all of us, Hendricks is the quietest. Not that any of us are particularly quiet, but compared to Miles, he's practically mute. Unlike Miles, he had to grow up quickly when Max came along. His party days stopped overnight, and he concentrated on being the best father he could be.

If anyone in this family's going to fuck up, it's not him.

But the look he's wearing is one I recognize from my days earlier this year. It's the look I carried all those months I didn't hear from Haven.

So I take a wild stab in the dark. "Is this about

Story?"

He gives one deep nod, picks up his coffee cup, and drains what's left. "Yeah."

I debate on telling him what Haven told me, before deciding it might help him open up. "I heard you went to the tree stand."

"I did." He shakes his head. "Fucking stupid thing to do. But I had to see her."

"What happened?"

He knows I'm not talking about the tree stand. "I broke us."

I expect him to stop because even those three words are more than he's ever uttered when it comes to what went down between them.

"One day we were best friends, the next she's moved to Australia without telling me. And I never heard from her again."

My brows knit together. I'm waiting for him to continue, but he doesn't. "Never?"

He shakes his head.

"You weren't more than friends?"

"Did I fuck her, you mean?" Hendricks looks up from his coffee cup and shakes his head. "No. Nothing ever happened."

"Did you want it to?"

This time, the anguish is palpable. "Yes."

"So why—"

"Because I knew Story and I could never be casual. Miles and I . . . we liked our fun. I didn't want a girlfriend." He scrubs a hand over his face, like he can't decide if he's made a lifetime of bad decisions. "She was my best friend, and I loved her. I wasn't going to jeopardize that."

"So what—"

"I've gone over and over it." He shrugs. "She was so mad when I told her Sienna was pregnant . . ." His head drops in his hands. "She stormed off, and her parting words were 'fuck you, Hendricks.' We'd never argued before." He huffs a laugh. "My head was all over the place anyway, and I was dealing with the pregnancy news, so I left her to calm down. But when she wasn't answering her phone, I went to her parents'. Giles told me she'd been accepted on a teaching course in Australia and decided to go at the last minute. *Fucking Australia*. She didn't even tell me she'd applied."

I can see in his face that he's reliving it all again. There's pain in his eyes I wish I could take away, but nothing I say will make it better. "And you haven't heard from her since?"

He shakes his head. "Nope. She never replied to anything I sent her."

"How do you feel about her coming back?"

His eyes are glistening when he looks up at me. "I thought I'd be okay, but fuck if my heart's not broken all over again."

Jesus. I think about Lando and me this past year. Both of us openly wearing our heartbreak and sorrow, then here's Hendricks silently holding himself together for the past six years. I'm wondering if there's a different reason he's so much quieter than he used to be, and it has nothing to do with Max.

"Hen, are you in love with Story MacIntosh?"

His nod is so sorrowful I feel my throat thickening. "I always loved her, but I didn't realize I was in love until it was too late. Then Sienna told me she was pregnant, and the rest is history."

Reaching over, I squeeze his shoulder. "Hen, the only thing I know is if you still love her, you can fix it. Do you know when she's going back to Australia?"

"That's the thing. She's not. There was a note in Max's end-of-term report. She will be his new teacher in January. I'll see her every morning. I thought I'd gotten over my anger, but seeing her at the tree stand brought it all back. It's also made me realize how much I've missed her. How much I'm still in love with her." His head drops into his hands. "I'm so fucked, Al."

"Oh, mate. I'm sorry. We'll fix it. I can do school drop-offs if you want, or Haven and I both can. If you don't want to see her, then you don't have to."

"Thanks." He sighs so heavily it makes my heart ache. "Six fucking years."

I'm at a loss for words. I don't think I've ever seen him so melancholy. But the second Max rushes back with a bag full of cinnamon buns, it disappears, and I can't decide if that's worse.

"Okay, we need to head back to the cabin." He

stands and scoops Max up, then pulls Haven into a hug. "Welcome to the family. I'm really happy for you."

"Thanks, Hendricks." She smiles.

His eyes flick to mine. "See you on the slopes at lunch?"

I nod. "Yeah. We'll be there."

Through the window, we watch them walk away down the street. Max is holding the bag of pastries with one hand, the other wrapped around Hendricks's neck, both wearing the same black puffa jackets, jeans, and boots. Carbon copies of each other.

"Is he okay?"

"Not sure." I turn to Haven and slip my arm around her shoulders. "You want to head back to the house?"

"Yes, let's go. Everly's nap time is coming up."

"Then lead the way, future wife of mine."

While Haven settles Everly down, I make myself useful by organizing all our ski equipment and loading it into the car to drive over to the cabin everyone's staying in. My snowboard's by the back door, and I check it's still in one piece, because Miles was in charge of packing them, and you never know.

I'm laying out all my ski clothes when Haven walks into the bedroom.

"Babe, where are your skis? I couldn't find them to put in the car. Birgitta's coming in thirty minutes to stay with Everly, then we can leave."

"Actually, I think I'm going to stay instead of skiing,

d'you mind?" Leaving her phone on the dresser, she slips her arms around my neck. But catching the sparkle of her ring, I hold her hand instead so she flexes her fingers against my chest and stares. "It's going to take me so long to get used to it." Her green eyes sparkle brighter than any ring when she peers up at me. "I love you."

"Are you sure you don't want to come and show it off?"

"Yeah, actually I don't feel so good—"

My hand presses onto her forehead. "Are you getting sick?"

She shrugs. "It's probably jet lag. Anyway, I can't get sick. Holiday, Clemmie, and Saylor are coming over, and we're going to hang with Everly." Her eyebrows waggle. "Maybe I'll plan an entire renovation while you're gone."

I laugh. "Okay, you do that."

"Any requests?"

I respond with a kiss, adding, "Yes. A shower big enough for two. And a bath. And an enormous bed."

I haven't spent time with my brothers like this since last year, and I always forget how much fun we have together. The day in and day out of our lives takes over far too much, and when we reconnect like this, even Miles is less fucking annoying than usual.

Hendricks is laughing so hard as he chucks snowballs at him. It's like the guy in the bakery never existed.

We've spent a couple of hours racing down the mountain, and now we're all cheering on Max as he finishes up his ski lesson, doing exactly as the instructor tells him so he can slide over the tiny bumps in the snow without falling over.

"Can't believe you're beating me to the altar." Lando nudges my shoulder. "Mum's going to have a busy few years of wedding planning."

"Oh yes, are you trying to tell me something?"

"Not in any official capacity." He grins, knowingly. "It's been quite the year, though. It's good to see you happy again."

"I was thinking the same thing about you."

"I'm excited to see the duke in all the hottest arm candy lists." Miles snorts, as Hendricks goes off to collect Max. "All those red carpets, Your Grace. Hope you've started the beauty regimen."

He rolls his eyes. "Like yours, you mean, Milo?"

"Exactly, speaking of which, I need to get some beauty sleep before tonight. Race you losers to the lifts."

Lando shakes his head, but I already know that he's going to take after him. Because, as competitive as Miles is, he's a terrible loser. Therefore, making him lose is always really fucking funny.

I arrive back in the house full of excitement and ready for a night of celebration. I expect the girls to be here, but it's equally as likely they've left already to get dressed for the party tonight. And when I can't hear any voices, I assume I'm right.

"Haven, where are you? Babe?" I call out after checking the kitchen and the living room. "Hayve?" Taking the stairs two at a time, I sprint up to the bedrooms where I find Everly lying on her back in her crib mumbling to herself while she stares at the mobile. But I leave her there and continue my search.

I find Haven in the second-to-last place I look—sitting on the edge of the bathtub, staring at her hand.

"Babe? What are you doing in here? I was calling. Are you okay?" I nod down to whatever she's holding. "What's that?"

When she looks up at me, it's as though she's seen a ghost, and I drop to my knees.

"Haven? What's wrong?"

"Remember when I said I wanted Everly to grow up with a big family?"

"Yes."

She opens her hand. Inside is a white stick with two pink lines on it.

"I'm pregnant."

Epilogue

Alexander

Nine months later

"Aleeexx. ALEX! Where are you?"

Haven's voice hits every one of my nerve endings.

I've been on high alert the past week, thinking I can hear her calling. Only when I sprint to find her, she's just there watching her television shows or playing with Everly. One time, she was scooping peanut butter from the jar with her finger and looking at me like I've lost my mind.

And I have. I *have* lost my mind. If losing my mind is waiting for a baby to come.

The due date is way in the past, and now, we're on borrowed time.

Honestly, at this point, I'm surprised I'm even on a different floor of the house as her right now because I'm usually glued to her side, but Haven loves her nighttime bath before bed, so that's what I'm doing. I don't even question whether I'm imagining her voice as I turn off the taps, sprint along the hallway, then down the three flights of stairs two at a time to the foyer, where I find Haven standing in a puddle.

"What happened?"

"My water broke."

I'm staring at her, waiting for her to freak out, but she's weirdly calm. Taking her hand, I guide her over to the bottom stair and check my watch because I'm now zoned in.

"Did your contractions start? Are you in pain? Are you aching?"

She rolls her eyes. "I'm always aching, Alex. I'm carrying around a kettlebell every day."

I check my watch again. "When did your contractions begin?"

"Um . . . this morning."

My brow drops, my gaze flicking from the time and back to Haven calmly sitting on the step and staring up at me with her innocent green eyes. "What?"

"They started this morning."

"THIS MORNING! Haven, it's nine o'clock." I check my watch again. Yep. Nine. And when I glance out the windows, it's dark. The streetlamps in Eaton Square are lit. It's *definitely* nighttime. "How did I not know?"

"Because I didn't tell you."

"Haven—"

"Because you're freaking out." She stares at me accusatorily, so I do my best to breathe. "I was in labor with Everly for forty hours. Telling you this morning would have been pointless."

"No, I could have—" I stop talking at her raised eyebrow. "Okay. Fine. I'm assuming you've been timing your contractions."

"Still seven minutes apart." She nods.

"And can I take you to the hospital now?"

"Yes, I think it's time."

It's time. It's time. Our baby's coming. The most important thing that I can do is not freak out. Yet that's exactly what I'm doing.

Haven might be all chilled, but she's done this before. She's grown a human, so she knows what to expect and when to expect it. I don't. I missed it all with Everly, and while I try not to think about that too much, I've also spent the last nine months making sure this pregnancy is an enjoyable one for Haven.

"Okay. Don't panic. We practiced for this. The bag's been by the door for a week."

Her hand reaches for mine, and she gives it a little reassuring squeeze. "I know."

Taking a step back, I peer up toward the ceiling where the balustrade runs around the perimeter of the foyer.

"Clementine. CLEMMIE. Move your arse."

"Babe, don't wake up Everly." Haven adds, "And you'll need to tell Natalie we're leaving."

Fuck. I forgot about our nanny.

She's been with us since Haven was six months pregnant, because we decided that two babies under one was not something we could handle without help. And truly, she's been a godsend because it's meant Everly's schedule hasn't been disrupted while Haven and I have been back and forth to doctor's appointments. And when this time right here finally arrived, we wouldn't have to worry about who'd take care of Everly for us.

I'm debating whether to sprint up the stairs and tell her myself when Clementine leans over the banister at the top of the house and takes in the scene below.

"Oh my God, is it time? Is it?"

"Yes, it's time. Hurry up. Can you tell Natalie we're leaving?

And grab me a hoodie?" I add. Even though it's been thirty degrees Celsius in London today, I have no idea what it'll be like in the hospital.

As Clementine disappears, I glance back down at Haven. There's a smile on her face, her cheeks are more rounded and pink than ever, and she looks so fucking beautiful with her enormous swollen belly that for a moment I can't speak.

She holds her hands out to me, and I slowly pull her to her feet, where she wraps her arms around my neck. She can barely reach, however, because she's still almost a foot away from me due to the beachball-sized bump between us.

"Alex, take a deep breath."

I try, but my heart's racing too fast. "I can't."

"You can."

I'm still trying when Clemmie thunders down the stairs, taking the last four in one go, just like we all did as children, and tosses my hoodie at me.

"Oh my God, you guys. Oh my God—" she squeals, jumping up and down in a way I do *not* appreciate.

"Clementine!"

She snaps her fingers and draws a hand over her face. "Okay, I'm calm. But let's get the fuck out of here. At least the roads won't be too busy."

"Exactly. It's a nine-minute-and-twenty-three-second average journey. At this time of night, we should be on the quicker side of things," I tell them, snatching the car keys from the hall console, along with the go bag.

I'm totally confident in my assessment too.

I've driven the route at every hour of the day. I know the bus routes to avoid, and I've studied the side roads.

I even hailed a black cab and paid the cabbie to drive me around all afternoon. There's a reason black cab drivers in London have to spend three years studying "The Knowledge" before they're given the keys, and that's shortcuts.

Clementine tuts. "You're such a geek for knowing that."

"Hey, I'm not taking any chances."

It's why we relocated from Valentine Nook to the Burlington family house in Eaton Square two weeks ago—so that Haven was near her doctors if she needed them. Being here saves me from having an early heart attack because driving two hours along the M4 with Haven in labor is not an experience I wanted.

The house is also fully staffed, in case Lando or my mother decides to stay on a whim, which makes things a million times easier because all my time is spent concentrating on what Haven needs, such as holding her hand and helping her down the front steps into the waiting Range Rover.

"In the back," I remind Clementine, something she rolls her eyes at because it's not the first time I've told her. Not the second either.

Every day since the week before the due date, we've been over and over the plans for getting to the hospital.

"Babe, you okay?" I ask as she eases herself onto the seat.

Haven nods but grabs the front of my T-shirt before I can pull back. I assume it's to kiss me, but as I lean in, she groans really loudly.

"*Fuck.* Alex." She huffs her words, and her entire face screws up in pain. "We need to go. Oh *God.*"

I don't want to tell her I told her so, but I really hope this isn't what her contractions looked like since this morning, because how the fuck did I miss them? "Babe, remember your breathing . . . slowly in and out."

"I'll take over," Clemmie whispers, easing Haven's clenched fist from my shirt into her hand, and slides in next to her so I can jump into the front seat.

Tossing the go bag over to the passenger side, I wait for Haven's face to unclench. "Clementine, are you timing contractions? Did you start the clock?"

"*Yes*, Alex."

My hands are on the steering wheel, but I turn around one last time, my eyes meeting Haven's. "You ready to go and meet our baby?"

She nods. "Yes, let's go."

Miles might think I drive like a granny, but not today. Not fucking today.

Hitting the timer on the dashboard clock, I peel out of the parking space and into the road. We reach Sloane Square in three minutes.

"Clem, take my phone. Speed dial two is the doctor. Can you let her know we're on the way?"

"Speed dial two? You're so keen. Where am I on the list?"

"You're not. I bumped you," I snap, maneuvering around two double-deckers so that I can get a clear run of the road.

"You're lucky your wife's in labor. Otherwise, I'd punch you. Dick," she grumbles, which does raise a smile and momentarily assuage my anxiety. "Hey, there's Holiday."

My gaze briefly flicks from the road to the side of the bus where a full advert for Holiday's new play is pasted on. It's been running for six weeks now, and the reviews have described it as one of the best things she's ever done. Haven and I went on opening night with the family, and for someone who typically uses Shakespeare as a sedative, I managed to stay awake for the entirety.

By the time we make it onto Fulham Road, Haven's breathing becomes heavy and labored again.

"Clem?"

"Nearly six minutes."

"Hang on, babe. We'll be there so soon."

Slipping the car into the next lane, I hit the accelerator. The road's clear, so I couldn't give a fuck about the twenty-mile-an-hour speed limit.

"Al, slow down, you just got flashed by the camera."

"And?"

I'm focused on the road, but Haven's breathing through the end of her contractions. "Don't argue, just let him do his thing. He's freaking out—"

"Then the question is, why aren't you?" drawls Clementine.

"Because with Everly, I was in labor for forty hours. We still have some time."

I'm thinking that if this goes on for forty hours, I'll probably have a heart attack from all the anxiety. But one thing that does make me chuckle is when we pull up to the main entrance of the private wing, and I hit stop on the timer.

We've made it in eight minutes fifty-one seconds.

"Yes. Suck it, *Miles*," I crow, jumping out and yanking open the side door. "Clem, switch spots. Get in the front."

My eyes land on Haven. Her face is pink and glistening with sweat. "Hi, sweetheart. Are you okay? Are you in pain?"

"No, I'm good. But can we get inside?"

"You bet, baby." I wink and turn around, only to come face to face with a security guard.

"You can't stop here."

"My wife's in labor. Let me get her inside. Then the car will be gone . . ." I ignore his eye roll and the way his cheeks are turning redder because I dared disobey him while I help Haven out. "Clem, go and park. We'll be on the third floor."

We've visited the hospital often enough for appointments that I bypass the main reception and go straight to the lifts. Like every other time we've been here, there's a certain calm to the maternity floor I've never noticed in a hospital before.

Everywhere is cream with pale blue and pink sofas in a seating area next to the reception desk. Classical music plays softly from speakers in the ceiling. I'm assuming the small water feature in the middle of the seating area is purposely designed to relax agitated family members. Plants and greenery break up the decor, which is dominated by maquettes of babies in utero. Outside, beyond the wall of windows, London stretches along the River Thames. The chimneys of Battersea Power Station are lit bright against the evening sky.

"Good evening," greets an exceptionally smiley receptionist. "How can I help?"

"My wife's in labor. We called ahead. Dr. Arnett is our obstetrician."

"Name please."

"Haven Burlington."

She's typing away at her keyboard when Haven's fingers grip the edges of the desk, and she bends double.

"*Alex—*"

My hand's rubbing in circles on her back, and I'm glaring at the receptionist to hurry when Dr. Arnett pushes through the double doors and strides straight over to us. Her smile is as wide, if not wider than the receptionist's.

It's annoying.

"Haven, how're we doing here?"

"Contractions are now five minutes apart. Her water broke around thirty minutes ago. She's been in labor since this morning," I tell her, fully prepared to throw Haven under the bus and add *I didn't know* if Dr. Arnett chides me for not bringing her in earlier.

"How's the pain threshold?" she asks, only for Haven to grunt her response. "Okay, let's get you to your room."

The receptionist brings around a wheelchair, which Haven sits in, and I push her along the corridor until we reach Haven's room.

"The nurse will be in to help you gown up, then we can see how long you have. Does that sound okay?"

Haven nods and takes my hand to let me pull her up from the chair, and then she walks over to the bed where I left her bag. She's already started unpacking when the nurse walks in.

"Babe, I'm going to check and make sure Clementine's found us, okay? I'll be back in a couple of minutes." I press a kiss to her head.

I make it to the bathroom before the suffocating weight of anxiety pressing on my chest bursts out in a loud sob that echoes off the tiled walls.

Holy shit. My second child will be arriving at some point in the next few hours, and the magnitude of it has finally hit.

I didn't think I'd become a father again quite so soon, but I honestly couldn't be happier that we're adding to our family. This year, I got to experience everything Haven went through with Everly. I watched her body change. I was there when the baby moved for the first time, and I got to talk to it morning, noon, and night. I ran out for ice cream in the middle of the night, and had air con installed in the cottage when the heat got too much over the summer.

And I've loved every single second.

I've been an emotional wreck because we're sharing a new experience, the two of us. It hasn't always been easy, and during the harder days, all I've thought about is Haven doing it alone the last time, but there haven't been many moments to dwell on the past.

Haven and I have been busy, to say the least.

While our base is currently in England, we've traveled to Aspen once a month to check on the renovations at Wylder Ranch, and for Haven to catch up with Saylor. On occasion, Miles has joined us so he can spend time at the polo club.

Wylder Ranch will soon be big enough to house the whole family and more because once we decided to start it, it was alarming how many more things we wanted to add—mostly from Haven. But we figured that expanding now would mean we wouldn't have to make any more renovations in the future as our family got bigger.

And we're planning to spend New Year's there with everyone again, something we hope will become an annual tradition.

The ranch itself is still thriving. Burlington Estates now has a team working full-time harvesting the trees and replanting as part of a sustainability structure we developed. We've incorporated Haven's store, so it's open seven days a week and business is booming again.

My life's changed so much for the better, I can hardly remember what it was like before Haven and Everly came along. And now we have the new baby joining us, which means I need to stop crying in the men's bathroom.

Swiping my eyes, I blow my nose and wash my hands, then sprint back to Haven.

She's in bed and wired up to machines monitoring her heart and the baby's heart. Her legs are in stirrups, and Dr. Arnett is examining her. I try not to flinch every time Haven winces, but her bright green eyes widen every couple of seconds, so I drag a chair over to the side of the bed and take her hand.

Her dark-blond hair is pulled away from her face, and there's a glow of sweat coating her forehead. Her cheeks are dusty pink, and all I know is that she's never looked more beautiful.

"Okay, Haven. You're progressing rapidly. I think we'll be seeing your baby in the next hour or so." Dr. Arnett moves over to the sink, knocking the faucet with her elbow so the water flows, then she snaps off her gloves and washes her hands vigorously. "Get as much rest as you can for now. Your pain meds should kick in soon."

My spare hand runs over Haven's swollen belly. "Are you okay?"

"Alex . . ." She pulls me into her as much as she's able, her eyes glistening. "Our baby's coming. I'm scared."

I'm grateful I had my meltdown in the bathroom because my

head's back and fully screwed on.

"It's not going to be like last time. I'm here, Hayve. I'm here with you. You're not alone now. And when we leave with our baby, there will be four of us: you, me, Everly, and the spud."

"Our baby's not a potato," she wails. "Stop calling it that."

I laugh, though it doesn't last long because another wave of contractions begins, and Haven squeezes my hand so hard I think she might break my fingers.

I know these are bad because her breathing changes. Her groans become deep and guttural, and I have no idea what to do.

It all happens much quicker than I'm expecting and before Haven's expecting it as well, because fifteen minutes later, when Dr. Arnett comes to check on her, she decides it's time to start pushing.

I never expected to feel so utterly helpless as I'm shoved aside so Haven can get into a more comfortable position. What follows is the most stressful twenty minutes of my life, and I honestly couldn't tell you how I got through it beyond channeling all of my strength into Haven.

Because my wife is a fucking superhero.

And only when Dr. Arnett shouts, "We're out," do I manage to take a full breath.

There's a flurry of doctors and nurses as the baby is whipped to the side. I'm trying to split my focus between what's happening and Haven, who's totally exhausted.

"They're just making sure everything's okay," I tell her before she asks.

After what feels like eternity, a loud, wobbly scream breaks through the noise, and I swear my heart starts beating again.

"It's a girl. Congratulations, parents. Haven, you have done such a good job. Ten fingers, ten toes."

Haven sobs, though her eyes don't open. "Give her to Alex, please."

Before I realize what's happening, Dr. Arnett is standing in front of me holding my second daughter.

"Alex, are you ready?"

I nod, pulling off my gown and T-shirt so the baby can be placed on my chest. She's so tiny and wrinkled, mumbling and gurgling as she settles down. I'm almost too scared to touch her.

"She's perfect," I whisper to anyone and no one.

Haven turns her head toward me. "What do you want to name her?"

I tear my eyes away from our daughter and lock into Haven. I know she's giving me every chance to back out, but there's no way. "We're sticking with the first choice."

"Are you sure?"

I nod. "Positive."

"Haven, let's get her feeding," Dr. Arnett says.

As carefully as I can, I stand up and take her to Haven, watching as our daughter latches on and eats as greedily as Everly does.

"I'm so fucking proud of you." Bending down, I press my lips to hers. "So fucking proud, Haven. Thank you for giving me everything I ever wanted."

I stand there for a couple of minutes, but I know my entire family will be waiting outside for us even though it's the early hours of the morning. So while she's feeding, I grab my shirt and walk out into the waiting room, where I find Lando, Holiday, the twins, my mum, and Clemmie. Even Max is curled up on the lounge in his pajamas.

They're all here.

I'm struggling to keep any form of composure as I take them in, all of them peering up at me eagerly through my watery eyes as they await any news I have to give them.

"It's a girl. Wylder Sarah Victoria Burlington," I sob out, and I can't wipe my eyes quickly enough.

My mum rushes forward and pulls me into a hug, while the rest of them beam smiles across their faces as they cheer and offer congratulations.

Everyone except Max, however, who chooses that moment to wake up.

He lets out an overly dramatic, "Ugh. A *girl.*" His head lolls back. "Not another one."

Read on for Honeysuckle Lane

Hendricks

Six years ago – age 21

"Hen?"

At the sound of knocking, I turn to find my brother Alex standing at my car window. My eyes meet his, all serious and concerned, just like the expression written all over his face as he opens the door, "What are you doing?"

Swiping a hand under my nose I open my mouth to speak, but I can't bring myself to say it. It's too awful. I don't even know the words to use because then it'll be real.

"Hey, you're shaking." Alex gently places his arm around my shoulder, and pulls me out of the car, "Come on, come inside."

It's only then I realize I'm outside of his cottage, because I have no memory of getting here. Two hours ago, I was in London having a conversation I never expected to have when I woke up this morning. Auto-pilot kicked in soon after.

Guiding me up the path and inside, we go straight into the kitchen where Alex pushes me into a chair. Switching on the kettle, he sets about making cups of tea, and places the biscuit jar on the table. Inside I find a packet of chocolate digestives, take two out and stuff them both in my mouth.

I haven't been to Alex's in a while, and it always marvels me how neat and tidy he is, even without his housekeeper everything would still be immaculate. Everything would have its place.

It's not a word you could use to describe Bluebell, where Miles and I live.

It's clean, thanks to the same housekeeper we share, but it's only tidy for approximately an hour after she's left. My study books and veterinary texts are spread over the kitchen table, because it's where I like to revise. The rest of the kitchen is treated like an overflow off the mud room where Miles dumps any broken piece of horse tack, or polo mallet that he plans to fix but never does.

It's currently going through the longest tidy stretch it's ever had, and that's only because Miles has been playing polo in Argentina for the last month, and four days a week I'm in London at the Royal Veterinary College. I'm halfway through my third year of a five year course, and once I graduate I'll be a vet in Valentine Nook - something I've dreamed about since I was ten years old.

Assuming I've not completely fucked things up.

Alex puts a steaming cup of tea in front of me and sits down. Easing a digestive out, he dunks it in his own cup and bites down. He watches me while he chews, swallows and takes a long sip. Then I know my time is up.

"Right. What's happened?"

A thumping sets off behind my eyes, a pressure in my brain from the million thoughts running around and around. I open my mouth to begin, only to close it again.

Fuck. Fuck. *Fuck.*

"Hen, it can't be that bad . . . Is it school? Have you failed your course?" He frowns, like that's the only thing I could have ruined. But he couldn't possibly understand.

Six years older than me, Alex has always been sensible, for want of a better word. Cautious is more accurate. Controlled.

If I'd been a little more controlled I wouldn't be in this mess, one Alex would never find himself in.

He and Lando are a team, but where Lando has been busy running Burlington since he was eighteen, Alex has been steadily building oversees operations. The pair of them together are the leaders of the next generation of Burlingtons, while Miles and I have been given the freedom to forge our own paths.

And the second we were old enough we took that freedom and sprinted, much to their chagrin. But we were born without the weight of responsibilities our older brothers have, and - as we learned very early - Miles and I are also with the ability to work hard *and* party hard.

When we're not partying, Miles channels his energy into becoming the best polo player in the world, while I study my arse off so that I can take over the Valentine Nook Veterinary Practice.

Lando and Alex run the world their way, Miles and I do things ours.

We have the uncanny ability to get out of any situation virtually unscathed.

Or we did. *I* did.

I shake my head. "Do you remember when you were in London a couple of months ago and the four of us went out?"

It takes him a second to recall. "Annabels?"

"Yes." I nod. "And I hooked with that girl. Sienna?"

His mouth rolls like it could be anyone I'm talking about, because he stopped paying attention to my social life a long time ago. "I didn't know that's what her name is. But okay-"

"I've seen her a couple of times since." I pick up another biscuit only to put it down. I have no appetite. "She's pregnant."

The cup of tea stops on the way to Alex's lips, and he slowly places it back on the table. "And it's yours?"

"Apparently so."

He says nothing more and rubs along his brow.

Since our father died when Miles and I were toddlers, Alex and Lando have taken on his role, especially as we've gotten older.

They're a fine balancing act. Lando's less tolerant than Alex, he's too focused on building up Burlington to put up with the mountain of shit Miles and I get up to. Therefore Alex is the one we usually go to as a first port of call when we need bailing out – literally in Miles's case last summer.

But I have no idea how Alex will react to this latest news.

His fingers are slowly scratching along his stubbled chin, back and forth. I know he's thinking about how our father would have dealt with this.

By the time he asks, "Have you spoken to Miles?" the anxiety of waiting for his reaction almost has me in tears.

I shake my head, even though it's nearly lunchtime in Buenos Aires, there's no way Miles will be up. "He's still asleep."

"And this girl? Did you talk to her about what she wanted to do?"

Sienna's determined expression flashes in my eyes, and I nod once. "She wants to keep it."

I don't add that she already shared her financial demands and expectations, or the one thing I'm trying not to think about - that she got pregnant on purpose. There were two of us there, and I thought we were always careful.

"You know you need a paternity test."

Fuck. What a mess.

"Yes." My face drops in my hands but Alex stands and pulls me into a hug, cradling my head while I sob on his shoulder.

It's not the first time he's comforted me like this, it won't be the last, and he lets me cry until I'm ready to stop.

"It's going to be okay, Hen. We'll figure it out. Let me call Lando, and we'll drive over to Burlington to find mum too. May as well tell them both at the same time."

Sniffing hard, my sigh is so deep it makes my stomach convulse and I only make it to the kitchen sink just in time before I throw up all the bile I've been building up.

Taking the glass of water he's holding out to me, I say, "I need to run back to Bluebell, can you wait ten minutes?"

He nods, "I'll let Lando know we're coming."

Leaving my car outside Alex's, I walk the half mile down Honeysuckle Lane to Bluebell Cottage. It's as I'm passing the fountain I hear my name, and look up.

There she is. The one person I want to see most in the world right now, besides Miles.

Story MacIntosh. My best friend since I was six. My permanent sunny day whatever the weather.

Her entire face lights up, and for a second my day rights itself and I completely forget how fucked my life is.

Wrapping her arms around me, she squeezes me tight and just like always I rest my chin on her head. It's been something I could do since my growth spurt at thirteen and she stayed the same height. The scent of her floral shampoo floats under my nose. It's all I can do not to bury my nose in her thick mop of chocolate brown hair to calm my racing heart.

It's been less than twenty four hours since I last saw her, but it feels like forever. My world is not the same as it was yesterday.

I wish I could go back to last night - the two of us snuggled under the blanket on the sofa in Bluebell watching our Monday night movie with a bowl full of popcorn. It's a ritual we'd started the summer we were thirteen, and continued every Monday we could. But with us both being away at university, yesterday was the first Monday movie night we'd had in forever.

Even though we speak every day, we hadn't both been back in Valentine Nook together for a couple of months, and I couldn't fucking wait to see her.

Everything was set up the way all our Monday night movies are always set up. I'd bought her favorite popcorn, ordered two pizzas – pineapple for me, spicy pepperoni for her – and the movie we'd been waiting to watch together was ready on pause.

It was the same as always. The two of us together.

"I thought you had to be in London today." She says, stepping back, though her fingers are still looped in mine.

"I did. I *was*. I came back."

"Oh amazing, that makes me happy." She grins wide and her

fading summer freckles spread across her nose. "I was going to call you . . . I was hoping we could talk, actually . . . " She pauses, her head tilts as she regards me with an expert eye. Only Miles knows me better than Story does. "Hen, are you okay?"

I shake my head. "Not really."

She can tell by my face that whatever's bothering me is nothing to joke about because that's what she'd normally do. Make a joke. Or tell a story.

I push my fingers through my hair. I've already told Alex. I've said it out loud, yet telling Story is infinitely harder.

My eyes find a spot in the distance, past the fountain and into the field where the Aberdeen Angus bulls are grazing. My throat is suddenly dry.

"There's a girl I hooked up with–" I don't imagine how the grip of Story's hand on mine loosens.

Her voice is weirdly high pitched when she replies. "You've been hooking up with someone? I didn't know that."

"Yeah, not often, just a couple of times. Alex and Miles were in London a few months ago and we went out -"

"A few *months*?"

I know why she's annoyed, because I never told her. But the one thing Story and I never talk about is girls I hook up with. Or in her case, guys.

If we don't talk about it, we can pretend it doesn't happen.

And I haven't seen Story since I met Sienna.

"She called me this morning on my way into class. I went to meet her after. . . " I stop talking, my eyes find the bulls again. I can't look at her. Fuck. "She's pregnant."

Normally when I'm having a bad day, Story envelopes me in her usual sweetness that instantly relaxes me. But I already know that's not going to happen this time.

"Pregnant?"

I pinch the bridge of my nose, I can barely believe it. No matter how many times I say it, it doesn't feel real. "Seven weeks."

"Seven weeks?" she repeats, though her voice is so quiet I barely hear it. "What are you going to do?"

"I don't know." I shake my head, "She wants to keep it-"

"Are you in a relationship with her?"

"No. It's always been casual. We don't talk much outside of when we all go out. But now. . . I don't know. I guess I have to see what the paternity test says."

I don't know anything.

Fuck. Fuck. Fuck. I'm going to be a dad. I'll have to put my studies on hold.

I'm so deep in my thoughts I don't notice Story's not said anything for a while until I do. And when I look up she's crying.

"Stor?" I reach for her hand, only she jumps away before I can.

"How could you do this?"

"What?"

"How could you be so stupid?"

"Story-"

"Last night. . . I thought, *finally* maybe . . . and now. . . " she pauses, snatching a tear away as it falls, "No. I'm not doing this. You know what? It's me. I'm the stupid one for ever believing. . . You are *never* going to change. You and Miles. . . It's always going to be like this. Forever -"

"What? What does that mean? What always going to be like this? What aren't you doing?"

"When are you going to grow up?"

"Excuse me?" I snap, but I'm not entirely sure she's talking to me. Or about me. Or maybe she's talking to herself.

"No, excuse *me*."

"Story?"

She holds her hand up and I stay silent. Tears spill down her cheeks and drip off the hard set of her jaw. In fact, as I'm staring at her, I can't recall ever seeing Story as angry as she is right now. She never gets angry. It's what's making it all the more strange.

"Why are you mad?"

"Why am I mad? Why am I *mad*?" she gets more and more high pitched. Her eyes narrow, and her lip curls in a snarl. "Fuck you, Hendricks. Figure it out for yourself."

My stomach twists. I'm too stunned to move. My entire body is frozen in shock. I forget all about why I'm standing here in the first place, why I'm not in London right now, and why I've spent most of the day stewing in my own anxiety, because my best friend shoots me one last withering look before storming off.

"Stor . . . Story!" I call after her right before she disappears around the bend in the road.

Picking up my phone I dial her number only for it to ring once and get sent to voicemail.

What the hell just happened?

I'm about to run after her when Lando drives toward the fountain, spots me and pulls up.

"Alex just called me."

The engine's still running as he jumps out and wraps his arms around me.

And just like that my present smacks me in the face, and for the second time in fifteen minutes I sob into my big brother's shoulder.

"Come on, let's go back to Burlington and we'll figure it out."

I tell him everything on the way, getting the practice in before I break the news to my mother.

Truthfully, that should have been the worst of it, but I'm numb as I repeat my predicament barely listening to a word she says, because all I can think about is Story, and the look on her face.

Once my mother is done I call her again, only to be sent to voicemail *again*.

> **Hendricks:** Story, please pick up the phone. I'm freaking out and I need you. I need my best friend.

I try her two more times.

> **Hendricks:** Story please. I don't know what I've done to make you so mad, but when you're ready to tell me, you know where to find me. Whatever it is, I'm sorry.

She never came to find me. And I lasted thirty-six hours until I cracked and went in search of her.

Only I was too late.

Honeysuckle Lane releases on February 12 and the preorder is open on Amazon.

ACKNOWLEDGMENTS

I don't think I realised quite how annoyed my readers would be at the end of Once Upon a Christmas Tree when they discovered the ending was a happy for now, and had to wait a WHOLE YEAR for Haven and Alex's book.

I want to thank you for your patience and beg forgiveness. I hope I've done you justice with the rest of their story.

I have a wonderful team of editors - Marion, Jenny and Julia - who have been so patient with me this year, and I feel very lucky to have your time and expertise working with me on this series.

To the Jupiter Reeves Fan Club, OG members and newbies, and everyone joining the Luluverse, thank you for giving me the chance. I always say my readers are the best readers in the world, and I'll stick by this forever.

For Sam at Ink and Laurel, and Cleo at Devoted Designs for creating a beautiful book for me. Glav for all the hours you put into socials for me.

And finally, this year has not been an easy one, and my gratitude for the friends I've made in this world knows no bounds. Maria, Holly, Steph, Erin, Danielle, Liz, S.J., Maren, Becka to name a few.

2026 is going to be big, and I can't wait for you to join me there.

ABOUT THE AUTHOR

Lulu started writing by accident, and somehow found herself stuck in a fictional world of ice hockey, baseball and billionaires. A world she has no plans to leave.

More recently she's ventured across the Atlantic to where her latest novel is set - the beautiful cities of Oxford and Cambridge, and the annual rowing showdown on the River Thames.

She's a big fan of strong heroines, because those fierce alphas need someone to keep them in check. You'll find her navigating her way through Romance Land one HEA at a time, and trying to figure out the latest social media platform she needs to post to.

She'd love to hear from you, loves hearing your opinions and thoughts, so please message her on any of the social platforms @lulumoorebooks and she'd love you to come and join her reader group on Facebook - aptly named The Jupiter Reeves Fan Club.

But if you don't want to do any of that, there's always her website - lulumoorebooks.com

ALSO BY LULU MOORE

The New York Players

Jasper

Cooper

Drew: The Vegas Edition (extended prologue)

Drew

Felix

Huck

The Tuesday Club

The Secret

The Suit

The Show

The New York Lions

The Third Baseman

The Shake Off

The Baller

The Strike Zone

Home Run

The Valentine Nook Chronicles

Once Upon A Christmas Tree - OUT NOW

Valentine Nook - OUT NOW

Wylder Ranch

Honeysuckle Lane

Foxleigh Park

Burlington Hall

The Oxbridge Series - published by Penguin

Oar With Friends

You Float My Boat

Printed in France by Amazon
Brétigny-sur-Orge, FR

41307452R00223